Meg Mason

ÉVIDEMMENT MARTHA

ROMAN

Traduit de l'anglais
par Anne Le Bot

Le cherche midi

TITRE ORIGINAL
Sorrow and Bliss

ÉDITEUR ORIGINAL
HarperCollins Australie

ISBN 979-10-414-1070-5

ÉVIDEMMENT MARTHA

À mes parents, à mon mari

C'était à un mariage, peu après le nôtre. Pendant la réception, Patrick a fendu la foule en direction d'une femme qui se tenait seule dans son coin et je l'ai suivi. Il m'a dit qu'au lieu de la regarder toutes les cinq minutes et de compatir, je ferais mieux d'aller la voir et de la complimenter sur son chapeau.

« Même si je ne l'aime pas ? »

Il a dit évidemment, Martha. « Tu n'aimes rien. Allez, viens. »

La femme venait d'accepter un des canapés que lui tendait un serveur et était en train de le fourrer dans sa bouche quand elle nous a remarqués, réalisant au même instant qu'elle ne pourrait pas en faire une seule bouchée. En nous voyant approcher, elle a baissé le menton pour tenter discrètement de l'ingurgiter d'un coup avant de le ressortir en entier, tout en tenant dans l'autre main son verre vide et son stock de serviettes cocktail. Bien que Patrick ait fait durer les présentations, ni lui ni moi n'avons compris sa réponse. Elle semblait tellement gênée que je me suis mise à parler comme si on m'avait donné une minute pour disserter sur le thème des chapeaux pour dames.

La femme a hoché la tête à plusieurs reprises et, dès qu'elle a pu, elle nous a demandé où nous vivions, ce que nous faisions dans la vie et, si nous étions bien mariés comme elle le pensait, depuis combien de temps nous l'étions et comment nous nous étions rencontrés, la quantité et la rapidité de ses questions étant destinées à détourner l'attention de la chose à demi mâchée qui trônait désormais sur une serviette graisseuse posée dans sa paume. Tandis que je parlais, elle a jeté des regards furtifs derrière moi à la recherche d'un endroit où s'en débarrasser, et quand j'ai eu fini, elle m'a avoué qu'elle n'était pas sûre d'avoir compris ce que je voulais dire en affirmant que Patrick et moi ne nous étions pas réellement rencontrés, qu'il avait « toujours été là ».

J'ai regardé mon mari, qui avait plongé un doigt dans son verre pour y repêcher un objet invisible, puis je me suis retournée vers la femme et lui ai expliqué que Patrick était un peu comme le sofa de la maison où on a grandi. « Il était là, c'est tout. On ne se demandait jamais d'où il venait, car aussi loin qu'on se souvienne, il avait toujours été là. Même aujourd'hui, s'il y est encore, personne ne lui prête la moindre attention. »

« Et pourtant, ai-je poursuivi en voyant que la femme ne faisait pas mine de répondre, en cherchant bien, on serait capable d'énumérer chacune de ses imperfections. Ainsi que leur origine. »

Patrick a confirmé que c'était hélas vrai. « Martha pourrait indubitablement vous faire l'inventaire de mes défauts. »

La femme a ri, puis a jeté un rapide coup d'œil au sac à main suspendu à son avant-bras par sa petite anse, comme pour évaluer son potentiel en tant que réceptacle.

« Bon, qui reveut un verre ? a fait Patrick en pointant les index vers moi et en actionnant avec ses pouces des gâchettes imaginaires. Martha, je sais que tu ne diras pas non. » Il a fait un geste en direction du verre de la femme et elle le lui a tendu. Puis il a ajouté : « Vous voulez que je prenne ça aussi ? » Elle a souri et a semblé à deux doigts de fondre en larmes quand il l'a débarrassée du canapé.

Quand il s'est éloigné, elle a dit : « Vous en avez de la chance d'être mariée à un homme comme lui. » J'ai dit oui et envisagé de lui exposer les inconvénients d'être mariée à quelqu'un que tout le monde trouve gentil, mais au lieu de cela, je lui ai demandé où elle avait trouvé son fabuleux chapeau et j'ai attendu que Patrick revienne.

Après ça, le coup du sofa est devenu notre réponse standard à la question de savoir comment nous nous étions rencontrés. Nous l'avons fait pendant huit ans, à quelques variations près.

Ça faisait toujours rire les gens.

*

Il existe un GIF intitulé « Le Prince William demandant à Kate si elle veut un autre verre ». Un jour, ma sœur me l'a envoyé par texto avec pour commentaire : *J'en pleure !!!!* Ils sont à un genre de réception, William porte un smoking. Il fait signe à Kate à travers la pièce, mime le geste de boire un verre et pointe le doigt vers elle.

« Cette façon de pointer du doigt, a souligné ma sœur. C'est Patrick tout craché. »

J'ai répondu : « Ouais, façon de parler. »

Elle m'a envoyé trois émojis : celui qui lève les yeux au ciel, la flûte de champagne et celui qui pointe du doigt.

Je suis retombée dessus le jour où je suis retournée vivre chez mes parents. Je l'ai regardé cinq mille fois.

*

Ma sœur s'appelle Ingrid. Elle a quinze mois de moins que moi et est mariée à un homme qu'elle a rencontré en se cassant la figure devant chez lui au moment où il sortait les poubelles. Elle attend son quatrième enfant ; le texto m'annonçant que c'était encore un garçon était agrémenté d'émojis en forme d'aubergine, de cerises et de ciseaux ouverts. Il disait : *Hamish va carrément se les faire couper*.

Dans notre enfance, les gens nous croyaient jumelles. Nous voulions désespérément nous habiller à l'identique, mais ma mère refusait. « Pourquoi ? avait demandé Ingrid.

– Parce que les gens vont croire que c'est moi qui ai eu l'idée, avait-elle dit en balayant du regard notre chambre d'alors. Je n'ai rien à voir avec tout ça. »

Par la suite, quand nous avons été en proie à la puberté, notre mère a déclaré que puisque c'était manifestement Ingrid qui avait reçu les mamelles, il fallait espérer que ce serait moi qui aurais la cervelle. Nous lui avons demandé ce qui était le mieux. Elle a répondu qu'il fallait avoir les deux ou ni l'une ni l'autre ; avoir l'une sans l'autre était immanquablement fatal.

Avec ma sœur, la ressemblance est restée. Nous avons la même mâchoire trop carrée, même si, d'après notre mère, nous nous en sortons plutôt bien. Nos cheveux ont la même tendance à l'indiscipline et ont dans l'ensemble toujours été longs et de la même teinte tirant sur le blond, jusqu'au matin de mes trente-neuf ans, où j'ai réalisé que je ne pourrais pas échapper à la quarantaine.

L'après-midi même, je les ai fait couper au niveau de ma mâchoire trop carrée, puis je suis rentrée et les ai décolorés avec une teinture de supermarché. Ingrid est arrivée pendant que je le faisais et a fini le flacon. Nous avons toutes les deux galéré pour entretenir la couleur. Ingrid a dit que ça aurait été moins de boulot d'avoir un autre enfant.

Je sais depuis ma jeunesse que, malgré notre ressemblance, les gens trouvent Ingrid plus belle que moi. Un jour, j'en ai parlé à mon père. Il a dit : « Peut-être que c'est elle qu'ils regarderont en premier. Mais toi, ils te regarderont plus longtemps. »

*

Dans la voiture, en sortant de la dernière fête à laquelle Patrick et moi sommes allés, j'ai dit : « Quand tu pointes le doigt comme un flingue, ça me donne envie de te buter pour de vrai. » Je l'ai dit d'une voix sèche et mauvaise qui m'a fait horreur, tout comme celle de Patrick quand il a répondu « Super, merci », sans la moindre émotion.

« Je veux pas dire en pleine tête. Plus un coup de semonce dans le genou ou ailleurs qui ne t'empêche pas d'aller travailler. »

Il a dit que c'était bon à savoir et a entré notre adresse dans Google Maps.

Ça faisait sept ans que nous vivions dans la même maison à Oxford. Je le lui ai fait remarquer. Il n'a pas bronché et je l'ai regardé assis sur le siège conducteur, attendant calmement de pouvoir s'insérer dans la circulation. « Maintenant, tu fais ce truc avec ta mâchoire.

– Tu sais quoi, Martha ? Et si on arrêtait de parler jusqu'à la maison ? »

Il a retiré le téléphone de son support et l'a rangé en silence dans la boîte à gants.

J'ai ajouté quelque chose, puis je me suis penchée pour mettre le chauffage au maximum. Dès que l'atmosphère de la voiture est devenue étouffante, je l'ai éteint et j'ai ouvert ma vitre en grand. Elle était couverte de givre et elle a crissé en descendant.

Avant, c'était un sujet de plaisanterie entre nous, le fait que j'oscille constamment entre les extrêmes et qu'il ne dévie jamais du juste milieu. Avant de sortir, j'ai dit : « Le voyant orange est toujours allumé. » Patrick a déclaré qu'il comptait acheter de l'huile le lendemain, a éteint le moteur et est entré dans la maison sans m'attendre.

*

Nous avions pris un bail temporaire, au cas où ça ne marcherait pas et où j'aurais envie de retourner à Londres. Patrick avait suggéré Oxford parce que c'était là qu'il était allé à l'université et qu'il pensait que par rapport à d'autres lieux, à des cités-dortoirs dans les environs de la capitale, il serait plus facile pour moi de m'y faire des amis. Nous avions prolongé le bail de six mois en six mois, quatorze fois d'affilée, comme si les choses pouvaient à tout moment ne pas marcher.

L'agent immobilier nous avait dit que c'était une maison de standing dans un lotissement de standing et qu'elle était donc parfaite pour nous, bien que nous ne jouissions ni l'un ni l'autre d'un standing extraordinaire. L'un est médecin spécialiste en soins intensifs. L'autre publie une chronique culinaire humoristique dans le magazine des supermarchés Waitrose, et il lui arrivait à une époque de chercher sur Google le tarif journalier de la clinique psychiatrique Priory quand son mari était au travail.

Sur le plan matériel, le standing de la maison se manifestait par de vastes étendues de moquette taupe et une multitude de prises électriques atypiques et, sur le plan personnel, par un malaise permanent quand j'étais seule à la maison. Le débarras situé à l'étage du haut était la seule pièce où je n'avais pas l'impression d'avoir quelqu'un dans mon dos, car elle était minuscule et la fenêtre donnait sur un platane. En été, celui-ci bouchait la vue sur les maisons de standing identiques situées de l'autre côté de l'impasse. En automne, les feuilles mortes tombaient sur la moquette dont elles rompaient la monotonie. C'est là que je travaillais, même si – comme me le rappelaient souvent des inconnus en société – écrire est une chose que j'aurais pu faire n'importe où.

Le rédacteur en chef de ma chronique culinaire humoristique insérait des commentaires tels que *Pas saisi la réf.* ou *Reformuler si poss.* Il utilisait la fonction Suivi des modifications, je n'avais qu'à cliquer sur Accepter, Accepter, Accepter. Une fois qu'il avait retiré toutes les blagues, ce n'était plus qu'une chronique culinaire. D'après LinkedIn, il était né en 1995.

*

La fête dont nous revenions était celle de mon quarantième anniversaire. C'était Patrick qui l'avait organisée, car j'avais annoncé que je n'étais pas trop d'humeur à faire la fête.

Il avait dit : « Il faut attaquer la journée.

– Vraiment ? »

Un jour, nous avions écouté un *podcast* dans le train en partageant les écouteurs. Patrick avait roulé son pull en boule pour que je puisse poser ma tête sur son épaule. C'était *Desert Island Discs*, une émission de la BBC où l'archevêque de Canterbury racontait comment il avait perdu sa fille aînée dans un accident de voiture, des années auparavant.

La présentatrice lui avait demandé comment il faisait face à cette perte. Il avait expliqué qu'à Noël ou à l'anniversaire de la naissance ou de la mort de sa fille, il s'était rendu compte qu'il fallait attaquer la journée, « afin que ce ne soit pas elle qui nous attaque ».

Patrick avait adopté ce principe. Il s'était mis à le clamer à tout bout de champ. Il l'a répété en repassant sa chemise avant la fête. J'étais sur le lit en train de regarder le concours de pâtisserie télévisé *Bake Off* sur mon ordinateur portable, un vieil épisode que j'avais déjà vu. Une des candidates avait sorti du frigo l'omelette norvégienne d'une de ses adversaires, qui avait fondu dans son moule. Ça avait fait la une des journaux : *Une saboteuse à Bake Off*.

Lors de la première diffusion, Ingrid m'avait envoyé un texto disant qu'elle emporterait dans la tombe la conviction que c'était un geste délibéré. J'avais dit que j'étais partagée. Elle avait répondu par des émojis de gâteaux et de voiture de police.

Après avoir fini de repasser, Patrick est venu s'asseoir quasi à côté de moi sur le lit et m'a regardée. « Il faut… »

J'ai appuyé sur la barre d'espace. « Patrick, je ne crois pas qu'il soit nécessaire d'appeler l'archevêque Machin à la rescousse. Personne n'est mort. C'est juste mon anniversaire.

– J'essayais seulement d'être positif.

– Bon », ai-je fait en appuyant de nouveau sur la barre d'espace.

Au bout d'un moment, il m'a dit qu'il était presque moins le quart. « Tu ne devrais pas commencer à te préparer ? J'aimerais qu'on arrive avant les autres. Martha ? »

J'ai fermé l'ordinateur. « Je peux rester habillée comme ça ? » Des leggings, un gilet en jacquard, je ne sais plus quoi dessous. J'ai levé les yeux et vu que je l'avais blessé. « Désolée, désolée, désolée. Je vais me changer. »

Patrick avait réservé l'étage d'un bar où on allait autrefois. Je ne voulais pas arriver avant les autres, ne pas savoir si je devais les attendre assise ou debout, me demander si quelqu'un viendrait, puis compatir avec celui qui aurait la malchance d'être le premier. Je savais que ma mère ne serait pas là, car j'avais dit à Patrick de ne pas l'inviter.

Quarante-quatre personnes sont venues deux par deux. Passé trente ans, il n'y a plus que des nombres pairs. On était en novembre et il faisait un temps glacial. Tout le monde mettait un temps fou à se débarrasser de son manteau. C'était principalement des amis de Patrick. J'avais perdu de vue la plupart des miens, ceux du lycée, de la fac et de tous les boulots que j'ai eus depuis, disparus un à un à mesure qu'ils avaient des enfants et moi non, et que nous n'avions plus rien à nous dire. En allant à la fête, Patrick m'a dit que si quelqu'un me racontait une histoire au sujet de ses enfants, je pourrais peut-être essayer d'avoir l'air intéressé.

Ils étaient plantés là à boire des Negroni – 2017 était « l'année du Negroni » –, à rire très fort et à faire des discours impromptus, un orateur se détachant de chaque groupe comme pour représenter une équipe. J'ai trouvé des W.-C. pour handicapés et je me suis enfermée dedans pour pleurer.

Ingrid m'a expliqué qu'on appelait ça la phobie des anniversaires. Elle l'avait lu sur la bande amovible d'une de ses serviettes hygiéniques, qui constituaient désormais sa principale source de stimulation intellectuelle, la seule chose qu'elle ait encore le temps de lire. Dans son discours, elle a déclaré : « Nous savons tous que Martha possède une extraordinaire capacité d'écoute, surtout si c'est elle qui parle. » Patrick s'était préparé des fiches.

Je ne saurais situer à quel moment précis je suis devenue l'épouse que je suis, mais si je devais en choisir un, ce serait peut-être celui où j'ai traversé la salle pour demander à mon mari de ne pas les lire.

Un observateur extérieur pourrait penser que je n'ai fait aucun effort pour être une bonne ou une meilleure épouse. Ou, en me voyant ce soir-là, que j'ai dû décider de devenir ainsi et m'y astreindre pendant des années pour y parvenir. Il ne se rendrait pas compte que pendant la majeure partie de ma vie d'adulte et toute ma vie avec Patrick, j'ai essayé de devenir le contraire de ce que je suis.

*

Le lendemain matin, je me suis excusée auprès de mon mari. Il avait fait du café et l'avait emporté dans le salon, mais n'y avait pas touché quand je suis arrivée. Il était installé à un bout du canapé. Je me suis assise et j'ai replié mes jambes sous moi. Face à lui, cette posture m'a paru implorante et j'ai reposé un pied par terre.

« Je ne fais pas exprès d'être comme ça », ai-je dit en me forçant à poser ma main sur la sienne. C'était la première fois depuis cinq mois que je le touchais volontairement. « Je te jure, Patrick, c'est plus fort que moi.

– Et pourtant, tu arrives à être tellement gentille avec ta sœur. »

Il s'est dégagé et a dit qu'il allait acheter le journal. Il n'est revenu que cinq heures plus tard.

J'ai toujours quarante ans. Nous sommes à la fin de l'hiver, en 2018, ce n'est plus l'année des Negroni. Patrick est parti deux jours après la fête.

Mon père est un poète nommé Fergus Russell. Son premier poème a été publié dans le *New Yorker* quand il avait dix-neuf ans. Il y parlait d'un oiseau, du genre en voie de disparition. À sa parution, quelqu'un l'a qualifié de Sylvia Plath masculin. Il a reçu une avance notable sur sa première anthologie. Ma mère, qui était sa petite amie à l'époque, aurait déclaré : « A-t-on vraiment besoin d'un Sylvia Plath masculin ? » Elle s'en défend, mais cela figure dans la légende familiale. Nul ne peut la corriger une fois qu'elle est écrite. C'est le dernier poème que mon père ait publié. Il prétend qu'elle lui a jeté un sort, ce dont elle se défend également. Son anthologie est toujours « à paraître ». Je ne sais pas ce qu'il a fait de l'argent.

Ma mère est la sculptrice Celia Barry. Elle fabrique des oiseaux, du genre énorme et menaçant, à partir de matériaux recyclés. Des têtes de râteau, des moteurs d'appareils, des objets de la maison. Un jour, à l'une de ses expositions, Patrick a dit : « Je pense sincèrement que ta mère n'a jamais rencontré aucune matière sur Terre qu'elle soit incapable de recycler. » Ce n'était pas du sarcasme. Il y a très peu de choses chez mes parents qui remplissent leur fonction initiale.

Dans notre enfance, chaque fois que ma sœur et moi l'entendions dire qu'elle était sculptrice, Ingrid mimait Elton John entonnant « If I were a sculptor » dans la chanson *Your Song*. Je me mettais à rire et elle poursuivait, les yeux clos et les poings serrés sur sa poitrine, jusqu'à ce que je sois obligée de quitter la pièce. Ça n'a jamais cessé d'être drôle.

À en croire le *Times*, ma mère est une artiste d'une importance mineure. Patrick et moi étions en train d'aider mon père à réaménager son bureau le jour où la critique est parue. Elle nous l'a lue à haute voix, en riant avec amertume de l'adjectif « mineure ». Mon père a dit qu'au point où il en était, il se contenterait de n'importe quel degré d'importance. « Et tu as eu droit à un article défini. *La* sculptrice Celia Barry. Aie une pensée pour nous, les indéfinis. » Ensuite, il a découpé l'article et l'a scotché sur le frigo. Le rôle de mon père au sein de leur couple est une abnégation sans relâche.

*

Parfois, Ingrid demande à un de ses enfants de me téléphoner parce qu'elle souhaite, explique-t-elle, qu'ils aient une relation très étroite avec moi et, accessoirement, pour qu'ils lui lâchent la grappe cinq secondes. Un jour, son fils aîné m'a appelée pour me dire qu'il y avait une grosse dame à la poste et que son fromage préféré était celui qui est dans un sac et qui est un peu blanc. Après, Ingrid m'a envoyé un texto disant : *Il parlait du cheddar*.

Je ne sais pas quand il arrêtera de m'appeler Marfa. Jamais, j'espère.

*

Nos parents vivent toujours dans la maison où nous avons grandi sur Goldhawk Road, dans le quartier londonien de Shepherd's Bush. Ils l'ont achetée l'année de mes dix ans grâce à l'argent prêté par Winsome, la sœur de ma mère, qui a préféré épouser un homme riche plutôt qu'un Sylvia Plath masculin. Petites, elles ont vécu dans un appartement au-dessus d'une boutique de serrurerie, élevées « dans une morne cité côtière par une morne mère côtière », comme se plaît à le décrire ma mère. Winsome a sept ans de plus qu'elle. Lorsque leur mère a succombé subitement à un cancer indéterminé et que leur père s'est désintéressé de tout, et d'elles en particulier, Winsome a quitté le Royal College of Music pour revenir s'occuper de sa petite sœur, alors âgée de treize ans. Elle n'a pas fait carrière. Ma mère est d'une importance mineure.

*

C'est Winsome qui a trouvé la maison de Goldhawk Road et s'est arrangée pour que mes parents la paient bien en dessous de sa valeur car, selon ma mère, le propriétaire était décédé et, à en juger par l'odeur, son corps devait être toujours quelque part sous la moquette.

Le jour où nous avons emménagé, Winsome est venue aider à nettoyer la cuisine. En y entrant pour chercher quelque chose, j'ai trouvé ma mère attablée devant un verre de vin et ma tante, en tablier et gants de caoutchouc, perchée sur la dernière marche d'un escabeau, en train de récurer les placards.

Elles ont interrompu leur conversation, puis l'ont reprise quand j'ai quitté la pièce. Restée derrière la porte, j'ai entendu Winsome dire à ma mère qu'elle pourrait essayer d'exprimer un semblant de gratitude, sachant que devenir propriétaire était généralement hors de portée d'une sculptrice et d'un poète qui n'écrivait pas de poésie. Ma mère ne lui a pas reparlé pendant huit mois.

Aujourd'hui, comme alors, elle déteste cette maison. Parce qu'elle est étroite et sombre. Parce que les seules toilettes donnent sur la cuisine via une porte à claire-voie, et qu'il faut mettre la radio à plein volume quand elles sont occupées. Parce qu'il n'y a qu'une seule chambre par étage et que l'escalier est très raide. Elle dit qu'elle passe sa vie dans ces escaliers et qu'un jour elle s'y cassera le cou.

Elle la déteste parce que Winsome vit dans une maison de ville dans le quartier chic de Belgravia. Une gigantesque demeure donnant sur un square géorgien, du bon côté, d'après ma tante, car elle a le soleil tout l'après-midi et une meilleure vue sur le jardin privé. C'était le cadeau de mariage des parents de mon oncle Rowland, rénové pendant un an avant leur emménagement et régulièrement depuis, pour un montant que ma mère estime immoral.

Pourtant, Rowland est formidablement économe, mais à titre purement récréatif – il n'a jamais eu besoin de travailler – et seulement pour des broutilles. Quand il entame un nouveau savon, il colle dessus les dernières miettes du précédent, mais Winsome peut mettre deux cent cinquante mille livres dans du marbre de Carrare pour une simple rénovation et acheter des meubles qualifiés d'« importants » dans les catalogues de ventes aux enchères.

*

En choisissant une maison pour nous sur la seule base de son squelette – pas ceux que, selon ma mère, nous étions assurés de découvrir en soulevant la moquette –, Winsome s'attendait à ce que nous l'améliorions au fil du temps. Mais l'intérêt de ma mère pour son intérieur n'a jamais dépassé le stade des doléances. Nous venions d'un appartement loué en lointaine banlieue et n'avions pas assez de meubles pour les chambres situées au-delà du premier étage. Elle n'a pas fait l'effort d'en acquérir d'autres et ces pièces sont longtemps restées vides, jusqu'à ce que mon père emprunte une camionnette et revienne avec des étagères en kit, un petit canapé en velours marron et une table en bouleau. Il savait qu'ils ne plairaient pas à ma mère mais, comme il disait, c'était juste un bouche-trou en attendant que l'anthologie paraisse et que les royalties commencent à affluer. La plupart de ces meubles sont encore dans la maison, y compris la table, que ma mère désigne comme notre seule véritable antiquité. Elle a été déplacée de pièce en pièce, remplissant diverses fonctions, et sert actuellement de bureau à mon père. Mais, comme dit ma mère : « Je suis sûre qu'au moment de mourir, j'ouvrirai une dernière fois les yeux et je découvrirai que c'est mon lit de mort. »

Ensuite, mon père a entrepris de repeindre le rez-de-chaussée, à l'incitation de Winsome, dans une nuance d'ocre baptisée « aube toscane ». Ne faisant pas la distinction, avec son pinceau, entre murs, plinthes, cadres de fenêtre, interrupteurs, prises murales, portes, gonds et poignées, il a d'abord progressé rapidement. Mais ma mère a commencé à se poser en objectrice de conscience en matière de tâches domestiques. En fin de compte, mon père s'est retrouvé seul responsable du ménage, de la cuisine et de la lessive, et il n'a jamais terminé.

Aujourd'hui encore, le couloir de Goldhawk Road est un tunnel ocre jusqu'au milieu. La cuisine est ocre sur trois côtés. Une partie du salon est ocre jusqu'à la taille.

À l'époque, Ingrid se souciait plus que moi de l'état de la maison. Mais il ne nous importait guère que les choses, une fois cassées, ne soient jamais réparées, que les serviettes de toilette soient toujours humides et rarement changées, que mon père fasse tous les soirs griller des côtelettes sur un morceau de papier alu posé sur celui de la veille, transformant peu à peu le fond du four en millefeuille de graisse et d'alu. S'il lui arrivait de cuisiner, ma mère préparait des plats exotiques sans recette, des tajines et des ratatouilles reconnaissables entre eux à la forme des morceaux de poivron qui flottaient dans un liquide au goût de tomate si acide que pour en avaler une bouchée, je devais fermer les yeux et me frotter les pieds l'un contre l'autre sous la table.

*

Patrick et moi nous connaissions depuis le plus jeune âge ; quand nous nous sommes mis en couple, il ne nous a pas été nécessaire de nous raconter notre enfance. En revanche, une compétition constante s'est instaurée entre nous pour savoir laquelle était la pire.

Un jour, je lui ai expliqué que j'étais toujours la dernière qu'on venait chercher aux anniversaires. Il se fait tard, disait la mère, je devrais peut-être appeler tes parents. En reposant le combiné au bout de quelques minutes, elle disait ne t'en fais pas, on réessaiera plus tard. Je participais au rangement, puis au dîner familial, avec les restes de gâteaux. « C'était un calvaire, ai-je déclaré. À mes propres fêtes, ma mère buvait. »

Patrick s'est étiré comme pour s'échauffer. « De sept à dix-huit ans, a-t-il dit, toutes mes fêtes d'anniversaire ont eu lieu à l'internat. Organisées par le surveillant. Le gâteau venait des accessoires du club de théâtre. Il était en plâtre. » Et de conclure : « Mais bien joué, quand même. »

*

En général, Ingrid m'appelle quand elle est en voiture avec les enfants, car, selon elle, elle ne peut parler tranquillement que quand tout le monde est attaché, voire, mieux encore, endormi ; désormais, la voiture est devenue une immense poussette. Il y a peu, elle m'a appelée pour me raconter qu'elle avait rencontré au parc une femme qui venait de se séparer de son mari et avait instauré la garde alternée. Le transfert des enfants avait lieu le dimanche matin, si bien qu'ils avaient chaque week-end une journée à eux. La femme s'était mise à aller seule au cinéma le samedi soir et avait récemment découvert que son ex y allait seul le dimanche soir. Souvent, il s'avérait qu'ils avaient choisi le même film. La dernière fois, c'était *X-Men : Le Commencement*. « Non mais sérieux, Martha, tu as déjà entendu un truc aussi déprimant ? s'est désolée Ingrid. Genre, mais allez-y ensemble, putain ! Vous serez bientôt morts tous les deux ! »

Pendant toute notre enfance, nos parents se séparaient *grosso modo* deux fois par an. L'événement était toujours annoncé par un changement d'atmosphère qui survenait généralement un matin, et même si nous en ignorions la cause, nous savions instinctivement qu'il valait mieux chuchoter, ne rien demander et ne pas faire craquer le parquet jusqu'à ce que notre père fourre ses vêtements et sa machine à écrire dans un panier à linge et déménage à l'Hôtel Olympia, pension située au bout de la rue.

Ma mère passait alors ses jours et ses nuits dans son atelier de recyclage au fond du jardin, tandis qu'Ingrid et moi restions seules à la maison. Le premier soir, Ingrid traînait sa couette jusqu'à ma chambre et nous nous allongions tête-bêche, tenues éveillées par le bruit des outils métalliques lâchés sur le sol en ciment et les sons plaintifs et dissonants de la musique folk que notre mère écoutait en travaillant et qui nous parvenait par la fenêtre ouverte.

Dans la journée, elle dormait sur le canapé marron qu'elle nous avait demandé de transporter à cette fin dans son atelier. Et en dépit de l'écriteau fixé en permanence sur la porte et disant *LES FILLES : avant de frapper, demandez-vous s'il y a le feu*, j'y entrais avant d'aller à l'école pour ramasser la vaisselle sale et, de plus en plus, les bouteilles vides afin qu'Ingrid ne les voie pas. Longtemps, j'ai cru que c'était parce que je ne faisais pas de bruit qu'elle ne se réveillait pas.

Je ne me souviens pas si nous avions peur, si nous pensions que cette fois-ci, c'était la bonne, que notre père ne reviendrait pas, et que nous adopterions des formules comme « le copain de ma mère » ou « je l'ai laissé chez mon père », les employant avec autant de naturel que nos camarades de classe qui prétendaient adorer avoir deux Noëls. Nous ne laissions pas paraître notre inquiétude. Nous nous contentions d'attendre. Avec le temps, nous nous sommes mises à appeler ça « les Départs ».

Pour finir, notre mère envoyait l'une de nous le chercher à l'hôtel car, disait-elle, tout ça était parfaitement ridicule, même si c'était invariablement elle qui en avait eu l'idée. Une fois notre père revenu, elle l'embrassait contre l'évier, sous notre regard mortifié de la voir glisser sa main sous sa chemise. Ensuite, on n'en parlerait plus, sauf sur le ton de la plaisanterie. Puis, il y aurait une fête.

*

Tous les pulls de Patrick sont troués aux coudes, même ceux qui ne sont pas très vieux. Sa chemise a toujours une pointe glissée sous l'encolure et l'autre qui dépasse par-dessus et, bien qu'il passe son temps à la rentrer dans son pantalon, elle finit toujours par ressortir à l'arrière. Trois jours après être allé chez le coiffeur, il a besoin d'y retourner. Il a les plus belles mains que j'aie jamais vues.

*

En dehors de sa manie récurrente de jeter notre père hors de chez nous, les fêtes étaient la principale contribution de notre mère à la vie domestique, ce qui nous incitait à lui pardonner ses déficiences par rapport à ce que nous savions des autres mères. Ses fêtes submergeaient la maison, se propageaient du vendredi soir jusqu'au dimanche matin et étaient fréquentées par ce qu'elle décrivait comme « l'élite artistique de l'Ouest londonien », bien que les seules conditions requises pour y participer soient d'avoir un vague lien avec le monde des arts, une forte tolérance aux effluves de marijuana et/ou la possession d'un instrument de musique.

Même en hiver, avec toutes les fenêtres ouvertes, l'atmosphère de la maison était chaude et grouillante et saturée de fumée douceâtre. Ingrid et moi n'étions pas bannies ni forcées à nous coucher. Toute la nuit, nous déambulions d'une pièce à l'autre, nous frayant un chemin à travers la foule – des hommes portant un bleu de travail, de grandes bottes et des bijoux pour femmes, des femmes vêtues d'une nuisette en guise de robe sur un jean crasseux et des Dr. Martens. Notre seul but précis était de nous approcher le plus possible des convives.

S'ils nous proposaient de venir discuter avec eux, nous tentions de briller dans la conversation. Certains nous traitaient en adultes, d'autres riaient même quand nous ne cherchions pas à être drôles. Quand ils avaient besoin d'un cendrier ou d'un verre ou cherchaient une poêle pour faire cuire des œufs à trois heures du matin, Ingrid et moi nous battions pour remplir la mission.

Ma sœur et moi finissions par nous endormir, jamais dans notre lit mais toujours ensemble, pour nous réveiller au milieu du désordre et des fresques nées spontanément sur les pans de mur épargnés par l'aube toscane. La dernière à avoir vu le jour est toujours là dans la salle de bains, délavée, mais pas assez pour qu'on n'ait, en prenant sa douche, le regard attiré par le bras gauche du nu central, raccourci par la perspective. En la voyant la première fois, Ingrid et moi avons craint que ce soit un portrait de notre mère peint d'après nature.

Notre mère qui, ces soirs-là, buvait le vin au goulot, arrachait les cigarettes des lèvres des autres, soufflait la fumée vers le plafond, riait en renversant la tête et dansait toute seule. À l'époque, elle avait encore les cheveux longs et sa couleur naturelle et elle n'avait pas encore grossi. Elle portait un négligé, un manteau de renard élimé et des bas noirs, sans chaussures. Il y eut, brièvement, un turban de soie.

En général, mon père se tenait dans un coin de la pièce avec un seul interlocuteur ; de temps à autre, il levait un verre et récitait *La Complainte du vieux marin* dans des accents régionaux face à un public restreint mais appréciateur. Dans un cas comme dans l'autre, il s'arrêtait et rejoignait ma mère dès qu'elle se mettait à danser, car elle l'appelait avec insistance jusqu'à ce qu'il s'exécute.

Il tentait de la suivre et la rattrapait quand elle tourbillonnait à en perdre l'équilibre. Il était tellement plus grand qu'elle… Dans mon souvenir, il semblait tellement grand.

Je n'aurais su décrire à quoi elle ressemblait, comment elle m'apparaissait alors, je me demandais seulement si elle était célèbre. La foule s'écartait pour la regarder danser, bien qu'elle se contente de tournoyer, d'enrouler ses bras autour d'elle ou de les agiter au-dessus de sa tête comme pour imiter les mouvements d'une algue.

Épuisée, elle s'effondrait dans les bras de mon père mais, nous voyant au bord du cercle de spectateurs, elle s'écriait « Les filles ! Les filles, venez par ici ! » de nouveau tout excitée. Ingrid et moi refusions, mais seulement une fois, car quand nous dansions avec eux, nous nous sentions toutes deux adorées par notre père si grand et notre mère si loufoque et tous les quatre adulés par les gens qui nous regardaient, même si nous ignorions qui ils étaient.

Rétrospectivement, il me semble que ma mère ne devait pas les connaître non plus : le but de ces fêtes était de remplir la maison de fabuleux inconnus et de leur apparaître comme un personnage fabuleux, et non comme quelqu'un qui avait vécu au-dessus d'un atelier de serrurerie. Il ne lui suffisait pas d'être fabuleuse à nos yeux.

*

Il fut un temps, quand je vivais à Oxford, où ma mère m'envoyait de brefs e-mails sans objet. Le dernier disait : *La Tate Gallery me flaire avec insistance.* Depuis que j'ai quitté la maison, mon père m'envoie des photocopies de textes écrits par d'autres. Écrasées contre la vitre, les pages du livre ouvert semblent les ailes d'un papillon gris, dont l'ombre noire du pli central serait le corps. Je les ai toutes gardées.

La dernière qu'il m'a envoyée était de Ralph Ellison. Avec un crayon de couleur, il avait souligné une ligne qui disait : … *bien que la fin soit au commencement et se trouve loin devant.* Dans la marge, il avait noté de sa minuscule écriture : *Il y a peut-être quelque chose pour toi là-dedans, Martha.* Patrick venait de partir. J'ai écrit en haut de la page *La fin, c'est maintenant et je ne me souviens plus du commencement, c'est bien ça le problème* et je la lui ai renvoyée.

Elle est revenue quelques jours plus tard avec pour seul ajout : *Et si tu essayais ?*

J'avais seize ans quand j'ai rencontré Patrick. 1977 + 16 = 1993. C'était le jour de Noël chez mon oncle et ma tante. En compagnie d'Oliver, leur fils cadet, il se tenait dans le hall au sol à damier noir et blanc, en uniforme scolaire, un sac de marin à l'épaule. Je venais de prendre une douche et je descendais aider à mettre la table avant d'aller à l'église.

Nous ne passions jamais Noël ailleurs qu'à Belgravia. Winsome nous faisait dormir chez elle le soir du réveillon, car elle disait que ça rendait l'atmosphère plus festive. Ce qu'elle ne disait pas, c'est que ça évitait tout retard le jour J, notre arrivée à onze heures trente pour un petit déjeuner programmé à huit heures, « heure de Belgravia », comme disait ma mère.

Ingrid et moi dormions par terre dans la chambre de ma cousine Jessamine. Winsome l'avait eue sur le tard, cinq ans après Oliver, qui la surnommait « l'Accident » en l'absence des adultes et la MS, ou « Merveilleuse Surprise », en leur présence… jusqu'à ce qu'il soit assez grand pour comprendre que c'était lui la plus grande surprise, car son frère aîné, Nicholas, avait été adopté. La raison pour laquelle quatre années de mariage avec Rowland n'avaient pas produit le bébé que ma tante désirait ardemment n'était jamais évoquée, et était sans doute inconnue. Quelle qu'elle soit, disait ma mère, après tant de temps, les tracasseries administratives de l'adoption avaient dû leur sembler préférables au labeur de l'alcôve.

Nicholas, qui a le même âge que moi, se prénommait différemment quand ils l'ont adopté et ses origines n'ont jamais été évoquées autrement que par la formule « ses origines ». Mais j'ai entendu mon oncle déclarer, à portée de voix de son fils, que lorsqu'on veut adopter un enfant en Angleterre, on peut avoir la couleur qu'on veut du moment que c'est le brun. Et j'ai entendu Nicholas dire en face à son père : « Si seulement maman et toi vous étiez acharnés un peu plus longtemps, vous n'auriez que vos deux petits Blancs. » Un an après l'arrivée de Patrick, Nicholas commençait déjà à s'écarter du droit chemin et il n'y a jamais remis les pieds.

Tous deux âgés de treize ans, Oliver et Patrick étaient ensemble au pensionnat en Écosse. Patrick y résidait depuis l'âge de sept ans. Oliver, qui y avait passé un trimestre, aurait dû arriver la veille de Noël, mais il avait raté son avion et été mis dans un train de nuit. Rowland était allé le chercher à la gare de Paddington dans la Daimler noire que ma mère surnommait la Proutmobile et les avait ramenés tous les deux.

En descendant l'escalier, j'ai vu mon oncle, encore en manteau, réprimander son fils pour avoir invité un ami à Noël sans même demander la permission, bon sang. Je me suis arrêtée à mi-hauteur et j'ai observé la scène. Patrick tenait le bord de son pull, qu'il roulait et déroulait tandis que Rowland parlait.

Oliver a répliqué : « Je t'ai dit, son père a oublié de réserver son billet. Qu'est-ce que j'étais censé faire, le laisser au bahut avec le surveillant ? »

Rowland a lâché une parole acérée entre ses dents, puis s'est retourné vers Patrick. « Ce que j'aimerais savoir, c'est quel genre de père oublie de réserver un billet d'avion pour que son fils rentre à Noël. À Singapour, bon sang.

– Hong Kong, bon sang », a rectifié Oliver.

Rowland l'a ignoré. « Et ta mère ?

– Il n'en a pas », a répondu Oliver en jetant un regard vers Patrick, qui continuait à tripoter son pull, incapable de prononcer un mot.

Lentement, Rowland a défait son écharpe et, après l'avoir suspendue, il a dit à Oliver que sa mère était dans la cuisine. « Je te conseille d'aller te rendre utile. Et toi, a-t-il ajouté en se tournant vers Patrick, comment tu t'appelles, déjà ?

– Patrick Friel, monsieur, a-t-il dit sur un ton qui ressemblait à une question.

– Eh bien, Patrick Friel monsieur, inutile de pleurnicher, maintenant que tu es là. Et pose ton sac, bon sang. »

Puis, après lui avoir intimé de les appeler, lui et son épouse, M. et Mme Gilhawley, il les a plantés là.

Je me suis remise à descendre les marches. Ils ont levé les yeux vers moi en même temps. Oliver a dit « C'est ma cousine Martha, bla-bla-bla », a saisi Patrick par la manche et l'a entraîné vers l'escalier qui descendait à la cuisine.

*

Quelques mois auparavant, Margaret Thatcher s'était installée dans une maison de ville de l'autre côté du square. Winsome le glissait de façon plus ou moins naturelle dans toutes les conversations et, le jour de

Noël, cela fut mentionné deux fois au petit déjeuner, puis de nouveau alors que nous nous préparions à aller à l'église située à l'entrée du square, plus près de la maison de mon oncle et de ma tante que de celle de l'ex-Première ministre.

Ce que les gens remarquent au début, puis cessent un jour de remarquer, c'est que quand elle parle d'un sujet important, ma tante lève le menton et ferme les paupières. À l'instant crucial, elle les rouvre en roulant de gros yeux, comme si elle se réveillait en état de choc. Pour finir, elle inspire profondément, les narines dilatées, et retient son souffle pendant une durée qui devient inquiétante, avant d'expirer lentement. Dans le cas de Margaret Thatcher, elle rouvrait toujours les yeux au moment de dire que notre Première ministre avait choisi « le moins bon côté ». Cela exaspérait ma mère qui, tout en marchant, se demandait à haute voix pourquoi, au lieu de prendre le plus court chemin vers l'église, Winsome nous faisait faire le tour du square.

Au retour, ma mère a pris des *mince pies* pour aller les offrir aux policiers postés devant la maison de Margaret Thatcher et est revenue avec une assiette vide. Winsome, qui confectionne elle-même le confit de fruits secs dès le mois d'avril, a conservé un sourire imperturbable tandis que ma mère lui expliquait que les policiers n'étaient pas autorisés à les prendre, et qu'elle avait donc tout balancé dans une poubelle en revenant.

*

Avant le déjeuner, j'ai enfilé un sweat Mickey et un short cycliste noir et je suis descendue pieds nus à la salle à manger. Je m'en souviens, car tandis que nous cherchions notre place, Winsome m'a dit que j'avais le temps de remonter me changer, car les vêtements en Lycra n'étaient pas vraiment de mise à la table de Noël, et que je pourrais peut-être en profiter pour mettre des chaussures, pendant que j'y étais. Ma mère a dit : « C'est vrai, Martha, et si Mme Thatcher était en train de venir du bon côté du square à l'instant où nous parlons ? Qu'adviendrait-il de nous ? » Puis elle a pris le verre de vin que lui tendait Rowland.

En la voyant le vider d'un trait, il a dit : « Enfin, Celia, ce n'est pas un médicament, bon sang. Tu pourrais au moins avoir l'air d'apprécier. »

Elle appréciait, pour sûr. Ingrid et moi, beaucoup moins. Lors des fêtes à la maison, la bonne descente de notre mère avait toujours été une source d'amusement pour nous. À mesure que nous avancions en âge et elle aussi, c'était de moins en moins le cas, et sa consommation d'alcool ne dépendait plus de la présence de gens intéressants, ni d'autres gens, d'ailleurs. De toute façon, cela n'avait jamais été amusant à Belgravia, où mon oncle et ma tante buvaient sans que cela entraîne le moindre changement d'humeur, et où nous avions découvert que les bouteilles pouvaient être rebouchées et rangées et les verres laissés à moitié pleins sur la table. Ce jour-là, quand Winsome s'est retrouvée à quatre pattes à côté de la chaise de notre mère pour éponger le vin qui avait imbibé la moquette, ça nous a fait honte. Notre mère nous a fait honte.

Quand nous avons tous été assis et que Winsome a commencé à faire passer les plats dans le sens requis par l'étiquette, Rowland, du bout de la table où étaient réunis les adultes, a demandé à Patrick, assis à l'autre bout avec les enfants, quelle était son origine ethnique.

« Papa, tu ne peux pas demander ça ! » a protesté Oliver.

Rowland a rétorqué « Manifestement, si, puisque je viens de le faire » et a posé un regard insistant sur Patrick, qui a docilement répondu que son père était né en Amérique mais était en réalité écossais, et que sa mère – là, sa voix a tremblé –, que sa mère était britannique d'origine indienne.

Dans ce cas, a souligné mon oncle, il était étrange que Patrick parle avec un accent plus chic que ses propres fils, alors qu'aucun de ses parents n'était anglais. Nicholas a marmonné « Oh mon Dieu » dans sa barbe et s'est vu ordonner de quitter la pièce, mais n'a pas obéi. Ma mère nous a dit un jour, à ma sœur et à moi, que Winsome et Rowland avaient manqué de fermeté envers leur fils aîné durant sa période difficile, déclaration qui nous a surprises, sachant qu'elle ne nous disciplinait jamais.

Avec une jovialité forcée, ma tante a demandé à Patrick le nom de ses parents. Il a dit que son père s'appelait Christopher Friel et, d'une voix presque inaudible, que sa mère se prénommait Nina. Rowland s'est mis à retirer des petits bouts de peau des tranches de dinde que Winsome avait disposées sur son assiette et à les donner un par un au lévrier nain assis à ses pieds, qu'il avait acquis quelques semaines plus tôt et baptisé Wagner. Hélas, les gens ne comprenaient la blague que s'il la leur expliquait, en prononçant Ouah-gner à l'anglaise. En arrivant à la table du petit déjeuner ce matin-là, ma mère avait déclaré qu'elle aurait préféré écouter la totalité du *Ring* interprétée par un violoniste débutant qu'entendre toute la nuit les gémissements du chien dans sa cage.

À la question suivante de Rowland, qui lui demandait ce que faisait son père, Patrick a répondu qu'il travaillait pour une banque européenne, mais qu'il ne se souvenait pas de son nom, désolé. Mon oncle a pris une grande gorgée de ce qui se trouvait dans son verre, puis a ajouté : « Dis-nous, qu'est-il arrivé à ta mère ? »

Les plats avaient fini de tourner, mais personne n'avait commencé à manger, à cause de la conversation qui se tenait entre une extrémité de la table et l'autre. En retenant ses larmes, Patrick a expliqué qu'elle s'était noyée dans la piscine d'un hôtel quand il avait sept ans. Rowland a estimé que ce n'était pas de chance et a secoué sa serviette, indiquant que l'interrogatoire était terminé. Aussitôt, Oliver et Nicholas ont saisi leurs couverts et se sont mis à manger comme si le départ venait d'être donné, tête baissée, le bras gauche autour de l'assiette comme pour la protéger des voleurs tandis qu'ils enfournaient la nourriture, la fourchette plantée dans la main droite. Patrick mangeait de la même manière.

Il avait été envoyé en pension une semaine après l'enterrement de sa mère. Voilà le genre de père qui oublie de réserver un billet d'avion pour son fils à Noël.

Quelques minutes plus tard, pendant un blanc dans la conversation des adultes, Patrick a cessé d'enfourner, levé la tête et dit : « Ma mère était médecin. » Personne ne lui avait posé la question, ni là, ni avant. Il a dit ça comme s'il avait oublié et venait juste de s'en souvenir.

Sans doute pour empêcher Rowland de repartir sur ce sujet ou d'en choisir un encore pire, mon père a entrepris d'expliquer à tous les convives le paradoxe du bateau de Thésée. C'était, a-t-il dit, une énigme philosophique datant du premier siècle : si on remplace chaque planche d'un navire en bois durant la traversée de l'océan, est-ce encore le même bateau quand il arrive à destination ? Autrement dit, a-t-il poursuivi parce qu'aucun d'entre nous ne comprenait de quoi il parlait : « Le savon actuel de Rowland est-il le même que celui qu'il a acheté en 1980, ou est-il entièrement différent ?

– Le paradoxe Roger & Gallet », a conclu ma mère en tendant la main devant lui pour saisir une bouteille entamée.

*

À la fin du déjeuner, Winsome nous a conviés à passer au salon pour « une petite séance d'ouverture ». Et, pour Ingrid et moi, pour une petite séance de découverte du fait que l'argent qui nous faisait vivre ne venait pas de nos parents.

À l'époque, nous fréquentions toutes les deux un lycée privé, sélectif et non mixte. J'avais obtenu une bourse car, comme me l'avait appris le premier jour une élève plus âgée, j'étais arrivée deuxième au concours et la première était morte pendant les vacances.

La description de l'uniforme faisait cinq pages recto verso. Ma mère l'avait lue à haute voix à table, en riant d'une façon qui m'avait mise mal à l'aise. « Chaussettes d'hiver à écusson. Chaussettes d'été à écusson. Chaussettes de sport à écusson. Maillot de bain à écusson. Bonnet de bain à écusson. Serviettes hygiéniques à écusson. » Puis elle l'avait jetée sur le buffet en disant : « Ne fais pas cette tête, Martha, je plaisante. Je suis sûre que tu peux utiliser des serviettes non réglementaires. »

Comme elle n'avait pas obtenu de bourse, nos parents avaient inscrit Ingrid au lycée de notre quartier, qui était gratuit et mixte et proposait selon elle aux filles deux types d'uniforme, le modèle normal et le modèle de grossesse. Mais à la dernière minute, nos parents avaient changé d'avis et l'avaient envoyée dans le mien. Ma mère prétendait avoir vendu une œuvre. Ingrid et moi avions fait un gâteau.

Dans la voiture la veille au soir, en nous rendant à Belgravia, nous avions demandé à notre mère pourquoi elle n'aimait pas Winsome, car elle avait passé les dernières heures à refuser de se préparer, à brandir la menace annuelle de ne pas y aller chaque fois que mon père tentait de la presser, ne cédant qu'après s'être fait suffisamment prier. Elle avait répondu que c'était à cause de sa volonté de tout contrôler et de son obsession des apparences ; sœur ou pas, elle ne pouvait se sentir en phase avec quelqu'un dont les deux passions étaient la rénovation et les réceptions.

Malgré cela, ma mère offrait toujours des cadeaux extravagants à tout le monde, mais surtout à Winsome, qui ouvrait le sien juste assez pour voir ce que c'était, puis essayait de recoller le scotch en disant que c'était trop. D'habitude, ma mère se levait et quittait la pièce d'un air offensé, puis Ingrid prononçait une parole amusante pour que tout rentre dans l'ordre, mais cette année-là, elle est restée assise, a levé les mains en l'air et s'est écriée : « Pourquoi, Winsome ? Pourquoi ne m'es-tu jamais, jamais reconnaissante des cadeaux que je te fais ? »

Ma tante a semblé profondément embarrassée et a jeté des regards affolés aux quatre coins de la pièce. Rowland, qui venait, conformément à la tradition, de lui offrir un bon d'achat Marks & Spencer de vingt livres, a lâché : « Parce que c'est notre argent, bon sang. »

Assises dans le même fauteuil, Ingrid et moi nous sommes prises par la main. La sienne était chaude, agrippée à la mienne, tandis que notre mère se levait avec peine en déclarant « Que voulez-vous, Rowland, Winsome, ce qu'on perd d'une main, on le gagne de l'autre, en somme », puis se dirigeait vers la porte en riant de sa propre blague.

Même à notre âge, il ne nous était jamais venu à l'esprit qu'un poète en mal d'inspiration et une sculptrice n'ayant pas encore acquis une importance mineure ne gagnaient rien et que nos maillots de bain à écusson étaient, comme tout le reste, payés par mon oncle et ma tante. Quand notre mère fut sortie, Ingrid a dit à Winsome « Qu'est-ce qu'elle t'a offert ? Tant que c'est pas une sculpture, je le veux bien », et tout est rentré dans l'ordre.

*

Il était de règle, à Belgravia, que les enfants ouvrent leurs cadeaux par ordre d'âge croissant. Jessamine en premier, Nicholas et moi en dernier. Tandis qu'approchait le tour d'Oliver, Winsome a disparu un moment et est revenue avec un paquet qu'elle a glissé sous l'arbre sans que personne à part moi ne le remarque. Quelques instants plus tard, elle l'a repris en disant : « Celui-là est pour toi, Patrick. » Il a eu l'air abasourdi. C'était un album de bande dessinée. En le voyant, Ingrid a chuchoté « Décevant », mais je n'avais jamais vu un garçon sourire autant que Patrick quand il a levé le nez du paquet pour remercier ma tante.

Comment avait-il pu y avoir un cadeau à son nom alors que personne n'avait été averti de sa venue, c'est demeuré un mystère pour lui jusqu'à ce que, des années plus tard, nous fassions nos cartons pour déménager à Oxford. Retrouvant l'album sur une étagère, Patrick m'a demandé si je m'en souvenais. Il a dit : « C'est un des plus beaux cadeaux que j'aie eus étant enfant. Je me demande comment Winsome a su qu'il fallait me l'acheter.

– Il venait de sa réserve de cadeaux de dépannage, Patrick. »

Il a semblé légèrement déçu, mais il a dit « N'empêche » et est resté debout à le lire jusqu'à ce que je le lui enlève des mains.

*

Ce premier Noël, je n'ai parlé à Patrick qu'une fois, pendant la promenade jusqu'à Hyde Park et autour de Kensington Gardens qu'on nous obligeait à faire l'après-midi pour que Rowland puisse regarder le discours de la reine dans une tranquillité relative. Relative, car ma mère se mettait à vitupérer contre la monarchie dès le premier plan panoramique aérien du château de Windsor et continuait pendant toute la durée du discours de Sa Majesté, tandis que mon père lisait à haute voix des extraits du livre qu'il s'était offert à lui-même.

Ingrid et moi marchions juste derrière Patrick quand, presque au bout de l'allée principale, il a stoppé net et s'est jeté sur la balle de tennis qu'Oliver venait de lui lancer. Ma sœur ne s'est pas arrêtée à temps et le bras tendu lui a percuté la poitrine. Après avoir lâché un juron, elle lui a reproché de lui avoir fait affreusement mal aux nichons. Patrick s'est excusé d'un air penaud. Je l'ai rassuré en lui disant qu'il était difficile d'éviter les nichons d'Ingrid. Il s'est excusé à nouveau et est parti en courant.

*

Patrick est revenu l'année suivante, cette fois à l'invitation de Winsome, car son père venait de se remarier – à une avocate américaine d'origine chinoise nommée Cynthia – et était parti en lune de miel. J'avais dix-sept ans. Patrick en avait quatorze. Je lui ai dit bonjour quand il est apparu dans la cuisine avec Oliver ; il est resté près de la porte, tripotant de nouveau le bas de son pull, le temps que mon cousin trouve ce qu'il était venu chercher.

Plus tard dans la journée, nous nous sommes tous retrouvés dans la chambre de Jessamine et avons pris place sur les matelas gonflables aux draps défaits, à l'exception de Nicholas, qui s'est dirigé vers la fenêtre et a sorti de sa poche une cigarette mal roulée qui se désagrégeait. Jessamine, qui n'avait que neuf ans, a agité les mains et s'est mise à pleurer tandis qu'il essayait de l'allumer.

Ingrid a dit « Personne ne te trouve cool, Nicholas » et a invité Jessamine à venir s'asseoir entre nous. « On dirait un sachet de thé enveloppé dans du papier toilette. »

J'ai proposé d'aller chercher du scotch, puis j'ai demandé à Jessamine si elle voulait voir un tour de magie. Elle a hoché la tête et laissé Ingrid lui essuyer le visage avec la manche de son pull. À l'époque, j'avais des bagues dentaires et, avec tous les regards braqués sur moi, j'ai remué la langue à l'intérieur de ma joue. Au bout d'une seconde, j'ai fait un O avec mes lèvres et un de mes élastiques a jailli. Il a atterri sur le dos de la main de Patrick, qui l'a regardé un moment d'un air incertain, puis l'a saisi délicatement.

En rentrant à la maison, Ingrid est venue dans ma chambre pour étaler tous les cadeaux par terre, voir laquelle de nous en avait eu le plus et les répartir en deux tas, « J'aime » et « J'aime pas », bien que nous ayons passé l'âge de faire ça. Elle m'a dit qu'elle avait vu Patrick mettre l'élastique dans sa poche quand il croyait que personne ne le regardait. « Parce qu'il est amoureux de toi. »

J'ai dit que c'était dégueu. « C'est un gamin.

– La différence d'âge n'aura plus d'importance d'ici que vous soyez mariés. »

J'ai fait mine de gerber.

Ingrid a déclaré « Patrick aime Martha », a sorti le *Best of 94* de ma pile « J'aime pas » et l'a mis dans mon lecteur de CD.

Ce fut le dernier Noël avant qu'une petite bombe explose dans mon cerveau. La fin, cachée dans le commencement. Patrick est revenu tous les ans.

Au réveil, le jour de l’épreuvc de français du bac, je ne sentais plus mes mains ni mes bras. J’étais allongée sur le dos et des larmes s’échappaient déjà du coin de mes yeux, me coulant le long des tempes jusque dans les cheveux. Je me suis levée, je suis allée dans la salle de bains et dans le miroir, j’ai vu que j’avais un cercle violet foncé, comme un bleu, autour de la bouche. Je tremblais comme une feuille.

Pendant l’examen, je n’ai pas réussi à lire le sujet et j’ai fixé la première page sans rien écrire jusqu’à la fin. De retour à la maison, je me suis précipitée dans ma chambre et je me suis blottie sous mon bureau, tel un petit animal qui sait instinctivement qu’il va mourir.

J’y suis restée pendant des jours, ne descendant que pour chercher à manger et aller aux W.-C., puis seulement pour aller aux W.-C. Je n’arrivais pas à dormir la nuit ni à rester éveillée la journée. Des choses invisibles grouillaient sur ma peau. Le bruit s’est mis à me terrifier. Ingrid venait constamment me voir pour me supplier d’arrêter d’être bizarre. Je lui répondais s’il te plaît, s’il te plaît, va-t’en. Alors, je l’entendais crier dans le couloir : « Maman, Martha est encore sous son bureau ! »

Au début, ma mère était compatissante, elle m'apportait des verres d'eau, essayait de diverses manières de m'inciter à descendre. Puis ça a commencé à l'énerver, et quand Ingrid l'appelait, elle répondait : « Martha sortira quand elle voudra. » Elle n'est plus venue dans ma chambre, sauf une fois, avec l'aspirateur. Elle a fait mine de ne pas me remarquer, mais a mis un point d'honneur à aspirer autour de mes pieds. C'est mon seul souvenir où ma mère est associée au ménage sous quelque forme que ce soit.

*

À la demande de mon père, les fêtes à Goldhawk Road ont été suspendues. Le temps que je remonte la pente, a-t-il dit à ma mère. Elle a répondu « Après tout, qui a besoin de s'amuser ? », puis elle s'est coupé les cheveux très court et s'est mise à les teindre dans des couleurs qui n'existent pas dans la nature.

Elle prétend que c'est à cause du stress dû à ma maladie qu'elle est devenue grosse. Dans ce cas, dit Ingrid, c'est aussi à cause de moi qu'elle s'est mise à porter des robes sacs : des choses informes, en mousseline ou en lin, invariablement violettes, superposées de telle façon que leurs ourlets irréguliers lui tombent autour des chevilles comme les coins d'une nappe. Depuis, elle n'a jamais dévié de ce style, sinon pour ajouter une couche supplémentaire par tranche de cinq kilos. Maintenant qu'elle est globalement sphérique, on a l'impression que d'innombrables couvertures ont été jetées au hasard sur une cage à oiseaux.

Avant que je tombe malade, ma mère me surnommait Bourdon, car étant enfant, j'avais l'habitude de fredonner, entamant dès le réveil une mélopée sinueuse de mon cru qui continuait jusqu'à ce qu'on me demande d'arrêter. Les souvenirs que j'en ai proviennent surtout des autres : il paraît qu'un jour, j'ai chanté mon amour des pêches au sirop pendant les six heures d'un trajet en voiture jusqu'en Cornouailles, et que je pouvais être tellement bouleversée par ma propre complainte au sujet d'un chien orphelin ou d'un feutre perdu que j'en pleurais, au point de vomir une fois dans la baignoire.

Dans le seul souvenir qui m'est propre, je suis dans le jardin, assise dans l'herbe haute devant l'atelier, en train de chantonner que j'ai une écharde dans le pied, et de l'intérieur me parvient la voix de ma mère qui chante : « Viens donc, Bourdon, je vais te l'enlever. » Quand je suis tombée malade, elle a cessé de m'appeler Bourdon et m'a surnommée « notre critique attitrée ».

D'après Ingrid, elle a toujours eu un côté garce, mais c'est moi qui l'ai vraiment fait ressortir.

*

L'an dernier, je me suis fait faire des lunettes dont je n'ai pas besoin, parce que l'optométriste est tombé de son tabouret à roulettes pendant l'examen. Il a eu l'air tellement mortifié que j'ai fait exprès de lire les lettres de travers. Elles sont dans la boîte à gants, toujours dans leur pochette.

*

Dès le début, mon père a veillé avec moi la nuit, assis par terre contre mon lit. Il me proposait de me lire de la poésie, et si je ne voulais pas, il me parlait de choses et d'autres à voix basse sans attendre de réponse. Il ne se mettait pas en pyjama, je crois, pour que nous puissions faire comme si c'était encore le soir et que tout cela était normal.

Mais je savais qu'il était inquiet. Parce que j'avais honte de ce que je faisais et qu'au bout d'un mois je ne savais pas comment m'arrêter, je l'ai laissé m'emmener chez le médecin. En chemin, je me suis allongée sur la banquette arrière.

Le médecin a posé quelques questions à mon père tandis que je restais assise à côté de lui, les yeux fixés sur le sol, et il a fini par dire qu'au vu de ma fatigue, de ma pâleur et de ma déprime, il s'agissait probablement d'une mononucléose et qu'il était inutile d'effectuer une analyse sanguine. Par conséquent, il ne pouvait rien me prescrire – il fallait attendre que ça passe – mais, a-t-il dit, certaines filles aimaient l'idée d'avoir un traitement, auquel cas je n'avais qu'à prendre des comprimés de fer. Puis il s'est tapé sur les cuisses et s'est levé. En nous raccompagnant, il a fait un signe de tête vers moi et a dit à mon père : « Manifestement, il y en a une qui a embrassé des garçons. »

Sur le chemin du retour, mon père s'est arrêté pour m'acheter une glace. J'ai essayé de la manger, mais je n'ai pas pu, si bien qu'il a dû tenir le cône dégoulinant à la fenêtre pendant le reste du trajet. Sur le pas de la porte, il m'a dit qu'au lieu de retourner directement dans ma chambre, je pouvais venir me reposer dans son bureau. C'est la première pièce en entrant. Pour changer de décor, a-t-il dit, le décor étant l'espace situé sous ma table, bien qu'il ne l'ait pas précisé. Il m'a dit qu'il avait des choses à faire, que nous n'avions pas besoin de parler. J'ai répondu oui parce que je savais que c'était ce qu'il attendait, que je venais de monter les six marches du perron et que j'avais besoin de m'asseoir avant de gravir les escaliers jusqu'à ma chambre.

J'ai attendu sur le seuil tandis que mon père déblayait les livres et les piles de papiers du canapé marron qui avait été rapatrié à l'intérieur et poussé contre le mur, sous les fenêtres. Des choses lui ont échappé des bras parce qu'il essayait de se dépêcher, comme si je risquais de changer d'avis et de partir s'il mettait trop de temps. Jusque-là, j'avais toujours cru que je n'étais pas censée entrer dans son bureau, mais en attendant, j'ai réalisé que c'était uniquement parce que ma mère se demandait à voix haute qui aurait envie de le faire sans y être obligé. De toutes les pièces de la maison, c'était celle qu'elle détestait le plus, car il y régnait selon elle une atmosphère d'improductivité.

Quand il a eu fini, je suis entrée et je me suis allongée sur le côté, la tête posée sur l'accoudoir, face à la table. Mon père est allé s'asseoir et a ajusté la feuille déjà glissée dans la machine à écrire, puis s'est frotté les mains. Avant, quand je l'entendais taper d'une autre pièce ou en passant devant sa porte fermée avant de sortir, je l'imaginais en proie au tourment, car il avait toujours l'air vidé lorsqu'il en ressortait pour faire griller des côtelettes. Mais dès qu'il s'est mis à tapoter sur les touches avec deux doigts, son visage s'est empreint d'une sorte de joie intérieure. Au bout d'une minute, il semblait avoir oublié ma présence. Je l'ai regardé faire : s'arrêter au bout de la ligne pour relire ce qu'il venait d'écrire en articulant en silence, un sourire aux lèvres. Puis actionner le levier avec la main gauche pour ramener le chariot vers la marge, se frotter les mains, taper une nouvelle ligne. Les touches de sa machine ne faisaient pas un claquement sec, mais plutôt un son feutré. Je ne me sentais pas agitée par le bruit, plutôt calmée au point d'en devenir somnolente par la répétition du processus et par sa présence, la sensation d'être en compagnie de quelqu'un qui, lui, avait envie de vivre.

*

J'ai commencé à y passer mes journées. Au bout d'un certain temps, j'ai cessé de m'allonger sur le sofa et je me suis assise pour regarder par la fenêtre. Un jour, j'ai trouvé un stylo entre les coussins, et quand mon père m'a vue en train de dessiner n'importe quoi sur mon bras, il m'a apporté du papier et un dictionnaire d'Oxford. Perché à côté de moi, il a noté l'alphabet le long de la marge et m'a demandé d'écrire une histoire en une seule phrase, en utilisant les lettres dans l'ordre. Il a dit que le dictionnaire servait uniquement de support et est retourné s'asseoir.

J'en ai écrit des centaines. Elles sont toujours quelque part dans une boîte, mais je ne m'en souviens que d'une car, quand j'ai eu fini, mon père a dit qu'elle serait un jour reconnue comme l'apogée de mon œuvre.

Alors
Barbara,
Consternée,
Divorça
Et
Fut
Gravement
Humiliée ;
Instantanément
Jubilante,
Kim,
La
Mère,
Nota

Ou
Propagea
Quelques
Rumeurs
Supposant
Traîtreusement
Unis
Vincent &
Wanda,
eXquise
Yogi
Zimbabwéenne.

Parfois, quand je n'arrive pas à dormir, il m'arrive encore d'en écrire dans ma tête. Le plus dur, c'est le X.

*

Une amie d'Ingrid, qui est passée un jour que j'étais chez elle, m'a dit que l'appli Headspace avait changé sa vie. J'aurais voulu lui demander à quoi ressemblait sa vie avant et comment elle était maintenant.

*

En septembre, je me sentais mieux. Mon père et moi avons décidé que je devrais entrer à l'université. Mais je n'allais bien que dans cette pièce avec lui. Dès le début, je n'ai pu tenir toute la durée d'un cours. J'ai raté des journées entières, puis des semaines entières. À la maison, j'ai recommencé à me blottir sous mon bureau. Vers la fin du trimestre, le directeur m'a mise en sursis pédagogique. Il m'a donné une brochure sur la gestion du stress et m'a avertie qu'il faudrait assurer aux examens si je souhaitais revenir en janvier. Je devrais profiter des vacances pour réfléchir. En me raccompagnant, il m'a dit « Il y a un cas comme le vôtre dans chaque promo », et il m'a souhaité un joyeux Noël.

*

À l'étage supérieur de la maison de Goldhawk Road, il y a un balcon en fer sur lequel nous n'allions pas, car il était tout rouillé et se détachait du mur. Une nuit, pendant les vacances, je suis montée dessus et je suis restée pieds nus sur le sol ajouré en regardant par-dessus la balustrade le long rectangle noir du jardin, quatre étages plus bas.

Tout me faisait mal. Les plantes de pied, la poitrine, le cœur, les poumons, le cuir chevelu, les articulations des doigts, les pommettes. Ça me faisait mal de parler, de respirer, de pleurer, de manger, de lire, d'entendre de la musique, d'être dans la même pièce que d'autres gens et d'être seule. Je suis restée là longtemps, sentant par moments le balcon bouger en fonction du vent.

Les gens normaux disent : « Je ne peux pas imaginer me sentir mal au point d'avoir réellement envie de mourir. » Je n'essaie pas de leur expliquer que le problème n'est pas d'avoir envie de mourir. C'est de savoir qu'on ne devrait pas être en vie, d'éprouver une fatigue qui désagrège les os, une fatigue empreinte d'une immense peur. Le fait de vivre est une anomalie à laquelle il faut remédier.

*

La pire chose que Patrick m'ait dite : « Parfois, je me demande si ça te plaît d'être comme ça. »

*

Voici les raisons pour lesquelles j'ai renoncé. Pour qu'on ne pense pas que mon père n'était pas un bon père. Pour qu'Ingrid n'échoue pas à ses examens. Pour que ma mère ne transforme pas ça en œuvre d'art.

Mais Patrick est le seul à connaître la raison principale, car c'est la pire pensée que j'aie jamais eue. J'ai renoncé parce que, même dans l'état où j'étais ce soir-là, j'ai songé que j'étais trop intelligente, trop singulière, que je valais mieux que tous ceux qui auraient fait ce pour quoi j'étais venue, que je n'étais pas le cas classique de la promo. J'ai renoncé parce que j'étais trop fière.

Une fois, dans ma chronique culinaire humoristique, j'ai dit que le jambon de Parme était devenu banal. Après la parution du magazine, une lectrice m'a envoyé un e-mail pour me dire que je semblais affreusement condescendante et qu'elle continuerait à apprécier le jambon de Parme. Je l'ai imprimé et je l'ai montré à Patrick. Il l'a lu debout, un bras sur mes épaules, puis il m'a attirée contre lui et m'a dit, le menton posé sur le haut de mon crâne : « Je suis content.

– Qu'elle ne renonce pas au jambon ?

– Que tu sois affreusement condescendante. »

Il voulait dire : c'est grâce à ça que tu es toujours en vie.

Ce n'est sans doute pas la pire pensée que j'aie jamais eue. Mais elle se classe parmi les cent premières.

*

La pire chose qu'Ingrid m'ait dite : « En gros, tu es devenue comme maman. »

*

Il y a quelques mois, Ingrid m'a parlé au téléphone d'un genre de crème éclaircissante qu'elle utilisait pour faire disparaître une tache brune apparue sur son visage. Au dos du tube, il était indiqué qu'elle convenait pour la plupart des problèmes.

Je lui ai demandé si elle pensait que ça pourrait marcher sur ma personnalité.

« Peut-être, a-t-elle dit. Mais ça ne va pas la faire partir complètement. »

*

Après la nuit sur le balcon, j'ai demandé à mon père si je pouvais voir un autre médecin. Je lui ai raconté ce qui s'était passé. Il était dans la cuisine en train de manger un œuf dur et il s'est levé si brusquement que sa chaise a basculé en arrière. Je l'ai laissé me serrer dans ses bras pendant un temps qui m'a paru long. Puis il est parti chercher la liste de médecins qu'il avait, notée sur un bloc, quelque part dans son bureau.

La médecin, que nous avons choisie dans la liste parce que c'était la seule femme, a sorti un questionnaire plastifié d'un dossier et s'est mise à le lire, un marqueur rouge à la main. Le plastique était vaguement rose à force d'écrire et d'effacer les réponses des gens. « À quelle fréquence te sens-tu triste sans raison, Martha ? Toujours, parfois, rarement, jamais ? » Puis elle a noté chacune de mes réponses en disant : « Toujours, OK », « Toujours, très bien », « Toujours, là encore », « Laisse-moi deviner : toujours ? »

À la fin, elle a conclu « Bon, inutile de calculer le total, n'est-ce pas, je pense qu'on peut partir du principe… » et elle a établi une ordonnance pour un antidépresseur qui était selon elle « spécialement formulé pour les adolescents », comme si c'était un genre de crème contre l'acné.

Mon père lui a demandé de préciser en quoi exactement il différait de ceux formulés pour les adultes. La médecin a avancé de quelques pas sur sa chaise à roulettes pour se rapprocher de lui et a baissé la voix. « Elle a moins d'effet sur la libido. »

Mon père a eu l'air peiné et a fait « Ah ».

S'adressant toujours à lui, elle a ajouté : « Je présume qu'elle est sexuellement active. »

J'aurais voulu quitter la pièce en courant quand elle a expliqué, à voix toujours aussi basse, que bien que la libido susmentionnée ne soit pas affectée, je devrais prendre encore plus de précautions concernant le risque de grossesse, car ce médicament était nocif pour le développement du fœtus. Elle tenait à être parfaitement claire sur ce point.

Mon père a hoché la tête, la médecin a dit « Parfait », puis a fait quelques pas dans ma direction avec sa chaise et s'est mise à parler d'une voix anormalement forte, afin de renforcer l'illusion que je n'avais pas pu entendre ce qu'elle venait de dire. Elle m'a expliqué que j'allais avoir des maux de tête pendant quinze jours, peut-être aussi la bouche sèche, mais que d'ici quelques semaines, je serais redevenue la Martha d'avant.

Elle a tendu l'ordonnance à mon père et tandis que nous nous levions, elle a demandé si nous avions fait tous nos achats de Noël. Elle n'avait même pas commencé les siens. Ça semblait revenir de plus en plus vite tous les ans.

Sur le chemin du retour, mon père m'a demandé si je pleurais comme d'habitude ou pour une raison particulière.

« À cause du mot "fœtus", ai-je répondu.

– Puis-je te demander, a-t-il fait, les mains agrippées au volant, les jointures blanches, si elle avait raison de supposer que…

– Non, elle n'avait pas raison. »

En se garant devant la pharmacie, il m'a dit que ce n'était pas la peine de sortir, car il en avait pour un instant.

*

Les gélules étaient marron clair et marron foncé, et du fait qu'elles étaient faiblement dosées, je devrais à terme en prendre six par jour, mais en augmentant peu à peu la quantité pendant deux semaines, autre point essentiel sur lequel la médecin avait tenu à être parfaitement claire. Néanmoins, j'ai décidé de commencer directement à six et, à peine rentrée, je suis allée dans la salle de bains. Ingrid y était déjà, en train de se faire une frange. Elle s'est arrêtée et m'a regardée essayer d'avaler six gélules à la fois. Quand elles sont toutes tombées, elle a dit « Hé, mais c'est ce bon vieux Macaron le glouton », et elle a fait mine de les remettre dans sa bouche en répétant sans cesse : « Gâââteaux ! »

On avait l'impression de manger du plastique et ça laissait un arrière-goût de shampooing. J'ai craché dans le lavabo et je m'apprêtais à partir quand Ingrid m'a demandé de rester encore un peu. Nous avons grimpé dans la baignoire vide et nous sommes allongées chacune à un bout, les jambes le long du torse de l'autre. Elle a parlé de choses normales et a fait des imitations de notre mère. J'aurais voulu arriver à rire, car elle semblait tellement triste que je ne rie pas. Finalement, elle est ressortie pour vérifier sa frange dans le miroir et elle s'est exclamée : « Oh mon Dieu, je la laisse repousser immédiatement ! »

N'empêche, chaque fois que je dois avaler un comprimé, je repense à « Gâââteaux ! ».

*

Parmi les fils d'Ingrid, mon préféré est celui du milieu parce qu'il est timide et anxieux et que, dès qu'il a su marcher, il n'a cessé de se cramponner aux choses : la jupe de sa mère, la jambe de son frère aîné, le bord des tables. Je l'ai vu tendre la main et s'accrocher du bout des doigts à la poche d'Hamish tandis qu'ils marchaient côte à côte, faisant deux pas pour chaque pas de son père.

Un soir, en le mettant au lit, je lui ai demandé pourquoi il aimait serrer quelque chose dans sa main. À ce moment-là, il tenait le morceau de flanelle avec lequel il dormait.

Il a répondu : « C'est pas que j'aime ça. »

Je lui ai demandé pourquoi il le faisait, alors.

« Pour pas couler, a-t-il expliqué en me jetant un regard inquiet, comme si je risquais de me moquer de lui. Maman pourrait pas me retrouver. »

Je lui ai dit que je savais ce que c'était d'avoir peur de couler. Il m'a tendu le morceau de flanelle et m'a dit que si j'en avais besoin, il me le donnerait.

« Je sais que tu le ferais, mais merci, ça va aller. C'est ton doudou. »

Sans lâcher le bout de tissu, il a levé la main et doucement tiré l'extrémité de mes cheveux pour rapprocher mon visage du sien, puis il a murmuré : « En fait, j'en ai deux pareils. » Si je changeais d'avis, je n'avais qu'à le lui dire. Il a roulé sur le côté et s'est endormi avec les doigts de l'autre main enroulés autour de mon pouce.

J'ai eu des maux de tête pendant quinze jours, et peut-être aussi la bouche sèche. La veille de Noël, j'avais toujours mal à la tête et j'ai dit à ma mère que je ne me sentais pas en état de passer la nuit à Belgravia ni d'y aller le lendemain.

Nous étions tous les quatre dans la cuisine. Nous étions déjà en retard, et donc, mon père avait entrepris d'étaler des pages du supplément littéraire du *Times* par terre pour pouvoir cirer ses chaussures – pas celles qu'il allait porter, mais toutes ses chaussures – et ma mère venait de décider de prendre un bain, qui coulait bruyamment de l'autre côté du mur. Elle portait un vieux kimono en soie qui n'arrêtait pas de s'ouvrir. À chaque fois, Ingrid, qui était debout devant la table en train d'emballer rapidement et maladroitement des cadeaux, s'arrêtait et mettait ses mains devant ses yeux en criant en silence, comme si elle venait d'être aveuglée par l'explosion d'une usine. Quant à moi, je ne faisais rien à part les observer tous, assise dans un coin sur un escabeau.

Ma mère est allée dans la salle de bains et est revenue avec un panier à linge. Je l'ai regardée ranger les cadeaux dedans et je l'ai vaguement entendue dire que si on n'allait à Belgravia que quand on en avait envie, elle y serait allée une fois en tout et pour tout. J'étais distraite par le panier à linge, car c'était celui que mon père utilisait pour déménager à l'Hôtel Olympia.

J'ai jeté un coup d'œil vers lui : il retirait du cirage marron d'une chaussure noire à l'aide d'essuie-tout. Désormais, il quittait si rarement la maison qu'il était étrange de le voir se préparer à sortir. Même quand ma mère le lui ordonnait, ou quand Ingrid le suppliait de l'emmener quelque part, il refusait. Les raisons invoquées – un coup de fil d'un éditeur, un permis de conduire égaré, une lettre recommandée (avec mille variations sur ce thème) – semblaient si spécieuses à ma mère qu'il était évident pour elle qu'il ne voulait pas l'aider à s'occuper de nous.

« Martha », a-t-elle fait. J'ai reporté mon attention vers elle. « Tu as entendu ce que je t'ai dit ?

– Je peux rester seule à la maison.

– Ah, mais on adorerait tous rester seuls à la maison. »

Elle a ajouté – avec un bref regard en direction de mon père – qu'elle était privée de ce plaisir depuis des mois, et je me suis demandé comment j'avais pu mettre si longtemps à comprendre que depuis cette nuit sur le balcon, il avait veillé à ce que je ne sois jamais, jamais seule.

Il a semblé extrêmement fatigué. Ma mère a débouché une bouteille de vin et l'a emportée avec elle dans la salle de bains, en actionnant au passage le bouton de la radio.

*

Quelques heures plus tard, nous sommes montés dans la voiture et partis à Belgravia, le panier à linge plein de cadeaux sur les genoux d'Ingrid et ma tête sur son épaule. Winsome était la seule à être restée debout pour nous attendre. Furieuse, elle a ignoré ma mère et n'a décoché qu'un brusque signe de tête à mon père. Elle a fait la bise à Ingrid et à moi, puis m'a dit qu'elle avait préparé un petit lit sur le canapé du petit salon, nom par lequel mes cousins étaient tenus de désigner la salle télé située au sous-sol, près de la cuisine. « Ton père a appelé ce matin pour dire que tu avais été souffrante et que tu n'aurais pas envie de cohabiter avec les autres », a-t-elle expliqué, ajoutant qu'en effet je n'avais pas très bonne mine.

Je ne me suis pas levée le matin. Personne n'a essayé de m'y obliger. Ingrid m'a apporté le petit déjeuner, tout en sachant que je ne le mangerais pas. Elle a dit qu'il fallait au moins boire le thé.

J'étais réveillée depuis des heures, sans éprouver le sentiment d'appréhension qui semblait précéder le retour à la conscience ni la tristesse dévorante qui l'avait accompagné pendant des mois. Allongée immobile dans le noir, j'avais attendu en me demandant si c'était le fait de me réveiller dans une autre pièce.

Quand Ingrid est partie, je me suis redressée et j'ai écouté les voix venant de la cuisine, les chants de Noël à la radio, les pas tonitruants de mes cousins montant et redescendant l'escalier, le sifflement modulé de Rowland sur le seuil, et au lieu d'être terrorisée, je me sentais rassurée par ces sons, même par le claquement isolé des portes fermées trop violemment et les aboiements enragés de Wagner. Je me suis demandé si j'allais mieux. J'ai bu le thé.

Vers neuf heures, le bruit s'est concentré dans le hall, les cris ont atteint leur paroxysme, puis la maison est retombée dans un silence presque parfait. La seule autre personne à ne pas être allée à l'église, comme je l'ai su en entendant les chants de Noël céder la place à une voix d'homme lisant quelque chose sur un ton dramatique à la radio, était mon père.

*

Jessamine a frappé à la porte peu après que je les eus entendus rentrer. Elle avait dix ans et était habillée comme un membre de la famille royale. Elle était censée me dire que le déjeuner était prêt, mais également que je n'étais pas obligée de venir.

« Ou alors, a-t-elle fait en grattant son collant, si tu veux manger ton repas ici, tu as le droit, quelqu'un peut te l'apporter. »

J'ai dit que je ne voulais rien. Elle a louché pour indiquer que j'étais folle et est sortie en laissant la porte ouverte.

Je me suis levée pour la fermer. Patrick rôdait juste à côté. Il faisait trente centimètres de plus que l'année précédente et m'a dit bonjour d'une voix tellement différente de celle à laquelle je m'attendais que j'ai ri.

Gêné, il a baissé les yeux. Je portais le jogging et le sweat-shirt dans lesquels j'étais arrivée, mais j'avais retiré mon soutien-gorge et j'en ai soudain eu conscience. J'ai croisé les bras sur ma poitrine et je lui ai demandé ce qu'il faisait. En tripotant l'extrémité d'une manche puis l'autre, il m'a expliqué qu'il devait appeler son père et que Rowland lui avait proposé d'utiliser le téléphone du petit salon, mais que Jessamine venait de lui dire que j'y étais.

« Je peux sortir. »

Patrick a dit que ce n'était pas la peine, qu'il allait essayer d'en trouver un autre, puis a jeté un œil dans les deux directions comme si mon oncle allait surgir à un bout du couloir. Je me suis effacée devant lui et il s'est précipité dans la pièce.

Pendant une minute ou deux, il a parlé à son père par monosyllabes. J'ai attendu derrière la porte jusqu'à ce que je l'entende dire au revoir. Il se tenait à côté de la table de téléphone, fixant d'un air absent le tableau situé au-dessus, qui représentait un lion en train d'attaquer un cheval. Un instant s'est écoulé avant qu'il me remarque, s'excusant alors d'avoir pris tant de temps. J'ai cru qu'il allait partir, mais il est resté planté là tandis que je retournais sur le canapé, assise en tailleur sur les couvertures, en serrant un coussin contre ma poitrine et en priant en silence pour qu'il s'en aille afin que je puisse m'allonger. Patrick est resté où il était. Parce qu'aucune autre question ne me venait à l'esprit, j'ai demandé : « Comment ça va, le lycée ?

– Ça va. » Il s'est retourné, a marqué un temps d'arrêt, puis a ajouté : « Dommage que tu sois malade. »

J'ai haussé les épaules et retiré un fil de la fermeture éclair du coussin. Bien que ce soit sa troisième année avec nous, je ne me souvenais pas de lui avoir parlé individuellement d'autre chose que de l'heure qu'il était ou de l'endroit où poser les assiettes qu'il venait d'apporter dans la cuisine. Mais comme il ne bougeait toujours pas, j'ai fini par dire : « Ton père doit te manquer. »

Il a souri et hoché la tête d'une façon qui indiquait clairement que ce n'était pas le cas.

« Et ta mère, elle te manque ? » Dès que j'ai prononcé ces mots, son visage a changé, exprimant non pas une émotion identifiable, mais plutôt l'absence de toute émotion. Il s'est dirigé vers la fenêtre et est resté le dos tourné et les mains pendantes sans dire un mot pendant si longtemps que quand il a fini par dire « Ouais », ça semblait ne faire référence à rien. Ses épaules sont montées et retombées avec un profond soupir et je m'en suis voulu de n'avoir jamais songé à la solitude qu'il devait éprouver à être le seul à ne pas avoir de liens de parenté avec nous, au fait que passer Noël dans la famille d'un autre devait moins être un choix qu'une honte.

J'ai remué un peu et dit : « Comment elle était ? »

Il est resté près de la fenêtre. « Elle était très gentille.

– Tu as des souvenirs précis d'elle ? Vu que tu avais sept ans.

– Pas vraiment. »

J'ai tiré un autre fil du coussin. « C'est triste. »

Patrick s'est enfin retourné et a dit à voix basse que le seul souvenir qu'il avait et qui ne provenait pas d'une photo était qu'un jour, dans la cuisine de la maison où ils vivaient avant sa mort, il avait réclamé une pomme et qu'en la lui tendant, elle lui avait demandé : « Tu veux que je te l'entame ? » Il se demandait pourquoi.

« Quel âge tu avais ?

– Dans les cinq ans.

– Tu ne devais pas avoir de dents de devant. »

Il n'y a pas de nom pour l'émotion qui s'est affichée sur son visage à cet instant. C'était tout à la fois. Après ça, Patrick est parti.

*

Il y avait un café, à une minute ou deux de la maison de standing, où je me rendais tous les matins. Le serveur était très jeune et avait l'air de quelqu'un de célèbre, mais personne en particulier. Un jour, je le lui ai dit en guise de plaisanterie tandis qu'il enfonçait le couvercle de mon café. À ma grande déception, il a répondu sur le ton de la séduction, et avant la fin de la semaine, je me suis retrouvée dans une relation de badinage obligatoire avec lui. C'est rapidement devenu pénible et j'ai commencé à fréquenter un bistro situé plus loin, où le café était moins bon et où je n'avais pas besoin de parler.

*

De nouveau seule, je me suis levée du canapé et j'ai cherché quelque chose à lire.

Il n'y avait qu'un magazine télé et une édition entièrement révisée et mise à jour de l'*Encyclopédie du lévrier nain* sur la table basse, ainsi que des partitions sur le secrétaire de ma tante.

Je savais qu'elle était entrée au Royal College of Music « à l'âge tendre de seize ans » car, à en croire ma mère, elle me le répétait depuis le berceau. Ça ne m'avait jamais paru extraordinaire. Je ne m'étais jamais demandé comment elle y était arrivée avec une morne mère côtière, un père inutile et sans argent. Et en feuilletant les partitions, ébahie par la concentration de notes, j'ai réalisé que je n'avais aucun souvenir de l'avoir entendue jouer. Le piano à queue du grand salon n'était pour moi qu'un objet sur lequel il ne fallait pas poser son verre ni quoi que ce soit de mouillé.

Tandis que j'étais debout devant le secrétaire, la porte s'est ouverte à moitié et Winsome s'est faufilée à l'intérieur avec un plateau. Elle portait un tablier mouillé par la vaisselle. J'ai reposé la partition en disant que je n'avais pas fouillé, mais, dès qu'elle a vu ce que c'était, elle a eu l'air enchanté. Je lui ai dit que je n'avais jamais vu de musique aussi compliquée. Elle a répondu que c'était juste ce bon vieux Bach, et semblait peu disposée à ramener la conversation vers le plateau et ce qui se trouvait dessus, se résignant finalement à le faire lorsqu'il fut clair que je n'avais rien à ajouter sur le sujet.

Je suis retournée m'asseoir sur le canapé. À l'en croire, c'étaient quelques restes, mais lorsqu'elle a eu posé le plateau sur mes genoux, j'ai découvert que c'était tout un déjeuner de Noël en miniature, disposé sur une assiette à entrée, avec une serviette en lin dans un anneau en argent et du jus de raisin pétillant dans un verre en cristal. Mes yeux se sont emplis de larmes. Aussitôt, Winsome m'a assuré que je n'étais pas obligée de manger si je n'en avais pas envie. Depuis l'été, la simple vue de la nourriture m'était insupportable, mais ce n'est pas pour ça que je me contentais de regarder. C'était à cause du soin qu'elle avait mis à disposer les mets, beaux comme une nature morte, mais aussi, en y repensant, de la sensation de sécurité associée par mon cerveau à ces portions pour enfant.

Ma tante a dit « Bon, eh bien », ajoutant qu'elle repasserait peut-être plus tard, et s'est apprêtée à sortir.

Quand elle a atteint la porte, je me suis entendue dire « Reste ».

Winsome n'était pas ma mère, mais elle était maternelle – tout le contraire de ma mère – et je ne voulais pas qu'elle s'en aille. Elle m'a demandé si j'avais besoin d'autre chose.

J'ai dit non, lentement, tout en essayant d'inventer une autre excuse pour l'empêcher de partir. « Je me demandais juste… avant que tu arrives, je pensais au fait que tu es allée au conservatoire. Je me demandais qui t'avait aidée.

– Personne ne m'a aidée ! » s'est-elle écriée en faisant volte-face.

Puis, comme je lui demandais, tout en saisissant la minuscule fourchette et en harponnant une petite pomme de terre, comment elle avait fait pour y entrer, Winsome est venue s'asseoir sur le coin de lit que j'avais tenté de lisser pour elle et s'est mise à me raconter son histoire, indifférente au fait que je dégustais la patate exactement comme ses enfants n'étaient pas autorisés à le faire, en la grignotant au bout de la fourchette telle une glace.

Elle avait appris à jouer toute seule sur le piano de l'école, où quelqu'un avait écrit les noms des notes sur les touches. À douze ans, elle avait terminé toutes les méthodes d'apprentissage de la bibliothèque et commencé à commander des partitions. Au dos de celles-ci était imprimée l'adresse du Royal College of Music sur Prince Consort Road, à Londres, et elle s'était mise à rêver de ce lieu d'où elles venaient. À quinze ans, elle était allée toute seule à Londres dans le seul but de rester devant le bâtiment jusqu'à l'heure de son train de retour. Mais à la vue des élèves vêtus de noir, allant et venant un étui à la main, elle s'était sentie jalouse au point d'en avoir la nausée et avait réussi à se motiver à entrer et à demander à la personne à l'accueil s'il était possible de poser sa candidature. On lui avait donné un formulaire, qu'elle avait rempli chez elle le soir même, au crayon puis au stylo et, deux semaines plus tard, elle avait reçu une convocation pour une audition.

Je l'ai interrompue pour lui demander comment elle avait prouvé son niveau, sachant qu'elle n'avait passé aucun examen.

Ma tante a fermé les yeux, levé le menton, pris une profonde inspiration et déclaré en les rouvrant d'un coup : « J'ai menti. » Puis elle a eu une glorieuse expiration.

Le jour de l'audition, elle avait joué à la perfection. Mais quand les examinateurs lui avaient ensuite demandé de présenter ses certificats, elle avait tout avoué. « Je m'attendais à être arrêtée, a-t-elle expliqué, mais dès qu'ils ont découvert que je n'avais jamais pris de cours, ils m'ont donné une place sur-le-champ. » Elle a joint les mains et les a placées l'une sur l'autre sur ses genoux.

J'ai posé ma fourchette. « Si je viens avec toi, tu joueras quelque chose ? »

Tout en protestant qu'elle était bien trop rouillée, elle s'est levée d'un bond et m'a débarrassée de mon plateau.

Je me suis levée à mon tour et lui ai demandé si elle avait besoin de ses partitions. Ma tante a ri et m'a escortée vers la sortie.

*

De là où elle m'a dit de m'asseoir, je l'ai regardée ouvrir le couvercle du piano, ajuster le tabouret, puis lever les mains – les poignets, souples, avant les doigts –, et les tenir quelques secondes en suspension avant de les laisser retomber sur les touches. Dès la première mesure du morceau – dont j'ignorais ce que c'était –, les autres ont commencé à affluer un à un dans la pièce, même les garçons, même ma mère.

Personne ne disait rien. C'était une musique extraordinaire. Elle provoquait une sensation physique, comme de l'eau chaude versée sur une plaie, à la fois déchirante, purifiante et curative. Ingrid est venue se caler contre moi dans le fauteuil au moment où Winsome attaquait une section qui accélérait encore et encore jusqu'à ce que la musique ne semble plus provenir d'elle. « Putain de merde ! » a lâché ma sœur. Une série de violents accords suivis par un soudain ralentissement a semblé annoncer la fin, mais au lieu de s'arrêter, ma tante a fondu les dernières mesures dans les premières notes de *Minuit, chrétiens*.

Ma perception de Winsome me venait de ma mère : je la trouvais vieille, tatillonne, dépourvue de vie intérieure et de passions dignes d'intérêt. C'était la première fois que je la considérais avec mes propres yeux. Winsome était une adulte, quelqu'un qui prenait soin des choses, qui aimait l'ordre et la beauté et se donnait du mal pour les offrir aux autres. Elle a levé les yeux au plafond et a souri. Elle portait toujours son tablier mouillé.

La première personne à rompre le silence a été Rowland, qui était arrivé le dernier et se tenait devant la cheminée avec le coude sur le manteau, comme s'il posait pour un portrait en pied. Il a réclamé quelque chose d'un peu plus gai, bon sang, et Winsome a aussitôt enchaîné avec *Joy to the World*.

Ma mère l'a interrompue en se mettant à chanter une chanson que ma tante ne pouvait accompagner, car elle l'inventait au fur et à mesure. Sa voix est montée toujours plus haut jusqu'à ce que Winsome improvise une fin et retire les mains du clavier en disant que c'était sans doute l'heure de la reine. Ma mère a prétendu que tout le monde s'amusait. « Et, a-t-elle ajouté, je tiens à ce que vous sachiez qu'à l'adolescence, ma sœur était tellement convaincue qu'elle allait être célèbre qu'elle s'entraînait à jouer la tête tournée de côté – n'est-ce pas, Winnie ? – en prévision du jour où elle devrait jouer en regardant son vaste public. »

Winsome s'est efforcée de rire, puis Rowland a dit « Bon » et a ordonné à tous ceux nés après le couronnement de s'éclipser, ce qui était superflu sachant qu'Ingrid, mes cousins et Patrick avaient commencé à évacuer la pièce durant le speech de ma mère. Je me suis levée et dirigée vers la porte. J'aurais voulu m'excuser auprès de Winsome, mais en passant devant elle, j'ai regardé par terre et je suis retournée dans le petit salon. Je n'en suis ressortie que quand ça a été l'heure de partir. Dans la voiture, Ingrid m'a dit qu'elle avait déballé mes cadeaux pour moi. « Que des merdes pour la pile "J'aime pas" », a-t-elle commenté.

Je n'allais pas mieux. J'avais juste eu droit à un break pour le jour de Noël. Quand je suis allée à Belgravia la fois d'après, le piano était fermé et recouvert.

*

En janvier, je suis retournée à l'université et j'ai passé mes examens. Celui du cours « Fondements de la philosophie niveau 1 » était un devoir à la maison. Je l'ai rédigé par terre dans le bureau de mon père, en m'appuyant sur le dictionnaire d'Oxford.

Ma dissertation est revenue avec un commentaire à la fin. « Vous écrivez de façon exquise pour ne pas dire grand-chose. » Mon père l'a lue et a dit : « Oui. Je crois que tu as eu les yeux plus petits que le ventre. »

Ci-gît Martha Juliet Russell
25 novembre 1977 - ???
Elle avait les yeux plus petits que le ventre

*

Quand les médicaments ont commencé à agir au bout d'un mois, je ne suis pas redevenue la Martha d'avant. Je n'étais plus déprimée. J'étais constamment euphorique. Rien ne me faisait peur. Tout me semblait drôle. J'ai entamé le second semestre et suis devenue amie, de force, avec tous mes camarades de classe. Une fille m'a dit : « C'est fou ce que tu es marrante, en fait. On te prenait tous pour une garce. » Le garçon à côté d'elle a rectifié : « C'est ce que les autres croyaient ; nous, on pensait juste que tu étais froide. » « N'empêche, a insisté la fille, tu n'as pas adressé la parole à une seule personne au premier semestre. » D'après Ingrid, j'étais moins bizarre quand je me planquais sous ma table.

*

J'ai perdu ma virginité avec un étudiant en doctorat que le directeur, après avoir levé mon sursis, m'avait assigné comme tuteur afin « de repérer les éventuelles lacunes et de les combler ». J'ai quitté son appartement dès que ça a été fini. C'était l'après-midi, mais nous étions encore en hiver et il faisait déjà nuit. Dans la rue, je n'ai vu que des mères avec des landaus. On aurait dit qu'elles convergeaient de toutes parts pour former un cortège. À la lumière des lampadaires, le visage de leurs bébés semblait pâle et lunaire, teinté d'orange. Ils pleuraient et se tortillaient en vain sous les sangles qui les retenaient. Je suis allée chez Boots et me suis entendu dire par un pharmacien au ton réprobateur qu'il fallait une ordonnance pour la pilule du lendemain, qu'il ne pouvait pas me la vendre comme un vulgaire cachet d'aspirine. Il y avait un dispensaire un peu plus loin qui prenait les patients sans rendez-vous, je ferais mieux de m'y rendre directement.

J'ai attendu pendant des heures avant d'être vue par une médecin qui ne semblait guère plus âgée que moi et qui m'a assuré que j'étais bien dans la période propice – « Façon de parler », a-t-elle dit en gloussant.

Ce soir-là, je n'ai pas pris mes médicaments. Je ne les ai pas pris non plus le lendemain, ni le surlendemain, et j'ai fini par ne plus les prendre du tout. La médecin qui me les avait prescrits a été assez vague concernant les dégâts qu'ils pouvaient causer, elle ne pouvait pas me dire combien de temps ils subsistaient dans l'organisme. Je ne pensais qu'à une chose : la façon dont elle avait chuchoté le mot « fœtus ».

Et c'est ainsi que j'ai effectué un test de grossesse tous les jours jusqu'à ce que j'aie mes règles, convaincue, en dépit des précautions que j'avais prises pendant et après, et bien que tous les tests soient négatifs, que je portais un bébé gigotant au visage lunaire. Le matin où j'ai eu mes règles, je me suis assise sur le bord de la baignoire, malade de soulagement.

Sans mes médicaments, je n'étais plus euphorique. Je n'étais ni déprimée, ni la Martha d'avant, ni la nouvelle Martha. J'étais, tout simplement.

*

J'ai dit à Ingrid que j'avais couché avec l'étudiant, mais je ne lui ai pas raconté la suite, de peur qu'elle se moque de moi ou me traite de parano. Elle a dit : « Waouh. Tes lacunes ont été repérées et comblées. » Quand elle m'a demandé comment c'était la première fois, j'ai prétendu que c'était génial parce qu'elle cherchait activement, disait-elle, à faire combler ses propres lacunes.

*

Après avoir obtenu mon diplôme en retard, j'ai décroché un job chez *Vogue*, car ils lançaient un site web et j'avais déclaré dans ma lettre de candidature qu'outre mes compétences en philosophie, j'étais également à l'aise avec Internet. Ingrid a estimé que j'avais eu le poste parce que j'étais grande.

La veille de mon entrée en fonction, je suis allée à la librairie Waterstones sur Kensington High Street et j'ai trouvé un livre sur le langage HTML que j'ai lu debout dans l'allée, car sa couverture était d'un jaune si agressif que je ne supportais pas l'idée de l'acheter. C'était tellement incompréhensible que ça m'a mise en rogne et que je suis partie.

On m'a installée très loin de la rédaction, mais excessivement près de l'autre fille chargée du site web, dans un box entouré d'étagères. Il s'est avéré que nous étions toutes deux soucieuses de ne pas déranger l'autre. C'est ainsi que j'ai appris à manger une pomme de façon parfaitement silencieuse – en la coupant en seize et en laissant chaque morceau fondre dans ma bouche comme une gaufrette. Elle, chaque fois que son téléphone sonnait, se jetait sur le combiné, le soulevait d'un centimètre et le reposait pour qu'il arrête de sonner. Les appels ne pouvaient être pour nous, puisque tout le monde ignorait notre existence. Nous avons surnommé notre bureau « le clapier ».

Au cours des six premiers mois, j'ai perdu douze kilos. Ingrid m'a jugée sublime dans un genre un peu gerbant et m'a demandé de lui trouver un job chez *Vogue*. Ce n'était pas voulu ; on m'a dit que ça arrivait à tout le monde, comme si, inconsciemment, nous nous préparions à découvrir un jour en arrivant que les portes avaient été modifiées de façon à ce que seules les filles ayant les dimensions agréées puissent les franchir. Comme les gabarits dans lesquels votre bagage à main doit pouvoir tenir dans les aéroports.

J'adorais cet endroit. J'y suis restée jusqu'à ce qu'ils se rendent compte que je n'étais pas à l'aise avec

Internet et me transfèrent vers la revue de décoration *The World of Interiors* à l'étage inférieur, où j'écrivais de façon exquise pour ne pas dire grand-chose. D'après Ingrid, c'est avec force labeur et détermination que j'ai depuis régulièrement descendu les échelons de ma carrière professionnelle.

Après le bac, Ingrid a fait un an de marketing dans une université régionale qui l'a rendue plus bête qu'elle ne l'était au départ (c'est elle qui le dit), puis est revenue à Londres pour travailler dans une agence de mannequins. Elle a démissionné dès qu'elle est tombée enceinte et n'y est jamais retournée, car, dit-elle, elle ne voit pas l'intérêt de payer une nounou pour passer neuf heures par jour à regarder des adolescentes d'Europe de l'Est à l'indice de masse corporelle négatif.

*

Une année, pendant les vacances, j'ai lu *Money, money*, avant de me souvenir au bout de trente pages que je ne comprenais pas Martin Amis. Le personnage principal du roman est un fumeur invétéré. Il dit « … et je me mis à fumer une autre cigarette. À moins que je vous spécifie expressément le contraire, je suis toujours en train de fumer une autre cigarette. »

À moins que je vous spécifie le contraire, de l'âge de vingt ans jusqu'à près de quarante ans, j'ai connu des phases de dépression légère, modérée ou sévère pouvant durer une semaine, quinze jours, six mois, un an.

J'ai commencé un journal intime le jour de mes vingt et un ans. Je croyais y parler de ma vie en général. Je l'ai toujours ; on dirait le journal que votre psychiatre vous demande de tenir pour noter quand vous entamez, terminez ou sentez venir une période de dépression.

C'est-à-dire tout le temps. C'était la seule chose que j'écrivais. Mais les intervalles entre deux phases étaient suffisamment longs pour que je puisse considérer chaque épisode comme distinct, avec ses propres causes liées aux circonstances, même si je peinais généralement à les identifier.

Ensuite, je ne pensais pas que ça recommencerait. Quand ça arrivait, j'allais chez un autre médecin et je collectionnais les diagnostics comme pour avoir toute la panoplie. Les pilules devenaient des combinaisons de pilules, conçues par des spécialistes. Ils parlaient de régler le curseur ; l'expression « par tâtonnements » était très en vogue. Un jour, en me regardant verser une telle quantité de comprimés et de gélules dans un bol, Ingrid, qui était en train de préparer le petit déjeuner dans la cuisine à côté de moi, a dit « Ça a l'air très nourrissant » et m'a demandé si je voulais du lait dessus.

Ces mélanges me faisaient peur. Je détestais les boîtes dans l'armoire de la salle de bains, les plaquettes tordues à moitié vides et les bouts d'opercule dans l'évier, la texture insoluble des gélules dans ma gorge. Mais je prenais tout ce qu'on me donnait. J'arrêtais si elles aggravaient mon état ou lorsqu'elles l'avaient amélioré. En général, elles ne changeaient rien.

C'est pour ça que j'ai fini par arrêter de prendre quoi que ce soit et de voir tous ces médecins, jusqu'à ne plus en voir du tout, pour ça que tout le monde – mes parents, Ingrid et ensuite Patrick – en est venu à avaliser mon autodiagnostic – j'étais trop sensible et difficile à vivre – et que personne ne s'est demandé si ces épisodes étaient autant de perles sur un même collier.

La première fois que je me suis mariée, c'était avec un homme nommé Jonathan Strong. Il était marchand d'art spécialisé dans les peintures pastorales qu'il dénichait pour des oligarques. J'avais vingt-cinq ans et toujours mon poids de *Vogue* quand je l'ai rencontré lors d'une fête estivale donnée par l'éditeur de *The World of Interiors*, un sexagénaire aux cheveux blancs qui, en matière vestimentaire, avait un faible pour le velours. Il se prénommait Peregrine et, d'après mes collègues, le magazine *Tatler* avait créé un raccourci pour taper son nom sur tous ses ordinateurs, tant il apparaissait souvent dans les pages *people*. Dès qu'il a appris que j'étais la fille de la sculptrice Celia Barry, il m'a invitée à déjeuner car, disait-il, bien que les œuvres de ma mère ne le touchent pas, sauf quand elles le rebutaient positivement, il aimait les artistes, l'art, la beauté et la folie, et présumait que j'aurais des choses intéressantes à raconter sur tous ces sujets.

J'avais fait le tour de la question avant que Peregrine ait fini ses huîtres, mais il m'a de nouveau invitée la semaine suivante, puis toutes les semaines, car il prétendait être captivé par les histoires que je lui racontais à propos de mon enfance – les fêtes, le labeur artistique et domestique de mon père, l'œuvre inachevée, l'aube toscane et le millefeuille de papier alu. Ce qui le fascinait le plus, c'était que j'aie frôlé la folie. Il affirmait ne pas se fier aux gens qui n'avaient pas fait au moins une dépression nerveuse et déplorait que la sienne remonte à trente ans et qu'elle ait, de façon fort peu originale, fait suite à un divorce.

Je lui ai parlé du jeu de mon père avec les lettres de l'alphabet. Peregrine a voulu s'y essayer sur-le-champ. C'est devenu une habitude entre nous d'écrire une phrase après qu'il eut passé commande, sur des bristols sortis de sa poche de poitrine.

Le jour où j'en ai produit une – je ne m'en souviens pas entièrement – qui commençait par *Admirable Bronze, Ce Degas Émeut Fortement*, Peregrine m'a dit que j'étais devenue pour lui comme la fille qu'il n'avait jamais eue. En réalité, il en avait deux, mais au lieu de devenir artistes comme il l'espérait, elles étaient sorties de l'université avec des diplômes de comptables. « Au grand désespoir de leur père », m'a-t-il confié. Même des années plus tard, il avait du mal à accepter le mode de vie qu'elles avaient choisi, et qui impliquait de passer l'aspirateur dans une maison mitoyenne d'un coin sans charme du Surrey, faire les courses au supermarché, avoir un mari, etc. Le mode de vie de Peregrine consistait à partager des écuries reconverties en duplex à Chelsea avec un monsieur d'un certain âge baptisé Jeremy qui faisait tous leurs achats chez Fortnum & Mason.

À la fin de son discours, je lui ai demandé de me lire ce qu'il avait écrit. « C'est loin d'être ce que j'ai fait de mieux, a-t-il dit, mais soit. *Ainsi, Bernard Consomme, Délicat Et Fin Gastronome Hélas Indisposé…* » Ensuite, il a été coupé par l'arrivée de nos huîtres.

*

Le fils aîné d'Ingrid est passé par une période où il rédigeait des menus. Elle m'en envoyait la photo par texto. Sur l'un d'eux, il était écrit :

1. Vin rouje 20

2. vin blan 20

3. mélenje de vins, 10.

Dans le message, Ingrid précisait qu'elle avait commandé un grand pichet du numéro trois, parce que c'était la base de l'économie domestique.

*

C'est Peregrine qui m'a fait remarquer Jonathan à la fête estivale et, comme il l'a reconnu un an plus tard en implorant mon pardon, qui a « involontairement chorégraphié votre désastreux pas de deux ».

Debout au milieu de la pièce, Jonathan discutait avec trois femmes blondes vêtues de variantes de la même tenue. Peregrine m'a dit que c'était mal barré pour elles, car elles risquaient de se faire séduire ou vendre un horrible paysage, puis il s'est excusé de devoir m'abandonner pour aller dire bonjour à quelqu'un d'ennuyeux.

Je suis passée devant Jonathan en allant vers la terrasse et je l'ai senti se retourner et me suivre des yeux jusqu'à la porte. Quand je suis revenue à l'endroit où m'avait laissée Peregrine, Jonathan s'est écarté de son groupe. J'ai fait vœu de le haïr tandis qu'il se frayait un chemin vers moi, car ses cheveux semblaient mouillés sans l'être et, en passant devant un serveur, il a saisi deux coupes de champagne sur son plateau sans même un regard pour lui. Il en a placé une dans ma main et, ce faisant, a fait remonter la manche de son smoking, révélant une montre de la taille d'une horloge.

N'ayant laissé que quelques centimètres entre nous, il a trinqué en inclinant à peine son verre et a dit : « Je suis Jonathan Strong, mais ce qui m'intéresse avant tout, c'est de savoir qui vous êtes. »

J'ai capitulé une minute plus tard. Il avait une énergie extravagante qui l'animait tout en anesthésiant quiconque l'écoutait et était prêt à s'amuser de sa beauté sans pareille. Quand je lui ai dit qu'il avait le regard brillant d'un enfant victorien qui succombera le soir même à la scarlatine, il a ri plus que de raison.

Le compliment qu'il m'a fait en retour était tellement banal – ma robe me donnait l'allure d'une star de cinéma des années 1930 – que j'ai cru qu'il plaisantait. Jonathan ne plaisantait jamais, mais j'ai mis très longtemps à m'en rendre compte.

À l'époque, je prenais un médicament qui, en réaction à l'alcool, faisait de moi une proie facile ; j'étais ivre avant d'avoir fini la coupe de champagne. La distance entre nous n'avait cessé de diminuer tandis que nous parlions et, quand elle a été réduite à néant, quand il s'est mis à murmurer à mon oreille, cela a semblé être le prolongement naturel de notre progression l'un vers l'autre de le laisser m'embrasser. Puis de le laisser prendre mon numéro de téléphone et, le lendemain, de le laisser m'inviter à dîner.

Il m'a emmenée dans un restaurant de sushis à Chelsea dont il fut quelque temps totalement épris, avant de décider que regarder la nourriture tourner en rond sur un petit train était incroyablement puéril. J'ai renouvelé le vœu de le haïr à l'instant où nous nous sommes assis et j'ai couché avec lui le soir même.

À la base du gigantesque malentendu qui nous a conduits à nous marier, il y avait le fait qu'il me prenait pour une créature filiforme, désinhibée et drôle qui s'intéressait à la mode et fréquentait les soirées *people*, et que j'ignorais qu'il prenait d'immenses quantités de cocaïne.

*

Au milieu du dîner, Jonathan a entamé une dissertation – sans aucun rapport avec ce dont nous parlions auparavant – sur les maladies mentales et les gens qui faisaient le choix d'en avoir.

D'après son expérience, les gens qui déclaraient à qui voulait l'entendre souffrir d'un quelconque trouble psychique étaient soit ennuyeux et avides de paraître intéressants, soit incapables d'admettre qu'ils étaient tout simplement paumés, sans doute par leur propre faute et non à cause d'une enfance qu'ils étaient tout aussi pressés de vous raconter.

Je n'ai rien dit, distraite par le fait que tout en parlant, Jonathan avait pris un plat de sashimi sur le tapis roulant, retiré le couvercle, mangé la moitié d'une tranche entre ses baguettes, grimacé, reposé le reste dans le plat, remis le couvercle et laissé le plat repartir.

Désormais, tout le monde prenait des médocs, a-t-il poursuivi, mais à quoi bon, le commun des mortels semblait aussi malheureux qu'avant.

Je ne pouvais détacher mes yeux du plat qui continuait à tourner, passant devant d'autres clients. Je l'ai vaguement entendu dire : « Peut-être qu'au lieu d'avaler des produits pharmaceutiques comme des cacahuètes dans le vain espoir d'aller mieux, les gens devraient envisager de s'endurcir un peu, bordel. »

J'ai bu une gorgée du saké que j'avais refusé mais qu'il m'avait versé quand même et j'ai vu, par-dessus son épaule, un homme assis plus loin prendre le plat entamé sur le tapis roulant et le donner à sa femme. Elle a saisi ses baguettes et attrapé la demi-tranche. J'ai échappé à l'horreur de la regarder la manger en entendant Jonathan prononcer mon nom et conclure : « J'ai raison, non ?

– Tu es hilarant, Jonathan », ai-je dit en riant.

Il a souri de toutes ses dents et a rempli mon verre de saké. Le temps qu'il réitère son traité sur la santé mentale quelques semaines plus tard, j'étais tombée amoureuse de lui et je croyais toujours qu'il plaisantait.

*

Quand j'ai annoncé à Peregrine que je m'étais mise à fréquenter Jonathan, il m'a dit qu'il aurait préféré que je le laisse me fourguer un de ses immondes tableaux plutôt que m'entraîner dans son lit.

Ingrid a rencontré Hamish cet été-là, en allant à la fête d'anniversaire que Winsome organisait pour elle à Belgravia. Quand elle s'est cassé la figure sur le trottoir, il a aussitôt abandonné ses poubelles devant le portail et s'est précipité pour voir comment elle allait. Il l'a aidée à se relever et, parce qu'elle avait plusieurs plaies qui saignaient, il lui a proposé de la conduire à destination, ajoutant, selon Ingrid : « Je ne suis pas un ignoble assassin. » Elle a répondu que si ça signifiait qu'il était un admirable assassin, elle voulait bien qu'il l'emmène.

En arrivant chez ma tante, Hamish a accepté d'entrer boire un verre parce qu'il avait adoré écouter ma sœur monologuer pendant la majeure partie du trajet. J'étais déjà là et, quand Ingrid nous a présentés, Hamish m'a demandé ce que je faisais. Il a dit que ce devait être passionnant de travailler pour un magazine, puis m'a confié qu'il occupait un emploi dans l'administration qui était trop ennuyeux pour être mentionné. Ingrid, à qui il venait d'en parler, a déclaré qu'elle ne le contredirait pas sur ce point. Avant la fin de la fête, j'ai su qu'elle l'épouserait, car bien qu'il ait passé la soirée à côté d'elle, il ne l'avait pas reprise une seule fois tandis qu'elle débitait des anecdotes, alors que les anecdotes de ma sœur sont toujours un mélange d'hyperboles, de mensonges et d'inexactitudes factuelles.

Ils étaient déjà ensemble depuis trois ans quand il l'a demandée en mariage, sur une plage du Dorset déserte, car c'était en janvier et, comme elle l'a raconté par la suite, par un vent si féroce que le sable leur fouettait le visage et qu'Hamish a tout fait les yeux fermés.

*

Jonathan m'a fait sa demande au bout de quelques semaines seulement, lors d'un dîner qu'il a donné dans ce but. À l'exception d'une demi-sœur, il était brouillé avec sa famille, mais il a invité la mienne : mes parents, Ingrid accompagnée d'Hamish, Winsome, Rowland, Oliver, Jessamine et Patrick, venu à la place de Nicholas, lequel était paraît-il dans une ferme éducative en Amérique.

Jonathan ne les avait jamais rencontrés auparavant et ne me connaissait pas depuis assez longtemps pour savoir que je serais autant ravie de vivre un événement aussi intime en public que d'avoir eu mes premières règles à la patinoire à quatorze ans. Je voulais qu'il le fasse, mais pas dans ces circonstances. Plus tard, j'ai compris que Jonathan avait besoin d'un auditoire.

Son appartement était situé à Southwark, dans les hauteurs d'une tour en verre à l'architecture agressivement conceptuelle dont le projet avait fait l'objet d'une vigoureuse opposition parmi les habitants du quartier. Chaque élément de son intérieur était caché, renfoncé, déguisé ou astucieusement dissimulé par un objet placé là à dessein pour attirer le regard. Avant d'apprendre où tout se trouvait, j'ai fait coulisser bien des panneaux derrière lesquels il n'y avait rien, ou alors des choses que je ne cherchais pas ou que je n'étais pas censée voir.

Je vivais encore chez mes parents quand j'ai rencontré Jonathan, car le salaire perçu pour décrire des chaises se situait tout en bas de l'échelle, et j'y vivais encore au moment de ce dîner car, bien qu'il m'ait presque immédiatement demandé d'emménager avec lui, me retrouver à un étage si élevé, dans un appartement flanqué de toutes parts d'immenses fenêtres hermétiques, me donnait l'impression de manquer d'air. Je ne pouvais rester plus de quelques heures à l'intérieur sans être obligée de prendre l'ascenseur qui fonçait en silence jusqu'au rez-de-chaussée et de rester un moment sur le trottoir pour inspirer et expirer beaucoup trop vite pour qu'on puisse parler de respiration consciente. Et c'est ainsi que je suis arrivée ce soir-là avec mes parents et que je les ai présentés à Jonathan dans la pénombre du vestibule. Il portait un costume bleu marine et une chemise ouverte qui lui donnaient l'allure d'un prestigieux agent immobilier, tandis que mon père, dans son pantalon et son pull marron, ressemblait à un bibliothécaire ambulant.

Ils étaient tous deux conscients du contraste, mais Jonathan s'est avancé et a saisi la main de mon père en s'écriant « Le poète ! » d'un air qui s'est avéré salvateur pour eux et désespérément séduisant pour moi. Puis il s'est tourné vers ma mère, l'a attirée à lui et s'est exclamé : « Ma chère, en quoi êtes-vous habillée ? » Elle était habillée en sculptrice. Il l'a fait tourner en disant qu'il lui fallait un moment pour déconstruire sa tenue, et malgré son ton moqueur, elle s'est laissé faire.

Sur ces entrefaites, les autres sont arrivés et Jonathan a répété leur nom après moi comme s'il apprenait les mots-clés d'une langue étrangère, tout en leur serrant la main une seconde de trop.

J'ai terminé par Patrick et Jonathan a dit « Ah oui, le copain de lycée », puis est parti accompagner tout le monde jusqu'à la vaste salle de réception, nous laissant seuls dans l'entrée.

Il avait l'air en forme, j'avais l'air en forme. Nous n'avions pas dépassé ce stade de la conversation quand Jonathan est revenu au petit trot en disant : « Vous deux, Patrick, venez, venez. »

*

Bien qu'elle n'ait rien dit à ce sujet, Jonathan a expliqué à ma sœur, durant leur seule conversation de la soirée, que les gens le croyaient naturellement doué pour retenir les noms, alors qu'en fait, quand il rencontrait quelqu'un pour la première fois, il inventait un moyen mnémotechnique reliant son nom à un aspect de son apparence physique tout en lui serrant la main. En conséquence de quoi, elle l'a longtemps appelé Jonathan Tête-À-Claque.

Ingrid détestait Jonathan, de manière abstraite avant de l'avoir rencontré et viscérale après. Elle était la seule personne sur laquelle son pouvoir n'agissait pas et, par la suite, elle m'a raconté que nous voir tomber amoureux était comme regarder deux véhicules foncer l'un vers l'autre sans rien pouvoir faire hormis attendre l'impact et commencer – dès ce soir-là – à dresser au dos d'un reçu la liste des « raisons pour lesquelles Jonathan est une arme fatale ».

*

J'ignorais que Jonathan allait me demander en mariage pendant ce dîner et que cela viendrait en point d'orgue d'un diaporama retraçant notre relation jusqu'à ce jour. En gros, celui-ci était constitué de photos individuelles de lui prises par moi et de moi prises par lui à l'aide de son fabuleux appareil. Il avait été projeté sur un écran descendu d'un renfoncement invisible dans le plafond, et tandis qu'il remontait en silence, Jonathan m'a demandé de venir près de lui.

Tout en me levant comme au ralenti, j'ai regardé mon père, avec son timide sourire, dont le désir de m'aider avait toujours surpassé sa capacité à le faire, et Ingrid, qui en était encore à s'asseoir sur les genoux d'Hamish, les bras passés derrière son cou. J'ai regardé mon oncle, ma tante et mes cousins en train de discuter entre eux à l'autre bout de la table, Patrick assis juste à côté, mais qui semblait seul, et ma mère qui versait avec plus ou moins de précision du champagne dans son verre en posant des yeux trop adorateurs sur Jonathan, lequel se tenait maintenant les bras écartés, comme s'il allait prendre possession d'un grand objet. J'aurais voulu devenir quelqu'un d'autre. J'aurais voulu appartenir à n'importe qui d'autre. J'aurais voulu que tout soit différent. Avant qu'il ait posé la question, et pour l'empêcher de mettre un genou en terre devant tout le monde, j'ai répondu oui.

Il y a eu une seconde d'intense silence avant que mon père se mette à applaudir comme un spectateur récemment converti à la musique classique qui ne sait pas trop si on est censé le faire entre les mouvements. Peu à peu, tous les autres se sont joints à lui à l'exception d'Ingrid, dont le regard furieux allait et venait entre Jonathan et moi, jusqu'à ce que ma mère – assise à côté d'elle – s'exclame « Hourra, Martha est enceinte ! » par-dessus les applaudissements. Ingrid s'est tournée vers elle en rétorquant « Quoi ? Mais non, pas du tout ! » avant de me demander : « T'es pas enceinte, hein ? »

J'ai dit non et Ingrid a attrapé le goulot de la bouteille que ma mère essayait d'ouvrir et la lui a arrachée des mains. Puis elle l'a refilée à Hamish en se levant de ses genoux et s'est dirigée vers moi, forçant Jonathan à se pousser pour qu'elle puisse me serrer dans ses bras sans prêter attention à lui.

En nous voyant ainsi, toute l'assistance aurait pu croire qu'il s'agissait d'un geste de félicitation entre sœurs, et non de la tentative de l'une pour réconforter l'autre en murmurant à son oreille « T'en fais pas, elle est soûle, c'est une abrutie », et de l'effort de l'autre pour rester où elle était au lieu de s'enfuir en courant, tant son humiliation était profonde. Mais la cause n'en était pas ma mère. Impossible d'expliquer à Ingrid à cet instant que c'était Jonathan, qui avait réagi à son exclamation en feignant l'horreur, puis s'était tourné vers mon père en glissant entre ses dents : « Elle a pas intérêt ! » Mon père n'ayant pas ri, Jonathan avait répété la blague à Rowland, qui avait pouffé, et elle s'était ensuite propagée autour de la table.

Cela n'avait duré qu'un moment, mais ne sachant où regarder tandis qu'enflait l'hilarité, j'avais gardé les yeux rivés sur Jonathan, qui riait également, bien que de la sueur ait perlé sur son front.

Il ne voulait pas d'enfants. Il me l'avait dit au restaurant de sushis. Je lui avais répondu que je n'en voulais pas non plus et il avait levé son verre en disant : « Waouh, la femme idéale. » Cela semblait établi dès le départ, il n'avait pas été nécessaire d'y revenir. Et j'étais contente, mais pas heureuse. Le fait d'être enceinte n'avait rien de drôle, et pourtant, les gens riaient. Je ne voulais pas être mère, mais l'idée que je puisse l'être ou le devenir prochainement, tous semblaient trouver ça hilarant.

Tous sauf Patrick, resté assis solennellement. Tandis qu'ils continuaient à rire, j'avais croisé son regard et il m'avait souri d'un air de compatir – à quoi, je ne sais pas bien, mais ça avait achevé de me mortifier. Le copain de lycée avait pitié de moi.

Avant qu'Ingrid se détache de moi, j'ai dit « Merci, je t'adore » et j'ai levé le menton en arborant d'avance un sourire rayonnant au cas où quelqu'un m'observerait.

Ils s'étaient tous levés de table. Jonathan et moi avons été réunis, enveloppés dans leurs félicitations. Il a dit : « Merci, les gars. Pour ne rien vous cacher, je crois que je n'ai jamais été aussi heureux de ma vie. Regardez-la, nom de Dieu. » Il a pris ma main et l'a embrassée.

Dès que j'ai pu, je suis allée dans la salle de bains attenante à la chambre de Jonathan et j'ai été horrifiée par la version inconnue de moi-même que me renvoyait le miroir. Des yeux immenses et un sourire qui semblait avoir été figé au moment de ma mort et pétrifié par la rigidité cadavérique. J'ai posé les mains sur mes joues, puis ouvert et fermé plusieurs fois la bouche jusqu'à ce qu'il disparaisse. Quand je suis ressortie, Ingrid était partie.

*

Tard dans la soirée, j'ai pris un taxi pour Goldhawk Road. Jonathan s'est excusé de devoir aller se coucher au lieu de m'aider à nettoyer. Il n'avait pas prévu qu'un grand geste romantique serait aussi crevant.

Tandis que nous roulions sur le pont de Vauxhall, Ingrid m'a appelée pour me conjurer d'écouter les raisons pour lesquelles je ne devais pas l'épouser. « Pour n'en citer que quelques-unes, il ne dit jamais "oui", mais toujours "affirmatif". Parmi les choses qu'il préfère, il y a le café et la musique. Il dit toujours "Pour ne rien vous cacher" avant de révéler une information à son sujet, un truc généralement chiant comme "J'aime le café". Son diaporama était principalement composé de photos de lui. Il t'a fait le coup – à toi, non mais j'hallucine ! – de te demander en mariage en public. »

J'ai dit : « Ça suffit.

– Il ne te connaît pas.

– Arrête, s'il te plaît.

– Au fond, tu ne l'aimes pas vraiment. Tu es juste un peu perdue.

– Ingrid, tais-toi. Je sais ce que je fais et de toute façon, j'ai déjà eu droit aux arguments d'Oliver. Je n'ai pas besoin des tiens en plus.

– Et le coup du bébé, ha ha ha, elle a pas intérêt ! »

J'ai dit que c'était pour rire. « Il est comme ça. En réalité, c'est quelqu'un de très aimant. Tu as entendu ce qu'il a dit juste après, "Regardez-la, nom de Dieu" ?

– Qu'une chose charmante dite ou faite par Jonathan suffise pour que tu lui pardonnes, c'est incroyable, a répondu Ingrid.

– Je sais », ai-je dit avant de raccrocher, préférant croire que par « incroyable », elle voulait dire « extraordinaire ».

Qu'à chaque fois que j'aurais à pardonner Jonathan au cours des semaines suivantes, je ne l'en aimerais que plus, ça lui paraîtrait également incroyable, et à moi aussi, en fin de compte.

*

Si ma fille le juge assez bien pour elle, alors moi aussi, s'est contenté de répondre mon père quand je lui ai demandé le lendemain matin ce qu'il pensait de Jonathan. Ma mère a déclaré que ce n'était absolument pas le genre d'homme qu'elle m'aurait imaginée choisir et que par conséquent, elle l'adorait. J'ai dit que je ne m'en serais jamais doutée, vu la façon dont elle s'était jetée à son cou et avait tenté de l'entraîner dans une sorte de danse tandis que nous étions tous en train de dire au revoir dans le vestibule, et vu le rire hystérique qu'elle avait eu quand il s'était penché pour lui faire la bise et que, par une mauvaise inclinaison de leurs têtes, il était tombé sur le coin de sa bouche.

J'ai emménagé chez lui le week-end suivant.

*

Étant donné que les enfants d'Ingrid lui ressemblent, ils me ressemblent aussi. Les gens que je croise dans la rue – les vieilles dames qui m'arrêtent pour me dire que je ne dois pas avoir le temps de m'ennuyer ou, inversement, qu'il est trop grand pour la poussette – ne me croient pas quand je dis que je ne suis pas leur mère, alors je poursuis mon chemin sans essayer de les détromper.

*

Il y avait deux salles de bains attenantes à la chambre de Jonathan et il est entré dans la mienne le dimanche matin à l'instant où j'extrayais un comprimé de la plaquette, disant qu'il s'ennuyait et que je lui avais manqué à la seconde où je m'étais levée.

Nous étions restés allongés dans le lit, lui buvant un minuscule espresso produit par la coûteuse machine à café qu'il s'était achetée la veille en guise de cadeau de fiançailles, tandis que j'étudiais la bague qu'il avait choisie sur le chemin du retour et qu'il venait de m'offrir, la glissant sans peine à mon doigt car elle était trop grande.

Dans la salle de bains, Jonathan a saisi un objet à moi sur le lavabo puis, avisant le comprimé dans ma main, m'a demandé ce que c'était. J'ai dit « Une pilule contraceptive » et lui ai demandé de sortir. Il a fait mine d'être vexé mais a obéi. J'ai avalé le comprimé et remis la boîte dans une poche secrète de ma trousse à maquillage.

En sortant, je l'ai trouvé dans le lit, adossé à ses oreillers carrés, apparemment en proie à une épiphanie. Il a tapoté l'espace à côté de lui. Avant que j'aie eu le temps de m'asseoir, il m'a attrapée par la main et m'a tirée sur le lit.

« Tu sais quoi, Martha ? Au diable la contraception. Faisons un bébé. »

J'ai dit : « Je n'ai pas envie d'avoir un bébé.

– Pas *un* bébé, *notre* bébé. Tu imagines ? Mon physique, ton intelligence. Pourquoi attendre ?

– Je n'attends pas. Je n'en veux pas. Toi non plus.

– Et pourtant, je viens de te le proposer.

– Tu me l'as dit, ai-je objecté en prononçant son nom car il ne m'écoutait pas, tu m'as dit la deuxième fois qu'on s'est vus que tu ne voulais pas d'enfants. »

Il a ri. « Je prenais les devants, Martha, au cas où tu te serais avérée être une de ces femmes qui ont désespérément envie d'un… » Il s'est interrompu. « Imagine une fille. Moi avec une fille, ou même toute une tribu. Ce serait phénoménal. »

Dès lors, Jonathan a été obsédé par cette idée, tout comme il l'aurait été si un de ses copains de fac l'avait appelé pour lui proposer d'aller skier au Japon ASAP ou d'acheter des actions dans un bateau. Il a envoyé balader les couvertures et a sauté du lit, affirmant qu'il était tellement convaincu de pouvoir me faire changer d'avis qu'il n'avait qu'à m'en faire un tout de suite avant de partir à la gym, afin qu'il soit déjà en route le jour où j'accepterais.

J'ai ri. Il m'a dit qu'il ne plaisantait pas et s'est dirigé vers sa garde-robe, qui ressemblait à un long mur couvert de miroirs.

Mes valises lui barraient le chemin, ouvertes et vides mais entourées des vêtements que j'avais sortis le jour de mon arrivée et que je n'avais pas fini de ranger. Il m'a demandé de m'en occuper pendant son absence, car l'endroit commençait à ressembler au sol d'un magasin d'usine pendant les soldes.

« Es-tu déjà allé dans un magasin d'usine, Jonathan ?

– J'en ai entendu parler. »

Il a ouvert les portes de la garde-robe et, tout en s'habillant, a déclaré : « Hormis le risque que ma fille soit également une souillon, tu ferais une mère vraiment, vraiment ravissante. » Il est revenu au petit trot vers le lit, m'a embrassée et a répété : « Foutrement ravissante. »

Quand il est parti, je suis retournée dans la salle de bains et j'ai fait couler l'eau dans la baignoire.

Le soir où je me suis fiancée à Jonathan est également le soir où j'ai découvert, à côté d'une rangée de poubelles, que Patrick était amoureux de moi depuis 1994.

J'étais descendue dans l'espoir qu'Ingrid soit toujours dans les parages. Il n'y avait pas un chat. N'ayant pas envie de remonter, je suis allée m'abriter sous le store d'un magasin de l'autre côté de la rue. Il pleuvait et j'étais cernée de voiles d'eau qui s'abattaient avec fracas sur le trottoir. J'étais là depuis quelques minutes quand Oliver et Patrick sont sortis du hall. En me voyant, ils ont traversé en trombe et se sont serrés contre moi. Oliver a fouillé dans la poche de sa veste, a sorti une cigarette, l'a allumée derrière sa main et m'a demandé ce que je faisais.

J'ai répondu que je pratiquais la respiration inconsciente. Il a dit « Dans ce cas… » et m'a mis la cigarette dans la bouche. J'ai inhalé et retenu la fumée aussi longtemps que j'ai pu. Par-dessus le bruit de la pluie, Patrick m'a dit « Félicitations ».

Oliver m'a lancé un regard en coin. « Ouais, putain, vous êtes allés vite en besogne. »

J'ai recraché la fumée en disant : « Eh oui, que voulez-vous. » Un taxi a débouché au coin de la rue et s'est dirigé vers nous en faisant gicler l'eau des flaques.

Patrick a dit qu'il s'en allait et voulait essayer de l'attraper. Il a remonté son col et foncé sous la pluie.

Oliver a repris la cigarette et j'ai posé ma tête sur son épaule, épuisée à l'idée de devoir remonter et parler aux gens.

Il m'a laissée faire et au bout d'un moment, il a lâché : « Tu es sûre, pour cette histoire de mariage avec Jonathan ? Il ne semble pas particulièrement… »

J'ai levé la tête en fronçant les sourcils. « Particulièrement quoi ?

– Particulièrement ton genre. »

J'ai répliqué qu'étant donné qu'il ne connaissait Jonathan que depuis deux heures et demie, son point de vue ne m'intéressait pas tellement. Il m'a tendu la cigarette et je l'ai acceptée, irritée par sa remarque et plus encore par le ton renfrogné de ma réponse.

Le taxi ne s'était pas arrêté et Patrick en attendait un autre sous la pluie sur le trottoir d'en face. J'ai fumé en regardant droit devant moi, consciente qu'Oliver m'observait. Au bout d'un instant, il a dit : « Donc, tu n'attends pas un heureux événement. Dans ce cas, quelle est l'urgence ? »

J'ai commencé à dire que je n'avais rien d'autre de prévu, mais j'ai été stoppée par une remontée acide dans ma gorge et je me suis mise à tousser.

Après avoir péniblement avalé plusieurs fois ma salive, j'ai déclaré : « Il m'aime. »

Oliver a repris le dernier bout de cigarette et, en se le calant au coin de la bouche, a remarqué : « C'est pas vraiment un scoop, non ? Ça fait quoi, dix ans ? »

Je lui ai demandé ce qu'il racontait, vu que je parlais de Jonathan.

« Merde, désolé, s'est-il repris. Je croyais que tu parlais de Patrick. Je croyais que tu savais. Visiblement, c'était pas le cas. »

Je me suis tournée vers lui pour le dévisager. « Voyons, Oliver, c'est ridicule, Patrick ne m'aime pas. »

Il m'a répondu en articulant exagérément, comme pour expliquer quelque chose d'évident à un enfant. « Oh que si, Martha.

– Comment peux-tu le savoir ?

– Comment peux-tu ne pas le savoir ? Tout le monde le sait. »

Je lui ai demandé qui était tout le monde, en l'occurrence.

« Nous tous. Ta famille. Ma famille. C'est de notoriété publique chez les Russell-Gilhawley.

– Mais quand est-ce qu'il te l'a dit ?

– Il n'en a pas eu besoin.

– Ah, d'accord. Donc il ne l'a jamais dit. C'est juste une supposition.

– Non, mais c'est…

– Oliver, c'est presque un cousin. Et j'ai vingt-cinq ans. Patrick a quoi, dix-neuf ans ?

– Vingt-deux. Et il n'est en aucune façon ton cousin. »

J'ai détourné les yeux vers la rue. Patrick avait renoncé et s'éloignait de nous, tête baissée sous la pluie.

Je n'avais jamais consciemment songé à aucun de ses aspects physiques ni de ses tics, mais tout en lui – la largeur de ses épaules, la forme de son dos, sa façon de marcher les mains enfoncées si profondément dans les poches qu'il avait les bras tendus et l'intérieur des coudes tourné vers l'avant –, tout cela m'était parfaitement familier.

Au bout de la rue, Patrick a jeté un coup d'œil par-dessus son épaule et fait un bref signe de la main. Il faisait trop sombre désormais pour distinguer correctement son visage, mais pendant une fraction de seconde, avant qu'il reprenne son chemin, tourne au coin de la rue et disparaisse, il m'a semblé qu'il ne regardait que moi. C'est alors que j'ai réalisé que c'était vrai – que Patrick m'aimait – et, l'instant d'après, que je le savais depuis longtemps. Ce n'était pas de la pitié que j'avais lue sur son visage quand il était à table plus tôt dans la soirée, et c'est pour ça que c'était insoutenable : il m'avait témoigné de l'amour tandis que les autres se moquaient de moi.

Oliver n'a rien dit, il a seulement levé un sourcil quand je lui ai fait remarquer que ça n'avait pas d'importance puisque j'étais amoureuse de Jonathan, puis je me suis précipitée sous la pluie et je suis remontée dans la tour.

Mon mariage avec Jonathan a coûté soixante-dix mille livres. Il a tout payé. J'ai accepté qu'il soit organisé par sa demi-sœur, qui se disait « dans l'événementiel » et avait elle aussi le don de créer une dynamique irrépressible. Dans des e-mails ne contenant aucune majuscule, elle m'expliquait qu'elle avait *plein de contacts à soho house et dans tous les hôtels de l'hypercentre*, ce qui signifiait qu'elle pouvait obtenir une date dans le mois. Elle affirmait connaître *le portier de mcqueen* et être allée à l'école *avec la plupart des filles de chloé* – à moi de choisir – et que pour *le fleuriste (cf. liste jointe), pas besoin de prendre rdv comme les prolos*, elle n'avait qu'à se pointer et tout serait réglé dans la demi-heure, même si je partais *sur du hors-saison*.

Je l'ai laissée choisir. À l'hôtel Soho House, vêtue d'une robe Chloé et tenant un bouquet de muguet arrivé par avion de Dieu sait où, j'ai confié à Jonathan que je me sentais aussi euphorique que si j'avais pris de la drogue. Il a dit se sentir parfaitement extatique, car lui, pour le coup, il en avait pris.

*

Patrick a accepté l'invitation à mon mariage. Peregrine, qui faisait le chemin de Compostelle avec Jeremy, a envoyé ses profonds regrets et un antique couteau à huîtres.

*

Nous avons passé notre lune de miel à Ibiza. Elle a été courte, mais proportionnellement assez longue par rapport à la durée de notre union. Jonathan a déclaré que c'était un crime de ne pas m'avoir encore emmenée dans ce lieu qu'il affectionnait entre tous, et dont la réputation était selon lui mensongère. J'ai accepté d'y aller à condition que nous séjournions loin de tout.

En attendant notre vol dans le salon VIP, j'ai annoncé à Jonathan que j'avais changé d'avis. Assis dans un profond fauteuil, il lisait l'édition du week-end du *Financial Times*, les pieds posés sur la table basse.

« Ça va pas être possible, chérie. On embarque dans vingt minutes. »

J'ai dit : « Non. À propos du bébé. »

Pendant les six semaines qui s'étaient écoulées depuis qu'il en avait parlé pour la première fois, il avait mené une campagne acharnée, et il n'a pas eu l'air surpris d'avoir eu raison de moi si rapidement. Il a déclaré que dans ce cas, je pouvais m'attendre à être franchement en cloque d'ici notre retour à Londres, sans savoir que les efforts déployés pour me faire changer d'avis avaient été inutiles. Dès qu'il était parti à la gym ce jour-là, j'avais jeté dans les W.-C. les comprimés dont j'avais prétendu que c'étaient des pilules contraceptives, ainsi que ceux qui l'étaient réellement.

Ce n'était pas mon intention, mais tandis que l'eau coulait dans la baignoire, je m'étais regardée dans le miroir et je m'étais souvenue de mon expression le soir du dîner de Jonathan, de ce rictus sur mon visage. Je m'étais rappelé le moment où, après sa demande en mariage, je m'étais retrouvée debout devant ma famille qui s'esclaffait à l'idée que je puisse devenir mère. Jonathan ne trouvait plus ça hilarant. Il estimait que je ferais une mère foutrement ravissante. Plantée devant les W.-C., j'avais extrait un par un les cachets des plaquettes. Ils étaient déjà à moitié dissous quand j'avais actionné le mécanisme invisible de la chasse d'eau.

Quand Jonathan s'est replongé dans son journal, j'ai regardé quelques instants autour de moi, puis je me suis levée pour aller chercher à boire. Dans le cercle de fauteuils suivant, il y avait une femme si colossalement enceinte qu'elle avait posé une petite assiette de sandwichs en équilibre sur son ventre. En passant devant elle, j'ai tiré mes cheveux derrière mes oreilles, des deux côtés à la fois, afin de cacher mon visage, car je souriais d'une façon qui m'aurait fait passer pour folle.

Jonathan et moi avons voyagé en classe affaires. Nous avons bu du champagne dans des gobelets miniatures. J'ai découvert que mon nouveau mari possédait un masque pour les yeux qu'il avait acheté dans un magasin et non conservé d'un précédent vol. Pendant tout le trajet, j'ai pensé à mon bébé.

*

Nous sommes arrivés à la villa en début d'après-midi. Tandis que je défaisais les bagages, Jonathan a suggéré une baignade suivie d'une fornication apéritive. Je lui ai dit que j'étais fatiguée, que j'allais dormir pendant qu'il allait nager et que je le rejoindrais pour la partie de jambes en l'air. Il avait déjà enfilé son caleçon à fleurs et, en se dirigeant vers la porte, il a fait sa célèbre imitation d'un enfant boudeur – la lèvre pendante, les bras croisés, le pas traînant. J'ai pris une douche et je me suis couchée.

La gouvernante m'a réveillée en m'expliquant tant bien que mal qu'elle devait fermer les volets pour empêcher les moustiques d'entrer, car le soleil se couchait. Elle m'a dit que le monsieur ne serait pas content de découvrir en revenant qu'elle avait laissé sa charmante dame se faire dévorer vivante pendant sa lune de miel. Je lui ai demandé si elle savait où était le monsieur. Elle m'a répondu qu'il avait pris un taxi pour aller en ville et dit qu'il serait de retour à huit heures, mais qu'il était presque neuf heures et qu'elle ne savait pas quoi faire du dîner qui était prêt depuis longtemps.

J'ai mangé sur la terrasse, à une table qui avait été soigneusement dressée pour deux et hâtivement réaménagée pour une tandis que j'attendais debout. Une profusion de sourires accompagnés d'un regard triste, une grande effervescence autour des serviettes et des verres, des compliments sur la jeunesse de la dame ainsi que des allées et venues incessantes pour vérifier si elle trouve que c'est bon et si elle veut d'autres bougies pour les moustiques sont autant de signes universels que votre mariage est mal en point.

Ensuite, je me suis étendue sur une chaise longue au bord de la piscine avec une serviette autour des épaules et j'ai contemplé le flux et le reflux de la mer de l'autre côté du muret en pierre, ses eaux noires parsemées d'éclats de lune. Je suis restée là jusqu'à minuit. Jonathan est revenu à l'aube, les narines incrustées de ce qui aurait pu être le sable blanc et fin qui a fait la renommée des plages d'Ibiza.

*

Bien qu'il ait accepté de séjourner dans un endroit situé loin de tout, Jonathan ne pouvait supporter de passer des journées entières en tête à tête avec moi. Quant à moi, je ne pouvais supporter de passer des nuits entières en tête à tête avec cinq cents personnes dans des boîtes de nuit qu'il prétendait n'avoir fréquentées qu'une fois ou deux, et où il s'avérait être connu comme le loup blanc. Il m'assurait que j'allais m'amuser si je me laissais aller ; je restais aussi longtemps que je pouvais, mais quand je commençais à paniquer sous l'effet de la musique, qui ressemblait à la bande-son d'une séance d'électrochocs, il convenait que ce n'était sans doute pas la peine d'insister. Je faisais de longs trajets en taxi pour rentrer seule à la villa et j'allais me coucher.

La quantité de sexe contraire aux prescriptions médicales qu'il m'avait fait miroiter ne s'est pas concrétisée. Jonathan était trop hébété à son retour le matin, trop hagard l'après-midi, trop agité quand se profilait son heure de départ habituelle. La seule fois où il a fait une tentative, en revenant à la villa après vingt-six heures d'absence et en me trouvant encore éveillée, je l'ai repoussé en lui disant que j'avais mes règles. Il s'est relevé et a renfilé laborieusement son jean en déclarant d'une voix trop forte que si les filles commençaient à avoir leurs règles vers treize ans, elles devaient bien avoir appris à contourner le système à l'âge de vingt-cinq ans. J'ai rétorqué : « Putain, Jonathan, c'est pas la Bourse. » En guise de réponse, il s'est contenté, tout en récupérant sa chemise par terre du bout du pied, de marmonner dans sa barbe qu'avec un peu de chance, le taxi qui venait de le déposer serait encore dehors.

Quelques instants plus tard, j'ai entendu des pneus sur le gravier et je me suis retrouvée de nouveau seule.

*

Bien qu'il ait accepté l'invitation, Patrick n'était pas venu à mon mariage. Il avait appelé ma mère le matin même en disant qu'il était tombé de vélo.

*

Pendant le peu de temps que nous nous étions connus, Jonathan n'avait jamais été exposé à la Martha qui peut pleurer pendant des jours et des jours sans être capable de dire pourquoi ni quand ça va s'arrêter. Ça a commencé sur notre vol de retour matinal. J'ai pris le siège côté hublot et, après avoir regardé l'île s'éloigner en dessous de nous et céder la place à la mer, j'ai calé un oreiller contre la paroi de la cabine et posé la tête dessus. Quand j'ai fermé les yeux, les larmes ont commencé à couler le long de mon visage. Jonathan était en train de choisir un film et n'a pas remarqué.

Je suis allée me coucher dès notre arrivée à l'appartement. Jonathan a dit qu'il allait dormir dans une autre chambre, étant donné que je couvais manifestement une horrible grippe – sinon, pourquoi ces tremblements, cette tête de cadavre ambulant et cette respiration bizarre ? – et qu'il ne tenait pas du tout à l'attraper.

Il est retourné travailler le lendemain matin. Je ne me suis pas levée ce jour-là, ni le suivant. Je n'ai plus mis les pieds dehors. En journée, je n'arrivais jamais à rendre les pièces assez sombres à mon goût. La lumière fendait les rideaux, trouvait des brèches sous les oreillers et les T-shirts que je me mettais sur la tête et m'irritait les yeux même quand, pour tenter de dormir, je les recouvrais de mes mains.

En me trouvant encore au lit lorsqu'il rentrait le soir, les réactions de Jonathan sont allées crescendo :

Tu es malade ?

Il faut que j'appelle quelqu'un ?

Sincèrement, Martha, c'est flippant.

C'est quoi le problème, putain ?

Visiblement, tu as encore eu une journée productive, chérie.

Pourrait-on trouver en soi la force de rappeler sa sœur, afin d'éviter à son mari d'être assailli de messages quand il est au travail ?

Je ferais mieux de sortir, alors. Non, vraiment, ne te dérange pas.

Franchement, tu es comme un trou noir qui aspire toute mon énergie, une mine de désolation qui m'épuise.

N'hésite pas à t'octroyer une autre chambre si tu vas désormais être comme ça à perpétuité.

Des semaines ont passé. Sont arrivées des lettres de mon employeur que je n'ai pas ouvertes. Puis Jonathan a réservé un voyage d'affaires et m'a dit qu'il partait pour dix jours ; pendant ce temps, je ferais mieux, avec tout l'amour et le respect qu'il me devait, d'envisager de prendre mes cliques et mes claques. Mais, a-t-il ajouté la main sur le chambranle de la porte, il avait cherché sur Google et je serais ravie d'apprendre que ma chasteté nous épargnerait les tracas d'un véritable divorce. Il suffisait de télécharger un formulaire PDF, de verser cinq cent cinquante livres et de se tourner les pouces pendant six à huit mois pour que, du moins au regard de la loi, ce soit comme si tout ça n'était jamais arrivé.

Dès que Jonathan a quitté l'appartement, j'ai allumé mon téléphone et envoyé un texto à Ingrid. Elle est arrivée avec Hamish une demi-heure plus tard et m'a aidée à me lever. Tandis qu'elle me passait les bras dans mon manteau, Hamish a rempli mes valises avec tout ce qui lui a semblé m'appartenir.

*

L'ascenseur nous a fait plonger au rez-de-chaussée et quand les portes coulissantes du hall se sont ouvertes, l'air m'a sauté au visage, chaud et froid et plein d'odeurs humaines d'asphalte et de pots d'échappement. Je m'en suis empli les poumons comme si j'étais restée trop longtemps sous l'eau et, pour la première fois depuis des semaines, j'ai eu l'impression de ne pas être sur le point de mourir.

Mon père était garé en double file de l'autre côté de la rue, juste devant la rangée de poubelles située à côté d'un auvent. J'étais trop éreintée par la souffrance pour réfléchir à ce qui se serait passé si, au lieu de retourner à l'intérieur, j'avais couru dans l'autre direction, celle qu'avait prise Patrick.

En me tenant par le bras, Ingrid m'a conduite jusqu'à la voiture et m'a aidée à m'asseoir à l'avant. Mon père s'est penché pour attacher ma ceinture et, à chaque feu rouge, il attrapait ma main en disant ma petite fille chérie, ma petite fille chérie, jusqu'à ce que le feu passe au vert et qu'il soit obligé de redémarrer.

Quand il s'est garé devant la maison, j'ai vu ma mère debout derrière la fenêtre. Je savais tout ce qu'elle allait dire, même si j'ignorais dans quel ordre elle le dirait cette fois-ci. Je n'étais pas malade, j'avais les nerfs à fleur de peau. J'étais incapable de m'autoréguler. Et si j'avais un penchant dépressif, j'avais aussi le chic pour faire coïncider mes périodes de noirceur avec, par exemple, les expositions décisives pour la carrière d'autrui. Je me nourrissais d'attention négative et s'il fallait crier, casser quelque chose ou, dans le cas présent, quitter mon mari pour l'obtenir, je le ferais. Mais, comme pour un gamin piquant une crise dans un magasin, le mieux à faire était de m'ignorer. Et quand je me serais calmée, on pourrait m'inviter à réfléchir à la façon dont mon comportement affectait les autres, nuisant à leur carrière, leur coûtant un gendre qu'ils en étaient venus à adorer plus intensément encore depuis qu'ils avaient découvert en lui un confrère du monde de l'art, toujours prêt à flirter, à terminer une bouteille et à en ouvrir une autre.

Je n'avais pas envie de descendre de voiture.

Hamish et mon père sont rentrés avec les sacs. Ingrid a attendu que je sois prête et m'a accompagnée à l'intérieur. Entre-temps, ma mère avait disparu. Ingrid m'a montée dans ma chambre. Le lit avait été fait et à côté, sur la chaise qui m'avait toujours servi de table de nuit, se trouvait un pot en céramique plein de branches de la vigne vierge qui grimpait le long de l'atelier de ma mère. Je l'ai remerciée de l'avoir mis là. Elle a dit « C'est pas moi. Viens… » et a écarté les couvertures.

Elle s'est allongée un moment à côté de moi et m'a caressé l'intérieur du bras en me parlant de son agaçante belle-sœur et des principes du régime Miami. Puis elle a dit qu'elle allait me laisser pour que je puisse dormir. Elle a posé les pieds par terre mais est restée au bord du lit. « Martha, ça va aller. Tu t'en remettras bien plus vite que tu le crois, je te le promets. »

Je me suis redressée et adossée au mur, les bras autour des jambes. « On devait avoir un bébé. »

Le visage d'Ingrid s'est décomposé. Elle a posé la main sur mon pied. « Martha, a-t-elle fait d'une voix incroyablement douce, tu avais dit…

– C'est Jonathan qui a eu l'idée.

– Donc tu n'en voulais pas vraiment. Il t'a convaincue.

– Je l'ai laissé faire. »

Elle a froncé les sourcils ; j'ai d'abord cru que c'était à mon encontre, mais non, c'était du dédain envers Jonathan. « Putain, quel baratineur. » Elle a serré mon pied et m'a dit qu'elle était désolée pour moi. Puis : « Dieu merci, ça ne s'est pas fait. T'imagines avoir Jonathan Tête-À-Claque comme père ? »

Ingrid a lâché mon pied et a dit qu'elle reviendrait plus tard, que ça allait bien se passer.

Ma mère est arrivée au moment où elle sortait, est à peine entrée dans la chambre et a observé le lierre un instant. « Je ne me souviens plus si j'ai mis de l'eau ou pas. » Puis elle s'est retournée pour repartir, mais s'est arrêtée sur le pas de la porte et a dit : « Martha. Jonathan est une merde. »

*

Le lendemain matin, j'ai commencé à ranger les vêtements qu'Hamish avait rapportés, mais je me suis arrêtée en réalisant que je n'en voulais pas. Ni des choses que j'avais acquises quand Jonathan et moi étions ensemble, ni de celles que je possédais avant, mais qui étaient désormais contaminées du simple fait de lui être associées. Le tiroir que j'avais ouvert ne voulait pas se refermer. Derrière, j'ai trouvé une boîte à moitié vide de comprimés d'une époque antérieure, d'une marque que je ne reconnaissais pas, prescrits par un médecin dont le nom ne me disait rien, pour la pathologie qu'il/elle pensait que j'avais. J'en ai pris quelques-uns en espérant qu'ils me feraient me sentir mieux, bien que leur date de péremption soit depuis longtemps dépassée.

*

C'est une sorte d'automatisme qui m'a contrainte à sortir de ma chambre et à descendre les étages quand le téléphone s'est mis à sonner dans la cuisine. Y répondre s'était ajouté à la liste des devoirs que ma mère, par principe, refusait depuis longtemps d'accomplir parce qu'ils interrompaient son activité de recyclage, comme le ménage, la cuisine et l'éducation des enfants. On l'entendait souvent brailler mais répondez bordel et mon père, Ingrid et moi nous retrouvions une minute après dans la même pièce, comme mus par une alarme incendie. Je l'avais oublié, et même si je détestais ça à l'époque, cette sensation de glisser en chaussettes en bas des escaliers moquettés me rendait nostalgique du temps où nous vivions tous les quatre à la maison. Nostalgique « au sens étymologique du terme », comme Peregrine me l'a appris plus tard.

C'était Winsome, qui téléphonait pour parler à ma mère de ses plans pour Noël, sachant, comme elle l'a souligné, que ça n'allait pas tarder, puisqu'on était déjà en septembre. Elle s'est effectivement mise à parler de Noël – à moi, car ma mère n'a pas répondu à mon appel – pendant plusieurs minutes, d'un ton précipité et frôlant l'hystérie, après m'avoir demandé ce que je faisais là.

Elle flirtait avec l'idée d'un buffet, Jessamine venait avec un petit ami, quelque chose allait être repeint, quelque chose serait ou ne serait pas prêt à temps… J'observais par la fenêtre un merle qui plantait inlassablement son bec dans la même touffe d'herbe. « Et Patrick ne sera pas avec nous. » Il était à l'étranger ; Winsome avait du mal à imaginer Noël sans lui mais, pour compenser, nous le verrions beaucoup plus après, maintenant qu'il avait presque fini Oxford et qu'il faisait des allers-retours pour organiser sa vie professionnelle, dormant chez Oliver qui venait d'acheter dans le quartier de Bethnal Green – pourquoi là, elle l'ignorait.

Elle a ensuite énuméré tous les défauts de l'appartement lui-même, mais j'étais restée bloquée sur l'image de Patrick dans la rue en bas de chez Jonathan, sur l'impression qu'il n'avait regardé que moi avant de tourner au coin de la rue. Sur le moment, j'avais cru ce qu'avait dit Oliver. Plus maintenant. Pendant le peu de temps qu'avait duré mon mariage, l'idée en était venue à me paraître absurde. Winsome a conclu son énumération en disant : « Au moins, ce n'est pas dans une de ces horribles tours en verre toutes en surfaces et en angles aigus. » Son premier et dernier mot concernant Jonathan.

*

La dame derrière le comptoir de la boutique caritative ne voulait pas de ma robe de mariée. Un à un, elle sortait les vêtements des sacs-poubelle que je lui avais donnés. Je portais la seule tenue qui me resterait en partant : un jean et un sweat-shirt Primark qu'Ingrid avait acheté en double parce qu'il coûtait neuf livres et avait le mot *University* imprimé sur le devant, ce qui indiquait selon elle que nous avions fait des études supérieures, mais que nous n'étions pas désespérées au point de préciser où.

Ma robe de mariée était sous d'autres choses, et quand elle l'a tirée par la manche et que je lui ai dit ce que c'était, la dame a eu un petit hoquet. Outre le fait qu'une pièce aussi ravissante devrait être conservée dans une boîte et du papier de soie, elle était sûre que je regretterais de m'en être séparée. Ses yeux ont fusé vers ma main gauche. Je portais toujours mon alliance et ma bague de fiançailles et, assurée par leur présence de ne pas avoir commis d'impair, la dame a souri et ajouté : « Vous aurez peut-être un jour une fille à qui la donner. » Elle allait voir dans l'arrière-boutique si elle ne trouvait pas quelque chose de mieux pour que je la rapporte à la maison.

Quand elle a disparu derrière le rideau, je suis partie sans la robe et j'ai entrepris de rentrer à pied. Il s'était mis à pleuvoir et l'eau ruisselait sur le trottoir et se déversait dans le caniveau. Au premier tournant, je me suis arrêtée et j'ai retiré mes bagues, me demandant s'il était de bon ton pour une femme dans ma situation de les balancer dans les égouts et de poursuivre son chemin, émancipée. C'était le genre de geste qui aurait fait hurler de rire Jonathan et qu'il aurait qualifié d'« excellent ». Je les ai rangées avec les pièces dans mon porte-monnaie et j'ai continué ma route.

Hamish les a mises sur eBay. Avec l'argent, j'ai acheté un ordinateur à mon père et j'ai donné le reste à une association locale opposée à la construction de tours comme celle de Jonathan.

Le travail que je n'ai jamais repris après ma lune de miel était mon poste à *The World of Interiors*. Une ultime lettre, réexpédiée par Jonathan, est arrivée à Goldhawk Road. J'avais été officiellement congédiée pour faute professionnelle.

Assise sur mon lit, j'ai écrit à Peregrine. Je voulais m'excuser d'avoir disparu au lieu de démissionner dans les formes et de ne pas avoir eu le courage de lui écrire plus tôt. Malgré mes efforts, j'ai renoncé, après de nombreux brouillons, à exposer la véritable raison de façon amusante. Dans la lettre que j'ai fini par lui envoyer, j'ai dit que j'étais arrivée à court de qualificatifs applicables aux chaises, qu'il ne me restait que « jolie » et « marron », mais que j'étais extrêmement reconnaissante et désolée, et que j'espérais que nous resterions en contact. Sa réponse est arrivée dans la semaine sur une carte ornée d'un monogramme. Elle disait *Pour un écrivain, mieux vaut fuir que céder au chant des sirènes de synonymes.com. Bientôt/toujours disposé à déjeuner.*

*

D'après mon père, je devais d'abord récupérer sur le plan émotionnel avant même d'envisager de chercher du travail. J'étais dans son bureau, en train de consulter un site de recrutement, j'avais coché « Grand Londres », puis j'étais restée en rade.

Sachant qu'il m'était impossible de récupérer dans ma chambre, où la bande-son de l'activité de recyclage de ma mère se déversait constamment par la fenêtre, il m'avait invitée à m'installer dans son bureau, comme quand j'avais dix-sept ans – il ne l'a pas dit, mais nous en étions tous deux conscients. J'ai accepté pendant quelques jours, mais l'écriture poétique était visiblement devenue moins agréable pour lui. Désormais, elle impliquait de beaucoup se lever en faisant racler sa chaise, de faire les cent pas dans la pièce et de lire à haute voix les poèmes des autres, ce qui l'aidait selon lui à se concentrer, mais manifestement pas assez.

J'ai déménagé en bas, dans la cuisine, et j'ai commencé à écrire un roman. Mais le bruit du labeur de mon père me parvenait d'en haut. J'ai fini par aller à la bibliothèque. Je m'y sentais bien, mais mon roman déviait sans cesse vers l'autobiographie et je ne parvenais pas à le ramener dans le droit chemin. Je m'imaginais invitée à une rencontre littéraire où un membre de l'assistance me demanderait quelle proportion de ce livre était inspirée de ma propre vie. Je serais obligée de répondre l'intégralité ! Il n'y a pas une once d'invention au fil des quatre cents pages ! Hormis le passage où le mari – qui, dans la vraie vie, est blond et n'a pas été assassiné – décide de déplacer sa coûteuse machine à café vers un autre coin de la cuisine et asperge d'eau marron le devant de son jean blanc.

Cette scène – comme toutes les autres – me semblait débordante de brio et d'humour quand je la tapais. Le lendemain, elle ressemblait à l'œuvre d'une adolescente de quinze ans aux parents trop indulgents. En fin de compte, je voyais combien le style convergeait vers ce que je lisais à ce moment-là. Un déroutant mélange de Joan Didion, de fiction dystopique et de chroniqueuse de l'*Independent* racontant son divorce sous forme de feuilleton.

J'ai laissé tomber et je me suis mise à lire des romans à l'eau de rose imprimés en gros caractères, jusqu'à ce que je réalise que je m'étais liée d'amitié avec le contingent de vieilles dames qui passaient également leurs journées à la bibliothèque : le jour où elles m'ont invitée à déjeuner à la Crepe Factory, personne n'a été étonné que je dise oui.

*

Nicholas est venu vivre à Goldhawk Road un mois après moi, transformant la maison, aux yeux de ma mère, en un temple de l'oisiveté. Il a débarqué sans crier gare au sortir d'un centre de désintox et a déclaré qu'il recommencerait à s'automédiquer dans les vingt-quatre heures s'il devait retourner à Belgravia.

Parce qu'il avait toujours été imprévisible d'une façon qui me faisait penser à ma mère, et périodiquement déprimé d'une façon qui me faisait penser à moi, Nicholas avait toujours été celui de mes cousins que j'aimais le moins. Mais du fait de sa présence, Oliver s'est mis à passer le soir pour regarder la télé avec lui, ou pour être là quand il appelait ses anciens amis pour faire amende honorable dans le cadre de son programme de réhabilitation.

Oliver venait avec son linge sale et avec Patrick chaque fois qu'il était à Londres – car bien que l'appartement de Bethnal Green soit idéalement situé entre un marchand de plats à emporter spécialisé dans toutes les cuisines du monde et un fournisseur d'extensions capillaires humaines et synthétiques, il n'avait ni machine à laver, ni eau chaude après dix-sept heures, ni pièce pouvant légalement être qualifiée de salle de bains.

Patrick et moi nous sommes croisés dans la cuisine, la première fois qu'il est venu à la maison. J'étais en train de vider le lave-vaisselle et un bol mouillé m'a échappé des mains quand il est entré.

Il n'avait pas changé. J'avais déménagé et réemménagé, j'avais été mariée, en voyage, malade et répudiée, et Patrick portait la même chemise qu'au dîner de Jonathan, la dernière fois que je l'avais vu. Ça paraissait insensé que je sois entièrement transformée et qu'il soit resté le même. Je me suis baissée et j'ai commencé à nettoyer les débris en me rappelant que ça ne faisait que trois mois.

Il s'est approché pour m'aider et là, agenouillée en face de lui qui ne disait rien hormis que les éclats étaient drôlement coupants, son absence de changement a désintégré le temps, comme s'il ne s'était pas écoulé, comme s'il ne s'était rien passé et qu'il n'y avait que lui et moi en train de ramasser un bol cassé.

Je ne m'attendais pas à ce qu'il dise soudain : « Dommage, pour Jonathan. »

J'ai dit eh oui et je me suis dépêchée d'aller chercher un balai, car je ne voulais pas pleurer devant lui. Quand je suis revenue, il n'était plus dans la cuisine et il n'y avait plus de débris à balayer.

Oliver et moi n'avions pas évoqué notre conversation sous l'auvent ni réabordé le sujet depuis qu'elle avait eu lieu. J'ignorais s'il en avait parlé à Patrick, qui n'avait pas semblé sensiblement plus gêné que d'habitude en ma présence. Je ne savais pas s'il avait, lui, senti mon embarras. C'est pourquoi je ne les ai pas rejoints dans le salon ce soir-là, ni aucun autre soir. Pourtant, quand ils étaient là et que j'entendais la télévision, le son de leurs voix, le bruit sourd du sèche-linge dans le placard sous l'escalier, les livraisons de repas, je me sentais moins seule.

*

Tôt le matin, Nicholas allait marcher, puis il consacrait le reste de ses journées aux réunions de son groupe de parole, à la tenue de son journal et aux conversations téléphoniques avec son parrain. N'ayant pas tardé à comprendre que j'étais encore plus désœuvrée que lui, il m'a proposé de l'accompagner.

Le premier jour, nous avons cheminé de Shepherd's Bush jusqu'à la Tamise, que nous avons longée jusqu'à Battersea ; le lendemain, nous avons poussé jusqu'à Westminster. Dès lors, nous avons emprunté des itinéraires tortueux jusqu'au centre de Londres, suivi des canaux, obliqué vers Clerkenwell et Islington, inventant pour revenir des circuits via Regent's Park et passant au bout du compte tellement d'heures à marcher que nous nous sommes mis à acheter des barres et des boissons énergétiques. Le temps de goûter tous les parfums, j'ai appris à aimer Nicholas. Il était comme un frère et ne me demandait jamais pourquoi, à vingt-six ans, j'étais sans emploi, je vivais chez mes parents et je ne possédais qu'une seule tenue. Quand je lui en ai parlé spontanément, il a dit : « J'aimerais qu'épouser un parfait connard soit la pire décision que j'aie prise dans ma vie. » Mais, a-t-il poursuivi, « tout peut se racheter, Martha. Même les choix qui font que tu te retrouves un jour évanoui et en sang dans un passage souterrain, comme moi. Même si, dans l'idéal, il vaudrait mieux essayer de comprendre la raison pour laquelle tu t'obstines à foutre le feu à ta maison ». Nous étions quelque part à Bloomsbury, assis au bord d'une fontaine dans un jardin grillagé. Je lui ai demandé pourquoi il s'obstinait à foutre le feu à sa maison, ajoutant qu'il n'était pas obligé d'en parler.

Il ne s'est pas fait prier. Il a dit que le fait que personne ne parle jamais de rien quand il était petit, c'était justement ça, la raison.

J'ai avoué qu'Ingrid et moi avions toujours crevé d'envie de l'interroger sur ses origines.

Il a fait : « Putain, mes origines. »

J'avais dit ça en imitant Rowland. Je pensais qu'il trouverait ça drôle, mais ce n'était visiblement pas le cas.

Je me suis excusée. « Ça devait être horrible d'avoir en soi quelque chose d'indicible. »

Nicholas a reniflé. « D'être quelque chose d'indicible, tu veux dire. Si vous creviez d'envie de me poser des questions, pourquoi vous ne l'avez pas fait ? Vos parents vous ont dit de ne pas le faire, ou quoi ? »

J'ai dit que non. « On pensait juste qu'on n'avait pas le droit. Je ne sais pas pourquoi. Sans doute parce qu'on n'avait jamais entendu personne de ta famille en parler. Et moi, ai-je ajouté après un instant de réflexion, je crois que je ne voulais pas être celle qui annonce la mauvaise nouvelle.

– C'est pas comme si je ne savais pas que j'avais été adopté, quand même.

– Non, la mauvaise nouvelle, c'était que tu n'es pas blanc. »

Il a fait « Quoi ? » si fort que les gens se sont retournés, puis m'a saisie par les épaules. « Pourquoi j'apprends ça que maintenant, Martha ?

– Désolée, Nicholas, je croyais que tu savais. »

Il m'a relâchée avec une légère poussée en arrière. Comment l'aurait-il su ? Personne ne le lui avait jamais dit. Il avait besoin de marcher pour digérer la nouvelle. Peut-être qu'au fond de lui il s'en doutait, mais quand même, c'était un immense choc de l'entendre. J'ai répondu que je comprenais que ce soit un énorme coup dur.

En ressortant du jardin, Nicholas a passé un bras autour de moi et m'a dit : « Martha, tu es cinglée. » Nous avons continué à marcher un moment comme ça à travers Fitzrovia. Ensuite, nous avons bifurqué en direction de Notting Hill. Je lui ai demandé s'il pensait qu'on devrait manger plus de glucides. Il m'a dit qu'on devrait surtout trouver un job.

*

En passant devant un petit supermarché bio sur Westbourne Grove, nous avons vu dans la vitrine une pancarte annonçant des postes vacants. Bien que n'ayant aucune expérience dans la vente, nous avons tous deux été embauchés, sans doute parce que notre condition d'ancien toxico et d'épouse éconduite faisant tous les jours des kilomètres à pied nous conférait la pâleur et la maigreur requises pour travailler dans un magasin bio.

Nicholas a été affecté au réapprovisionnement de nuit des rayons. La gérante m'a demandé si je préférais tenir la caisse ou le café. Je lui ai dit qu'en tant qu'insomniaque, j'étais également intéressée par le travail de nuit. Elle a jeté un coup d'œil à mes biceps, a décrété « la caisse » et m'a renvoyée chez moi avec un échantillon de potion pour le sommeil à base de plantes qui avait un goût de salade pourrie.

Nous ne sommes plus allés marcher. Pendant les pauses, j'avalais des sandwichs au jambon de chez Prêt A Manger et ma boisson énergisante préférée, en me cachant dans la réserve parce que viande = meurtre et, comme j'avais entendu la gérante le dire à un client, le sucre est un véritable génocide microbien. Bien qu'il vive toujours à Goldhawk Road, Nicholas me manquait.

La dernière fois que j'ai vu Jonathan, c'était à son travail. J'y suis allée pour signer nos papiers d'annulation finalisés. Cela faisait maintenant six mois que j'avais pris mes cliques et mes claques. Je suis restée debout devant son bureau tandis qu'il vérifiait chaque page avec un zèle inhabituel, puis les poussait vers moi avec un sourire narquois. « Tout ce que je peux dire, c'est que je remercie le ciel que tu n'aies pas réussi à tomber enceinte, vu tes penchants. »

Je lui ai arraché les papiers des mains en lui rappelant que c'était son idée. « Mais en effet, Jonathan, je remercie le ciel que tu n'aies pas réussi à me mettre enceinte. Un bébé dont je ne voulais pas au départ et qui se serait avéré avoir une prédilection héréditaire pour la cocaïne et les jeans blancs. » Je suis partie avant qu'il ait eu le temps d'ajouter quoi que ce soit.

*

En me dirigeant vers l'arrêt de bus, je suis passée devant une poubelle et j'ai jeté les papiers dedans sans m'arrêter, incapable d'imaginer quelle situation nécessiterait que je présente une trace officielle de mon mariage avorté ni où je les rangerais dans ma chambre de Goldhawk Road, à moins d'y trimballer un des caissons à tiroirs de mon père et de les classer sous A pour Atroces foirages 2003-2004.

À un feu rouge, je suis descendue du bus et j'ai refait cinq cents mètres à pied jusqu'à la poubelle. Les papiers étaient toujours là, sous un gobelet McDonald's qui avait été jeté encore plein et dont le couvercle s'était fendu. Sans ces documents, je n'avais pas de preuve que je n'étais pas mariée à un homme dont Ingrid m'avait annoncé en m'évacuant de chez lui qu'il obtenait un score de neuf sur dix à un questionnaire en ligne qu'elle avait rempli pour lui, intitulé *Êtes-vous sociopathe ?* J'ai saisi la liasse dont les pages étaient désormais agglomérées et, en la tenant par un coin, je suis allée prendre un autre bus tandis que du Fanta me dégoulinait le long de la jambe.

Pendant une demi-heure, le bus a fait du surplace sur Shepherd's Bush Road. Les feux passaient au vert, puis de nouveau au rouge, sans laisser aucun véhicule franchir des carrefours déjà embouteillés. Il n'y avait personne d'autre à l'étage supérieur et je me suis assise le front contre la vitre, regardant le trottoir puis, quand elle s'est retrouvée dans mon champ de vision, la large vitrine d'un café où une femme allaitait son bébé en lisant. Pour tourner la page, elle devait poser le livre sur la table et le maintenir ouvert avec la paume de la main, tout en faisant glisser ses doigts de droite à gauche. Avant de se remettre à lire, elle penchait la tête de façon à pouvoir embrasser la minuscule main du bébé, qui s'était agrippée au bord de son chemisier. Au bout de quelques minutes, j'ai vu une femme enceinte se lever d'une autre table et aller vers elle. Elles se sont mises à parler, l'une touchant son ventre en riant, l'autre tapotant le dos de son bébé. Je n'aurais su dire si c'étaient des amies ou des inconnues forcées de prendre acte de leur fécondité commune. Je ne voulais pas être comme elles.

J'avais dit à Ingrid que je m'étais laissé convaincre par Jonathan. Pour elle, ce n'était qu'un bref revirement d'un choix de vie.

Je n'avais jamais réussi à lui parler de ma terreur de la grossesse, ni au moment où elle était apparue, ni plus tard ; au lieu de diminuer, cette frayeur adolescente s'était intensifiée au point de faire de moi une femme redoutant non seulement d'être enceinte, d'avoir un fœtus ou un bébé anormal, mais craignant les bébés en général, les mères et le concept même de maternité – une seule personne chargée de créer et de protéger un être humain entier. Ingrid déclarerait cette peur irrationnelle, illégitime comme fondement d'une décision adulte. Et maintenant, je ne voulais pas qu'elle sache que, malgré ma peur, j'avais laissé Jonathan, par son assurance et son énergic motrice, me dominer et me faire ignorer mes craintes. Avec quelle rapidité et quelle aisance je l'avais laissé me convaincre que j'étais quelqu'un d'autre – ou que je pouvais choisir de l'être – et que je voulais un bébé !

Mais je ne pouvais pas me défaire de mes penchants. Les circonstances n'y changeaient rien, le temps ne me faisait pas progresser vers une autre façon d'être. J'avais atteint le stade final. J'étais sans enfants. Je ne voulais pas d'enfants. J'ai dit « Donc, c'est bien », à haute voix, à personne en particulier. Les femmes du café étaient encore en train de discuter quand la circulation s'est soudain désengorgée et le bus a redémarré.

*

À la maison, Oliver et Patrick étaient dans le salon avec Nicholas, en train de regarder la télévision. Bien qu'ils fassent ça depuis des mois et que j'aie eu assez de conversations fortuites avec Patrick pour ne plus être mal à l'aise, je ne me joignais toujours pas à eux et je n'en avais pas l'intention ce jour-là. Mais quand je suis passée devant la porte ouverte en allant vers l'escalier et que je les ai vus assis épaule contre épaule sur le canapé trop petit, la solitude m'est tombée dessus avec une telle force que j'en ai eu le souffle coupé. Je suis restée plantée là, mon sac sur l'épaule et mes papiers à la main, sentant ma poitrine monter et descendre, l'air aller et venir dans ma cage thoracique, jusqu'à ce qu'Oliver me remarque et déclare que, comme je pouvais le voir, ils regardaient un tournoi de fléchettes et que, vu que c'était l'avant-dernière manche, je devais soit entrer et m'asseoir pour de bon, soit passer mon chemin.

Je me suis vue assise sur mon lit la minute d'après, en train de faire défiler des offres de colocation dans des banlieues de Londres qui n'étaient pour moi que le terminus de diverses lignes de métro, faisant encore semblant d'être sur le point de déménager.

J'ai laissé mon sac glisser de mon épaule et je suis entrée. Patrick m'a saluée d'un geste de la main et Nicholas a observé que j'avais une sale gueule. Il m'a demandé où j'étais allée.

« En ville.

– Pour quoi faire ?

– Divorcer. »

Nicholas a dit « Dommage » et s'est retourné vers la télé, où un homme au ventre proéminent a visé un cercle rouge avec une fléchette et a brandi le poing quand elle a touché le centre. Ensuite, il s'est levé, s'est étiré et m'a dit que je pouvais prendre sa place, car il venait de se souvenir qu'il devait appeler une fille pour s'excuser, la dernière chose qu'il avait faite avant de partir en désintox ayant été de planter un club de golf dans son pare-brise après avoir dépassé la dose journalière recommandée de méthamphétamine. « En fait, il semblerait que cette dose soit égale à zéro. Je reviens. »

Patrick a fait mine de se pousser pour laisser plus de place, bien qu'il n'y en ait pas. Assise entre Patrick et Oliver, les bras coincés entre les leurs, je n'aspirais qu'à regarder un tournoi de fléchettes tandis que mon corps froid et vide absorbait lcur chaleur. La seule chose que Patrick ait dite, en tournant la tête mais en évitant mon regard : « J'espère que ça va. »

J'ai fait semblant de ne pas l'entendre, incapable de supporter tant de gentillesse, et à la place, j'ai demandé à Oliver pourquoi ces hommes portaient des polos anti-transpirants et des pantalons de sport pour s'adonner à un jeu auquel des mecs bedonnants jouent dans les pubs. Il a dit « C'est un sport, pas un jeu », et nous sommes tous restés silencieux jusqu'à la conclusion interminable du tournoi et la remise d'un trophée tellement modeste que j'ai dû détourner les yeux quand le vainqueur l'a soulevé au-dessus de sa tête à deux mains, comme si son poids l'exigeait.

Oliver a dit : « Bon, voyons ce que les chaînes terrestres de tes parents ont d'autre à nous offrir, Martha. » Je savais qu'il ne partirait pas tant que Nicholas ne serait pas revenu et j'espérais que ce serait dans longtemps. Je ne voulais pas être seule. Au milieu du film qu'Oliver avait choisi pour son langage cru et ses références sexuelles, j'ai senti que je m'endormais et, juste avant, que quelqu'un bougeait pour que ma tête lourde puisse se poser sur son épaule.

*

La télévision était éteinte et les vitres sombres quand je me suis réveillée. Seul Patrick était encore là. J'étais allongée sur le côté, recroquevillée autour d'un coussin. J'avais la tête sur ses genoux. Dès que j'ai remué, il s'est levé d'un bond et s'est dirigé vers les étagères situées à l'autre bout de la pièce, comme s'il avait attendu de pouvoir extraire l'*Encyclopédie du moyen anglais* de la bibliothèque de mon père, ce qu'il a fait, avant de l'ouvrir au hasard et de la lire debout. Je lui ai demandé quelle heure il était et où étaient passés mes cousins. Il était minuit, Nicholas était allé se coucher et, a-t-il dit, Oliver était parti depuis un moment.

« Pourquoi tu n'es pas parti avec lui ? »

Il a hésité. « Je ne voulais pas te réveiller.

– Tu aurais pu.

– Oui, bien sûr. Je me suis juste dit… non, peu importe. » Il a glissé le livre sous son bras et s'est mis à tapoter ses poches. « J'aurais dû…

– Tu as raté le dernier métro. Comment tu vas rentrer ?

– À pied.

– De Shepherd's Bush à Bethnal Green ? »

Il a dit que ça ne serait pas si long et qu'il avait vraiment envie de marcher, qu'il avait prévu de le faire. J'ai jeté un coup d'œil à ses pieds, nus dans des tennis en toile qui, allez savoir pourquoi, étaient dépourvues de lacets.

« C'est la première fois que tu mens, Patrick ? Tu n'es pas très doué pour ça. Franchement, pourquoi tu n'es pas parti avec Oliver ? »

Patrick s'est raclé la gorge. « Je me suis dit que ça n'avait sans doute pas été une super journée et que tu aurais peut-être besoin de compagnie en te réveillant.

Mais tu es en pleine forme, donc c'est bon. Je vais y aller. »

J'ai demandé s'il avait l'intention d'emprunter le livre qu'il avait sous le bras.

Il a émis un rire et dit qu'il l'avait oublié, puis l'a saisi et a momentanément fait semblant de lire le dos. « Je vais peut-être le laisser. Je vais peut-être le reposer. » J'ai dit que j'allais l'accompagner à la porte, car seuls les résidents à vie de Goldhawk Road connaissaient la suite exacte de verrous à actionner pour l'ouvrir, et je l'ai laissé remettre le livre sur l'étagère.

L'ampoule de la lampe de l'entrée était claquée depuis un moment. En essayant de contourner le vélo de mon père appuyé contre le mur, j'ai heurté le guidon avec ma hanche et je l'ai déséquilibré. J'ai reculé pour le laisser tomber. Je ne savais pas que Patrick était déjà derrière moi et j'ai trébuché contre lui. Il a posé ses mains sur ma taille et comme il ne les retirait pas, même quand je me suis rétablie, j'ai dit : « Est-ce que tu m'aimes, Patrick ? » Il m'a aussitôt lâchée et a fait un pas en arrière. Dans l'obscurité, je ne voyais pas son visage.

Il a dit non. « À moins que tu veuilles dire en tant qu'amie ? »

Je suis allée allumer la lumière extérieure. Elle a projeté une faible lueur à travers la vitre située au-dessus de la porte. J'ai dit non, pas en tant qu'amie.

Il a répondu « Alors non, vraiment pas », et m'a contournée, puis a enjambé le vélo et s'est mis à actionner les verrous n'importe comment.

« Oliver m'a dit que tu étais amoureux de moi depuis notre adolescence.

– Ah oui ? a-t-il fait, le dos tourné.

– Le soir où Jonathan m'a demandée en mariage.

– Eh ben, je ne sais pas pourquoi il a dit ça. »

En tendant la main vers un verrou placé en hauteur qu'il n'avait pas vu, j'ai effleuré son bras. Il s'est rencogné contre le mur et est sorti dès que j'ai ouvert la porte assez grand pour qu'il puisse passer.

« Patrick. »

Il descendait les marches quatre à quatre et ne s'est retourné qu'une fois sur le trottoir. Je l'ai suivi, puis me suis arrêtée à mi-chemin.

« Est-ce que c'est vrai ? »

Il a dit non, bien sûr que non. « Je ne sais vraiment pas ce qu'Oliver avait dans la tête. » Puis il a ajouté « Désolé, il faut que j'y aille » en s'éloignant déjà.

*

La sonnette a retenti alors que j'étais encore en train de redresser le vélo de mon père dans l'entrée.

« Salut.

– Salut.

– Désolé…

– De quoi ? »

Sur le perron, les mains dans les poches, Patrick a dit : « Il faut que je te dise, je n'ai pas été à cent pour cent honnête avec toi. »

J'ai dit ah.

Il a hésité, ne sachant manifestement pas s'il devait développer ou si, sa confession faite, il était en droit de s'en aller. Au bout d'un instant, les mains enfoncées encore plus profondément dans les poches, il a dit « Non, c'est juste qu'à une époque… »

Je me suis gratté le bras et j'ai attendu. Je croyais que je voulais savoir, tout à l'heure, il m'avait semblé que je devais savoir si Patrick m'aimait. Plus maintenant. J'étais gênée et je voulais qu'il s'en aille, car j'étais convaincue – c'était irrationnel, mais qu'importe – qu'il était évident pour lui que la seconde où ses mains s'étaient posées sur ma taille et la demi-seconde où elles y étaient restées avaient suffi pour me faire croire qu'il m'aimait effectivement, comme l'avait dit Oliver. Et que si j'avais voulu qu'il le dise, c'était – dans l'esprit de Patrick – parce que j'étais amoureuse de lui.

« À une époque…, a-t-il répété en faisant basculer son poids sur l'autre jambc, j'ai cru que j'étais… enfin, tu sais.

– Quand ça ?

– Une année, après t'avoir vue chez ton oncle et ta tante, à Noël. » Il a dit que je ne m'en souvenais probablement pas. « On était ados. Tu étais malade et j'étais venu pour…

– Tu m'as parlé de ta mère. »

Patrick a semblé passablement étonné, comme s'il pensait qu'aucune de nos conversations n'avait pu me rester en mémoire.

« Pourquoi ça t'a fait croire que tu étais amoureux de moi ?

– Juste parce que tu m'as posé des questions sur elle, sans doute. Tu as été la seule à le faire et tu l'es toujours, si on ne compte pas Rowland, qui a voulu savoir comment elle était morte la première fois que je suis venu. »

J'ai frissonné et croisé les bras, bien que l'air venant du dehors ne soit pas froid. « On est des gens horribles, Patrick.

– Non, pas toi. Bref, à ce moment-là, j'ai cru être amoureux de toi et, apparemment, je l'ai dit à Oliver, ce qui est bien dommage. » Il s'est gratté énergiquement l'arrière de la tête. « Mais bien sûr, je ne l'étais pas, et j'ai fini par m'en rendre compte. Alors, ne t'en fais pas, je ne t'ai jamais aimée. » Il s'est entendu parler et s'est repris : « Désolé, ça paraît…

– C'est bon. » J'ai dit que je n'aurais pas dû le lui demander. « Tu peux y aller.

– Mais, toi, ça va ? »

J'ai répondu oui d'un ton sec. « Ça va, Patrick. J'ai juste passé la journée avec des hommes qui m'ont aimée, mais qui ne m'aiment plus, ou qui ont cru m'aimer, mais se sont rendu compte qu'ils avaient juste faim ou un truc du genre. » Je lui ai dit à bientôt et je suis rentrée dans la maison.

*

Au lieu de dormir, je suis restée éveillée jusqu'au matin, l'esprit ballotté entre le souvenir de Jonathan derrière son bureau, de son sourire narquois en disant que je ne devrais pas être mère, et de Patrick s'éloignant sur le trottoir et revenant sonner à la porte. Jonathan était féroce, mais au moins, il m'avait brisé le cœur de façon rapide et brutale. En m'expliquant qu'il ne m'avait jamais aimée – pas vraiment, seulement dans un moment de confusion juvénile –, Patrick avait été si soucieux de ne pas me blesser que c'était comme se faire retirer trop lentement le pansement d'une plaie, en soulevant un coin avec tant de soin qu'avant que la chair à vif soit à moitié dénudée, on a envie de l'arracher soi-même.

C'est pendant ces heures passées à songer à eux deux que Jonathan et Patrick sont devenus associés dans mon esprit. Et c'est parce qu'ils m'avaient tous deux rejetée, le même jour, que par la suite, chaque fois que je pensais à Jonathan et à mon mariage raté, je pensais aussi à Patrick. C'est ce que j'ai décrété dans les jours qui ont suivi et ce que j'ai cru pendant un certain temps.

Nicholas est descendu à la cuisine le lendemain matin, tandis que mon père et moi étions assis à table en train de lire les journaux. Il voulait savoir s'il y avait des cartons en trop à la maison, car il avait décidé d'emménager avec Oliver. Il voulait être plus près du centre. Il voulait essayer de trouver un vrai job. Il a dit que son frère venait le chercher l'après-midi.

Mon père s'est levé et a dit qu'il allait voir ce qu'il pouvait dénicher. Nicholas s'est fait un toast et est venu s'asseoir en face de moi. Il s'est mis à parler de ses projets. J'ai posé le coude sur la table et continué à lire avec une main sur le front, supportant le poids de ma tête tout en masquant mon visage.

Je n'ai répondu à aucun de ses propos. Je me sentais comme une écolière essayant de cacher qu'elle est en train de pleurer en classe parce que le devoir posé devant elle est trop dur. J'essayais de ne pas pleurer parce que la perspective posée devant moi, que Nicholas allait partir et que j'allais me retrouver soudain seule avec mes parents à la maison, était trop dure. Tandis qu'il parlait, j'ai tenté de me concentrer sur le fait que son départ signifiait que Patrick cesserait de venir.

Au bout de quelques minutes, il a laissé tomber et a tiré le journal de mon père vers lui, tournant chaque page sans prendre le temps de la lire. Je suis restée immobile devant le mien, lisant l'intégralité de la double page ouverte devant moi, jusqu'à ce qu'il ne reste que le Bulletin de la Cour. La veille, la princesse Anne avait inauguré un centre de service client au conseil de district de Selby, puis avait assisté à une réception. J'ai eu de la peine pour elle et plus encore pour moi, surtout quand Nicholas s'est levé, a posé son assiette dans l'évier et a dit qu'il ferait sans doute mieux de s'y mettre.

Pour finir, j'ai quitté la maison et je suis allée faire un tour. Tandis que j'essayais de trouver la sortie de Holland Park, mon téléphone a sonné. C'était Peregrine. Ma lettre d'excuses et sa réponse avaient été nos seuls contacts. Je n'avais pas eu le courage de prendre l'initiative d'un déjeuner, bien qu'il me manque plus que de raison.

Il était, m'a-t-il dit, dans une voiture se dirigeant globalement vers l'ouest et il voulait savoir où je me trouvais exactement. Il venait de découvrir – peu importait comment – que mon mariage avait capoté et bien qu'il n'ait pas besoin de me demander à qui en incombait la faute, il était navré que je ne l'aie pas appelé sur le moment.

J'ai dit que j'étais à Holland Park, et Peregrine a dit que ça tombait bien. Il allait demander à son chauffeur de changer de cap. « Presse le pas et retrouve-moi à l'Orangery dans un quart d'heure. »

Je lui ai dit que j'étais en jean. Il désapprouvait le denim sous toutes ses formes et en toutes circonstances, et j'espérais que ça me permettrait de me défiler. J'avais envie de le voir, mais pas dans cet état.

Je l'ai entendu donner des instructions à son chauffeur puis, revenant vers moi, il a dit qu'il ne m'en tiendrait pas rigueur, sachant que les normes vestimentaires étaient toujours les premières à faire les frais d'un chagrin d'amour.

*

En guise de bonjour, Peregrine a dit : « Je n'ai jamais compris pourquoi les gens considèrent le champagne comme une boisson festive plutôt que médicinale. » Une serveuse était en train d'en remplir un verre, de façon manifestement inadéquate à ses yeux, car lorsqu'elle s'est apprêtée à remplir le second, il l'a remerciée et a dit qu'on allait se débrouiller. Je me suis assise et il m'a mis un verre dans la main. « Le seul moment où l'on a besoin de se faire pétiller le sang, c'est quand la vie est parfaitement plate. »

Il m'a regardée en avaler une gorgée, puis a déclaré qu'il était au regret de dire que je semblais à l'article de la mort. « Bref, a-t-il dit en s'adossant et en joignant le bout des doigts. Qu'allons-nous faire ensuite ? Avons-nous un plan ? »

J'ai commencé à dire que je vivais chez mes parents et que je travaillais dans un supermarché bio, mais il a secoué la tête. « Ça, c'est ce que tu fais. Ce n'est pas un plan et je dirais que tu as très peu de chances d'en trouver un en te laissant dépérir au fin fond de Shepherd's Bush. »

J'ai touché la paroi de mon verre. Une goutte de condensation est descendue le long du pied. Je ne savais que dire.

Peregrine a posé les paumes sur la table. Il a dit Paris, Martha. « S'il te plaît, va à Paris.

– Pourquoi ?

– Parce que, quand la souffrance est inévitable, la seule chose qu'on peut choisir, c'est le décor. Pleurer toutes les larmes de son corps en longeant la Seine, ce n'est pas la même chose que pleurer toutes les larmes de son corps en traînant dans Hammersmith. »

J'ai ri et Peregrine a paru chagriné. « Je n'essaie pas de faire de l'esprit, Martha. À défaut d'autre chose, la beauté est une raison de vivre. »

J'ai répondu que c'était une idée charmante, mais que je n'avais ni l'énergie, ni les moyens d'aller à l'étranger.

Il a dit que premièrement, Paris n'était pas vraiment l'étranger. « Et deuxièmement, j'ai un petit pied-à-terre, acheté pour mes filles il y a bien des années. Je les imaginais faisant leur Zelda Fitzgerald à Montparnasse ou du moins leur Jean Rhys dans les salles obscures, mais la Belle et la Damnée ont préféré la banlieue de Woking et il reste donc là, meublé et vacant. »

Bien qu'il ne soit pas délabré, la déco, m'a-t-il prévenue, était du genre qui forge le caractère. « Néanmoins, il est à toi, Martha. Un lieu où vivre aussi longtemps qu'il le faudra. »

J'ai dit que c'était très gentil de sa part et que je ne manquerais pas d'y réfléchir.

« C'est exactement ce que tu ne dois pas faire. » Il a regardé l'heure. « Je dois retourner à l'usine, mais je te ferai cycloporter la clé cet après-midi. » Voilà qui était donc décidé, a-t-il conclu. En prenant congé au coin du parc, Peregrine m'a fait la bise et a dit : « Les Allemands ont un mot pour chagrin d'amour, Martha. *Liebeskummer*. N'est-ce pas affreux ? »

*

En rentrant, j'ai googlisé ma banque et entamé le processus Mot de passe oublié ? avant de pouvoir contempler l'étendue de ma fortune. Dès nos fiançailles,

Jonathan avait commencé à effectuer des virements hebdomadaires sur mon compte, que j'avais économisés, car leur montant était si absurde que je n'arrivais pas à le dépenser avant d'avoir reçu le suivant. Pendant son voyage d'affaires, il était curieusement parvenu à tout subtiliser et, à mon retour à Goldhawk Road, mes biens se limitaient à deux bagues et à une garde-robe que j'avais cédée à une boutique caritative. Au supermarché bio, je touchais un salaire horaire équivalent au prix d'un petit smoothie aux germes de blé. Mais je n'achetais rien – depuis des mois, seulement des sandwichs au jambon et des boissons énergétiques pour mes balades avec Nicholas.

La clé est arrivée en milieu d'après-midi. L'adresse était notée sur une carte ornée d'un monogramme, et au-dessus, il était écrit : *Abandonnée Brutalement, Cette Divorcée En France Goûtera, Heureuse, l'Immense Joie..., etc. ; appelle-moi dès que tu arrives.* J'avais assez d'argent, alors je suis partie.

J'ai vécu à Paris quatre ans, durant lesquels j'ai travaillé dans une librairie anglophone à deux pas de Notre-Dame, vendant des *Lonely Planet* et des Hemingway de poche à des touristes qui voulaient seulement se prendre en photo à l'intérieur de la boutique.

Mon patron était américain. Il vivait dans l'appartement situé sous les combles et tentait d'écrire des pièces de théâtre. Le premier jour, il m'a fait faire le tour de la librairie, dont le point d'orgue était les étagères les plus proches de l'entrée. « Et ici, a-t-il dit, se trouvent tous les auteurs estimés. » Je lui ai demandé où se trouvaient les auteurs mésestimés. Il a fait claquer sa langue contre son palais et a lancé « On en a trouvé une qui est vivante » à une morne Danoise dont c'était le dernier jour. J'ai couché avec lui pendant trois ans et demi et je ne l'ai jamais aimé.

Avant qu'il mette un écriteau interdisant *le camera à l'intérieur*, et par la suite *le iPhone* et plus encore, *le bâton de selfie*, j'ai été prise à l'arrière-plan d'un millier de photos, assise derrière le comptoir en train de lire les nouveautés ou de contempler la portion de fleuve visible entre les immeubles lorsque les nouveautés se limitaient à des policiers ou à du réalisme magique.

*

Peregrine a été la première personne à venir me voir à Paris et, en dehors d'Ingrid, celle qui m'a le plus souvent rendu visite. Il venait pour la journée seulement, arrivant avant midi et repartant tard le soir. Nous nous retrouvions au restaurant, de préférence dans un établissement qui venait juste de perdre une étoile au Michelin, car remonter le moral à quelqu'un rien qu'en allant déjeuner était selon lui une façon aisée de faire la charité et, de surcroît, la seule garantie d'un service attentionné à Paris. Quelle que soit la saison, nous marchions ensuite jusqu'aux Tuileries et de là, nous longions la Seine et remontions jusqu'au Marais, évitant le Centre Pompidou dont l'architecture le déprimait, pour nous rendre au musée Picasso, où nous restions jusqu'à ce qu'il décrète qu'il était l'heure de trouver un endroit « louche » où boire du Dubonnet avant le dîner.

Les visites de Peregrine rythmaient mon séjour à Paris. Il devait le savoir, car il ne partait jamais sans me dire quand il comptait revenir. Et il venait immanquablement en septembre, pour ce qu'il appelait l'anniversaire de mon renvoi – par Jonathan, pas par le magazine.

J'étais toujours heureuse quand j'étais avec lui, même lors de ces anniversaires, sauf l'année où j'allais avoir trente ans. En entrant dans la cour du musée, Peregrine m'a dit que mon comportement ce jour-là avait été quelque peu éprouvant, et que par conséquent, au lieu de le visiter, nous allions refaire le chemin en sens inverse et il me décrirait la vie qu'il menait à mon âge. Sachant que ce serait un tableau assez sombre, j'arrêterais peut-être d'être aussi abattue par la mienne et de me tenir les épaules affreusement voûtées.

Dans la rue, Peregrine a épousseté les manches de son manteau et dit bon, eh bien, puis nous nous sommes remis en marche. « Voyons voir. Ma femme venait de me jeter dehors, ayant découvert que mes goûts me portaient dans une autre direction, et tandis que Diana veillait à ce que je ne touche pas un centime de notre argent et que je ne revoie jamais les enfants, j'ai déménagé à Londres, dans la chambre la plus sordide de Soho, j'ai pris goût à diverses substances et j'ai, par conséquent, été mis à la porte de mon magazine de l'époque. N'ayant plus un sou en poche, j'ai été contraint de retourner dans le berceau familial dans le Gloucestershire, où je n'ai pas été le bienvenu, ni à titre personnel, ni en tant que représentant de mon espèce, et c'est là que j'ai fait une dépression nerveuse. Que dis-tu de ça ? »

J'ai dit que c'était en effet un tableau assez sombre et que j'étais désolée qu'il ait enduré ça et de ne l'avoir jamais interrogé sur la vie qu'il menait auparavant.

Il a dit oui. « Néanmoins, le bénéfice de l'exil est que l'on fut contraint de se reprendre en main, car les Quaalude étaient tout simplement introuvables à Tewkesbury en 1970.

– Comme le pesto », ai-je dit en redressant les épaules.

Peregrine m'a pris le bras et nous avons poursuivi notre chemin.

*

Habituellement, nous nous séparions devant la gare du Nord, mais je ne voulais pas qu'il s'en aille et je lui ai demandé si je pouvais l'accompagner à l'intérieur et attendre son train. Debout au comptoir d'un café, je lui ai dit que je n'en étais pas fière, mais que parfois

Jonathan me manquait. Je ne l'avais avoué à personne d'autre.

Il a dit qu'il n'y avait rien de honteux là-dedans. « Aujourd'hui encore, il m'arrive de me remémorer mes années de mariage avec Diana avec une immense nostalgie. » Il a bu une gorgée de son café, l'a reposé et a dit : « Au sens étymologique du terme, bien sûr, qui n'a strictement rien à voir avec l'usage que le public en fait pour décrire ce qu'il ressent en racontant ses souvenirs de lycée. » Peregrine a regardé l'horloge et sorti de sa poche de poitrine de l'argent qu'il a posé sur le comptoir. « *Nostos*, le retour à la maison. *Algos*, la douleur. La nostalgie est la souffrance causée par notre désir de retour. » Et cela, a-t-il dit, que la maison dont on se languit ait existé ou non. À l'entrée du quai, Peregrine m'a fait la bise et a dit « Novembre », et j'ai su que ce serait pour mon anniversaire.

*

Entre-temps : j'adorais Paris, la vue par la fenêtre du pied-à-terre, avec ses toits en zinc, ses cheminées en terre cuite et ses enchevêtrements de lignes électriques. J'adorais vivre seule après les mois passés à Goldhawk Road. Je parlais à mon père le week-end et à Ingrid tous les matins en allant prendre mon petit déjeuner au café du coin. J'ai commencé à écrire un autre roman.

Et je détestais Paris, le sol en lino rouge du pied-à-terre et les toilettes communes au bout d'un couloir sombre. J'étais tellement seule sans mon père, sans le bruit de Nicholas, Oliver et Patrick pour m'aider à m'endormir, sans Ingrid. Je n'étais pas là depuis très longtemps quand elle m'a appelée pour me dire que Patrick avait commencé à sortir avec Jessamine, ce

Ingrid m'a accueillie à l'aéroport, a dit « Bonjour Tristesse » et m'a serrée longtemps dans ses bras. « Oh mon Dieu, ça faisait un bail que j'attendais ce moment. » Elle m'a relâchée. « Hamish est dans la voiture. » En chemin, elle m'a dit que maintenant qu'ils avaient choisi une date, pas trop tôt, putain, j'avais deux mois pour prendre de préférence six kilos, mais même trois feraient l'affaire. « Et inutile de m'offrir une saucière. »

Comme elle l'a par la suite établi en se rendant sur calculateurconception.com, Ingrid est tombée enceinte pour la première fois en avril, entre la cérémonie de mariage et le cocktail qui a suivi à Belgravia. Winsome a fait rénover toutes les salles de bains de la maison aussitôt après, bien qu'elle ne soit tombée sur Ingrid et Hamish que dans l'une d'entre elles.

Avant, en attendant le moment de pénétrer dans l'église, ma sœur s'est tournée vers moi et a dit : « Je vais marcher comme la princesse Diana.

– Vraiment ?

– J'en suis arrivée là, Martha. »

*

Ingrid m'avait dit qu'il venait et, bien que toute la congrégation se soit retournée à notre entrée, que ma sœur et moi ayons marché jusqu'à l'autel sous le regard de deux cents personnes et que je ne l'aie localisé qu'à la toute fin, je ne songeais qu'à l'impression que je faisais à Patrick : étais-je, à cet instant même, regardée par lui et, si c'était le cas, comment me percevait-il ? Ma posture, mon expression, la direction de mon regard… tout était destiné à Patrick.

Parce que. Au fil du temps, j'avais pensé de moins en moins à Jonathan. Au bout de deux ans à Paris, j'avais réalisé que je ne pensais plus à lui que sous l'effet d'un stimulus extérieur. Et maintenant, pas même après avoir croisé dans la rue un homme laissant dans son sillage une traînée d'Acqua di Parma.

En revanche, j'avais continué à penser à Patrick. Il est vrai qu'au début, c'était en l'associant à Jonathan et uniquement pour me repasser et comparer leurs méthodes de rejet respectives. Puis il était sorti avec Jessamine, avait envahi mon roman, et ça ne s'était plus limité à ça. Considéré en soi, séparément de celui de Jonathan, le crime de Patrick n'en paraissait plus un et, quand je me le repassais, je percevais sa bonté. Et j'étais si souvent seule que j'éprouvais du réconfort à me souvenir de Patrick comme de quelqu'un de bon et de constant, à l'imaginer avec moi quand je marchais dans une rue dépeuplée ou quand je regardais passer les heures dans une boutique désachalandée. Pour me rassurer et me tenir compagnie, pour me soulager de mon ennui ou de mon mal du pays… je pensais de plus en plus à lui et ne pouvais continuer à croire que c'était en lien avec Jonathan. Au bout de ces deux ans, j'ai réalisé qu'il s'agissait uniquement de lui.

Il se tenait au milieu de la rangée familiale, à côté de Jessamine, visible quand un couple s'est écarté pour parler aux gens situés de part et d'autre. Il portait un costume sombre. C'était la seule chose nettement différente des diverses images de Patrick que je conservais en tête, où il portait toujours une chemise mal repassée en partie sortie de son jean. Son visage était le même ; ses cheveux toujours noirs avaient toujours besoin d'une coupe. De ce point de vue, il était inchangé. Mais il avait un air inhabituel, perceptible même de loin.

Quand le premier cantique a résonné, Patrick a passé le programme de la cérémonie à Oliver, qui se trouvait de l'autre côté de Jessamine. Pour ce faire, il a dû tendre le bras derrière elle et, en le rétractant, il a posé la main au creux de son dos. Il a dit quelque chose, elle a penché la tête pour entendre et elle a semblé trouver cela très drôle. Puis, toujours avec la même main, il a fouillé dans sa poche de poitrine et en a sorti une paire de lunettes, qu'il a ouvertes d'un geste inconscient et brusque, avant de prendre nonchalamment son propre programme. Patrick ne faisait rien nonchalamment. Aucune de ses façons d'agir ne semblait jamais innée. Tel que je le connaissais, la proximité physique d'une femme le rendait nerveux au point de pouvoir paraître souffrant. À la fin du cantique, j'ai dû quitter l'autel et repasser devant lui pour rejoindre ma place. Il a croisé mon regard en souriant tout en ajustant sa manchette. Je ne sais plus si j'ai répondu ou non à son sourire en poursuivant mon chemin, occupée que j'étais à tenter de définir l'allure qu'il avait, puis gênée comme si je l'avais dit à haute voix à toute l'assemblée quand j'ai mis le doigt dessus. Patrick semblait intensément masculin.

Et ce que j'ai ressenti, en le revoyant pour la première fois depuis quatre ans, est ce que j'ai ressenti chaque fois que je l'ai vu en public pendant toutes les années que nous avons passées ensemble. Si j'arrivais quelque part et que je le voyais en train de m'attendre ou de marcher dans ma direction, s'il parlait à quelqu'un à l'autre bout de la pièce, ce n'était pas de l'excitation, ni de l'affection, ni du plaisir. Ce jour-là, à l'église, j'ignorais ce que c'était et j'ai passé tout l'office à tenter de le diagnostiquer. À la fin de la cérémonie, Patrick m'a de nouveau souri quand je suis retournée vers l'autel et je l'ai encore une fois senti, de façon tellement viscérale que j'ai eu du mal à continuer d'avancer et à suivre Ingrid et Hamish vers la sortie, laissant Patrick toujours plus loin derrière moi.

*

À la réception, Jessamine a raconté à Nicholas, Oliver et moi la première fois qu'elle était sortie en ville le soir, étant adolescente. Winsome était censée venir la chercher à neuf heures, mais elle n'était pas là. À neuf heures et demie, toutes les amies de Jessamine étaient rentrées chez elles et elle s'était retrouvée seule parmi la foule à Leicester Square, d'abord gênée, puis énervée, puis effrayée, car la seule raison qui pouvait expliquer le retard de Winsome était qu'elle soit morte.

« Ouais, et même dans ce cas, elle serait arrivée à l'heure, a dit Oliver.

– Exactement, a fait Jessamine. Et puis tout à coup, vers dix heures, je l'ai vue se faufiler à travers un groupe de gens bourrés, et j'ai vraiment cru que j'allais vomir et pleurer, tellement j'étais soulagée. Genre une seconde, on est seule et terrifiée au milieu d'une foule de gens débiles et flippants, et la seconde d'après, on sait qu'on est totalement en sécurité. »

Oliver a demandé où leur mère était passée.

Jessamine a répondu qu'elle ne savait pas. « C'est pas ça l'intérêt de l'histoire.

– C'était quoi, l'intérêt ? Elle était sacrément longue.

– Tais-toi, Oliver. Je sais pas. » Elle a secoué les cheveux. « C'est juste cette impression, genre *Dieu merci*, quand tu vois cette personne. Martha, tu vois ce que je veux dire ? »

J'ai dit oui. *Dieu merci*, voilà ce que j'avais ressenti en voyant Patrick ce jour-là. Ni excitation, ni affection, ni plaisir. Juste un soulagement viscéral.

*

Plus tard, quand Ingrid et Hamish se sont retirés, les invités sont partis, le personnel a discrètement terminé son service, Winsome et Rowland sont allés se coucher, et il n'est plus resté que mes cousins, Patrick et moi assis dans le jardin, dans le noir, à une table qui n'avait pas été déblayée de ses bouteilles ni de ses verres vides. À part Patrick, nous étions tous à moitié ivres, en tenues de mariage et vestes trouvées à l'intérieur.

En allumant une cigarette, Oliver a demandé à Patrick pourquoi, toutes les fois qu'il était venu à Noël quand nous étions adolescents, il n'avait jamais bu l'alcool que nous dérobions dans le bar de Rowland ni grimpé sur le toit pour goûter les joints de Nicholas et, quand on nous chassait de la maison durant le discours de la reine, il faisait tout le tour du parc alors que nous nous contentions de nous asseoir sur un banc pendant une heure avant de rentrer. Pourquoi il voulait tellement être un brave garçon alors que nous étions une bande de sales merdeux.

Patrick a dit : « Vous n'aviez pas à faire d'efforts pour être réinvités. »

Trois d'entre nous ont murmuré putain d'une seule voix.

*

Parce que c'était le petit matin mais qu'il faisait encore noir quand j'ai voulu partir, Patrick a proposé de me raccompagner, et pendant les quelques minutes qu'il lui a fallu pour rentrer chercher son manteau, je suis restée seule dans sa voiture. Si j'avais pu appeler ma sœur à cet instant, je lui aurais demandé si elle voulait que je passe en revue l'habitacle, car elle aurait dit oui et clamé « Au secours » quand je lui aurais parlé du paquet de mouchoirs et des pièces d'une livre rangés dans un compartiment de la console centrale, du rouleau de bonbons ouvert sans déchirer le papier alu et soigneusement refermé après en avoir mangé un. « Non mais sérieux, Martha. Qui n'en mange qu'un ? » Et j'aurais ajouté : « Et au lieu des strates de merdes entassées par terre qu'on attendrait d'un mec célibataire de vingt-sept ans, il n'y a rien à part des traces d'aspirateur sur la moquette. »

J'ai sorti mon téléphone et commencé un texto, mais ne l'ai pas envoyé parce qu'elle était quelque part avec Hamish et que je ne voulais pas qu'elle sache que j'étais assise dans une voiture à quatre heures du matin, seule et fatiguée, et que j'essayais de lutter contre ma tristesse croissante à l'idée qu'elle avait choisi Hamish plutôt que moi en fouillant dans la boîte à gants de Patrick.

Il a ouvert la portière et est monté alors que je regardais son badge de l'hôpital. « Je peux quand même dire que j'étais debout depuis vingt-six heures quand cette photo a été prise ? C'est pour ça que j'ai cette tête-là. Désolé d'avoir été si long. »

La lumière s'est allumée quand il a mis le contact et il a jeté un œil vers le levier de vitesses. Mon regard a suivi le sien et l'espace d'une seconde, avant que l'obscurité revienne, j'ai remarqué sa main et son poignet, la façon dont les tendons ont bougé quand il a serré le poing dessus, puis, quand il l'a relâché pour saisir le volant, le mouvement de son avant-bras sous sa manche de chemise retroussée. Voyant qu'il s'en était rendu compte et s'apprêtait à dire quelque chose, j'ai tendu la main vers la radio et appuyé sur tous les boutons jusqu'à ce que de la musique retentisse. C'étaient les dernières mesures d'une chanson country.

J'ai dit : « Oh mon Dieu, Patrick. C'est quoi, cette station ? »

En regardant droit devant lui, il a répondu : « C'est un CD », et a essayé de l'éteindre parce que je riais.

« Non, attends. Attends. C'est fabuleux. »

Une fois le morceau fini, je lui ai dit qu'il faudrait le remettre, parce qu'on avait raté le moment le plus poignant. Patrick a dit OK et est revenu en arrière.

Cette chanson me plaisait, et le fait que je ne l'aie jamais entendue auparavant ne m'a pas empêchée de chanter. Tout en prétendant ne pas apprécier mes paroles impromptues, Patrick n'arrêtait pas de rire. Quand elle s'est terminée, j'ai essayé de la remettre, mais je n'ai pas trouvé le bouton. À mon grand étonnement, Patrick a pris ma main et l'a reposée sur mes genoux. J'ai demandé si je pouvais avoir un bonbon, me saisissant aussitôt du paquet que j'ai déchiré pour l'ouvrir, sentant encore son contact sur ma peau.

Il n'en a pas voulu et la bouche pleine, j'ai demandé : « Tu es exclusivement branché country, ou est-ce que tu aimes aussi d'autres styles de musique ?

– Je n’aime pas la country. J’aime seulement cette chanson.

– Pourquoi ? »

Il m’a dit qu’il appréciait le changement de tonalité. Par la suite, j’ai découvert que c’était parce qu’un jour, dans un aéroport, quand il était plus jeune, elle avait résonné dans les haut-parleurs et que son père avait dit d’un air détaché : « C’était la chanson préférée de ta mère. » Il avait ajouté que personnellement, il n’avait jamais compris comment une femme aussi intelligente pouvait supporter ce sentimentalisme sirupeux et cette mélodie ampoulée. À un moment donné, Patrick avait réalisé qu’il écoutait des paroles que sa mère devait connaître par cœur. Il avait déjà oublié sa voix, mais désormais, il avait l’impression de l’entendre chaque fois qu’il écoutait cette chanson. C’est pour ça qu’il la mettait toujours quand il était seul dans la voiture.

J’ai soudain eu sommeil et faim. J’ai demandé à Patrick de me raconter ce qu’il était devenu ces quatre dernières années, ajoutant que je l’écouterais même si je fermais les yeux. Il m’a dit qu’il était en cours de spécialisation, qu’il avait prévu de faire de l’obstétrique mais avait opté à la dernière minute pour les soins intensifs, et qu’il avait postulé pour un stage à l’étranger, quelque part en Afrique, parce que ça apportait plus de points ou quelque chose comme ça.

Sans ouvrir les yeux, j’ai demandé « Tu es toujours avec Jessamine ? » tout en sachant qu’il ne l’était plus. Ingrid m’avait téléphoné pour me dire qu’ils avaient rompu quelques semaines après m’avoir appelée pour me dire qu’ils étaient ensemble.

Il a dit : « Quoi ? Non. Ça a été de courte durée. Et regrettable. Rien à voir avec Jessamine. C’est juste qu’on est très différents.

– Qu'est-ce qui s'est passé ? ai-je fait en ouvrant les yeux.

– C'est quand j'ai commencé à penser à l'Afrique ; quand je lui en ai parlé, elle m'a dit qu'elle m'adorait, mais que le trip Médecins Sans Frontières, c'était pas trop son truc. Elle aurait voulu que je sois dermatologue.

– Et célèbre ?

– Dans l'idéal. Je crois que depuis, elle n'a fréquenté que des mecs dans la finance. »

J'ai dit « La plupart d'entre eux s'appellent Rory.

– Donc tu savais déjà…

– C'était il y a quatre ans, Patrick, bien sûr que je savais. »

Dans les films, si une personne heureuse se met à tousser, à la scène suivante, elle sera en train de mourir d'un cancer.

Dans la vraie vie, si une personne se rend compte qu'elle n'a pas envie de sortir lorsque la voiture s'arrête devant sa maison, et si elle sait que ce n'est pas juste l'idée de rentrer chez elle et de passer devant la porte de ses parents qui la retient de détacher sa ceinture de sécurité ; si elle sait que c'est parce qu'elle n'a pas envie de dire au revoir à celui qui l'a raccompagnée et qu'elle préférerait continuer à l'écouter parler, même si ce dont il parle concerne son travail et est dans l'ensemble assez ennuyeux ; s'il ne semble pas non plus avoir envie qu'elle sorte, vu la façon dont il regarde sans cesse sa main pour voir si elle s'approche de la boucle de sa ceinture, à la scène suivante, ils seront en train d'entrer dans le café immonde mais encore ouvert qu'elle aura pointé du doigt au bout de la rue en disant : « On pourrait se prendre un petit déj, si tu veux », en ajoutant « Mais en ressortant, on sentira le graillon », afin qu'il soit plus facile pour lui de refuser.

Mais il dit « C'est pas grave. Bonne idée », détache sa propre ceinture et essaye de sortir avant qu'elle ait fini de se rembobiner, car il veut aller ouvrir la portière de la fille qui, au début, ne comprend pas ce qui se passe, pourquoi il apparaît soudain de son côté de la voiture alors que la poignée intérieure ne semble pas cassée, puisque personne ne lui a jamais ouvert la porte, même pour plaisanter. Quand elle sera sortie, il dira « Est-ce que tu veux te changer d'abord ? », et elle baissera les yeux vers la veste que son oncle met pour promener le chien et qu'elle a passée par-dessus sa robe en soie de demoiselle d'honneur, mais elle répondra « Non, c'est bon » parce qu'elle ne veut pas le laisser planté là sur cette portion de trottoir. Elle a peur qu'il soit parti quand elle reviendra car c'est là qu'il lui a dit qu'il ne l'aimait pas et ne l'avait jamais aimée et qu'il est impossible qu'il ne s'en soit pas instantanément rendu compte. S'il est obligé de rester là tout seul le temps qu'elle se change, il risque de se dire que ce n'est pas ce qu'il veut, manger des œufs au plat avec quelqu'un capable de poser ce genre de question. Et s'il l'attendait quand même, ce serait seulement pour dire : « Tu sais quoi, je suis crevé. Je ferais mieux de te laisser. »

Elle ne veut pas qu'on la laisse. La laisser, c'est devenu un thème récurrent. Pour une fois, elle voudrait qu'on la garde. C'est pourquoi, quand ils arrivent au café et qu'il met très, très longtemps à étudier le menu, elle n'est pas agacée. À force, ça finira par l'agacer tellement qu'un jour, elle lâchera « Oh bordel, il va prendre un steak » et lui arrachera le menu des mains pour le rendre au serveur qui aura l'air embarrassé pour eux car il a dit en s'asseyant que c'était leur anniversaire de mariage. Mais nous n'en sommes pas là. Pour l'heure, elle est contente qu'il mette aussi longtemps à se décider, et encore plus contente quand il dit « Je crois que je vais prendre l'omelette » et que la serveuse, qui n'a pas arrêté de renifler et de se balancer d'un pied sur l'autre, dit « Je vous préviens, l'omelette ça prend quinze minutes », et il dira « Ah bon ? OK » et se replongera dans le menu comme s'il devait choisir autre chose, mais elle lui dira qu'elle n'est pas pressée, ce à quoi il répondra « Vraiment ? OK » et à la serveuse : « Dans ce cas, je vais prendre l'omelette. » Et bien qu'elle déteste les omelettes, elle commande aussi une omelette parce que sinon, son repas arrivera bien avant le sien et ça sera gênant, comme si le seul fait d'être là n'était pas assez gênant comme ça, c'est la première fois qu'ils se retrouvent ainsi, rien qu'eux deux assis face à face à une petite table. Alors, dès qu'ils se sont installés, elle a dit « On dirait un rencard », et ils ont tous les deux ri d'un air gêné et ont été soulagés quand la serveuse est venue leur demander s'ils voulaient qu'elle essuie la table.

*

J'ai mangé tous les toasts et les bords de l'omelette et bu trop de café avant que Patrick dise qu'il ferait mieux d'y aller. Nous sommes repartis, et en arrivant devant la maison, il s'est arrêté et a mis les mains dans ses poches, comme la fois précédente.

« Quoi ?

– Rien, c'est juste que, tu te souviens sans doute pas…

– Si. »

Il a fait ah. « OK. Bon, j'aurais dû m'excuser. »

J'ai dit que c'était de ma faute. « Qu'est-ce que tu étais censé dire ?

– Je sais pas, mais c'est la façon dont je l'ai dit. Je t'ai blessée et je m'en suis voulu. Je suis revenu te le dire quelques jours plus tard, mais tu étais déjà à Paris.

Bref, si ce n'est pas trop tard, je suis désolé de t'avoir fait pleurer. »

J'ai dit : « Ce n'était pas toi. Je l'ai cru, sur le moment, mais je me sentais juste humiliée à cause de Jonathan. C'est pour ça que j'ai été si grossière avec toi. Moi aussi, je m'excuse. Et désolée si tu sens le graillon. »

Nous avons tous les deux reniflé nos manches. Patrick a fait argh. « Bon – il a sorti ses clés – tu ferais mieux d'aller dormir. » Il a ouvert la voiture et m'a remerciée pour le petit déjeuner qu'il avait payé. Il était dix heures du matin. J'ai dit « Bonne nuit, Patrick », je l'ai regardé s'asseoir et partir et je suis restée plantée toute seule dans ma robe de demoiselle d'honneur et la veste de mon oncle.

Patrick m'a envoyé un texto. C'était toujours le lendemain du mariage d'Ingrid, l'après-midi.

Tu aimes les films de Woody Allen ?

Non. Personne n'aime ça.

Tu veux aller en voir un avec moi ce soir ?

Oui.

Il a dit qu'il viendrait me chercher vers 19 h 10.

Tu veux savoir lequel ?

C'est tous les mêmes. Je sortirai vers 19 h 09.

Il y avait un bar au cinéma. Le film a commencé, mais nous ne sommes jamais entrés dans la salle. À minuit, un homme muni d'un balai à franges a dit : désolé, les gars.

*

Je venais juste de commencer à bosser dans une petite maison d'édition spécialisée dans les récits de guerre écrits par l'homme qui en était propriétaire. Il était vieux et ne croyait pas aux ordinateurs, ni aux femmes qui venaient travailler en pantalon. Nous étions quatre dans le bureau, rien que des femmes, d'âge et d'aspect similaires. La seule chose qu'il exigeait de nous, c'était de lui apporter une tasse de thé à onze heures trente et de fermer la porte en sortant.

On le faisait à tour de rôle. Un jour que c'était mon tour, je lui ai demandé si je pouvais lui montrer les poèmes de mon père. J'ai dit qu'il avait été qualifié de Sylvia Plath masculin. Il a répondu « Ça doit être pénible » et « Ne la laissez pas claquer », en faisant un geste vers la porte.

Avec le printemps, puis l'été, nous avons cessé de faire semblant de travailler et nous avons commencé à passer nos journées sur le toit, allongées au soleil à lire des magazines, retroussant notre jupe sur nos cuisses et finissant par l'enlever, de même que notre corsage. L'hôpital de Patrick était visible de là-haut, si proche que le son des sirènes d'ambulance portait par-dessus les toits et la touffe de verdure qu'était Russell Square.

C'est là que nous nous sommes retrouvés, par hasard la première fois, en allant prendre le métro. Puis en nous donnant rendez-vous de temps à autre, puis tous les jours. Avant le travail, quand le parc était vide et l'air encore froid, dans la chaleur de midi quand il était bondé et jonché de détritus, après le travail, quand nous restions assis sur un banc jusqu'à ce qu'il n'y ait plus de lumière ni d'employés de bureau traversant le parc pour rentrer chez eux ni de touristes leur barrant le passage, jusqu'à ce que le gardien ait fini de balayer les détritus et qu'il n'y ait de nouveau plus que nous deux. Puis, à un moment donné, il disait : « Je devrais te raccompagner jusqu'au métro. Il est tard et je suppose que tu dois être rentrée à neuf heures trente pétantes. »

Parfois, il était en retard et vraiment désolé bien que ça ne me dérange pas d'attendre. Parfois, il portait sa tenue d'hôpital et ses baskets d'interne, dont je me moquais pour cacher à quel point je les trouvais attendrissantes, avec leurs grosses semelles et leurs trucs violets flashy.

Un jour, pendant la pause déjeuner, Patrick a tendu la main pour prendre le sandwich que je lui avais apporté et nous avons tous deux vu quelque chose qui ressemblait à du sang à l'intérieur de son avant-bras. Il a dit ce n'est pas très reluisant, hein ? et est allé le laver à une fontaine.

J'ai dit que ça devait être bizarre d'avoir un job où on est entouré de gens qui meurent. « Et qui ne meurent pas d'ennui, comme dans le mien. C'est quoi le pire ? Les enfants ? »

Il a dit : « Les mères. »

J'ai pris mon café, gênée du contraste entre l'intensité de son travail et la stupidité du mien. J'ai dit : « Tu veux savoir ce qui est le pire dans mon job ? »

Patrick a dit qu'il avait l'impression de le savoir déjà. « À moins qu'il y ait eu du nouveau aujourd'hui.

– Demande-moi autre chose, alors. »

Il était sur le point de manger, mais il a reposé son sandwich dans la boîte et la boîte sur le banc. « C'était quoi le pire avec Jonathan ? »

J'ai mis ma main sur ma bouche, parce que je venais de prendre une gorgée de café et que d'abord choquée, puis hilare, j'étais incapable d'avaler. Patrick m'a tendu une serviette en papier et a attendu la réponse.

J'ai commencé par les choses les plus bêtes : l'aspect mouillé de ses cheveux, la façon dont il s'habillait. Le fait qu'il n'attende jamais que je sois descendue de voiture pour commencer à marcher, qu'il ne soit pas sûr du nom de sa femme de ménage alors que ça faisait sept ans qu'elle travaillait pour lui. Je lui ai parlé de la pièce où trônait uniquement une batterie face à un mur recouvert de miroirs. Puis j'ai retiré le couvercle de mon gobelet et j'ai dit que le pire, c'était que je le croyais drôle, parce qu'il disait tout sur le ton de la plaisanterie. « En fait, il pensait tout ce qu'il disait, sur le moment. Puis il changeait d'avis et pensait le contraire, avec autant de conviction. Il disait que j'étais belle et intelligente, puis que j'étais folle, et chaque fois je le croyais. » J'ai fixé l'intérieur de mon gobelet. Il aurait mieux valu que je m'arrête au mur couvert de miroirs.

Patrick s'est frotté sous le menton. « Pour moi, le pire était sans doute le bronzage. »

J'ai ri et l'ai regardé m'adresser un sourire qui s'est un peu figé quand il a dit : « Et être là quand il t'a demandée en mariage. » Une sensation, comme un pétillement, m'est remonté le long de la nuque. « Te voir dire oui sans pouvoir rien faire. » Le pétillement s'est propagé vers mes épaules, mes bras, dans mes cheveux.

Mon téléphone a sonné. Je n'avais pas réussi à dire quoi que ce soit. Patrick a ajouté ne t'en fais pas et m'a dit de répondre.

C'était Ingrid. Elle a dit qu'elle était dans des W.-C. pour handicapés chez Starbucks, à Hammersmith, et qu'elle était enceinte. Elle venait de faire un test.

Parce qu'elle parlait très fort, Patrick a entendu et a levé les pouces, puis a indiqué sa montre et s'est levé en mimant qu'il allait retourner travailler et qu'il m'enverrait un texto plus tard. Je lui ai demandé par gestes d'emporter nos détritus à la poubelle, mais je lui ai dit au revoir à voix haute.

Ingrid m'a demandé à qui je parlais.

« À Patrick.

– Quoi ? Pourquoi tu es avec Patrick ? »

J'ai dit : « Il se passe un truc bizarre. Mais bon, tu es enceinte. C'est génial ! Tu sais qui est le père ? »

Je l'ai laissée parler aussi longtemps que j'ai pu, du bébé, des nausées matinales, des prénoms, puis j'ai dit : « Je suis vraiment désolée, il faut que je retourne au bureau. J'ai tellement de travail à inventer. »

Ingrid a dit OK. « Ne reste pas coincée là-bas. À faire des heures sup' un vendredi. »

J'étais tellement heureuse pour elle et je me demandais comment j'allais survivre à ça.

*

Le lendemain, je ne voulais voir personne. J'étais censée faire quelque chose avec Patrick. Il avait déjà acheté les billets. Le matin, il m'a envoyé un texto et j'ai dit que je ne pouvais pas y aller, et parce qu'il a dit OK et ne m'a pas fait me sentir coupable, j'ai renvoyé un texto pour dire que je pouvais y aller, finalement.

C'était une exposition à la Tate Modern, d'œuvres d'un photographe qui ne photographiait apparemment que lui-même, dans sa propre salle de bains. Quand nous sommes entrés dans la troisième salle, Patrick a paru accablé. Nous étions devant une photo de l'artiste debout dans sa baignoire, vêtu d'un tricot de corps et rien d'autre.

J'ai dit : « Je ne connais pas grand-chose à l'art, mais je sais que je préférerais encore la boutique. »

Patrick a dit je suis vraiment désolé. « Quelqu'un du boulot a dit que c'était extraordinaire. Il m'a semblé que c'était ton genre de truc. »

J'ai posé ma main sur son bras et je l'y ai laissée. « Patrick, mon truc, c'est de rester assise à boire du thé ou autre chose en discutant ou, mieux encore, sans rien dire. C'est la seule chose que j'aie vraiment envie de faire. »

Il a dit bon, OK, c'est noté. « Je crois qu'il y a un café ici. Au dernier étage. »

*

Dans l'ascenseur, il a dit : « Tu dois être contente pour Ingrid. » J'ai dit oui et, heureusement, les portes se sont ouvertes. Nous nous sommes assis à une table près de la fenêtre, regardant tour à tour vers la Tamise ou l'un vers l'autre, et nous avons bu du thé ou autre chose en discutant longuement de sujets sans rapport avec la grossesse d'Ingrid. Patrick a parlé de sa condition de fils unique, dit à quel point il avait envié à Oliver le fait d'avoir un frère, puis s'est souvenu de la première fois qu'il nous avait rencontrées, Ingrid et moi, et du mystère que notre relation avait constitué à ses yeux, pendant des années. Jusqu'alors, il ignorait qu'il était possible pour deux personnes distinctes d'être connectées à ce point. Parce que nous avions les mêmes traits et la même façon de parler et que, dans son souvenir, nous étions inséparables, il semblait exister autour de nous une sorte de champ magnétique impénétrable pour autrui. N'y avait-il pas eu à un moment des sweat-shirts assortis avec quelque chose de bizarre écrit dessus ?

Je lui ai dit que si et que j'avais toujours le mien, où il ne restait plus sur la poitrine que *nivers* et un amas de particules blanches collantes.

Il a dit qu'il se rappelait m'avoir vue avec chaque fois qu'il était venu à Goldhawk Road pendant les mois où j'y avais vécu.

Ingrid et moi étions conscientes de ce champ magnétique, ai-je dit, et j'avais parfois l'impression qu'il existait encore, mais je savais que ce ne serait plus pareil une fois qu'elle serait mère et pas moi. « C'est pour ça que je n'ai pas trop d'amies filles, parce que maintenant, elles ont toutes des enfants et… » J'ai juste dit bon et déplacé le pot de sucre.

« Mais ça changera quand tu en auras, tu ne crois pas ?

– Je ne veux pas d'enfants. » Soudain, je me suis mise à penser à Jonathan qui avait pris les devants, et je n'ai pas entendu la réponse de Patrick sur le coup, seulement plus tard quand, allongée dans mon lit sans dormir, je me suis repassé la conversation. Il n'avait pas demandé pourquoi. Seulement dit : « C'est intéressant. Je me suis toujours imaginé avoir des enfants. Mais comme tout le monde, je suppose. »

*

Le temps que nous émergions du musée, on était samedi soir, et il n'y avait pas un endroit au monde où j'avais moins envie d'aller que chez moi. Mes parents tenaient une sorte de salon, et comme ma mère était chargée de la liste des invités, des artistes moins importants qu'elle et des écrivains plus accomplis que mon père seraient entassés dans le séjour, vidant des bouteilles de mauvais prosecco et attendant leur tour pour parler d'eux-mêmes. Parce que je n'ai su dire où j'avais envie d'aller quand Patrick me l'a demandé, nous avons traversé la Tamise et longé la berge jusqu'à ce qu'elle devienne tellement bondée que les bancs de piétons arrivant en sens inverse nous forçaient sans cesse à nous écarter.

Je voyais bien que Patrick était agacé par le côté répétitif de la chose : devoir s'écarter, puis se retrouver une seconde plus tard. Pour moi, c'était comme une série de petits éclats, une rafale de ce sentiment : *Dieu merci*, qui me donnait envie de continuer à marcher. En fin de compte, quand un couple peu disposé à abandonner son rêve de se balader main dans la main en rollers le long de la Tamise est arrivé en face de nous, il m'a attrapée et m'a tirée sur le côté. Il a dit : « Martha, il nous faut un objectif. Je crains que nous risquions notre vie pour finir dans un Pizza Express qui te rendra triste s'il est vide et anxieuse s'il est plein. » Je me suis demandé comment il savait ça. « Est-ce qu'on peut aller chez toi ? » Il a clarifié, il voulait dire, est-ce qu'il pouvait me raccompagner en métro jusqu'à Goldhawk Road en guise d'escorte et me laisser devant la porte ?

J'ai réfléchi, puis j'ai dit : « Tu sais quoi ? C'est drôle, mais je te connais depuis quoi, cinquante ans, et je ne suis jamais allée chez toi. »

Quand Patrick m'avait tirée sur le côté, je m'étais retrouvée dos au socle d'une statue, et quand le couple en rollers a fait demi-tour et est revenu, désaccouplé et hors de contrôle, il a été contraint de se pousser, si bien que nous nous sommes retrouvés face à face et assez proches pour que nos corps se touchent presque lorsqu'on expirait. Je me suis demandé s'il en était conscient aussi, un tant soit peu ou aussi fortement que moi, puis il a dit « Par ici, alors » et m'a entraînée en direction de chez lui.

*

En ouvrant la porte, Patrick m'a assuré que c'était beaucoup mieux rangé que ça d'habitude, puis il s'est effacé pour me laisser entrer la première. L'appartement se trouvait au troisième étage d'un magnifique immeuble victorien à Clapham, au coin de l'édifice, si bien que les hautes fenêtres cintrées du salon surplombaient un parc. Il l'avait acheté après avoir terminé ses études et le partageait avec une dénommée Heather, qui était également médecin. Le désordre dont il avait parlé semblait se résumer à une tasse posée sur l'accoudoir du canapé. Au vu du rouge à lèvres sur le bord, j'en ai conclu que c'était Heather la souillon.

Elle est rentrée pendant qu'il me faisait un sandwich au bacon, a déambulé jusqu'à la cuisine et, se postant derrière lui, a attrapé un morceau brûlé dans la poêle qu'il tenait. Elle l'a mangé comme si c'était une délicieuse friandise, puis a voleté jusqu'à un placard et en a sorti quelque chose comme si elle savait où tout se trouvait et avait même contribué à ce que ce soit là. Il m'a semblé n'avoir jamais autant haï une autre femme.

Après avoir mangé, j'ai regardé Patrick faire la vaisselle. Il l'essuyait. Je lui ai dit que s'il la laissait sur l'égouttoir, la physique ou je ne sais quoi se chargerait de la sécher et qu'il n'avait donc pas besoin de le faire.

Il a dit qu'il n'était pas sûr que ce soit la physique. « Ça ne me dérange pas de le faire. J'ai une mentalité un peu obsessionnelle. J'en ai pour une minute. Tu sais jouer au backgammon ? »

J'ai dit non et accepté qu'il m'apprenne. Nous sommes allés au salon et tandis qu'il installait l'espèce de mallette, Patrick a dit : « Je voulais te dire, je pars en Ouganda. »

J'ai froncé les sourcils et je lui ai demandé pourquoi.

« C'est un stage. Pour mon travail. Je t'ai dit que j'avais posé ma candidature. Ça fait un bout de temps, sans doute.

– Je me souviens. Je pensais juste que tu n'avais plus… »

Je ne savais pas trop ce que je voulais dire, puis j'ai su et je n'ai pas pu le dire.

« Plus quoi ? »

Ce que je voulais dire, c'est je pensais que tu n'avais plus envie d'y aller à cause de moi. J'ai dit : « Je n'avais pas compris que c'était toujours d'actualité, c'est tout. »

Patrick m'a demandé si ça me dérangeait. Il plaisantait, mais je me suis sentie exposée et j'ai dit non. « Pourquoi ça me dérangerait ? Ça serait bizarre. » J'ai ramassé un des pions et je l'ai retourné. « Tu pars quand ? »

Il a dit dans trois semaines. « Le 10. Je reviens à Noël. La veille, je crois.

– Ça fait cinq mois. »

Patrick a dit « Cinq mois et demi » et a fini d'installer le plateau. J'ai essayé de me concentrer sur son explication des règles, mais j'étais trop préoccupée à l'idée qu'il parte si longtemps et, comme il me rappelait sans cesse que c'était mon tour, j'ai dit : « Lance pour moi et je te regarderai. »

Depuis combien de temps l'homme se tenait là, je l'ignore, mais quand j'ai levé la tête en entendant quelqu'un lancer « Bonjour », il m'a semblé que ce n'était pas la première fois qu'il le disait. On était en octobre et il faisait froid. J'étais dans le parc de Hampstead Heath, assise dans de grandes herbes sèches entre le chemin gravillonné et un petit ruisseau, les bras autour des mollets et le front sur les genoux. J'avais tellement pleuré que j'avais la peau des joues tirée et endolorie comme si on l'avait savonnée et trop récurée.

Avec sa veste en toile huilée et son chapeau de tweed, l'homme souriait prudemment. Il avait un chien en laisse, un gros labrador qui se tenait docilement à ses côtés, remuant la queue contre sa jambe. J'ai souri aussi, sans le vouloir, comme quelqu'un à qui on tape sur l'épaule à une fête et qui se retourne gaiement, curieux de voir qui c'est et quelle merveille on est venu lui dire.

« Je n'ai pas pu ne pas vous remarquer », a-t-il fait. Son ton était très paternel. « Je ne voulais pas empiéter sur votre intimité, mais je me suis dit : si elle est encore là à mon retour… » Il a fait un signe de tête pour indiquer que j'étais effectivement toujours là et m'a demandé si ça allait.

Je m'en voulais, j'aurais voulu m'excuser d'être devenue un facteur à prendre en compte, d'avoir compliqué sa promenade et occupé ses pensées. Le chien a baissé la tête et flairé le sol dans ma direction, autant que la laisse le permettait. J'ai tendu le bras et l'homme a donné du mou pour qu'il puisse poser son museau dans ma main. « Ah, voyez, elle vous aime bien. Elle est assez vieille et n'aime pas grand monde. »

J'ai levé les yeux vers lui. J'aurais voulu lui dire qu'un membre de ma famille venait de mourir pour justifier un tel épanchement de larmes en public. Mais c'est un fardeau que ce brave homme n'aurait pu alléger. J'ai failli dire que j'avais fait tomber mon téléphone dans le ruisseau, mais je ne voulais pas qu'il me trouve idiote ou propose de le récupérer.

« Je me sens seule », ai-je avoué. C'était la vérité. Suivie de quelques mensonges destinés à soulager son inquiétude. « Aujourd'hui seulement. Pas de façon générale. Généralement, tout va bien.

– Eh bien, ne dit-on pas que Londres est une ville de huit millions de gens seuls ? » L'homme a délicatement tiré le chien vers lui. « Mais ça va passer. C'est également ce qu'on dit. »

Il m'a saluée d'un signe de tête et s'est éloigné sur le chemin.

*

Étant enfant, quand je regardais les infos ou les écoutais à la radio avec mon père et qu'ils disaient « Le corps a été découvert par un homme qui promenait son chien », je croyais que c'était toujours le même homme. Je l'imagine encore en train d'enfiler ses chaussures de marche, de chercher la laisse, de l'accrocher au collier du chien avec une angoisse familière et de se mettre tout de même en route dans l'espoir que, ce jour-là, il n'y ait pas de corps. Mais vingt minutes plus tard, mon Dieu, le voilà.

*

Après son départ, je suis restée assise près du ruisseau, mais j'ai gardé la tête en l'air pour ne pas attirer d'autres personnes inquiètes. Ça n'allait pas. Et ça, depuis que Patrick était parti. Assise là, j'ai repensé à d'autres fois où je m'étais sentie ainsi : les mois passés avec Jonathan, les hauts et les bas à Paris, les dernières semaines… Depuis que j'étais adulte, mes pires moments de déprime avaient pour point commun son absence. C'était tellement clair. Et il y avait eu cette journée pendant l'été… Je me suis levée et j'ai épousseté l'arrière de mon jean. C'est là que j'ai commencé à voir Patrick comme le remède. À la fin de notre vie commune, je le voyais comme la cause.

La veille de Noël, je suis partie de bon matin chercher Patrick à l'aéroport. Nous nous sommes pris dans les bras comme si nous n'avions aucune expérience pratique des embrassades et en avions seulement appris la théorie dans un manuel mal formulé.

Il ne sentait pas super bon. Il avait une barbe assez affligeante. Mais, ai-je dit, à part ça, j'étais tellement heureuse de le voir. Je n'ai pas dit au-delà de toute description, au-delà de ce que j'avais imaginé.

Patrick a dit moi aussi. Et mon nom. « Moi aussi, Martha. »

Devant le guichet automatique, il m'a demandé si je voulais venir chez lui. J'ai ressenti comme la chute d'une pierre – la déception – quand il a ajouté en riant « Pas dans ce sens-là, évidemment ». J'ai dit oui, pas dans ce sens-là non plus.

L'appartement était calme, avec un air de longue absence, et ordonné, bien que Heather soit toujours censée y vivre. Patrick a ouvert des fenêtres et m'a demandé ce que je voulais faire. J'ai dit et si on rasait cette barbe et je me suis assise sur le couvercle des toilettes tandis qu'il le faisait en plusieurs étapes cocasses, allant de Charles Darwin à un repris de justice en passant par un héros de Jane Austen dans une adaptation de la BBC.

Ensuite, je l'ai laissé pour qu'il puisse prendre une douche et, assise dans le salon, j'ai lu un livre trouvé sous la table basse en essayant de ne pas penser au bruit de l'eau qui coulait, à la buée et à l'odeur de savon qui émanaient de la salle de bains, à moins que ce ne soit le fruit de mon imagination. Je me demandais ce qu'il faisait. Je me demandais trop précisément ce qu'il faisait, et je suis sortie acheter le petit déjeuner et de quoi remplir le frigo, en prenant mon temps pour être sûre qu'il aurait fini.

Nous avons discuté jusqu'à ce qu'il soit trop tard pour que je rentre ; Patrick m'a donné son lit et a dormi sur le canapé.

*

Le lendemain matin, nous sommes allés à pied jusqu'à Belgravia en longeant Battersea Park et en traversant le pont de Chelsea. Quand Winsome a ouvert la porte, elle a paru surprise de nous voir ensemble. Tandis que nous retirions nos manteaux, elle a semblé sur le point de dire quelque chose, et ce n'était pas que j'étais bien coiffée, comme elle a fini par le dire.

Avant le déjeuner, je suis allée dans la salle à manger et je l'ai trouvée en train de réorganiser le plan de table car, a-t-elle dit, maintenant qu'elle avait vu Ingrid, elle pensait qu'il valait mieux la mettre à un bout, afin qu'il soit plus facile pour elle d'entrer et sortir. Ce qui – comme je pouvais le voir – ne lui laissait d'autre choix que de me placer à côté de Patrick.

Ma sœur était désormais enceinte de trente-six semaines et avait pris un nombre non négligeable de kilos de Toblerone. D'ailleurs, a poursuivi Winsome, elle se demandait s'il ne serait pas plus confortable pour

Ingrid d'opter pour quelque chose de plus robuste que les chaises de salon qui, comme elle l'a fait remarquer, avaient des pieds ridiculement fins.

Je pourrais peut-être le lui suggérer. « Elle ne serait pas vexée, dis-moi ? » a demandé ma tante en touchant ses perles.

Ingrid a été vexée. Elle a refusé d'opter pour quelque chose de plus robuste, malgré l'incitation supplémentaire d'un coussin. Une fois assise, elle nous a dit qu'elle allait essayer d'expulser son bouchon muqueux dans l'espoir de bousiller le tissu de la chaise de salon qu'elle avait extorquée à Hamish. Celui-ci était à côté de Patrick, dont il a cherché l'approbation des yeux après avoir glissé à ma sœur que faire semblant de pousser n'était peut-être pas très conseillé, même si tout le monde semblait trouver ça drôle.

Elle s'est mise à rire. « Une femme ne peut pas déloger son bouchon muqueux en faisant semblant de pousser. »

Il a jeté un nouveau regard vers Patrick et lui a demandé si c'était vrai.

Ingrid a dit : « Il est encore étudiant, Hamish. Je doute qu'il sache. Ne le prends pas mal, Patrick.

– En fait, il est interne, chérie.

– OK, bon, je ne connais pas la différence mais d'accord, je vais laisser mon bouchon muqueux in situ. »

Jessamine, assise à côté d'elle, a déclaré « J'aimerais qu'on arrête de parler de bouchon muqueux », et s'est levée.

Quelques instants plus tard, Rowland est apparu et a pris sa place. Il venait d'acquérir deux lévriers nains de la même portée pour remplacer Wagner, qui avait été maintenu en vie bien plus longtemps que Dieu ne l'avait prévu grâce à de nombreuses séances de chimiothérapie et de dialyse canine et à plusieurs opérations de pointe dont le coût, selon son étrange échelle de valeur, ne lui paraissait pas obscène.

Il espérait maintenant que Patrick, « en sa qualité de médecin », pourrait le conseiller sur l'incontinence nerveuse des jeunes chiens. Ingrid a dit en fait, il est interne et s'est levée, annonçant à la tablée qu'elle montait se coucher parce qu'elle ne se sentait pas bien. Je l'ai accompagnée et suis restée jusqu'à ce qu'elle s'endorme. Le temps que je redescende, tout le monde était parti en promenade. J'étais assise au piano de Winsome, essayant de jouer quelque chose, quand elle m'a envoyé un texto. *Mrd monte stp et appelle Hamish.*

Je l'ai trouvée dans la salle de bains de Jessamine, agenouillée devant le lavabo et appuyée sur le rebord comme si elle essayait de l'arracher du mur. Autour d'elle, le sol était mouillé et elle pleurait. En me voyant, elle a dit : « S'il te plaît, ne m'en veux pas. Je plaisantais. Je plaisantais. »

Je l'ai rejointe et me suis accroupie près d'elle. Elle a lâché le lavabo et s'est allongée sur le côté, recroquevillée, la tête sur mes genoux. J'ai appelé Hamish. Il a répété OK, OK, OK, OK, OK jusqu'à ce que je dise qu'il fallait que je raccroche. Une contraction arrivait. Le corps de ma sœur s'est raidi comme si on l'électrocutait. Les mâchoires serrées, elle a dit : « Martha, fais que ça s'arrête. Je ne suis pas prête. Le bébé va être trop petit. » Dès que la contraction est passée, elle m'a demandé s'il te plaît cherche sur Google comment empêcher un bébé de sortir. « C'est nul d'avoir son anniversaire à Noël, Martha. » En riant, ou en pleurant, elle a dit : « S'il te plaît. Il n'aura qu'un seul cadeau. »

Il n'y avait rien sur Wikipédia. Je lui ai proposé de la distraire en lui lisant la colonne *people* du *Daily*

Mail. Elle a éjecté le téléphone de ma main et m'a dit d'aller me faire voir, puis m'a crié de le récupérer car une autre contraction arrivait et que j'étais censée les chronométrer.

Nous sommes restées ainsi pendant un temps indéfini. Je lui disais que tout allait bien se passer, priant pour que ce soit vrai, priant pour qu'il n'arrive rien à ma sœur ni à son bébé. Les contractions se sont rapprochées, puis se sont rejointes jusqu'à ce qu'Ingrid soit secouée de sanglots, affirmant qu'elle allait mourir. Hamish est arrivé alors qu'elle se mettait à quatre pattes en criant que quelque chose était en train de sortir d'elle.

Il ne m'était pas venu à l'esprit que Patrick l'accompagnerait, mais c'est lui qui est entré le premier. Je me suis écartée de son chemin et suis allée me poster à côté d'Hamish qui s'était arrêté sur le pas de la porte car, dès qu'elle l'avait vu, Ingrid avait déclaré qu'elle ne voulait plus de lui.

Patrick lui a dit qu'il devait vérifier ce qui se passait. Ingrid a lancé : « Va te faire foutre, Patrick. Désolée, mais je ne vais pas laisser un ami de la famille regarder entre mes jambes. »

Hamish a déclaré qu'elle ferait sans doute mieux de laisser quelqu'un jeter un coup d'œil, d'autant qu'il venait de se rendre compte qu'il avait oublié d'appeler l'ambulance.

Patrick y avait pensé, mais il a dit à ma sœur que si elle sentait quelque chose, celle-ci n'arriverait sûrement pas à temps.

« Et Martha, elle peut le faire, a supplié Ingrid. Tu n'as qu'à lui dire ce qu'elle doit faire. »

Je l'ai regardé en priant pour qu'il secoue la tête, car je n'avais vraiment pas envie d'avoir à évaluer un col de l'utérus, mais son expression était tellement autoritaire que je m'approchais déjà de lui.

Patrick a demandé à Hamish d'aller chercher des ciseaux, rassurant ensuite Ingrid, qui avait tout de suite cru qu'il s'agissait de lui faire une césarienne à même le sol sans le moindre anesthésiant.

Quelque chose était manifestement en train de sortir. J'ai commencé à décrire à quoi ça ressemblait jusqu'à ce qu'elle me dise, entre deux respirations, que Patrick n'avait pas besoin que je lui fasse un dessin et qu'elle m'ordonne de dégager.

C'est la dernière chose qu'elle a dite avant de se redresser en poussant sur ses bras et de lâcher un long grognement animal. Hamish est revenu juste à temps pour la voir expulser dans ses propres mains un bébé incroyablement petit et en colère. Il a pâli et a gîté vers le mur, ne répondant pas immédiatement à la demande de Patrick, qui réclamait les ciseaux. Il s'est excusé en disant que c'étaient les seuls qu'il avait trouvés. « Dans la salle de couture de Winsome. »

Avachie, son bébé dans les mains, Ingrid a gémi : « Oh mon Dieu, non, Hamish. C'est des ciseaux à cranter. Patrick ? »

Il a dit que ça ferait l'affaire.

Elle m'a jeté un regard implorant. J'ai dit que ça donnerait un joli effet et je m'apprêtais à me détourner, horrifiée par la quantité de sang sur le sol, quand Patrick a tendu les bras, pris le bébé, coupé le cordon et rendu le bébé à ma sœur en une série de mouvements si fluides et si feutrés qu'on aurait dit un numéro qu'ils avaient répété. J'étais tellement pétrifiée que seul l'écho de sa voix dans ma tête, me demandant d'aller chercher d'autres serviettes, m'a poussée à sortir et à en ramener autant que je pouvais.

Ingrid a tenté d'envelopper le bébé dans l'une d'elles et s'est mise à pleurer. Elle a demandé à Patrick : « Tu crois que je lui fais mal ? Il est trop petit, il ne devrait pas être déjà là. » Puis elle a dit « Je suis désolée, je suis tellement désolée », en regardant vers moi puis vers Hamish, comme si elle avait fauté contre chacun de nous. J'ai senti des larmes poindre quand elle a baissé les yeux pour s'excuser auprès du bébé.

Patrick a dit : « Ingrid, il serait sorti de toute façon. Tu n'y es pour rien. »

Elle a hoché la tête sans le regarder.

Il a répété : « Ingrid ?

– Oui, a-t-elle fait en levant les yeux.

– Tu me crois ?

– Oui.

– Bon. »

Patrick m'a pris les autres serviettes des mains et les a placées autour des épaules et sur les jambes de ma sœur. Elle, que je n'avais jamais aimée aussi intensément qu'en cet instant, s'est essuyé une joue, a tenté de sourire et a dit : « Martha, j'espère que c'est les plus belles serviettes de Winsome. » Elle pleurait toujours, mais plus de la même manière, comme si tout était soudain rentré dans l'ordre.

*

Patrick et moi sommes restés avec elle tandis qu'Hamish allait accueillir l'ambulance. J'ai refusé, mais elle m'a forcée à tenir le bébé et je me suis laissé anéantir par l'intensité de mon amour pour cette chose presque dépourvue de poids. Devant Patrick, elle m'a dit : « Tu es sûre que tu n'en veux pas un ?

– Je veux celui-là. Mais il est à toi, donc je vais devoir m'en passer. »

« Il est adorable, Ingrid », a dit Patrick en regardant le bébé dans mes bras.

*

Hamish est revenu accompagné d'un homme et d'une femme en uniforme vert foncé portant un brancard. Il nous a dit qu'en bas, maintenant que tout le monde était de retour de promenade, la situation relevait de la pagaille organisée, mais que ce n'était rien par rapport à l'état de la salle de bains, qui lui avait fait un choc en rentrant.

Il s'est approché et a délicatement touché le front de son fils, puis a dit à Ingrid, déjà sur le brancard : « Je pense qu'on devrait l'appeler Patrick. »

Ingrid a tourné la tête sur l'oreiller et regardé Patrick, qui passait une serviette sur le sol avec son pied, étalant encore plus le sang sur le carrelage. Puis elle a dit à Hamish qu'elle l'aurait bien fait, mais qu'elle n'était malheureusement pas très fan de ce prénom. Les ambulanciers ont commencé à la pousser vers la porte. En passant devant lui, Ingrid a tendu la main et saisi l'avant-bras de Patrick. Elle l'a tenu une seconde, comme si elle cherchait ses mots, puis elle a dit : « Tu fais du super boulot avec cette serviette. »

*

Puis lui et moi nous sommes retrouvés seuls. Je me suis assise sur le bord de la baignoire et je lui ai dit d'arrêter : on aurait dit qu'un accident s'était produit avec une machine-outil et Winsome ferait sans doute changer le carrelage.

Patrick est venu s'asseoir. Je lui ai demandé s'il avait été terrifié de mettre un bébé au monde dans des circonstances pareilles.

Il a dit que ce n'étaient pas les circonstances. « C'est juste que j'ai assisté à beaucoup de naissances, évidemment, mais, comment dire, je ne l'avais jamais fait moi-même. »

Tandis que nous parlions, Winsome a frappé à la porte ouverte et, passant la tête à l'intérieur, a déclaré que ça ressemblait à un champ de bataille particulièrement sanglant. Elle nous a dit que des vêtements de rechange « et tout le nécessaire » nous attendaient dans d'autres salles de bains, ajoutant qu'elle allait chercher des gants en caoutchouc et « un sac-poubelle pour ça », avec un regard attristé pour ce qui était encore récemment ses plus belles serviettes.

*

J'ai mis longtemps à me doucher, longtemps à enfiler les vêtements que j'avais trouvés pliés sur une chaise dans la salle de bains et longtemps à écrire un texto à Ingrid sans attendre de réponse avant de me décider à descendre. Tout le monde était dans la cuisine. La pagaille organisée décrite par Hamish avait atteint son paroxysme. Mon père et Rowland avaient une discussion d'un bout à l'autre de la pièce dont je n'ai pas saisi le sujet. Il était clair que mon père était chamboulé et mon oncle irrité. Les chiens jappaient et tournaient en rond autour des chevilles de Rowland. Winsome lavait des casseroles et Jessamine remplissait le lave-vaisselle à bout de bras, forçant les deux hommes à élever la voix par-dessus le fracas irrégulier de la faïence entrechoquée. Nicholas et Oliver étaient sortis fumer dans le jardin. De temps à autre, Jessamine leur criait de venir l'aider. À chaque fois, elle essayait d'ouvrir la fenêtre au-dessus de l'évier avec ses mains mouillées, puis, n'y arrivant pas, lui donnait un coup de poing. Ma mère était assise façon Liza Minnelli sur une chaise de cuisine, donnant une sorte de spectacle, sans se soucier du fait que personne à part moi ne la regardait.

Patrick n'était pas là. Je me suis approchée de Winsome, qui m'a trouvée très pimpante, et lui ai demandé où il était. Elle m'a dit qu'il était parti ; où, elle l'ignorait.

Je me suis rendue en taxi jusque chez lui, sans savoir s'il y serait, ni ce que je lui dirais s'il y était ; mais c'était la seule personne avec qui j'avais envie d'être.

Je suis arrivée dans les vêtements de Winsome. Patrick a ouvert la porte, encore habillé en Rowland. Il m'a demandé si je voulais une tasse de thé. J'ai dit oui et en attendant que l'eau bouille, je lui ai dit que je l'aimais. Patrick s'est retourné et s'est adossé au plan de travail, a croisé les bras et m'a demandé de l'épouser.

J'ai dit non. « Ce n'est pas ce que je voulais dire. Je voulais dire qu'on ne devrait pas passer autant de temps ensemble qu'avant ton départ. J'avais l'impression d'être ta copine et ce n'est pas juste que je passe tout mon temps avec toi, parce que même si j'étais ta copine, ça ne nous mènerait nulle part. Même si – j'ai saisi le bord de la table – j'ai envie d'être tout le temps avec toi. »

Patrick n'a pas bougé. « Et j'ai envie que tu sois tout le temps avec moi. »

À la façon dont il l'a dit, mon corps m'a soudain paru rempli d'eau chaude.

« Par conséquent, a-t-il ajouté, ça semble assez simple.

– Et pourtant non, vu que, comme je te l'ai dit, je ne peux pas t'épouser. »

Il m'a demandé pourquoi. Il ne semblait pas perturbé. Il a passé la main dans son dos pour renfoncer sa chemise dans son pantalon.

« Parce que tu veux des enfants et moi pas.

– Comment sais-tu que je veux des enfants ? On n'en a jamais parlé.

– Tu m'as dit à la Tate Gallery que tu t'étais toujours imaginé avoir des enfants.

– Ce n'est pas la même chose que d'en vouloir activement.

– Je viens de te voir mettre un bébé au monde, Patrick. C'est évident que tu en veux. Et ce serait t'imposer le Choix de Sophie, car tu peux soit m'épouser, soit être père avec quelqu'un d'autre. » J'ai continué, pour qu'il ne me dise pas ce que m'avaient si souvent dit les gens qui me connaissaient et ceux qui ne me connaissaient pas. « Je ne changerai pas d'avis. Je t'assure, je ne changerai pas d'avis et je ne veux pas être celle qui t'empêchera d'être père. »

Patrick a dit « OK, intéressant », et s'est remis à préparer le thé. Il m'a apporté le mien et l'a posé devant moi. Il avait retiré le sachet, car il savait que s'il l'avait laissé, j'aurais eu l'impression d'essayer de boire l'eau du Gange sans avaler de détritus à demi immergés.

Je l'ai remercié et il est retourné au même endroit. Adossé au plan de travail, les bras croisés. « Le problème, c'est que moi, je ne changerai jamais d'avis à ton sujet. » Il a dit qu'il n'avait jamais lu *Le Choix de Sophie*, mais qu'il comprenait quand même la référence. « Et ce n'est pas une décision impossible, Martha. Ce n'est pas une décision. Que je veuille ou non des enfants, c'est avant tout toi que je veux. »

J'ai juste dit « OK, bon » et touché le bord de ma tasse. C'était étrange d'être voulue à ce point-là. J'ai répété bon. « Il y a aussi le problème de ma propension.

– Quelle propension ?

– À la folie. »

Il a dit « Martha » et pour la première fois, son ton était triste. J'ai levé les yeux.

« Tu n'es pas folle.

– Pas en ce moment. Mais tu m'as déjà vue comme ça. »

Ce jour en été : il était venu me chercher à Goldhawk Road à l'heure du déjeuner. J'étais encore couchée, car j'avais fait des rêves grotesques qui s'étaient attardés dans la chambre telle une présence physique après mon réveil, me donnant peur de bouger. Je savais que c'était le début de quelque chose.

Patrick avait frappé et m'avait demandé s'il pouvait entrer. J'étais en train de pleurer et m'étais trouvée à court d'air pour répondre.

Il était venu vers moi et avait tâté mon front, puis avait dit qu'il allait me chercher un verre d'eau. En revenant, il m'avait demandé si je voulais regarder un film et – je m'en souviens – s'il pouvait s'asseoir sur le lit à côté de moi, « jambes allongées, je veux dire ». Je m'étais approchée un peu et pendant qu'il choisissait un film sur mon ordinateur portable, il avait dit : « Désolé que tu ne te sentes pas bien. » Je connaissais Patrick depuis si longtemps. En général – et parfois encore – ma seule présence le rendait nerveux. Mais là, il était tellement calme.

Il était resté toute la journée avec moi et, cette nuit-là, il avait dormi par terre. Le lendemain matin, je me sentais normale. C'était déjà fini. Nous étions allés à la piscine. Patrick avait fait des longueurs et je l'avais regardé, un livre à la main, fascinée par le mouvement continu de ses bras, la façon dont il tournait la tête, sa progression sans fin à travers l'eau. Ensuite, il m'avait ramenée à la maison et je m'étais excusée d'avoir été bizarre. Il avait dit : « Tout le monde a ses mauvais jours. »

Je ne sais pas si c'est exprès qu'il l'a répété là, dans la cuisine, tout le monde a ses mauvais jours. « Et ça ne me dérangerait pas si tu l'étais. La folie, a-t-il dit, n'est pas rédhibitoire. Si c'est toi. »

J'ai baissé les yeux et de nouveau saisi le bord de la table. « Je peux avoir un biscuit, s'il te plaît ? »

Il a dit : « Oui, dans une seconde. Tu peux lever les yeux, Martha ? » J'ai obéi. Nous avons repris la même conversation. Je lui ai dit que nous ne devrions plus nous voir et il m'a demandé de l'épouser. Cette fois, les mains dans les poches, comme toujours, et je me suis mise à rire parce que c'était tellement lui. C'était tellement Patrick.

J'ai dit : « Si tu le penses vraiment, pourquoi tu ne te mets pas à genoux ?

– Parce que tu détesterais ça. »

Effectivement, je détesterais ça.

« D'accord.

– D'accord quoi ?

– D'accord, je veux bien t'épouser. »

Surpris, Patrick a dit « Bon, OK » mais n'a pas bougé. J'ai dû me lever pour qu'il s'approche et, debout devant moi, me demande ce que ça me ferait de… Il a dit « Tu sais », ce qui voulait dire me faire embrasser.

J'ai dit que ça me mettrait incroyablement mal à l'aise.

« Tant mieux. Moi aussi. Alors on n'a qu'à…

– Le faire pour en finir. »

Je l'ai embrassé. C'était bizarre, extraordinaire et assez long.

En se détachant, Patrick a dit : « J'allais dire se serrer la main. »

C'est dur de regarder quelqu'un dans les yeux. Même quand on l'aime, c'est difficile de soutenir son regard, car on a l'impression qu'il voit en nous. D'une certaine manière, qu'il nous démasque. Mais, tant qu'avait duré le baiser, je ne m'étais pas sentie coupable de dire oui et de me sentir si heureuse alors que je venais de priver Patrick de quelque chose pour pouvoir obtenir ce que je voulais.

Il m'a demandé si je voulais toujours un biscuit. J'ai dit non.

« Viens avec moi, alors. J'ai un cadeau pour toi. » Il a dit que ça faisait longtemps qu'il attendait de pouvoir me le donner et que maintenant que j'avais fait de lui l'homme le plus heureux du monde, il était bien décidé à aller le chercher.

Je l'ai laissé m'entraîner par la main jusqu'à sa chambre. Je savais que ce serait la bague de fiançailles de sa mère. J'ai attendu pendant qu'il la cherchait dans son tiroir avec la sensation croissante de ne pas la vouloir.

Il a dit : « Il n'est peut-être pas en très bon état. Ça fait une éternité que je ne l'ai pas sorti. Peut-être que ça ne t'ira même pas. » J'avais les mains jointes et j'ai laissé passer les dernières secondes où j'aurais pu lui dire de la garder – une chose si précieuse, ayant appartenu à une femme qu'il aimait et qui m'aurait sûrement détestée – en frottant en silence le dos de ma main gauche, comme si la bague y était déjà et que je pouvais en quelque sorte l'effacer.

Patrick a trouvé la boîte et a sorti un élastique. Il l'a brandi entre deux doigts. C'était incroyable. Il a dit : « En fait, Martha, en dépit de ce que j'ai pu dire à différents moments, je suis amoureux de toi depuis quinze ans. Depuis la fois où tu as craché ça sur mon bras. » C'était l'élastique de mon appareil dentaire.

Il a pris ma main et a essayé de le glisser, puis l'a finalement étiré pour me le passer au doigt. J'ai regardé ma main et lui ai dit que je ne l'enlèverais jamais, bien qu'il ait déjà commencé à couper la circulation sanguine. Il m'a de nouveau embrassée. Puis j'ai dit : « Donc, juste pour en avoir le cœur net. Quand je t'ai demandé, un jour, si tu étais amoureux de moi…

– Totalement, a-t-il. J'étais totalement amoureux de toi. »

*

J'ai dit à Patrick que je ne pouvais pas coucher avec lui cette nuit-là, car Heather n'allait pas tarder à rentrer et j'avais besoin qu'elle ne soit pas dans la chambre voisine. Il a dit qu'il ne voulait pas, de toute façon, car il se réservait pour la bonne personne, et il a proposé de me ramener à Goldhawk Road.

Dans la voiture, en attachant sa ceinture, Patrick a dit : « Ça va être nul la première fois. Tu le sais, n'est-ce pas ?

– Oui.

– Parce que j'ai eu dix ans pour suranalyser. »

Je lui ai dit que je détestais ce terme, parce qu'on m'accusait constamment de le faire. « Je crois au contraire que les gens sous-analysent. Mais je ne le dis pas, parce que ce serait impoli. »

Patrick a dit « Oui, c'est le point le plus important de cette conversation, et non la façon dont nous allons négocier notre vie sexuelle » et il a démarré.

« Je déteste aussi ce terme. »

Il a dit moi aussi. « Je ne sais pas pourquoi je l'ai employé. »

*

Un jour, des années plus tard, ma mère me dirait qu'aucun couple n'a de sens pour le monde extérieur, car c'est un monde en soi. Et je rejetterais ses propos, car entre-temps, le nôtre serait arrivé à son terme. Mais c'est l'impression que j'ai eue pendant une minute, quand nous nous sommes dit au revoir devant chez mes parents, les bras de Patrick autour de moi et mon visage enfoui dans son cou. Je n'avais pas dit que je l'aimais, pas correctement comme il venait de le faire, mais c'est ce que je voulais dire quand j'ai glissé « Merci, Patrick » avant de rentrer.

Le lendemain, nous sommes allés voir Ingrid à l'hôpital. Mes parents, ainsi que Winsome et Rowland, étaient déjà là avec Hamish, entassés dans une chambre trop petite et encombrée de chaises.

Au moment de partir, Patrick a déclaré : « Au fait, je voulais vous dire qu'hier soir, j'ai demandé à Martha de m'épouser et qu'elle a dit d'accord. »

Ingrid a lâché oh mon Dieu, enfin. « Depuis le temps qu'on se demandait quand vous alliez vous décider. » Mon père a eu un geste de triomphe avec les poings, comme s'il venait de gagner quelque chose, puis a tenté de venir jusqu'à nous en se faufilant entre les chaises en surnombre. « Je suis coincé, Rowland, pousse-toi, que je puisse serrer la main de mon gendre. » Du coup, c'est Patrick qui est allé vers lui et je me suis retrouvée seule un instant.

Ingrid a dit : « Hamish, embrasse Martha. Je ne peux pas me lever. » Pendant que le mari de ma sœur me serrait maladroitement dans ses bras, j'ai entendu ma mère dire : « Je croyais qu'ils étaient déjà fiancés. Pourquoi j'ai cru ça ? »

Hamish m'a relâchée et mon père a dit : « Peu importe. Maintenant, c'est fait. Qu'en dis-tu, Winsome ? »

Ma tante a dit que c'était charmant parce qu'ainsi, tout rentrait dans l'ordre. Et nous étions conviés, a-t-elle dit, à faire ça à Belgravia si tel était notre souhait. À côté d'elle, Rowland a dit : « Dis-moi, Patrick, j'espère que tu as cinquante mille livres sous la main ? Un mariage, c'est une sacrée dépense, bon sang. »

Quand mon père est enfin parvenu jusqu'à moi, il m'a écrabouillée entre ses bras et est resté comme ça jusqu'à ce qu'Ingrid dise « Maintenant, vous pourriez tous vous en aller, s'il vous plaît ? » et qu'Hamish nous accompagne vers la sortie.

*

Patrick m'a ramenée chez lui. Sur la table, il y avait un mot d'Heather lui rappelant qu'elle était partie et ne serait pas de retour avant le week-end. Je l'ai lu par-dessus son épaule. Il a dit : « Je te jure que ce n'est pas moi qui ai arrangé le coup. Tu veux une tasse de thé avant ou autre chose ? »

J'ai dit qu'on la boirait après, en guise de récompense, et j'ai retiré mon T-shirt.

*

Patrick s'est demandé si c'étaient les pires rapports sexuels jamais recensés au Royaume-Uni. Pendant les quelques minutes que ça avait duré, il avait gardé l'expression figée de quelqu'un qui tente de supporter une petite intervention sans anesthésie. Nous nous étions aussitôt relevés et rhabillés en nous tournant le dos.

Dans la cuisine, en buvant du thé, j'ai dit à Patrick que c'était comme une fête ratée.

Il a dit : « Parce que tu n'as pas arrêté de papoter ? »

J'ai dit non. « Parce qu'il n'y en a qu'un qui s'est éclaté. »

La deuxième fois nous a donné, d'un commun accord, matière à persévérer.

La troisième fois, nous avons eu l'impression de nous fondre l'un dans l'autre pour former autre chose. Après, nous sommes restés longtemps allongés face à face dans le noir sans parler, le souffle synchrone, le ventre en contact. Nous nous sommes endormis ainsi et nous nous sommes réveillés ainsi. Je ne me suis jamais sentie aussi heureuse.

*

Le matin, quand il sort de la douche, Patrick remet d'abord sa montre. Il s'essuie dans la salle de bains et laisse la serviette derrière lui. C'est plus logique, dit-il, de ne pas avoir à retourner la suspendre. J'étais encore dans son lit la première fois qu'il a accompli cette routine devant moi, revenant dans la chambre, allant et venant entre les tiroirs et l'armoire. Nu à l'exception de sa montre. Je l'ai observé un bon moment avant qu'il le remarque et me demande ce qui était drôle.

J'ai dit : « Est-ce que tu as l'heure, Patrick ? »

Il a dit oui et est retourné à ses tiroirs.

Certains hommes se décrivent comme de vrais amateurs de jambes. Ou de nichons. Avec Patrick, j'ai découvert que je suis un vrai amateur d'épaules. Une belle paire de deltoïdes, j'adore.

La quatrième fois, la cinquième fois…

*

Ingrid voulait savoir comment c'était de coucher avec Patrick. Nous marchions vers un parc non loin de chez elle. Il faisait un froid intense, mais elle n'était pas sortie de la maison depuis qu'elle avait quitté l'hôpital et elle commençait à délirer, m'a-t-elle dit, sans doute par manque d'oxygène. Elle poussait le landau. Je portais un énorme coussin venant de son canapé car elle devait allaiter le bébé et la seule solution pour que ça ne lui fasse pas mal était de le poser sur ce coussin, et ce coussin seulement. Nous avons trouvé un endroit pour nous asseoir et tandis qu'elle s'installait, elle a dit : « Dis-moi juste un truc. S'il te plaît. »

J'ai refusé, puis j'ai cédé parce qu'elle insistait. « Je ne savais pas que ça pouvait être comme ça. Je ne savais pas que c'était ça, le but. La façon dont on se sent après. Que c'était pour l'après que le sexe existe. »

Elle a dit c'est chouette. « Mais je voulais un détail concret. »

Sur le chemin du retour, Ingrid a dit : « Tu sais ce qui m'agace vraiment ? Si je me faisais écraser par une voiture pendant qu'on traverse, dans le journal, on dirait que la mère d'un bébé de tant de jours a été tuée à un carrefour réputé dangereux. Pourquoi ne dit-on pas qu'un être humain qui se trouvait être mère a été tué à un carrefour réputé dangereux ?

– Ça rend la chose plus triste. Que tu sois mère.

– Ça ne peut pas être plus triste, a dit Ingrid. Je suis morte. Qu'est-ce qui peut être plus triste ? Mais apparemment, je n'existe plus que par ma relation à d'autres, tandis qu'Hamish peut continuer à être une personne. Génial. Merci. »

Je l'ai aidée à rentrer le landau, j'ai remis le coussin du canapé et je suis allée lui faire du thé. Quand je suis revenue de la cuisine, le bébé s'était remis à téter.

Elle l'a embrassé sur la tête et a levé les yeux. Je l'ai vue hésiter avant de dire : « Toi et Patrick, je crois que vous devriez avoir des enfants. Désolée. Je sais que tu es anti-maternité, mais je le pense vraiment. C'est pas Jonathan. Tu crois pas qu'avec lui…

– Ingrid.

– Je dis ça comme ça. Il ferait un tellement bon…

– Ingrid.

– Et tu en es capable. Je t'assure. En fait, c'est pas si dur. Regarde-moi. »

Elle a attiré mon attention vers ses vêtements malpropres, sa poitrine gonflée, les traces d'humidité sur les coussins et a eu l'air d'être sur le point de rire, puis sur le point de pleurer, puis simplement épuisée.

Je lui ai demandé ce qu'elle voulait pour son anniversaire.

Elle a dit : « C'est quand ? »

J'ai répondu demain.

« Dans ce cas, un sachet de réglisse salée. Celle qu'on trouve à Ikea. »

Le bébé s'est tortillé pour se dégager. Ingrid a poussé un petit cri et couvert son sein. Je l'ai aidée à retourner le coussin et quand il s'est remis à téter, j'ai demandé si je pouvais lui offrir un genre de réglisse qui ne nécessitait pas de faire le trajet jusqu'à Croydon. Alors elle a pleuré pour de bon, disant à travers ses larmes que si je comprenais ce que c'était d'être réveillée cinquante fois par nuit et d'avoir à allaiter un bébé toutes les deux heures, sachant que ça prenait une heure cinquante-neuf et que c'était comme si quatre cents couteaux te poignardaient le téton, je me dirais tu sais quoi ? Je crois que vais acheter à ma sœur précisément le genre de réglisse qu'elle aime.

En sortant de chez elle, j'ai roulé directement jusqu'à Croydon et, le lendemain, j'ai laissé sur son perron un sac Ikea bleu contenant pour soixante livres de réglisse salée, ainsi qu'une carte disant : « Joyeux anniversaire à la meilleure mère, fille, épouse de fonctionnaire de rang intermédiaire, voisine, cliente, employée, contribuable, traverseuse de carrefours et patiente du monde entier, sans qui sa sœur ne serait rien. »

Quelques jours plus tard, Ingrid m'a envoyé un texto disant qu'elle s'en était vraiment lassée au bout du troisième paquet. Puis elle a envoyé une photo de sa main tenant un gobelet Starbucks. Au lieu de lui demander son prénom, la personne qui avait pris sa commande avait seulement écrit *DAME AU LANDAU*.

Nous nous sommes mariés en mars. À notre mariage, la première chose que le pasteur a dite quand je me suis avancée vers l'autel et me suis postée à côté de Patrick, c'est : « Si quelqu'un veut aller aux toilettes, elles se trouvent à droite après la sacristie. » Il a fait le geste d'un steward indiquant la sortie sur le côté. Patrick a penché la tête vers moi et a murmuré : « Je crois que je vais essayer de me retenir. »

La deuxième chose que le pasteur a dite, c'est : « Il me semble que ce jour a mis du temps à venir. »

*

Je portais une robe à manches longues et à col montant. Elle était en dentelle, avec un côté *vintage*, mais venait de Topshop. En m'aidant à me préparer, Ingrid avait dit que je ressemblais à Miss Havisham, la mariée éconduite de Dickens, avant que le grand jour tourne au fiasco. Elle m'a donné une carte qui disait : « Patrick aime Martha. » Elle était attachée à son cadeau, *Best of 94*.

*

Quand mes cousins étaient adolescents, Winsome pouvait corriger leur posture à table en attirant silencieusement leur attention et, une fois leurs regards sur elle, en levant le bras pour attraper une ficelle imaginaire attachée au sommet de sa tête. Puis elle la tirait vers le haut, étirant son cou tout en baissant les épaules d'une façon qu'ils ne pouvaient s'empêcher d'imiter. S'ils avaient la mâchoire relâchée, Winsome touchait le dessous de son menton avec le dos de la main, et s'ils ne souriaient pas quand on leur parlait, elle arborait le sourire forcé d'une cheffe de chœur rappelant aux membres de la chorale de l'école qu'il s'agit d'une chanson joyeuse.

Pendant la réception, ma mère s'est levée au milieu du discours de mon père et a dit : « Fergie, je vais prendre la relève. » Elle tenait un verre à cognac contenant un nombre incalculable de doses standard et chaque fois qu'elle le levait pour saluer l'une de ses propres remarques, son contenu débordait. Quand, à un moment donné, elle a levé son verre à la hauteur de son front pour pouvoir lécher le cognac qui coulait à l'intérieur de son poignet, j'ai détourné les yeux et vu Winsome, hors d'elle, jeter un regard vers moi. Ma tante a alors levé la main, saisi la ficelle invisible, et je me suis sentie me redresser, à l'unisson, tandis qu'elle la tirait vers le haut. Elle me souriait, mais pas à la manière d'une cheffe de chœur ; à la manière d'une tante me signifiant que nous allions faire preuve de courage.

Mais la seconde d'après, ma mère s'est mise à parler de sexe. Brusquement, Winsome a baissé le bras et renversé son propre verre. Le vin s'est répandu sur la table et a commencé à couler sur le tapis. Se levant d'un bond, elle a dit « Celia, serviette », encore et encore jusqu'à ce que ma mère soit obligée de se taire. Le temps qu'elle ait fini de nettoyer avec ostentation, ma mère avait perdu le fil de sa pensée.

*

Jessamine est la seule autre personne qui a trop bu à la réception. Quand Patrick et moi avons pris congé, elle a passé les bras autour de mon cou, m'a embrassée et m'a chuchoté bruyamment à l'oreille qu'elle m'aimait tant et qu'elle était tellement, tellement contente que j'épouse Patrick. Elle était probablement – non, assurément – encore amoureuse de lui, mais ce n'était pas grave car j'allais peut-être me lasser d'un homme aussi ennuyeux, aussi gentil, aussi sexy et alors, elle pourrait le récupérer. Elle m'a de nouveau embrassée, puis s'est excusée pour se dépêcher d'aller vomir dans les W.-C. Pour Patrick, elle l'avait peut-être dit, mais elle ne le pensait pas ; pour Ingrid, elle l'avait dit *et* elle le pensait.

*

Mon beau-père n'est pas venu à notre mariage, car il était en train de divorcer de Cynthia. J'ai dit à Patrick que nous devrions aller le voir à Hong Kong. Il a dit : « Je t'assure que non. » Je n'ai rencontré Christopher Friel que bien plus tard, lorsqu'il a eu un incident cardiaque et que Patrick a enfin accepté d'y aller. Cinq à dix minutes en sa compagnie ont suffi pour que je ne l'aime pas. Patrick avait été charitable dans toutes les histoires qu'il m'avait racontées à son sujet.

Rien, dans l'appartement de Christopher, ne témoignait de l'existence d'un fils. Je lui ai demandé s'il avait quelque chose de l'enfance de Patrick à me montrer, mais il a dit qu'il s'était débarrassé de tout depuis des années. Il semblait fier. Mais, tandis que nous faisions nos valises, il m'a apporté une petite collection de lettres que Patrick avait écrites à sa mère quand elle avait passé plusieurs semaines à l'étranger. Allez savoir comment elles avaient survécu à la liquidation, a dit Christopher en me les tendant dans leur sac Ziploc et en m'invitant à les conserver.

Je les ai lues pendant le vol de retour. L'éclairage de la cabine était réduit et Patrick dormait, les bras croisés et la tête dans les épaules. Il les avait écrites à six ans. Elles se terminaient toutes par : « Plaint de bisous, Paddy. » Je lui ai touché le poignet. Il a remué mais ne s'est pas réveillé. Je voulais lui dire : si un jour tu m'écris une lettre, s'il te plaît, termine-la comme ça. Plaint de bisous, Paddy.

*

Pour notre lune de miel, il a choisi la destination – Saint-Pétersbourg – et l'hôtel car, bien que j'aie dit que je pouvais le faire, j'ai échoué au premier obstacle, à savoir les photos des voyageurs sur TripAdvisor : une infinité de serviettes en forme de cygne, de plateaux de fruits de mer et de cheveux égarés.

Dans l'avion, il m'a demandé si j'allais changer de nom. Il venait de finir les mots croisés du magazine de bord qu'un précédent passager avait commencés.

J'ai dit non.

« À cause du patriarcat ?

– À cause de la paperasse. »

Un steward est passé avec un chariot. Patrick a demandé une serviette et m'a dit qu'il allait dresser la liste des arguments pour et contre un changement de nom. Dix minutes plus tard, il me l'a lue. Il n'y avait pas d'arguments contre. Je lui ai dit que j'en voyais quelques-uns et je lui ai pris le stylo des mains. Il a dit que je devrais sonner pour demander un paquet de serviettes, car j'étais une pro du contre.

*

Nous nous sommes perdus au musée de l'Ermitage dès le premier matin. Je suis allée au café, j'ai commandé du thé au jasmin et j'ai attendu qu'il me retrouve. Soudain, j'ai entendu sa voix dans le haut-parleur. « Mme Martha Friel, née Russell. Votre mari vous attend dans le hall principal. »

À côté du guichet, devant un présentoir de brochures, il était en train de tripoter son col ; *Dieu merci*.

*

Sur la perspective Nevski, Patrick m'a acheté une figurine de cheval vendue par une adolescente. Elle avait un bébé avec elle. En attendant qu'il choisisse, j'ai eu le souffle coupé par le chagrin de voir l'enfant me sourire en attrapant ses petits pieds, heureux bien que sa vie se résume à rester pendant des heures dans un landau métallique aux roues d'un blanc sale tandis que sa mère vendait des chevaux.

Patrick a payé cinquante livres pour le plus moche au lieu des cinquante pence qu'elle lui demandait, en faisant mine de ne pas remarquer son erreur. En repartant, il m'a tendu le cheval. Il m'a demandé comment j'allais l'appeler. J'ai dit Trotski et fondu en larmes. Ensuite, je me suis excusée de ne pas être drôle. Patrick a dit qu'il se serait inquiété de me voir drôle dans ce scénario.

*

Ce soir-là, il neigeait trop pour sortir. Nous avons mangé au restaurant de l'hôtel. Au lieu d'y pénétrer par le hall, Patrick m'a entraînée dans la rue. L'air était si froid que j'ai dû mettre ma main sur mes yeux. Il m'a prise par le coude et nous avons couru le long du trottoir jusqu'à une autre entrée. Une fois à l'intérieur, Patrick a dit : « Ce restaurant n'a rien à voir avec l'hôtel. » Je ne me souvenais plus de lui avoir parlé de l'ennui, voire du désespoir que m'inspiraient les restaurants d'hôtel.

Quand j'ai fini de lire le menu, j'ai dit à Patrick, qui en était à la deuxième page, que j'allais finalement prendre son nom.

Il a levé les yeux. « Pourquoi ?

– Parce que, grâce à ma mère, je suis une experte en comportements passifs-agressifs et que je ne peux laisser sans récompense une démarche aussi manipulatrice que ton annonce par haut-parleur. »

Il s'est penché par-dessus la table et m'a embrassée, alors que je venais de mettre un morceau de pain dans ma bouche. Il a dit je suis tellement content, Martha. « J'ai dû donner cent dollars au type pour qu'il me laisse parler dans le micro. Des dollars américains, je veux dire. »

J'ai avalé. « Tu vas sûrement finir dans une prison sibérienne. »

Il a dit ça valait totalement le coup et s'est replongé dans le menu.

À haute voix, vu que je n'avais rien d'autre à faire, j'ai analysé ce qui rendait les restaurants d'hôtels particulièrement pathétiques. J'ai dit que c'était peut-être l'éclairage, ou le fait qu'il y avait toujours de la moquette, ou la concentration supérieure à la moyenne de gens qui mangent seuls, ou peut-être seulement le concept de bar à omelettes qui me faisait m'interroger sur le sens de tout ça.

Patrick a attendu que j'aie fini, puis m'a demandé le plus sérieusement du monde si j'avais déjà mangé du bortsch.

J'ai dit « Je t'aime tant », puis un maître d'hôtel est arrivé avec deux bouteilles en verre et a dit : « Eau avec gaz ou sans gaz ? »

*

À Heathrow, en attendant nos bagages, Patrick a dit : « Tu te rappelles qu'on est mariés ? » Je venais de lui demander comment il comptait rentrer chez lui. Un bras passé autour de moi, il m'a embrassé le côté de la tête. J'ai dit : « Désolée. Je suis crevée. » C'était pour moi un tel effort de me convaincre que le retour de lune de miel marquait le début de la vie dc couple, et non la fin.

Je ne savais pas comment être une épouse. J'étais terrorisée. Patrick semblait tellement heureux.

Dans le taxi, et de nouveau pendant que je le suivais dans l'escalier, Patrick m'a dit que je pouvais faire ce que je voulais dans l'appartement pour m'y sentir chez moi. C'était un vendredi. Le samedi, il est allé travailler et j'ai tout sorti des placards de la cuisine puis j'ai tout remis en décalant tout d'un placard, afin que Heather ne sache plus où étaient les choses si elle nous rendait visite. Je n'ai pas eu d'autre idée.

J'avais décidé de devenir ordonnée et je l'ai été pendant un certain nombre de jours. Mais Patrick préférait l'appartement tel qu'il était maintenant, a-t-il dit, avec des vêtements par terre, des magazines, des élastiques pour les cheveux et un nombre ahurissant de verres, et tout tellement accessible puisque les placards et les tiroirs n'étaient jamais, jamais fermés. À la façon dont il a ri en le disant, je ne me suis pas sentie coupable, et il n'a fait aucun effort pour ranger quoi que ce soit. C'est peut-être pour ça que je m'y suis sentie si rapidement chez moi.

La seule chose qu'il m'a demandé de faire, quelques semaines plus tard, c'est de ne pas laisser traîner des médicaments – « déformation professionnelle » – et d'essayer d'utiliser le tableur qu'il avait créé pour la tenue des comptes, au lieu de ma méthode, qui consistait à fourrer les reçus dans une vieille enveloppe A4 que je perdais ensuite.

Il l'a ouvert sur son ordinateur pour m'apprendre à m'en servir. Je lui ai dit qu'une telle concentration de chiffres faisait sortir de sous mes paupières une membrane invisible qui m'aveuglait jusqu'à ce qu'ils disparaissent. Il y avait plein de catégories. L'une d'elles s'appelait Imprévus de Martha. J'ai dit que je ne m'attendais pas à ce que sa surveillance financière soit digne de la Stasi. Il a dit qu'il ne concevait pas qu'on puisse préférer un document Word et la calculatrice de son téléphone à un tableur. Je lui ai dit que je m'efforcerais de l'utiliser, mais que ce serait dans un esprit d'abnégation. Par la suite, Patrick a dit qu'il n'en revenait pas du nombre d'Imprévus qu'une personne pouvait rencontrer.

*

Au lit, les soirs où il ne travaillait pas, Patrick effectuait un sudoku niveau « difficile » – son recueil n'en contenait pas de faciles – et je lui demandais quand il allait éteindre la lumière, car je disais que c'était là que je me sentais le plus mariée.

Quand il avait terminé, il posait le recueil de sudokus et lisait des articles dans des revues médicales. Si je m'allongeais le dos tourné vers lui, Patrick se mettait à appuyer distraitement avec son pouce à des endroits douloureux à la base de ma colonne vertébrale. Il avait acheté de l'huile de massage quelque part et, quand il a découvert que les produits contenant des parfums artificiels me donnaient l'impression de m'asphyxier à petit feu, il a acheté au supermarché un bocal d'huile de noix de coco qui, d'après l'étiquette, présentait un point de fumée élevé et convenait donc à tous types de friture. Même quand il posait le journal, il continuait à me frotter le dos. Parfois pendant tout le magazine d'actualité *Newsnight*, parfois même après avoir éteint la lumière. C'était là que je me sentais le plus aimée.

Un soir, je me suis retournée dans le noir et je lui ai demandé s'il sentait encore son pouce. J'ai dit : « Comment peux-tu faire ça aussi longtemps ? »

Il a répondu : « J'espère toujours que ça va prendre une tournure sexuelle. »

J'ai dit que c'était dommage. « Moi, j'espère toujours que je vais finir par m'endormir. » J'ai entendu le couvercle du bocal se dévisser.

Patrick a dit : « Que le meilleur gagne. »

Nos draps sentaient le Bounty.

*

Puis Patrick a été recruté dans un hôpital à l'autre bout de Londres. J'avais l'impression qu'il n'était jamais là. Je travaillais encore à la maison d'édition. Bien que ce soit le printemps, il faisait froid et constamment gris, et quand je ne pouvais pas passer une partie de ma journée de travail sur le toit avec la seule autre fille encore en poste avec moi, il était impossible de s'occuper au-delà de l'heure du déjeuner. L'éditeur a commencé à nous dire de rentrer chez nous si nous n'avions rien à faire, car il ne supportait pas nos assiettes de crudités et le bruit de nos voix féminines papotant constamment. J'avais l'impression de tout le temps être à la maison. J'invitais Ingrid à venir ou je lui demandais si je pouvais aller chez elle. Elle disait toujours oui, mais si le bébé n'avait pas dormi, ou s'il était en train de dormir, ou sur le point de s'endormir, elle m'envoyait un texto pour annuler à la dernière minute. Ou alors j'y allais et elle devait l'allaiter dans l'autre pièce parce qu'il se laissait facilement distraire, ou elle se plaignait ou parlait à n'en plus finir des femmes de son groupe de mères et je rentrais en me sentant coupable de n'avoir, dès l'instant où j'étais arrivée, fait que chercher un moyen de repartir.

Dans mon lit, les soirs où Patrick était au travail et où je n'avais vu personne de la journée, il me manquait tellement que ça me mettait en colère. Je veillais en lisant des polars de Lee Child achetés sur son Kindle et en échafaudant des disputes à avoir avec lui à son retour. Je lui disais que je ne me sentais pas mariée. Je lui disais que je ne me sentais pas aimée, et que dans ce cas, à quoi bon.

C'est aussi là que j'ai commencé à balancer des objets. La première fois, je lui ai lancé une fourchette parce qu'il s'éloignait alors que j'étais en rogne. Au sujet d'une broutille : en se préparant pour aller au travail, il avait mentionné qu'il avait encore reçu deux factures d'Amazon ce jour-là et que, sachant que j'avais annoncé mon intention de lire tous les livres de James Joyce, y compris les merdes, d'ici la fin de l'été, il se demandait si ma soudaine passion pour les romans policiers était un appel à l'aide.

Je le revois stopper net quand la fourchette a frappé l'arrière de sa jambe et dégringolé par terre, puis se retourner en riant, incrédule. J'ai ri aussi comme si c'était une blague. Mon imitation humoristique de l'épouse rendue folle par la solitude. Il a dit ah, OK. « Je crois que je ferais mieux d'y aller. » J'ai jeté quelque chose sur la porte quand il l'a refermée derrière lui et personne n'a ri.

Le lendemain, Patrick a fait son imitation du mari sur lequel on n'a pas lancé des choses la veille. J'attendais qu'il en parle. Il ne l'a pas fait. Au dîner, j'ai dit : « Est-ce qu'on va parler de la fourchette ? »

Et il a dit : « Ne t'en fais, tu n'étais pas très en forme. » J'ai dit bon, si tu ne veux pas en parler. J'ai pris un ton contrarié, mais j'étais soulagée qu'il ne me demande pas de m'excuser ou d'expliquer pourquoi j'avais réagi ainsi à une blague, parce que je n'aurais pas su. J'ai dit qu'en tout cas, ça ne se reproduirait pas, « évidemment ».

Mais j'ai continué à balancer des objets, dans des moments de rage aussi imprévisibles que disproportionnés par rapport à ce qui les avait provoqués. Sauf une fois – un sèche-cheveux, lancé assez violemment pour lui faire un bleu, parce que je m'étais plainte de me sentir seule et qu'il avait répondu en riant que je devrais avoir un bébé pour que ça me donne quelque chose à faire.

Tout de suite après, je quittais la pièce, laissant sur le sol les morceaux de ce que j'avais cassé. Le temps que je revienne, ils avaient toujours été balayés et jetés.

À l'adolescence, Ingrid piquait une crise au sujet de ce qu'elle allait mettre chaque fois qu'elle se préparait à sortir, devenant si vite hystérique qu'on ne la reconnaissait plus. Elle sortait des tenues du placard, les essayait, les arrachait, sanglotait, jurait, criait qu'elle était grosse, disait à nos parents qu'elle les détestait et qu'elle voulait qu'ils meurent, vidait ses tiroirs jusqu'à ce que toutes ses affaires soient par terre. Puis elle trouvait quelque chose et tout rentrait instantanément dans l'ordre.

Devenue adulte, elle m'avait dit que ça semblait tellement réel sur le moment, mais qu'après, elle n'en revenait pas de s'être mise dans cet état et croyait qu'elle ne le referait jamais. Elle ne s'excusait pas et nos parents ne le lui demandaient pas. Mais, disait-elle, malgré tout, elle savait qu'ils y pensaient encore et sa honte était si intense que ça la mettait en colère contre nous. « Au lieu de m'en vouloir à moi. »

Jeter des choses sur son mari, c'est pareil. Après, j'avais tellement honte que cela suscitait en moi une colère encore plus grande envers Patrick que le fait qu'il ne soit jamais là.

*

Quand on est une femme de plus de trente ans et qu'on a un mari mais pas d'enfants, dans les soirées, les autres couples mariés veulent savoir pourquoi. Ils s'accordent à dire qu'avoir des enfants est la meilleure chose qui leur soit arrivée. Le mari estime qu'il faut se lancer, la femme dit qu'il ne faut pas trop attendre. En secret, ils se demandent si vous avez un problème d'ordre médical. Ils aimeraient pouvoir vous le demander directement. Peut-être qu'avec un peu de patience, vous finirez par cracher le morceau. Mais la femme n'y tient plus, elle ne peut s'empêcher de vous parler d'une de ses amies à qui on a dit la même chose, mais, dès qu'elle a abandonné tout espoir… bingo, dit le mari.

Au début, je disais aux inconnus que je ne pouvais pas avoir d'enfants, croyant que ça mettrait fin à la conversation. En fait, il vaut mieux dire qu'on n'en veut pas. Ainsi, ils savent d'emblée qu'il y a quelque chose qui cloche chez vous, mais que ce n'est pas d'ordre médical. Alors le mari peut dire après tout, vous avez raison, vous pouvez vous consacrer à votre carrière, même si, à ce stade, rien n'a indiqué l'existence d'une carrière à laquelle se consacrer. La femme ne dit rien, elle regarde déjà ailleurs.

*

L'été venu, j'avais lu quatre pages et demie d'*Ulysse* et les œuvres complètes de Lee Child. Patrick m'a emmenée dîner pour fêter ça. Je lui ai dit que James Joyce s'avérait n'avoir écrit que des merdes. Au dessert, il m'a donné une carte de bibliothèque. Il a dit que c'était un cadeau à ajouter aux romans policiers qu'il m'avait déjà offerts pour un montant de cent quarante-quatre livres.

J'ai emprunté un livre. Un ouvrage d'Ian McEwan que je croyais être un roman et que j'ai rangé dans un tiroir quand j'ai réalisé que c'était des nouvelles. J'ai appelé Ingrid et je lui ai dit que je m'étais malencontreusement attachée à deux personnages qui seraient morts dans seize pages. Elle a dit : « Non mais sérieux, qui a le temps ? »

Bien que, dès l'âge de seize ans, elle ait fumé tous les jours au lycée au fond des terrains de sport, et bien qu'elle se soit régulièrement fait prendre, Ingrid a obtenu son bac sans la moindre heure de colle à son actif. C'était tellement facile de s'en tirer à coups de baratin. Bien que, dès l'âge de dix-sept ans, j'aie été régulièrement malade, je n'avais jamais été hospitalisée. C'était tellement facile de m'en tirer à coups de baratin.

C'était la fin août, presque septembre. Patrick s'est rendu à Hong Kong pour le troisième mariage de son père avec la fille d'un de ses collègues, âgée de vingt-quatre ans. Depuis des semaines, le beau temps était en une des journaux, qui clamaient que Londres faisait de l'ombre à la Grèce et volait la vedette à la Costa del Sol. Je n'étais pas partie avec lui parce que je commençais à me sentir mal. Deux jours après son départ, je me suis réveillée et tout était noir.

J'ai essayé de me rendormir, engluée de chaleur et malade de culpabilité à l'idée de ne pas me lever pour aller travailler. Un chien aboyait dans l'appartement du dessous et, quelque part, des ouvriers éventraient la rue. J'ai écouté le fracas incessant du marteau-piqueur. Ça n'arrêtait pas ça n'arrêtait pas ça n'arrêtait pas.

À mesure que le bruit s'intensifiait, on aurait dit – comme toujours – que la pression augmentait dans mon crâne, comme si de l'air était pompé pompé pompé jusqu'à le rendre dur comme un pneu. Mais l'air continue à entrer, la migraine devient si atroce, comme une lame chauffée à blanc, qu'on en pleure et qu'on imagine une fissure dans la paroi osseuse, une brèche laissant enfin s'échapper l'air et la douleur s'atténuer. On est terrifié. On va vomir. Les poumons se ferment. Les murs tanguent. Quelque chose d'affreux est sur le point de se produire. C'est déjà là dans la pièce. On en a froid dans le dos. On attend on attend on attend mais rien ne se passe. La chose a quitté la pièce en nous laissant là. C'est sans fin. Il n'y a plus de jour ni de nuit. Le temps n'existe plus. Il n'y a plus que la douleur et la pression et la terreur pareille à une corde tendue au centre de notre corps.

Tard dans l'après-midi, je me suis levée et je suis allée dans la cuisine. J'ai essayé de manger mais je n'ai pas pu. L'eau me donnait la nausée. Mes hanches me faisaient mal à force d'être roulée en boule sur le côté. Patrick a appelé et j'ai pleuré au téléphone en disant désolée, désolée, désolée. Il a dit qu'il allait changer son vol de retour. Il a dit : « Tu peux essayer de sortir ? Va à l'étang de Kenwood. Prends un taxi. » Il a dit : « Martha, je t'aime tant. » J'ai raccroché en promettant d'appeler Ingrid, mais ensuite j'ai eu trop honte en l'imaginant arriver et me trouver dans cet état.

D'en haut, je me suis regardée me lever et me déplacer lentement dans l'appartement comme une vieille vieille femme parvenue au bout de sa vie. J'ai péniblement enfilé mon maillot de bain, mis des vêtements par-dessus, du dentifrice dans ma bouche et j'ai quitté l'appartement. L'effort de pousser la lourde porte extérieure de l'immeuble m'a coupé le souffle.

Il y avait trop de bruit, de chaleur, trop de gens venant vers moi et de bus passant si près du trottoir dans un grand fracas que je suis retournée à la maison. Patrick a appelé, j'ai pleuré au téléphone. Il a dit que son avion décollait dans une heure, qu'il serait bientôt de retour.

Je lui ai demandé de rester au téléphone et de me parler pour que je n'aie qu'à écouter. Je lui ai dit que j'avais très peur.

« De quoi ?

– De moi. »

Il a dit : « Tu ne vas pas faire de bêtise, hein ? » Il voulait que je promette. J'ai dit que je ne pouvais pas. Il a dit dans ce cas, Martha, va immédiatement à l'hôpital, s'il te plaît.

Je savais que je ne le ferais pas. Mais quand l'obscurité est revenue, je me suis mise à avoir peur de l'appartement, du silence qui résonnait, de l'air momifié. Désormais, Patrick n'était plus joignable dans l'avion. Je me suis traînée à quatre pattes jusqu'à la porte et j'ai attendu un taxi dehors, adossée à un mur en briques. Mon cerveau se moquait de moi, regarde comme tu as l'air stupide à ramper par terre, à avoir peur de sortir.

*

Le médecin des urgences a dit : « Qu'est-ce qui vous amène ici aujourd'hui ? » Il ne s'est pas assis.

J'avais les cheveux dans les yeux, ils collaient à mon visage mouillé et au flot qui s'écoulait de mon nez, mais je n'avais pas l'énergie de lever le bras pour les écarter. Je lui ai dit que j'étais tellement fatiguée. Il m'a dit de parler plus fort et m'a demandé si j'envisageais de me faire du mal. J'ai dit non, j'ai dit que je voulais juste ne plus exister et j'ai demandé s'il pouvait me donner quelque chose qui me fasse disparaître, mais sans faire de mal à personne ni mettre le bazar. Puis je me suis tue parce qu'il a dit que j'avais l'air plus intelligente que ça, il semblait contrarié.

Sans lever les yeux du point sur le sol que je fixais depuis qu'on m'avait mise dans cette pièce, j'ai senti qu'il lisait ses notes, puis j'ai entendu la porte s'ouvrir, frotter sur le lino et se refermer avec un clic. Il s'est absenté tellement longtemps que j'ai commencé à me dire que tout le monde était parti et que j'étais enfermée à l'intérieur. Je me suis gratté les poignets et j'ai fixé le sol. Il est revenu des heures plus tard, m'a-t-il semblé. Patrick était avec lui. J'ignorais comment il savait où j'étais, et j'ai eu honte qu'il ait été obligé de revenir pour moi, sa misérable épouse avachie sur une chaise d'hôpital en plastique, trop hébétée pour lever la tête.

Ils ont parlé de moi entre eux. J'ai entendu le médecin dire « Écoutez, je peux lui trouver un lit, mais ce sera un hôpital public » et, à voix plus basse : « Vous devez savoir que ces services psychiatriques ne sont pas des endroits agréables. » Je ne les ai pas interrompus. « À mon avis, elle serait mieux à la maison. » Il a dit : « Je peux lui donner quelque chose qui la calme et on fera le point demain matin. »

Patrick s'est accroupi à côté de moi, s'agrippant à l'accoudoir, et a écarté mes cheveux. Il m'a demandé si je pensais avoir besoin d'être hospitalisée, juste quelque temps. Il a dit que c'était à moi de voir. J'ai dit non merci. J'avais toujours redouté de me retrouver parmi ces gens, de peur qu'ils ne trouvent pas ça bizarre que je sois là. De peur que les médecins ne me laissent pas repartir. Je voulais que Patrick m'attrape par les poignets et m'y traîne pour que je n'aie pas à décider. Je voulais qu'il ne me croie pas quand je disais que ça allait.

« Tu es sûre ? »

J'ai dit oui et dégagé correctement mes cheveux de mon visage en me relevant. Je lui ai dit de ne pas s'inquiéter, que j'avais juste besoin de sommeil.

Le médecin a dit : « Vous voyez, elle reprend déjà du poil de la bête. »

Patrick m'a ramenée en voiture sans dire un mot. Son expression était impénétrable. En arrivant, il n'a pas réussi à mettre la clé dans la serrure et a donné un coup de pied, un seul, dans le bas de la porte. C'est la chose la plus violente que je l'aie jamais vu faire.

Dans la salle de bains, j'ai pris tout ce que le médecin m'avait donné sans lire la dose prescrite, j'ai retiré mes vêtements et mon maillot de bain qui m'avait laissé des traces rouges sur tout le corps et j'ai dormi vingt-trois heures. Quand je reprenais brièvement conscience, j'ouvrais les yeux et je voyais Patrick assis dans un fauteuil dans le coin de la chambre. J'ai vu qu'il avait posé une assiette avec des tartines sur la table de chevet. Plus tard, j'ai vu qu'il l'avait enlevée. J'ai dit merci, mais je ne suis pas sûre que ce soit à haute voix.

Quand je me suis enfin réveillée et que je suis allée le rejoindre, il était dans le salon. Dehors, il faisait nuit. Il a dit : « J'étais sur le point de commander une pizza.

– OK. »

Je me suis assise sur le canapé. Patrick a soulevé le bras pour que je puisse me blottir, genoux relevés, en boule contre lui. J'aurais voulu ne plus jamais être ailleurs. En gardant un bras autour de moi, Patrick a appelé le livreur de pizzas.

J'ai mangé. Je me suis sentie mieux. Nous avons regardé un film. Je lui ai dit que j'étais désolée de ce qui s'était passé. Il a dit que ce n'était rien, que tout le monde a…, etc.

*

J'ai retrouvé Ingrid à Primrose Hill pour le déjeuner. C'était la première fois qu'elle laissait le bébé, alors qu'il avait huit mois. Je lui ai demandé s'il lui manquait. Elle a dit que c'était comme si elle venait de sortir d'un quartier de haute sécurité.

Nous nous sommes fait faire une manucure, puis nous sommes allées voir un film et avons discuté tout du long, jusqu'à ce qu'un homme à la rangée suivante nous demande de la mettre en sourdine. Nous avons marché jusqu'à Hampstead Heath, admiré l'étang, nagé en culotte. Nous avons ri à en perdre haleine.

Alors que nous revenions à travers le parc, un adolescent nous a abordées en disant : « Vous êtes bien les deux sœurs qui sont dans un groupe ? » Ingrid a dit oui. Il a dit : « Allez, chantez-moi un truc. » Elle a dit qu'on se reposait les cordes vocales.

C'était intensément bon. Je n'ai pas dit à Ingrid qu'une semaine plus tôt, jour pour jour, j'étais à l'hôpital, car j'avais oublié.

Patrick n'en a plus jamais reparlé, mais peu de temps après, il a dit que nous devrions peut-être quitter Londres, au cas où le problème viendrait de là. Au début de l'hiver, des locataires ont repris notre appartement et nous avons déménagé dans la maison de standing.

Alors que nous quittions Londres derrière notre camion de déménagement, Patrick m'a demandé si je pouvais envisager de me faire des amis à Oxford. Même si je n'en avais pas envie et que je ne le faisais que pour lui. Il voulait juste que je ne me mette pas trop vite à détester cet endroit. Il a dit : au moins le temps qu'on décharge la voiture.

Pendant qu'il conduisait, je cherchais sur mon téléphone des images de Kate Moss soûle à envoyer à Ingrid, car à ce moment-là, c'était notre principale façon de communiquer. Elle était enceinte de quatre semaines sans l'avoir voulu et disait qu'au point où elle en était, regarder des photos de paparazzi de Kate Moss trébuchant, les yeux mi-clos, à la sortie du club Annabel's était la seule chose qui la faisait tenir jusqu'au soir.

J'ai dit à Patrick que je le ferais, même si je ne savais pas comment.

« Peut-être pas un club de lecture, évidemment, mais quelque chose dans le genre. » Il a ajouté : « Tu n'es pas obligée de trouver un job tout de suite si… »

J'ai dit qu'il n'y avait pas de jobs, de toute façon, que j'avais déjà cherché.

« Bon, dans ce cas, autant se concentrer sur les amis. Et tu pourrais peut-être essayer de faire autre chose comme travail, si ça te dit. Ou, je sais pas, faire un master.

– De quoi ?

– De quelque chose. »

J'ai fait une capture d'écran d'une photo de Kate Moss, en manteau de fourrure, faisant tomber la cendre de sa cigarette dans un arbuste taillé à la française devant un hôtel, et j'ai dit : « J'envisage de me reconvertir en prostituée. »

Tout en doublant une camionnette, Patrick m'a jeté un regard en biais. « Bon. Premièrement, ce terme ne s'utilise plus. Deuxièmement, tu sais que la maison est dans un cul-de-sac. Il n'y aura pas beaucoup de passage. »

Je me suis replongée dans mon téléphone.

En approchant d'Oxford, il m'a demandé si je voulais passer devant la parcelle de jardin familial qu'il avait réservée. J'ai dit que non, malheureusement, car étant donné que nous étions en hiver, ce n'était sans doute qu'un carré de boue noire à l'heure actuelle. Il m'a dit que je ne perdais rien pour attendre, que d'ici l'été, nous serions entièrement autosuffisants en matière de salades.

Cette nuit-là, nous avons dormi sur notre matelas dans le salon au milieu des cartons, que j'avais ouverts un à un avant de me décourager, car je ne retrouvais pas les serviettes. Le chauffage était trop fort et je suis restée éveillée en faisant l'inventaire des choses horribles que j'avais faites et dites, et des choses encore pires que j'avais pensées.

J'ai réveillé Patrick pour lui donner un ou deux exemples. Il m'arrivait de souhaiter que mes parents ne se soient jamais rencontrés. Ou qu'Ingrid ne tombe pas enceinte aussi facilement, ou que tous les gens que nous connaissions n'aient pas autant d'argent. Il m'a écoutée sans ouvrir les yeux, puis a dit : « Martha, tu ne crois quand même pas être la seule à penser ce genre de chose ? Tout le monde a des pensées horribles.

– Pas toi.

– Si. »

Il a roulé sur le côté, s'apprêtant à se rendormir. Je me suis levée et j'ai allumé le plafonnier. De retour dans le lit, j'ai dit : « Raconte-moi la pire chose que tu aies jamais pensée. Je parie que ce n'est même pas un tant soit peu choquant. »

Patrick s'est remis sur le dos et a replié un bras sur ses yeux. « D'accord. À l'hôpital, il y a quelque temps, on m'a amené un homme de plus de quatre-vingt-dix ans. Il était en état de mort cérébrale à la suite d'un AVC et quand sa famille est arrivée, j'ai expliqué qu'il n'y avait aucune chance qu'il se rétablisse et que la seule question était de savoir combien de temps ils voulaient le maintenir sous respirateur. Sa femme et son fils ont dit en gros qu'on pouvait l'arrêter, mais sa fille a refusé, disant qu'il fallait attendre au cas où il se produirait un miracle. Elle était dans tous ses états, mais il était minuit, et j'étais là depuis cinq heures du matin, et je n'avais qu'une idée en tête : dépêchez-vous de signer ce maudit papier pour que je puisse rentrer.

– Mince. Ça craint.

– Je sais.

– Mais est-ce que tu le leur as dit en face ? »

Il a dit ça va, tais-toi et a tâtonné sur le sol à la recherche de son téléphone. Il a mis la BBC. C'était la météo marine. « Je te jure que tu seras endormie avant qu'on arrive aux îles Scilly. Tu peux éteindre la lumière, s'il te plaît ? »

J'ai obtempéré et je suis restée allongée à regarder le plafond inconnu en écoutant le type dire Fisher, Dogger, Cromarty. Mer belle à peu agitée.

Hébrides, Fair Isle, îles Féroé. Cyclonique, devenant agitée à très agitée. Occasionnellement calme.

J'ai retourné mon oreiller et demandé à Patrick s'il pensait que les prévisions pour les Hébrides étaient une métaphore de mon état intérieur, mais il dormait déjà. J'ai fermé les yeux et écouté jusqu'à *God Save the Queen* et la fin des programmes.

Le lendemain matin, pendant qu'il cherchait la bouilloire dans la cuisine, j'ai dit : « Comment ça s'est terminé avec ce patient ?

– Je suis resté encore six heures jusqu'à ce que la fille change d'avis, puis j'ai géré son décès. Martha, pourquoi tu as écrit "Divers" sur absolument tous les cartons ? »

*

Au fond du lotissement de standing, il y avait un portail qui donnait sur le chemin de halage. L'après-midi, nous nous sommes promenés le long de la Tamise. De l'autre côté, l'étendue plate et argentée des prairies de Port Meadow s'étirait jusqu'à une mince rangée d'arbres derrière laquelle se dressaient des flèches. Des chevaux paissaient, à demi noyés dans la brume. J'ignorais à qui ils appartenaient.

À l'extrémité, le chemin de halage rejoignait une rue qui menait en ville et nous avons continué. Patrick a présenté une sorte de carte à l'homme qui tenait la loge de Magdalen College et m'a fait entrer. Il m'a assuré que nous verrions des daims de près, mais ils se tenaient ensemble dans un coin éloigné du parc, et les seules créatures qui vagabondaient librement dans l'herbe étaient des jeunes gens pleins de vie, des étudiants qui s'interpellaient, piquaient des sprints sans raison et se comportaient comme si jamais ils n'avaient eu et n'auraient à craindre quoi que ce soit de l'existence.

*

J'ai trouvé un club de lecture et j'y suis allée. C'était chez quelqu'un. Les femmes avaient toutes des doctorats et n'ont pas su quoi répondre quand je leur ai dit que je n'en avais pas, comme si je venais d'avouer que j'avais perdu toute ma famille ou eu une maladie qui laissait des stigmates.

J'ai trouvé un autre club de lecture dans une bibliothèque. Les femmes avaient toutes des doctorats. J'ai dit que le mien portait sur la pénurie de coton du Lancashire en 1861, parce que j'avais écouté une émission là-dessus en venant. Une femme avec qui j'ai discuté après m'a dit qu'elle adorerait en savoir plus sur le sujet la semaine suivante, mais je lui avais dit tout ce dont je me souvenais. Je suis partie en sachant que je ne reviendrais pas, car ça m'obligerait à réécouter toute l'émission, or l'un des trois experts masculins invités se raclait compulsivement la gorge et interrompait uniquement la seule femme présente.

*

Parfois, pendant la journée, je m'asseyais à la fenêtre de la maison de standing et je regardais la maison de standing d'en face en essayant de m'imaginer dedans, en train de vivre une version en miroir de ma vie.

La femme qui y vivait alors avait des jumeaux – un garçon et une fille –, ainsi qu'un mari qui, à en croire les plaques aimantées qu'il apposait sur les portières de sa voiture le matin et qu'il retirait le soir, était « Le chiropracteur qui vient à vous ».

Un jour, elle a frappé à la porte et s'est excusée de ne pas être venue plus tôt. Nous portions le même haut et, quand elle l'a constaté en riant, j'ai vu qu'elle avait un appareil dentaire. Tandis qu'elle parlait, j'ai imaginé ce que ce serait d'être son amie. Est-ce que nous nous rendrions visite sans envoyer de texto, est-ce que nous boirions du vin dans la cuisine ou le jardin de l'une ou l'autre, est-ce que je lui raconterais ma vie et elle, une enfance où on ne portait pas d'appareil.

Elle a dit qu'elle n'avait pas remarqué d'enfants et m'a demandé ce que je faisais. Je lui ai dit que j'étais écrivaine. Elle m'a dit qu'elle avait un blog et a rougi en m'en donnant le nom. C'était surtout des recettes et des observations amusantes sur la vie, et je n'étais bien entendu pas obligée de le lire.

Le plus important : qu'est-ce que je pensais de la maison ? J'ai dit oh mon Dieu, comme si nous étions des amies qui discutaient depuis une heure et qui étaient enfin arrivées au sujet tant attendu. « J'ai l'impression de faire une fugue dissociative depuis qu'on a passé le portail. » Je lui ai dit que je n'avais vécu qu'à Londres et à Paris et que je ne savais même pas que des endroits pareils existaient. « Sommes-nous censés nous croire à Bath sous la Régence, malgré les antennes satellite ? » Mon débit était devenu trop rapide, parce que Patrick était la seule personne à qui j'avais parlé depuis un certain nombre de jours, mais je croyais être intéressante et drôle, vu la façon dont elle souriait et hochait vigoureusement la tête. « Ça doit faire dix fois qu'en rentrant, je n'arrive pas à ouvrir la porte, avant de réaliser que ce n'est pas la bonne maison. » J'ai fait une blague sur le caractère lénifiant de la moquette taupe et conclu en disant que si elle possédait trente-six appareils dotés de prises atypiques et qu'elle voulait les utiliser tous à la fois, elle n'avait qu'à faire passer une rallonge à travers la chaussée en pavés factices. Son sourire s'était évanoui. Elle a émis une petite toux, a dit que c'était sans doute bien que nous ne soyons que locataires et est retournée chez elle.

Je n'ai pas compris pourquoi elle se donnait tellement de mal pour éviter de croiser mon regard après ça, jusqu'à ce que je raconte notre conversation à Patrick, et qu'il me fasse remarquer que si elle était propriétaire de sa maison et qu'elle l'aimait, elle avait peut-être été un peu blessée de m'entendre dire d'une maison identique qu'elle était sans âme.

J'ai trouvé son blog. Il s'appelait *La Vie dans le Cul-De-Sac* et était orné d'une photo de notre maison ou de la sienne. Sachant que nous ne serions pas amies, j'ai été déçue qu'elle écrive bien et que ses observations amusantes soient réellement amusantes. Je me suis mise à le lire tous les jours. Au début, pour y chercher des références à moi-même et ensuite, parce qu'elle décrivait une version en miroir de ma vie, où le placard de l'aspirateur était à gauche et où j'avais des jumeaux – un garçon et une fille – et un mari qui rentrait la plupart du temps vers huit heures, si bien que je mangeais généralement à cinq heures avec les enfants et que, je le jure, nous avions absolument tous les soirs la conversation suivante :

Il regarde l'assiette posée sur le micro-ondes, sur laquelle est collé un post-it disant « Ton dîner ».

Lui : C'est mon dîner ?
Moi : Oui.
Lui : Il faut que je le réchauffe ?
Moi : Oui.
Longue pause
Lui : Pendant combien de temps ?
Quand a-t-il cessé d'être un adulte pour les choses du quotidien ?!

*

J'ai reçu une lettre de la bibliothèque, que nos locataires ont fait suivre. Elle me demandait de rendre le livre d'Ian McEwan et de payer 92,90 livres de pénalités de retard. La caisse des Imprévus de Martha étant vide, j'ai téléphoné pour dire que Martha Friel était hélas officiellement portée disparue, mais que si jamais on la retrouvait, je lui demanderais où était le livre.

*

Parfois, le week-end, je me suis mise à accompagner Patrick au jardin familial, sous réserve que je n'aie pas à l'aider, c'est-à-dire « à mourir pour ce qu'il aimait ». Il a acheté une chaise pliante et un abri où la ranger afin que je puisse m'asseoir pour lire ou le regarder, les pieds posés sur le tronc d'arbre qui traçait la démarcation entre nos carottes chétives et les carottes vigoureuses du voisin. Un jour, alors qu'il faisait quelque chose avec une binette dont l'étiquette en carton était encore autour du manche, j'ai abaissé mon livre et dit que je savais que ce serait cher s'ils facturaient au mot, mais que j'avais trouvé ce que je voulais sur ma pierre tombale. « C'est dans *La Ferme de cousine Judith*. Quelqu'un vient de demander à l'héroïne ce qu'elle aime et elle répond : "Alors j'ai dit que je ne savais pas très bien, mais que, tout compte fait, je pensais que ce que je préférais, c'était de tout sentir, autour de moi, baigner dans le calme, de ne pas être obligée de m'agiter ; que j'aimais rire de plaisanteries que personne ne semblait apprécier, faire des promenades à la campagne et, enfin, ne pas être obligée d'exprimer mes opinions sur la vie, l'amour et les particularités d'autrui." »

Il a dit : « Martha, exprimer tes opinions sur la vie, l'amour et les particularités d'autrui est la seule chose qui t'intéresse. Et on n'a jamais besoin de t'y obliger. »

*

En décembre, j'ai pris un emploi à temps partiel à la boutique cadeaux de la bibliothèque Bodléienne. Il consistait à vendre des tasses, des porte-clés et des sacs à des touristes, et me permettait de passer huit heures sur un tabouret presque sans parler.

Une femme portant un sweat-shirt souvenir est entrée et je l'ai vue glisser un lot de crayons dans sa manche. Quand elle est venue au comptoir pour payer autre chose, je lui ai demandé si elle désirait aussi un paquet cadeau pour les crayons. J'ai dit que c'était gratuit. Elle est devenue rouge et a prétendu ne pas savoir de quoi je parlais. Elle a dit qu'elle ne voulait plus ce qu'elle avait posé sur le comptoir. Quand elle a fait demi-tour pour s'en aller, j'ai dit « Plus que cinq jours de vol à l'étalage d'ici Noël », sans bouger de mon tabouret.

J'ai raconté ça à Patrick, qui m'a dit que le commerce n'était peut-être pas mon truc. Après Noël, j'ai été remplacée par une dame plus âgée mais plus disposée à se lever.

Peu de temps après, j'ai reçu un e-mail de quelqu'un que je ne connaissais pas. Il disait que nous nous étions croisés à *The World of Interiors*. « Vous étiez très drôle. Je crois que vous veniez juste de vous marier ou que vous étiez sur le point de le faire ? J'étais en stage. » Il était maintenant rédacteur en chef du magazine des supermarchés Waitrose et il avait une idée.

*

J'ai commencé à voir une psychologue parce que le problème ne venait pas de Londres. Tout comme écrire une chronique culinaire humoristique, être triste est une chose que je peux faire n'importe où. Je l'ai trouvée sur trouver-un-psy.com. Sur la première page du site web, il y avait un bouton qui disait *Qu'est-ce qui vous préoccupe ?* en lettres blanches sur fond bleu ciel. En cliquant dessus, on affichait un menu déroulant. J'ai sélectionné *Autre*.

L'intitulé de sa fiche était *Julie Femme*. Je l'ai choisie parce qu'elle était à < 8 km du centre-ville et parce que j'ai trouvé son portrait convaincant. Elle portait un chapeau. J'ai pris une photo de l'écran avec mon téléphone et je l'ai envoyée à Ingrid. Elle a répondu *Portrait avec chapeau = alerte rouge.*

Julie Femme et moi avons coopéré pendant des mois. Elle disait que nous faisions du bon travail. Elle prenait constamment garde à ne révéler aucun détail de sa propre vie, comme si je risquais de débarquer chez elle un jour où nous n'avions pas rendez-vous et de rester assise dans ma voiture pendant des heures si je découvrais qu'elle aimait nager ou qu'elle avait un fils à l'armée.

Puis, un jour, au milieu d'une séance, elle a dit je-ne-sais-quoi mon ex-mari. J'ai regardé sa main gauche. Depuis le temps, je connaissais tous les bijoux de Julie, toutes les tasses et les jupes de Julie, toutes ses bottines pointues. L'alliance avait disparu de son annulaire, désormais nettement plus mince que les autres après la jointure.

Le mariage de Julie Femme avait été brisé tandis que nous faisions du bon travail dans sa chambre d'amis reconvertie. À la fin de la séance, je lui ai dit que je venais de me souvenir que je ne pourrais pas venir la semaine suivante.

Quand je suis rentrée, Patrick était à la maison, dans la cuisine, en train de se nettoyer le coude avec l'éponge à vaisselle. Je lui ai raconté ce qui s'était passé.

Il a dit « Tu ne peux pas juste arrêter d'y aller », et m'a suggéré de l'appeler. « Tu vas peut-être changer d'avis et avoir envie de la revoir.

– Non, ai-je dit. C'est comme avoir un coach sportif obèse. » Il a froncé les sourcils. « Désolée, mais c'est vrai. Ce n'est pas de la méchanceté. C'est juste… visiblement, tu ne comprends pas ma démarche. »

Patrick a posé l'éponge, est allé vers le frigo et a sorti une bière. En l'ouvrant, il a dit : « Tu pourrais lui écrire une lettre ?

– J'en doute. »

Avec le recul, j'aurais préféré que Julie Femme me dise de mettre quatre-vingt-quinze livres sur un compte d'épargne deux fois par semaine et d'aller me promener.

Ingrid n'a jamais fait de dépression post-natale, mais allez savoir pourquoi, après la naissance de son deuxième enfant, elle s'est mise au Botox. Des milliers de livres sterling injectées dans son visage immaculé de trente-deux ans.

À l'issue d'une séance qui a immobilisé le tiers central de son front, Hamish a demandé pourquoi. Elle a répondu que, et d'un, elle en avait marre de ressembler à une déterrée, et de deux, paralyser les muscles de son visage l'empêchait d'afficher la profondeur de la colère qu'elle éprouvait à la seule vue de son bon à rien de mari.

Dans ce cas, il s'est demandé s'ils devraient aller voir un conseiller conjugal. Ingrid a dit qu'elle envisagerait au mieux un truc d'une journée mais qu'elle n'irait pas à des rendez-vous hebdomadaires. Elle n'avait pas besoin qu'un psy sonde leurs problèmes tandis que le compteur de la baby-sitter grimpait de cinq en cinq, vu qu'elle savait déjà que leur problème était d'avoir eu deux morveux en moins de deux ans.

Le seul truc d'une journée qu'Hamish ait pu trouver était un atelier collectif. Dans le module de résolution de conflit, le facilitateur leur a confié que parfois, au milieu d'une dispute, lui ou sa compagne lançait quelque chose du genre : « Hé, si on faisait une pause ! Si on allait chercher des burgers ! » Il a dit que ça marchait presque à tous les coups, surtout si on exprimait parallèlement son ressenti, et il a demandé s'il y avait des questions.

Ingrid a levé la main et, sans attendre, a demandé si, lorsque le mari mettait tout le temps sa femme enceinte – de garçons – et l'aidait à peu près autant que s'il possédait en secret une seconde famille, qu'ils se disputaient sans arrêt, et que le seul moment d'intimité que la femme ait eu au cours des quatorze derniers mois était une IRM, mais que la principale préoccupation du mari était la quantité de Botox que sa femme se faisait injecter, et non le fait qu'elle soit si désespérément épuisée et malheureuse qu'elle fantasmait constamment de devoir passer une autre IRM, le coup du burger marcherait ?

Après ça, Hamish s'est tourné vers les livres audio de développement personnel.

*

Ingrid l'a quitté quand leur deuxième fils avait six mois. Le bébé était avec elle, en train de brailler dans son écharpe, quand elle a frappé à la porte de la maison de standing un vendredi soir. Patrick et moi étions déjà couchés. À peine entrée, elle a laissé tomber son sac et m'a dit qu'elle n'en pouvait plus.

Nous nous sommes assises sur le canapé et j'ai tenu le verre de vin qu'elle m'avait demandé de me verser pour qu'elle puisse en descendre la majeure partie tout en se donnant l'illusion de ne pas boire alors qu'elle allaitait. Elle m'a dit qu'elle avait cessé de voir Hamish comme une personne. Elle ne le percevait plus que comme une source de repassage et de harcèlement sexuel, parce qu'il voulait encore faire l'amour avec elle. Elle aurait adoré ne plus jamais avoir de rapports sexuels, ou du moins pas avec lui. Je l'ai écoutée et, au bout d'un certain temps, alors qu'elle parlait encore, Patrick est sorti de la chambre, a dit « Je ne suis pas là » et est parti au travail. J'ai dit à Ingrid qu'elle pouvait dormir dans notre lit avec le bébé.

Elle a regardé l'heure sur son téléphone. « Ne t'en fais pas. Il faut que j'y aille.

– Où ça ?

– Chez moi, a-t-elle dit en soupirant à la perspective de devoir se lever.

– Mais tu viens juste de t'en aller. »

Elle a vidé le reste de vin et a dit : « Martha. Comme si j'allais vraiment quitter Hamish. » Elle a fait un cercle de la main au-dessus de l'écharpe. « Comme si je pouvais faire ça toute seule.

– Mais tu as dit que tu avais arrêté de le voir comme une personne.

– Je sais, mais ce n'est pas une raison pour gâcher le week-end. »

Je savais qu'elle plaisantait, mais je n'ai pas ri.

En fin de compte, a-t-elle dit, il fallait juste tenir encore quarante ans.

Je lui ai demandé d'être un peu sérieuse. « Est-ce que tu quittes Hamish ou pas ? »

Ingrid a cessé de sourire et a dit : « Non. On ne quitte pas son mari comme ça, Martha. À moins d'avoir une raison vraiment vraiment valable ou d'être notre mère et de n'en avoir rien à foutre de quiconque à part soi-même.

– Mais si tu es malheureuse ?

– Peu importe que tu sois malheureuse. Ce n'est pas une raison suffisante. Si c'est juste que tu t'ennuies et que c'est un peu dur et que tu n'as plus l'impression de l'aimer, et alors ? Tu t'es engagée. »

Elle s'est levée et a fait quelque chose avec l'écharpe. Je l'ai suivie jusqu'à la porte et, en attendant que je l'ouvre, elle a dit : « Je sais que ça ne voudra rien dire pour toi parce que tu n'en veux pas, mais la meilleure chose qu'une mère peut faire pour ses enfants, c'est d'aimer leur père. »

Ce n'était pas le genre de chose que ma sœur aurait pensé par elle-même et je lui ai demandé qui avait dit ça.

« Moi.

– Oui, mais qui te l'a dit ?

– Winsome. »

J'ai dit : « Quand est-ce que tu as parlé à Winsome ? »

Nous nous sommes regardées, respectivement incrédules. En général, je parlais à ma tante une fois en avril, quand elle appelait pour m'exposer ses projets pour Noël, puis de nouveau deux semaines avant Noël, quand elle appelait pour les réitérer.

Ingrid a dit « Quoi ? » puis, plissant les yeux : « Je lui parle une cinquantaine de fois par jour. Quand elle n'est pas déjà chez moi en train de plier du linge, de préparer du hachis parmentier et de faire tout ce que ma propre mère devrait faire mais qu'elle ne fait pas, parce qu'elle est trop occupée à créer des merdes avec des fourchettes. » Elle semblait si lasse. Je l'ai regardée appuyer la paume de sa main contre son œil et le frotter.

« Mais tu ne peux pas la supporter, ai-je dit. Tu as accouché sur son carrelage pour te venger parce qu'elle t'avait proposé une chaise avec un coussin. Tu l'as toujours détestée.

– Parce qu'on était censées le faire. Personnellement, je ne l'ai jamais vraiment détestée, et puis même, c'est difficile de continuer à haïr la seule personne qui m'ait aidée sans que je le lui aie demandé.

– Et est-ce que ça t'a vraiment aidée ? De l'avoir tout le temps dans les parages ?

– Ben oui, bien sûr. »

Je n'arrivais pas à visualiser Winsome chez ma sœur. L'idée qu'elle soit là-bas et qu'elles forment toutes deux une relation étroite et distincte, qu'Ingrid compte sur elle plutôt que sur moi, m'a fait me sentir reléguée et jalouse de leur proximité maintenant que j'étais à Oxford.

Elle a dit : « Ne fais pas cette tête, Martha. Je t'adore, mais tu sais que tu ne peux pas réellement m'aider. »

L'espace d'une seconde, elle s'est retirée dans un souvenir personnel, puis elle a dit : « Je ne savais pas que ce serait comme ça. Il faut vraiment que j'y aille. »

Je lui ai ouvert la porte et elle est sortie sur le perron. Elle m'a prise dans ses bras et, après un instant de réflexion, elle a dit « C'est une autre des raisons pour lesquelles je ne pourrais pas quitter mon mari, Martha. Parce que je devrais d'abord me convaincre que ça ne concerne que nous et que je ne dois rien aux gens qui nous entourent. » Elle m'a observée d'une façon qui m'a mise mal à l'aise. « Et je serais incapable de faire ça. »

Je l'ai regardée aller jusqu'à la voiture et mettre le bébé dans le siège auto, seule avec lui dans le petit cône de lumière. Une minute plus tard, elle est partie se réconcilier avec Hamish après leur séparation de trois heures et demie.

*

Peu de temps après, ils ont quitté Londres parce qu'Ingrid disait qu'elle en avait marre des bacs à sable pleins de crottes de chat et de préservatifs. Ils ont déménagé dans un village qui faisait mine d'ignorer que la ville de Swindon était juste à côté.

Elle m'a appelée pendant qu'on déchargeait ses meubles du camion et m'a dit qu'elle détestait déjà cet endroit, et en particulier les gens et tout ce qu'ils représentaient, mais qu'elle avait décidé de le supporter parce que nous n'étions qu'à quarante minutes de distance.

Le lendemain, je suis allée la voir en voiture et je me suis assise devant l'îlot central de sa cuisine, qui était « à se damner » selon l'agent immobilier et « un futur dépotoir pour les merdes et les portefeuilles de chacun » selon Ingrid. J'ai fait des coloriages avec son fils pendant qu'elle rangeait les courses tout en allaitant le bébé, même s'il était grand, maintenant.

Elle a poussé du pied un paquet de papier toilette vers la porte de la buanderie et a dit qu'à l'heure actuelle, sa vie consistait à dépenser deux cents livres par semaine en produits à base de papier : essuie-tout, papier W.-C., lingettes, couches, en telles quantités que le chariot était plein avant qu'on y mette quoi que ce soit d'autre. J'ai arrêté de dessiner et l'ai regardée récupérer une lourde bouteille de lait par terre, ouvrir le frigo avec son coude et la balancer dans la porte sans déranger le bébé. « Si les ingrédients du dîner et les trucs absorbants étaient dans le même rayon chez Sainsbury's, je ferais mes courses en deux minutes. »

Son fils essayait de me fourrer un crayon dans la main pour que je revienne à notre occupation. Ingrid continuait à parler. J'ai pris le crayon et fixé la page pour qu'elle ne voie pas mon visage. « Je suis légitimement jalouse de toi qui ne fais les courses que pour deux, a-t-elle dit. Oh mon Dieu, je parie que tu utilises un panier ! Et que tu ne savais même pas qu'ils vendent les rouleaux de PQ par paquets de quarante-huit. »

La famille d'Hamish possède une maison au pays de Galles. Quand elle s'est retrouvée avec trois morveux de moins de cinq ans, Ingrid s'est mise à m'y emmener chaque fois qu'Hamish s'absentait pour son travail, bien que ça nous déprime toutes les deux. Il n'y avait rien à faire à la maison. Dans la ville la plus proche, il y avait un supermarché, un complexe sportif et un terril.

La première fois que nous y sommes allées, le bébé avait un mois. Du fait qu'ils dormaient tous les trois à l'arrière de la voiture, nous n'avons pas eu le droit de nous arrêter en chemin. Ingrid a dit que nous ferions le tour du terril jusqu'à ce que ces charmantes micro-vacances soient terminées. « Tu ne trouves pas, a-t-elle dit en actionnant un clignotant, que les mots "terril" et "crassier" sont une blague à eux seuls ? »

Je lui ai dit que c'était le meilleur corrélat objectif que j'aie jamais entendu.

Elle m'a jeté un coup d'œil en biais, l'air contrarié. « Tu peux éviter de dire des choses que je suis incapable de comprendre, parce que mon cerveau est devenu un énorme paquet de lingettes mouillées ?

– Deux choses qui, mises côte à côte dans un poème, conduisent le lecteur à éprouver l'émotion voulue, afin de ne pas avoir à la nommer expressément. Par exemple, si tu écris terril ou crassier, ça t'évite de taper "désespoir existentiel morbide".

– Je ne t'avais pas demandé de m'expliquer, mais bon. » Elle a resserré sa queue-de-cheval d'une seule main. « Est-ce que papa le sait ? C'est peut-être le secret de la réussite pour un poète. » Un des enfants a émis un son et Ingrid a baissé la voix. « Si tu arrives à caser le mot "terril" ou "crassier" dans le magazine de Waitrose, je te donne mille livres.

– Et si je mets les deux ?

– Dans ce cas, je te donne mille livres plus l'enfant de ton choix. Sauf le bébé, parce qu'il n'est pas encore en mesure de réclamer des trucs. »

Le plus grand s'est réveillé alors que nous repassions devant le complexe sportif et s'est mis à pleurer, de plus en plus fort, parce qu'il voulait aller à la piscine. Ingrid s'est mise à pleurer aussi parce qu'elle était trop fatiguée pour dire non une deuxième fois. En se garant sur le parking, elle a dit : « Et c'est là que le staphylocoque a été inventé. »

J'ai commencé à respirer par la bouche dès que nous avons été à l'intérieur.

Dans les vestiaires, trois petites filles accroupies au milieu du sol inondé essayaient de remettre leur uniforme scolaire. Elles n'arrivaient pas à enfiler leurs collants toutes seules et répétaient à tour de rôle que ça allait être leur fête si elles ne se dépêchaient pas. Je les ai observées tout en tenant des affaires pour Ingrid et j'ai vu la plus petite renoncer et plonger son visage dans ses mains.

J'aurais voulu aller l'aider, mais Ingrid a dit que parler à un enfant dans le vestiaire d'une piscine revenait quasiment à demander à être inscrit sur le registre des délinquants sexuels. « D'ailleurs, tu peux me donner un coup de main ? Prends ça. » Elle m'a tendu un genre de couche spéciale et m'a demandé de la mettre au bébé.

Quelques instants plus tard, une enseignante est apparue et s'est plantée dans l'entrée, les mains sur les hanches. Elle était habillée de façon incongrue, d'une robe drapée moulante et de talons hauts protégés de l'eau de la piscine par des sacs de supermarché qu'elle avait enfilés sur chaque pied et noués autour des chevilles. Ingrid et moi avons stoppé net quand elle s'est mise à crier. Les petites filles sont restées figées jusqu'à ce qu'elle reparte, puis ont repris avec encore plus de frénésie leurs efforts pour se rhabiller en disant ils vont partir sans nous, ils vont partir sans nous. La plus petite a fondu en larmes.

J'ai remis le bébé dans son landau. Ingrid a dit sérieux, il faut pas tandis que je m'approchais et, m'accroupissant, demandais à la gamine si elle voulait que je l'aide à faire ses lacets. Elle a levé la tête et l'a hochée lentement. Ses lacets étaient gris et mouillés. Je lui ai dit que c'était difficile de s'habiller en se dépêchant et elle a dit oui, surtout que la piscine avait rendu ses jambes toutes collantes. Elle avait les chevilles incroyablement fines ; elle semblait trop fragile pour ce monde. Quand j'ai eu fini, elle s'est levée d'un bond et a couru derrière ses copines.

Je suis retournée vers Ingrid, qui était en train de fourrer des choses sous le landau. Elle a dit « Je suppose que tu ne viendras plus au terrain de jeux avec moi maintenant que tu es fichée », mais elle souriait. Elle a retiré le frein avec le pied. « N'empêche, qu'est-ce qu'elles étaient mignonnes. »

Le soleil déclinait de l'autre côté du terril quand nous sommes repassées devant en rentrant. En regardant par la fenêtre, Ingrid a dit : « Les garçons, quoi qu'il advienne de notre famille, je ne laisserai jamais votre père nous faire déménager dans une cité minière. »

*

Le soir, une fois les enfants couchés, ma sœur et moi nous sommes assises sur le canapé et avons bu des canettes de gin tonic en contemplant le feu, qui mourait depuis l'instant où nous l'avions allumé.

J'ai dit : « Quand on a un bébé, est-ce qu'on devient automatiquement capable de supporter qu'une femme chaussée de sacs plastique crie sur un enfant qui n'est pas le sien ? Est-ce qu'on est soudain assez forte pour vivre dans un monde où cela se produit ? »

Ingrid a dégluti et a dit non. « C'est encore pire, parce que dès qu'on devient mère, on réalise que chaque enfant était encore un bébé il y a peu, et comment peut-on crier sur un bébé ? Ceci dit, on crie sur ses propres enfants et si on peut faire ça, c'est qu'on doit être quelqu'un d'horrible. Avant d'avoir des enfants, on avait le droit de penser qu'on était quelqu'un de bien, et on leur en veut secrètement de nous faire prendre conscience qu'on est en fait un monstre.

– Je sais déjà que je suis un monstre. »

Je voulais qu'elle me dise que non.

Elle a allumé la télévision. « Dans ce cas, tu t'es épargné une corvée. »

C'était un film que nous avions déjà vu, avec une actrice qui, dans la scène présente, s'efforçait de faire tenir tous ses sacs de courses à l'arrière d'un taxi jaune. Dans la vraie vie, elle venait de se jeter d'un toit. Pendant la pub, Ingrid a dit ce que tout le monde dit. Elle ne comprenait pas qu'on puisse se sentir assez mal pour avoir envie de faire ça. J'étais en train de gratter un truc collé sur mon jean, n'écoutant pas vraiment, et j'ai dit sans réfléchir que moi, évidemment, je comprenais.

« Quand même, pas au point d'avoir réellement envie de mourir. »

J'ai ri, puis j'ai levé les yeux pour voir pourquoi elle avait soudain éteint la télévision. Ingrid me regardait.

« Quoi ?

– Quand tu es déprimée, tu n'as pas réellement envie de mourir. Quand est-ce que tu as ressenti ça ? »

Je lui ai demandé si elle était sérieuse. « À chaque fois, je ressens ça. »

Ingrid a dit : « Mais non, Martha ! »

J'ai dit OK.

« Tu ne peux pas juste dire OK. OK quoi ? OK, tu ne ressens pas ça ?

– Non, OK, tu n'es pas obligée de me croire. »

Elle a fait tomber par terre tous les coussins qui se trouvaient entre nous et a poussé mes jambes pour pouvoir s'asseoir juste à côté de moi. Elle a dit que si c'était vrai, nous devions en parler. J'ai dit que non.

« Mais je veux comprendre ce que c'est pour toi. De te sentir comme ça. »

J'ai essayé. Pour la première fois, je lui ai parlé de cette nuit sur le balcon de Goldhawk Road. De ce que j'avais ressenti en me tenant là-haut, en regardant en bas le jardin obscur. Puis je me suis arrêtée, parce qu'elle semblait complètement chamboulée. Ses yeux étaient immenses et luisants.

J'ai dit c'est quelque chose qu'on ne peut pas vraiment expliquer à quelqu'un qui ne l'a pas vécu.

Elle a pleuré, un seul sanglot douloureux, puis elle a dit désolée et a tenté de sourire. « Je suppose que c'est le genre de chose qui ne se raconte pas. »

Nous sommes restées ainsi un moment, ma sœur me tenant par le poignet, jusqu'à ce que je dise qu'elle ferait mieux d'aller se coucher.

*

Je l'ai entendue se lever pendant la nuit et je suis allée dans sa chambre. Assise dans son lit, elle allaitait le bébé, béat dans la pénombre d'une lampe tamisée par une serviette encore humide du sol mouillé de la piscine.

Elle a dit : « Viens me tenir éveillée. » Je me suis installée dans le lit à côté d'elle. « Raconte-moi quelque chose de drôle. »

Je lui ai parlé du temps, quand nous étions adolescentes, où la maison – sans raison et comme sous l'effet d'une force extérieure – s'était mise à se remplir d'art tribal africain, de masques, de *juju hats* en telle quantité que le rez-de-chaussée de Goldhawk Road avait commencé à ressembler à la boutique de souvenirs de l'aéroport international de Nairobi. Je lui ai dit que la seule pièce dont je me souvenais précisément était une statue de fertilité en bronze qui était restée un moment dans l'entrée, juste après la porte : son phallus était si proéminent que si on la faisait pivoter par inadvertance de quatre-vingt-dix degrés, on aurait carrément dit une barrière, comme elle l'avait fait remarquer à l'époque.

Ingrid a dit qu'elle s'en souvenait aussi. « Je m'étais mise à y accrocher mon sac de gym. »

Nous ne savions ni l'une ni l'autre quand et comment tout ça avait disparu. Juste qu'un jour, il n'y avait plus rien. Le bébé a eu le hoquet. Ma sœur a ri.

J'ai demandé : « Qu'est-ce qui te plaît le plus là-dedans ? »

Sans quitter son fils des yeux, Ingrid a dit : « Ça. Tout, en fait. Évidemment, c'est la merde, mais j'aime tout. Surtout, a-t-elle ajouté en bâillant, la période entre le moment où on découvre qu'on est enceinte et celui où on le dit à quelqu'un, y compris son mari. Même si ça ne dure qu'une semaine ou même une minute, dans mon cas. Personne ne parle de ça. »

Elle s'est mise à décrire une impression d'intimité si singulière et si extatique que, aussi pressante que soit son envie d'en parler, il était douloureux d'y renoncer. « On éprouve un intense sentiment de supériorité, car personne ne se rend compte qu'on a de l'or au fond de soi. Pendant cette période, on se balade avec la certitude de valoir mieux que quiconque. » Elle a encore bâillé et m'a tendu le bébé pendant qu'elle remettait son haut. « Tu savais que c'est pour ça que la Joconde sourit comme ça ? D'un air tellement satisfait ? Parce qu'elle vient de faire un test dans les W.-C. de l'atelier et qu'elle a obtenu deux traits juste avant de s'asseoir. L'autre l'étudie dix heures par jour et pendant tout ce temps, elle se dit : il ne sait même pas que je suis enceinte. »

Je lui ai demandé comment on savait ça, mais elle a dit qu'elle ne se souvenait pas, un truc à voir avec une ombre sur son cou, une histoire de glande qui ne ressort que quand on est enceinte, je n'aurais qu'à le googliser.

Assise en tailleur, Ingrid a ensuite étalé un carré de mousseline devant elle, a repris le bébé, l'a allongé dessus et l'a bien emmailloté. Elle ne l'a pas soulevé, elle l'a seulement contemplé, a lissé un pli de l'étoffe et a dit : « Parfois, j'aimerais que tu veuilles des enfants. Je trouve juste que ça aurait été chouette d'avoir des bébés en même temps. »

J'ai dit que j'aurais pu, mais que je détestais les complexes sportifs et qu'il semblait qu'on ne puisse pas y couper.

Ingrid a soulevé le bébé et me l'a tendu. « Tu peux le remettre dans le machin ? »

Je me suis levée et je l'ai porté contre mon épaule. Il m'a semblé qu'elle m'observait tandis que je le déposais sur le petit matelas et que je retirais mes mains de sous son dos.

Elle a dit : « Martha ? J'espère que ce n'est pas parce que tu crois vraiment être un monstre. »

J'ai mis une couverture sur lui, je l'ai bordé des deux côtés et j'ai demandé à ma sœur de ne plus en parler.

*

Le lendemain matin, je me suis levée et j'ai préparé le petit déjeuner des deux grands pour qu'elle puisse continuer à dormir. L'aîné m'a demandé de lui faire des œufs durs.

Le deuxième a dit « J'en veux pas » et s'est mis à pleurer. Il a dit qu'il voulait un pancake.

Je lui ai dit qu'ils n'étaient pas obligés de prendre la même chose.

« Si, on est obligés. »

Je lui ai demandé pourquoi.

Il a dit : « Parce que c'est pas un restaurant. »

Pendant qu'il attendait son pancake, il a raconté un rêve qu'il avait fait quand il était beaucoup plus petit, où un méchant monsieur essayait de le boire. Il a dit que ça ne lui faisait plus peur. Parfois seulement, quand il s'en souvenait.

Près des marches de la basilique Saint-Marc, j'ai vomi dans une poubelle. Patrick et moi étions à Venise pour notre cinquième anniversaire de mariage. Pendant les deux semaines précédentes, il n'avait cessé de me demander si je voulais annuler, car j'étais manifestement malade. J'avais dit : « Pour une fois, c'est le corps et pas l'esprit, donc ça va. »

En fait, j'avais désespérément envie d'annuler. Mais il avait acheté le *Lonely Planet.* Il le lisait au lit tous les soirs et j'avais beau être mal en point et angoissée, je ne pouvais décevoir quelqu'un dont les désirs étaient si modestes qu'ils pouvaient être entourés au crayon.

Patrick a trouvé un endroit où nous asseoir. Il a dit que je devrais revoir le médecin dès notre retour à Oxford au cas où ce ne serait pas juste un virus. J'ai dit que si et, sachant que je n'avais pas vomi jusque-là, que c'était manifestement une réaction psychosomatique au fait que nous avions tellement l'air de touristes à cause de son sac à dos.

J'étais enceinte. Je le savais depuis quinze jours et je ne le lui avais pas dit. Le médecin qui l'avait confirmé avait répondu « Aucune idée » quand j'avais demandé comment ça avait pu se produire malgré l'implant dans mon bras. « Rien n'est infaillible. En tout cas, cinq semaines, selon mes calculs. »

Patrick s'est levé et a dit : « Retournons à l'hôtel. Tu pourras te coucher et je changerai nos billets. »

Je l'ai laissé m'aider à me relever. « Mais tu voulais voir ce pont. Le Ponte de je-ne-sais-quoi. »

Il a dit : « C'est pas grave. On reviendra. »

En fin de compte, nous sommes passés devant sur le chemin de l'hôtel. Patrick a sorti son guide et a lu un passage d'une page qu'il avait cornée. « Pourquoi le pont des Soupirs est-il ainsi nommé ? C'est marrant que tu me le demandes, a-t-il dit. Au dix-septième siècle… »

En l'écoutant lire, je me suis sentie écrasée de tristesse. Non pas parce que selon la légende, les criminels conduits en prison de l'autre côté du canal soupiraient en voyant une dernière fois Venise par les fenêtres du pont de style typiquement baroque, etc. Mais à cause de la façon dont Patrick fronçait les sourcils en lisant, dont il levait régulièrement les yeux pour vérifier que j'écoutais, dont il a dit à la fin : « Ouah, c'est déprimant. » Nous avons repris l'avion le lendemain.

*

Je le lui ai dit au jardin familial. Tous les jours depuis que je le savais, avant Venise, à Venise, toute la semaine qui s'était écoulée depuis, j'avais entrepris de le lui dire, mais à chaque fois, j'avais trouvé une nouvelle raison de différer. Il était fatigué, il tenait son téléphone, il portait un pull que je n'aimais pas, il était trop content de ce qu'il faisait. Ce jour-là, un dimanche, j'ai lu au réveil le message qu'il m'avait laissé. Je me suis habillée et je suis allée le rejoindre.

Il était assis sur le tronc d'arbre et tenait quelque chose à la main. Il m'a semblé que je n'y arriverais pas quand je serais assez près pour voir ce que c'était. Je ne pouvais pas briser son existence, révéler ma tromperie et changer le cours de son avenir alors qu'il tenait une Thermos.

En réalité, il n'y avait qu'une seule raison. Une fois que je le lui aurais dit, ça deviendrait réel et je serais obligée d'y remédier. Il n'y avait plus de temps à perdre. Je l'ai dit.

Pendant la phase d'anticipation, je croyais avoir imaginé toutes les réactions que Patrick pouvait avoir, mais ce fut pire que tout ce que j'avais pu imaginer : mon mari m'a demandé à combien j'en étais. C'était une formule trop intimement liée à une expérience que nous n'avions pas eue, ou que nous n'avions pas le droit d'employer dans notre situation.

J'ai dit : « Huit semaines. »

Il ne m'a pas demandé depuis combien de temps je le savais. C'était trop évident. Il a dit « Je me demande comment j'ai pu ne pas le deviner », comme si c'était sa faute puis, se penchant en avant, les coudes sur les genoux, il a ajouté, en regardant par terre : « Mais tu ne me le dis pas pour qu'on décide ce qu'on va faire.

– Non, c'est juste pour que tu saches.

– Donc il n'y a pas d'urgence.

– Non. Mais je ne vais pas attendre sans raison. »

Il a dit : « Oui, c'est logique. »

J'ai vidé la tasse de thé et la lui ai rendue. « Je vais y aller. On se voit à la maison.

– Martha ?

– Quoi ?

– Tu m'accordes quelques jours ? »

Je lui ai dit que je n'avais pas encore pris rendez-vous. Ça lui laissait un peu de temps.

*

Patrick n'en a pas reparlé en revenant ni les jours qui ont suivi, mais il se déplaçait différemment dans la maison. Il rentrait tôt. Il ne me laissait rien faire. Il était toujours là le matin, mais chaque fois que je me réveillais la nuit, il était ailleurs. Je savais qu'il ne pensait qu'à ça.

Le dimanche suivant, il est entré dans la salle de bains pendant que j'étais dans la baignoire et s'est assis au bout. Il a dit : « Bon, désolé que ça m'ait pris si longtemps. Je me demandais juste, tu ne veux vraiment pas le garder ? »

J'ai dit non.

« Tu n'as pas l'impression que si on… parce que je pense vraiment que tu serais…

– S'il te plaît, Patrick, pas ça.

– OK. C'est juste que je ne veux pas qu'on regrette plus tard de ne pas y avoir réfléchi. »

J'ai donné un coup de pied dans l'eau. « Patrick !

– D'accord. Désolé. » Il s'est levé et a jeté une serviette sur le sol mouillé. « Je te ferai une lettre pour l'hôpital. »

Sa chemise et la jambe de son jean étaient trempées.

Tandis qu'il sortait de la salle de bains, j'ai dit : « Ça n'aurait pas dû arriver. » Je lui ai dit que ça n'avait jamais été à l'ordre du jour. Mais il ne s'est pas retourné, il a seulement fait OK, ouais.

Je me suis enfoncée dans l'eau dès qu'il a fermé la porte.

*

De toute façon, j'ai fait une fausse couche.

Ça a commencé le matin du rendez-vous, alors que je poussais mon vélo sur une portion raide du chemin de halage. Je savais ce que c'était et j'ai continué à marcher. En arrivant à la maison, j'ai appelé Patrick au travail et j'ai attendu dans la salle de bains jusqu'à ce que ce soit fini. Il faisait tellement froid dehors que j'avais encore mon manteau quand il est arrivé.

Il m'a conduite à l'hôpital. Sur le chemin du retour, des heures plus tard, il s'est excusé de ne pas trouver quoi dire. Je lui ai dit de ne pas s'en faire, qu'en fait je n'avais pas envie d'en parler.

Je n'ai dit à personne ce qui s'était passé. Je ne pleurais que quand Patrick n'était pas là – je fondais en larmes dès qu'il sortait, tellement je m'étais retenue. De brefs et intenses sanglots en repensant à ce que j'avais été sur le point de faire. Pendant des minutes entières, en allant et venant dans la maison, je pleurais de gratitude qu'elle m'ait lâchée la première.

*

Quand, beaucoup plus tard – beaucoup trop tard –, Patrick et moi avons parlé de ce qui s'était passé, j'ai dit « elle » et il m'a demandé comment je savais que c'était une fille.

J'ai dit que je le savais, c'est tout.

« Comment tu l'aurais appelée ? »

Flora.

J'ai dit : « Je ne sais pas. »

*

Certaines choses, certains crimes commis au sein d'un couple sont tellement graves qu'il est impossible de s'excuser. Au lieu de ça, en mangeant le dîner qu'il a préparé pendant que vous étiez sous la douche après l'hôpital, assise sur le canapé devant la télé, vous dites Patrick ?

Oui.

J'aime ta sauce.

*

Nous avons dit allons dans les Cotswolds, pour une balade, un tour au pub ou que sais-je, juste pour quitter Oxford. Nous avons dit ce sera bien. Nous avons dit on y sera en une demi-heure. Allons-y.

Il y avait une quinzaine de kilomètres de la maison de standing jusqu'à l'embranchement. Patrick ne l'a pas pris. Entre-temps, il avait été implicitement établi que nous n'avions ni l'un ni l'autre envie de nous arrêter, que nous voulions seulement rouler et mettre une certaine distance derrière nous. J'ai regardé par la vitre les maisons éparpillées, construites dos à la route. Elles se sont condensées en un village, puis se sont à nouveau clairsemées. À droite, des champs. Nous avons continué sur la nationale. Elle s'est rétrécie, bordée de bois des deux côtés. Elle a ralenti au passage d'autres villages, a fait un coude, s'est élargie et a accéléré, a contourné une ville. Ses abords industriels ont cédé la place à une longue portion de campagne. Une station-service. Des panneaux indiquant la M6. Birmingham, prochaine sortie. Ça a cessé d'être beau. De l'autre côté, c'est redevenu beau. Patrick a dit comment ça va ? Bien. Je n'ai pas faim, et toi ? Pas vraiment. Tu veux de la musique ? Et toi ? Pas vraiment.

Nous avons dépassé un panneau qui disait Manchester 40 et nous nous sommes regardés en souriant en silence, les yeux écarquillés, comme deux personnes partageant un secret au milieu de la foule. Six voies, un trafic dense, les conducteurs des deux côtés devenant des silhouettes familières à force de ralentir, de s'arrêter et de redémarrer. Ils fumaient, tapotaient le volant. Les passagers regardaient leur téléphone, mangeaient, buvaient et posaient les pieds sur le tableau de bord.

Puis nous avons dépassé Manchester. Une campagne sans charme, parsemée d'usines. Des silos. Çà et là, le long de la route, une maison de banlieue sans banlieue.

J'ai dit : « Depuis combien de temps on roule ? »

Patrick a regardé l'heure. « On est partis à neuf heures, donc ça fait cinq heures et demie, six heures. »

Rien pendant un long moment, sauf la vague sensation que la route s'incurvait et commençait à monter. Il a baissé sa vitre, peut-être un peu de sel dans l'air mais pas d'océan en vue. Puis une montée raide et sinueuse, jusqu'à VOUS ENTREZ MAINTENANT DANS UNE ZONE D'UNE BEAUTÉ NATURELLE EXCEPTIONNELLE.

C'était la fin de l'après-midi. Patrick a dit que bientôt, il aurait peut-être besoin de s'arrêter un peu. Un kilomètre plus loin, il y avait une pancarte ACCÈS avec le symbole d'un pont puis, après le virage suivant, une aire de stationnement non goudronnée.

L'air était vif et pur. Nous avons fait des étirements et une torsion du dos, de la même manière, à l'unisson. Patrick a dit une seconde, a sorti nos vestes, puis a fermé la voiture. J'ai pris sa main et nous avons emprunté le chemin qui traversait un bois touffu jusqu'à une rivière. Son débit était rapide, mais dans une courbe, devant nous, une piscine s'était formée. Elle était calme, profonde, d'un vert sombre et, de la rive où nous nous tenions, à pas loin de trois mètres en contrebas, a dit Patrick. Nous l'avons contemplée d'en haut.

Il a dit OK, mais j'y vais le premier.

Nous avons retiré nos vêtements et les avons suspendus à une branche. Patrick a dit : « Je ne vois pas pourquoi tu as droit à un soutien-gorge pour te tenir chaud. » Je l'ai enlevé et nous sommes restés au bord encore une minute, frissonnant déjà.

Il a dit « Vise le milieu » et a sauté. Le bruit qu'il a fait en percutant l'eau ressemblait à un craquement. Je l'ai suivi alors qu'il était encore sous la surface. L'eau était si froide qu'en y pénétrant, on ne discernait rien d'autre que le choc et la pression, puis une douleur aiguë dans le muscle cardiaque, les poumons lourds comme des pierres, et enfin la brûlure de la peau. J'ai ouvert les yeux, un mélange tourbillonnant de vert et de limon. Je me suis dit bouge les bras, mais ils étaient raides au-dessus de ma tête. J'étais comme suspendue. Puis je n'ai plus senti que la poigne de Patrick sur mon avant-bras, la sensation d'être tirée vers le haut et une grande bouffée d'air. Alors nous nous sommes retrouvés face à face, sans voix, le souffle court. Il me tenait toujours le bras et m'a entraînée vers la rive.

Je n'étais restée sous la surface que l'espace d'une seconde, mais j'avais cru me noyer. Je n'avais pas pensé pouvoir rejoindre la terre ferme, alors que je n'étais qu'à quelques mètres du bord. Ce n'était que la morsure de l'eau. Déjà, Patrick m'aidait à remonter en haut de la berge et je me retrouvais enveloppée dans ma veste, les jambes dégoulinantes ; il ne s'était écoulé qu'une minute.

Nous avons couru jusqu'à la voiture en serrant nos vêtements et nos chaussures. Il nous a fallu un long moment pour nous rhabiller à l'avant, dans le vrombissement de la soufflerie, en parlant à toute allure de ce que nous venions de faire.

J'ai dit : on est les meilleurs.

Patrick a dit : tu n'as pas une terrible envie de frites ?

Nous sommes repartis et avons trouvé un pub. Il était vide, hormis un vieux couple assis à une table à l'autre bout de la pièce et une femme en train de polir des verres derrière le bar. Nous avons mangé des frites et bu de la bière sur une banquette devant la cheminée, et je me suis sentie bien réchauffée et bien propre.

« Est-ce que tu te dis parfois qu'on est les meilleurs, Patrick ? »

Il a dit non. « Mais on l'est sûrement. Personne d'autre n'aurait fait ça. »

J'ai dit je sais. « N'importe qui d'autre aurait eu trop peur. On est les seuls. »

Patrick a dit : « Tu n'es pas hyper-consciente de ne pas avoir de sous-vêtements ?

– Il n'y a personne, ai-je dit. On est seuls au monde. »

J'ai lu un article dans un magazine au sujet d'un trouble nouvellement répertorié. Nommé « syndrome du pensionnat », il serait enduré en silence par des milliers d'hommes anglais, incarcérés dès l'âge de six ans sur décision de leurs parents. Le journaliste, qui en était lui-même atteint, le décrivait comme une sorte d'hybride entre l'état de stress post-traumatique et le trouble de l'attachement. Les symptômes étaient selon lui une autonomie excessive, l'incapacité à demander de l'aide, « la fierté dans l'endurance », un sens moral surdéveloppé et le refoulement des émotions, surtout les plus négatives.

À côté de moi, Patrick regardait un sport de ballon à la télévision. Quelque temps s'était écoulé depuis la fausse couche, mais pas assez pour que j'aie cessé de le compter en semaines.

J'ai enfoncé mon pied dans sa cuisse et j'ai dit : « Je peux te faire faire un test ?

– Il n'y en a plus que pour dix minutes.

– Je veux voir si tu as le syndrome du pensionnat.

– Dix minutes. »

J'ai élevé la voix par-dessus le commentaire et dit OK, question un. « Avez-vous du mal à demander de l'aide à autrui ? »

Patrick a répondu non, comme à chaque autre question que j'ai lue à haute voix, et de façon particulièrement catégorique à celle qui concernait les difficultés d'attachement émotionnel, s'appuyant sur le fait qu'il était attaché à moi depuis l'âge de quatorze ans. Arrivée au bout de la liste, j'ai fait comme si ce n'était pas fini.

« Il y en a encore quelques-unes.

– Je peux juste regarder le penalty ?

– T'as qu'à l'enregistrer. »

Patrick a soupiré et éteint la télé.

« Avez-vous une réaction émotionnelle violente à certains aliments, et notamment aux œufs brouillés à forte teneur en eau, aux légumes de la famille des brassicacées et/ou aux liquides qui développent une peau en refroidissant, comme le lait ou la crème anglaise ? »

Patrick m'a regardée, convaincu mais pas tout à fait que c'était une pure invention.

« À part à la maison, l'endroit où vous vous sentez le plus à l'aise pour manger est-il la cantine du travail, parce que la nourriture est servie sur un plateau ? Selon vous, serait-ce parce que vous n'avez pas été autorisé à choisir ce que vous mangiez jusqu'à l'âge de dix-huit ans que vous êtes aujourd'hui la personne la plus lente du monde pour commander à partir d'un menu, et que votre femme a parfois l'impression qu'elle va mourir dans l'intervalle de temps béant qui s'écoule entre le moment où la serveuse vous demande ce que vous voulez et celui où vous êtes en mesure de lui répondre ? »

Patrick a rallumé la télé.

« Jusqu'à ce qu'elle vous le fasse remarquer après votre mariage, saviez-vous que vous mangiez tête baissée en défendant votre assiette avec votre bras ? » Il a monté le volume. Je me suis mise à crier. « Si vous avez répondu une majorité de A, c'est vous le cinglé dans votre couple, et non votre femme, comme tout le monde le supposait. »

Je croyais qu'il faisait mine d'être irrité par mon stupide test et n'ai réalisé qu'il ne faisait pas semblant que lorsqu'il s'est soudain levé et a quitté la pièce sans éteindre la télé. Je l'ai suivi dans la cuisine en m'excusant, sans trop savoir de quoi je m'excusais. Il est allé du placard à l'évier et de l'évier au frigo comme si je n'étais pas là. C'était humiliant. Je suis montée et me suis enfermée dans le débarras qui me servait de bureau.

Pendant un moment, je suis restée assise à me couper les fourches avec des ciseaux à papier, puis j'ai allumé mon ordinateur dans l'idée de compléter ma liste d'envies sur *The Outnet.* Au lieu de cela, je suis allée sur le site du magazine et j'ai relu l'article, me sentant coupable, puis triste, puis effrayée. Je l'ai refermé en entendant Patrick monter l'escalier.

Il est entré mais n'a rien dit. Je me suis retournée et, parce qu'il demeurait muet, j'ai dit : « Je crois qu'on devrait aller voir un conseiller conjugal. » Je ne le pensais pas. J'ai dit ça comme toujours – pour être blessante, en représailles contre un crime supposé – et j'ai été choquée de l'entendre répondre moi aussi.

« Pourquoi ?

– Parce que, Martha.

– Parce que quoi ?

– À cause de l'incident de la Tamise. »

Je n'ai pas pu le regarder en face et j'ai repris les ciseaux.

Il a dit Martha. « Tu peux arrêter de te couper les cheveux, s'il te plaît ? Dis-moi pourquoi tu penses qu'on a besoin d'un conseiller conjugal.

– Parce que tu as le syndrome du pensionnat. »

*

Patrick a quitté la maison et je suis allée à la salle de bains chercher les tranquillisants que m'avait donnés le médecin de garde chez qui il m'avait emmenée après l'incident de la Tamise. Je voulais voir à quelle date précise je m'étais levée au milieu de la nuit, j'étais sortie et je m'étais mise à marcher, puis à courir aussi vite que je pouvais le long du chemin de halage, jusqu'à ce que Patrick me rattrape au premier pont.

J'étais en train de grimper sur le parapet. Il a mis ses bras autour de ma taille et a tenté de me faire redescendre. Je me suis débattue et je lui ai accidentellement griffé le visage. Il m'a eue à l'usure et m'a raccompagnée à pied, puis m'a conduite chez le médecin, tandis que je répétais je peux pas encore et encore et encore.

J'ai saisi le flacon et lu la date sur l'étiquette. Il devait y avoir une erreur. Je suis allée me coucher alors qu'il restait plusieurs heures avant la nuit, parce que j'avais tellement honte que je ne supportais plus d'être éveillée.

C'était un rêve au sujet du bébé qui m'avait tirée du sommeil et dit d'aller courir le long de la Tamise, au cas où elle y serait. Ça ne faisait que deux jours.

*

Nous avons fait une séance avec une psy. Elle était blanche mais habillée comme si elle revenait de la fête afro-américaine de Kwanzaa et s'est exclamée « Pas de problème ! » quand nous n'avons pas réussi à exprimer pourquoi nous étions là.

Patrick ne pouvait pas dire : « Parce que ma femme s'est récemment comportée comme une version légèrement psychotique de l'héroïne de romans pour adolescentes Anne de Green Gables, dans l'épisode où elle manque se noyer. »

Je ne pouvais pas dire : « Parce que j'ai récemment découvert que les fondements de la personnalité de mon mari, les qualités pour lesquelles il est si largement admiré – son stoïcisme exceptionnel, son équilibre émotionnel et sa capacité à ne jamais se plaindre – sont en réalité les symptômes d'un trouble nouvellement répertorié. »

« Le principal, c'est que vous soyez venus. » La psy nous a dit que c'était bon signe et a fait allez hop, en nous indiquant les deux chaises installées au milieu de la pièce, face à face et suffisamment près pour que nos genoux se touchent. Elle nous a dit qu'au bout d'un certain temps, les couples cessaient généralement de se regarder dans les yeux, et que par conséquent, elle commençait toujours par leur demander de faire ça, de se fixer avec une concentration totale et sans parler pendant trois minutes. Elle se contenterait d'observer.

Au bout de quelques secondes, une succession de signaux électroniques a émané du sac à main posé à ses pieds. Patrick et moi nous sommes retournés en même temps et l'avons vue plonger la main dans son sac et fouiller dedans à la recherche de son téléphone, en disant : « Il faut que je regarde, au cas où ce serait ma fille qui a besoin que j'aille la chercher. » Lorsqu'elle l'a trouvé, elle a balayé l'écran et, sans le quitter des yeux, a ajouté : « Ne faites pas attention à moi. Continuez. Il faut juste que je réponde vite fait. »

Patrick ne déteste rien hormis les espadons dans l'eau ou dans l'assiette, les cadeaux humoristiques et, sur les iPhone, les claviers sonores. Tandis que la psy tapait sa réponse, chaque lettre faisait tic comme du morse. Il m'a regardée d'un air incrédule et a articulé en silence les mots « Je rêve » lorsque la psy, qui s'était penchée pour ranger son téléphone, s'est redressée en l'entendant faire à nouveau bip bip dans sa main. « Vraiment, je suis désolée. Elle a seize ans. À cet âge-là, ils croient que le monde tourne autour d'eux. »

Patrick s'est levé en disant qu'il venait de se souvenir d'une chose urgente qu'il avait oublié de faire, si bien que nous ne pouvions hélas pas rester. La psy a eu l'air déconcerté quand il m'a entraînée vers la sortie.

Soudain, nous nous sommes retrouvés dehors, traversant la rue en courant, main dans la main, en direction d'un bar. Nous avons bu du champagne, puis de la tequila. J'ai dit à Patrick que nous étions comme deux personnes qui ont décidé de se rendre, mais qui, au dernier moment, réalisent que certes, c'est épuisant de courir pour survivre sans jamais renoncer, mais que l'alternative est pire. J'ai dit : « Parce que l'alternative, c'est les autres. »

Patrick a dit : « Pour moi, c'est être seul. »

Dehors, sur le trottoir, il a repris ma main. Nous nous sommes mis en quête d'un taxi, mais il a pointé du doigt un magasin situé un peu plus loin et a dit qu'il avait quelques trucs à acheter. Nous étions tous deux plus soûls que nous ne l'avions jamais été ensemble. C'était une petite pharmacie, tenue par une femme au visage pincé qui ne nous trouvait pas drôles. Patrick a posé un paquet de bonbons et une brosse à dents sur le comptoir. Il a dit : « Tu veux quelque chose, chérie ? » J'ai pris un bonnet de douche et dit que c'était pour mettre tout de suite, si la dame voulait bien le scanner et me le rendre. Il l'a mis avec le reste et a ajouté : « Et un paquet de préservatifs maison, s'il vous plaît. »

Nous nous sommes embrassés dans le taxi et sommes allés directement au lit en rentrant. C'était la première fois depuis ma fausse couche. Ou bien, mais j'étais trop ivre pour m'en rendre compte, la première fois depuis la conception du bébé.

Alors que nous étions sur le point d'en finir, Patrick s'est immobilisé et a dit : « Désolé, continue sans moi. Il faut juste que je consulte mon téléphone au cas où quelqu'un aurait besoin que j'aille le chercher. »

Après, allongé près de moi, il a dit : « Martha, il y a toujours des choses qui vont de travers et d'autres qui se passent à merveille. C'est la vie. C'est seulement les proportions qui changent. Généralement toutes seules. Dès que tu crois que ça y est, ça va être comme ça jusqu'à la fin des temps, elles changent à nouveau. »

C'est la vie, et ça a continué comme ça pendant encore trois ans. Les proportions qui changeaient toutes seules, de travers, à merveille, des vacances, une fuite d'eau, des draps neufs, un anniversaire, un technicien entre neuf et quinze heures, un oiseau entré par la fenêtre, je veux mourir, pitié, je n'arrive plus à respirer, je crois que c'est un déjeuner, je t'aime, je n'en peux plus, nous qui pensions que ça serait comme ça jusqu'à la fin des temps.

Une nouvelle administratrice était arrivée dans l'hôpital de Patrick en mai de l'année précédente. Elle avait déménagé à Oxford pour la qualité de vie mais son mari, un psychiatre, continuait d'aller travailler à Londres car il venait de dégoter un cabinet sur Harley Street et, disait-elle, comme vous savez, c'est la perle rare.

Je l'ai rencontrée à un dîner de charité pour une cause dont je ne me souviens pas, bien que le but de l'opération ait été de nous y sensibiliser. Elle m'a demandé ce que je faisais et je lui ai dit que je créais du contenu pour que les gens puissent le consommer. C'était un job que j'avais pris en complément de la chronique culinaire humoristique, que je n'ai pas mentionnée au cas où elle lirait le magazine de Waitrose et réaliserait que j'étais précisément cette rédactrice qu'elle détestait.

J'ai dit : « Je consomme également du contenu à titre privé. En l'occurrence, pas celui que j'ai créé, évidemment. Mais dans un cas comme dans l'autre, je contribue grandement au problème. »

Elle a ri et j'ai ajouté que quand je sortais et que je voyais une mère le nez sur son téléphone, j'étais tracassée à l'idée qu'elle soit en train de consommer du contenu de mon cru au lieu de regarder son enfant dans les yeux.

« Il semble que nous ayons perdu la capacité à ne pas être sur notre téléphone, n'est-ce pas ? a-t-elle dit sur un ton de regret.

– Mais je suis sûre qu'à la fin de notre vie nous nous dirons tous : si seulement j'avais consommé plus de contenu. »

Elle a ri et a touché mon bras et, pendant tout le reste de la conversation, chaque fois qu'elle révélait une information à son sujet, qu'elle voulait mettre l'accent sur un point ou qu'elle faisait une observation, elle a refait ce geste de me toucher le bras ; si ce que je disais lui semblait drôle, elle l'agrippait doucement. C'est pour ça qu'elle m'a tout de suite plu et aussi, bien qu'elle m'ait interrogée sur autre chose que sur ce que je faisais, parce qu'elle ne m'a pas demandé si j'avais des enfants.

Sur le chemin du retour, j'ai demandé à Patrick de trouver le nom de son mari le psychiatre.

Je n'avais pas eu de médecin depuis quatre ans ; je n'en cherchais pas. Mais j'ai pris rendez-vous, sans doute pour voir quel genre de personne il serait, si le fait d'être marié à une femme comme elle ferait de lui un bon médecin. À la différence de tous ceux que j'avais vus jusque-là.

*

Une secrétaire m'a dit qu'en temps normal il fallait prévoir douze semaines avant un rendez-vous, mais qu'il y avait eu une annulation – fait extrêmement rare – et que le docteur pouvait me voir le jour même à dix-sept heures si je pensais être en mesure d'arriver à temps. Je l'ai entendue faire clic clic avec son stylo tandis que je consultais les horaires des trains, le téléphone coincé contre mon épaule, puis je lui ai dit que c'était bon.

La salle d'attente était sombre et m'a paru étouffante, parce que j'avais couru presque tout du long depuis la gare de Paddington, dans un manteau trop épais pour le mois de mai. La même secrétaire m'a dit qu'en temps normal il fallait prévoir un temps d'attente assez long, mais que le docteur n'en avait que pour une minute, ce qui était là encore extrêmement rare. Je suis restée debout et j'ai joué à un jeu que mon père avait inventé pour moi au début : comment améliorer cette pièce en n'en retirant qu'une seule chose ? J'ai choisi l'étiquette du prix visible sur le cyclamen, puis je me suis retournée en entendant une lourde porte s'ouvrir sur une épaisse moquette. Un homme portant un pantalon de moleskine, une chemise blanche et une cravate en tricot est sorti en disant : « Bonjour, Martha, je suis Robert. » Il m'a serré la main, avec fermeté, comme s'il avait présumé qu'elle ne serait pas molle.

Dans son bureau, il m'a dit de m'asseoir où je voulais, tandis qu'il s'installait dans un fauteuil ergonomique dont un des accoudoirs était plus large pour accueillir son carnet de notes, ouvert à une page vide à l'exception de mon nom. Je me suis assise et j'ai attendu tandis qu'il le soulignait. Puis, avec l'autre main, il a lissé sa cravate et j'ai vu que son index était enveloppé dans un pansement très blanc et professionnel. Il demeurait droit, séparé des autres doigts, dispensé de travailler.

Il a levé les yeux et m'a demandé de commencer du début. Pourquoi étais-je venue le voir ? Puis, après ma réponse, que j'ai trouvée inintéressante tout en parlant, est-ce que je me souvenais de la première fois où je m'étais sentie comme ça ?

Cyclonique, devenant agitée à très agitée. Occasionnellement calme.

J'ai commencé par le jour de la dernière épreuve du bac et je me suis arrêtée à neuf heures trente le matin même, lorsque j'avais sorti la poubelle et qu'une femme qui passait en tenant deux bambins par la main m'avait souri et dit que j'avais l'air aussi fatiguée qu'elle. J'étais restée immobile jusqu'à ce qu'elle soit partie, puis j'étais rentrée avec le sac-poubelle et je l'avais envoyé balader dans l'entrée. Il avait percuté le mur et explosé. J'ai dit que ce serait Patrick qui le trouverait parce que j'étais ici, qu'il se contenterait de tout nettoyer, les spaghettis, les coquilles d'œufs, et qu'après tout ce temps, il ferait encore comme si c'était un comportement normal pour une épouse.

Robert m'a demandé si je balançais beaucoup d'objets ou si je faisais d'autres choses que je ne considérais pas, « pour reprendre votre terme, comme normales ».

Je lui ai parlé de la fois où j'avais soulevé un pot en terre cuite et où je l'avais fracassé contre le mur du jardin. Des fois où j'avais frappé si violemment le carrelage de la cuisine avec mon téléphone que je m'étais enfoncé des bouts de verre dans la main, où j'avais lancé le sèche-cheveux sur Patrick en lui faisant un bleu, où j'avais délibérément embouti ma voiture contre une barrière métallique dans un parking, où je m'étais tapé la tête contre le mur, encore et encore, parce que ça me faisait du bien, des jours où je n'arrivais pas à me lever, des nuits où je n'arrivais pas à m'endormir, des livres que j'avais déchirés et des vêtements que j'avais déchiquetés. À l'exception du sèche-cheveux, tout cela était assez récent.

Je me suis arrêtée en disant qu'il ne s'attendait sans doute pas à tout ça et que ce n'était pas grave s'il ne savait pas comment m'aider. Après coup, j'ai ajouté : « Le plus drôle, pas drôle ha ha mais drôle bizarre, c'est que quand c'est terminé et que je me sens de nouveau normale, je vois les restes, des bris d'assiette dans la poubelle ou que sais-je, et je me demande qui a fait ça. Je ne peux réellement pas croire que ce soit moi. » Je lui ai parlé des crises vestimentaires d'Ingrid. Le fait qu'il continue à prendre des notes me touchait particulièrement. L'élégance de la chose, sans doute, le fait qu'il agisse comme si tout ça méritait d'être noté.

Il a tourné la page de son carnet et m'a demandé quels avaient été les diagnostics des précédents médecins. J'ai répondu « Mononucléose infectieuse, dépression clinique, puis, dans l'ordre… » et je les ai énumérés l'un après l'autre jusqu'à ce que ça devienne barbant et que je dise avec un petit rire : « Presque tout l'index du DSM, à vrai dire. »

J'ai cherché du regard le manuel de diagnostic des troubles mentaux qui était toujours exposé quelque part dans le bureau des médecins que je voyais. C'était devenu une forme assez sinistre du jeu *Où est Charlie ?* : tenter de repérer son dos rouge sang sur les étagères pleines de manuels psychiatriques dont les titres semblaient volontairement menaçants. Mais il n'était pas là. J'ai éprouvé un nouvel élan de gratitude en me retournant et j'ai vu que Robert m'attendait.

« Ce qui m'intéresse le plus, c'est de savoir quel est *votre* diagnostic, Martha. »

J'ai hésité comme s'il fallait que je réfléchisse. « Je ne suis pas douée pour la vie. Apparemment, c'est plus difficile pour moi que pour les autres. »

Il a dit que c'était intéressant. « Mais compte tenu du fait que vous êtes venue ici aujourd'hui, vous devez penser qu'il existe une explication médicale. »

J'ai hoché la tête.

« Dans ce cas, que diriez-vous que c'est ? »

J'ai dit : « Dépression, sans doute, sauf que ce n'est pas constant. Ça démarre sans raison ou pour une raison qui paraît dérisoire. » Je me suis préparée à ce qu'il sorte le questionnaire plastifié de son tiroir, le tourne vers moi et me fasse faire mes « Toujours, parfois, rarement, jamais ».

Au lieu de cela, il a pris le temps de reboucher son stylo, l'a posé sur son carnet de notes et a dit : « Peut-être pouvez-vous me dire ce que vous ressentez quand vous vous retrouvez soudain dans les tranchées, en quelque sorte. »

Je le lui ai décrit de la façon dont je l'avais dépeint à Patrick la première fois qu'il y avait été confronté – ce jour d'été où nous n'étions pas encore ensemble – et tant de fois depuis. J'ai dit : « C'est comme aller au cinéma quand il fait encore jour et avoir un choc en sortant, car on ne s'attendait pas à ce qu'il fasse nuit.

« C'est comme être dans un bus où des inconnus assis de part et d'autre se mettent à se crier dessus, à se disputer par-dessus votre tête sans que vous puissiez sortir.

« C'est comme se retrouver soudain en train de dégringoler d'un escalier sans savoir qui vous a poussé, sans qu'il y ait personne derrière vous.

« C'est comme entrer dans le métro alors que le ciel est bleu, et découvrir une pluie battante en ressortant. »

Il a attendu un moment comme s'il en escomptait plus, puis a dit que c'étaient des descriptions très intéressantes et utiles.

J'ai rongé l'ongle de mon pouce, puis je l'ai observé une seconde et en ai arraché un bout qui ne s'était pas complètement déchiré. « En gros, c'est comme la météo. Même si on la voit venir, on n'y peut rien. Ça se produira de toute façon.

– La météo du cerveau, en quelque sorte ?

– On peut dire ça. Oui. »

Robert a dit : « Je suis vraiment désolé pour vous. Visiblement, vous avez beaucoup souffert. » J'ai hoché la tête en rongeant de nouveau mon ongle. « Est-ce que, par hasard, quelqu'un vous a déjà parlé de — —, Martha ? »

J'ai remué la main et dit non, Dieu merci. « C'est la seule chose que je n'ai pas, ou qu'on ne m'a jamais dit que j'avais. Quoique, à vrai dire, me suis-je souvenue en parlant, quand j'avais environ dix-huit ans, un jour, un médecin écossais a dit qu'il ne pouvait pas l'exclure, mais ma mère a dit que c'était absurde. Elle a dit que je me contentais de pleurer tout le temps, que je n'étais pas une cinglée qui se prend pour une héroïne antique et qui croit que Dieu lui parle via son appareil dentaire.

– Non, bien sûr. Mais si je peux me permettre – il a marqué une courte pause –, le genre de symptômes que votre mère a décrits en termes si fleuris n'existe que dans l'imaginaire collectif. Les véritables symptômes peuvent être… » Robert en a cité une douzaine.

J'avais commencé à avoir trop chaud et maintenant, j'avais l'impression que quelqu'un m'avait fourré un chiffon dans la gorge. J'ai dégluti. « Je n'ai pas vraiment envie de souffrir de — — », ai-je dit en me sentant bête, puis grossière.

Il a dit : « Je comprends. C'est une maladie mal comprise et qui, au sein de l'opinion publique, est indéniablement porteuse d'un certain…

– Pourquoi croyez-vous que c'est ça ?

– Parce que ça commence typiquement par… » Par une petite bombe qui explose dans votre cerveau à l'âge de dix-sept ans. « Et on a dû vous donner… » Robert a énuméré tous les médicaments que j'avais pris dans ma vie, tous ces noms familiers et oubliés depuis longtemps, puis m'a expliqué les raisons cliniques pour lesquelles ils avaient été inefficaces, peu efficaces, voire franchement néfastes.

J'ai encore dégluti tandis que les larmes qui me brûlaient les yeux depuis qu'il avait dit visiblement, vous avez beaucoup souffert commençaient à se répandre sur mes joues. Robert a saisi une boîte de kleenex et, comme elle s'est avérée vide, il a sorti son propre mouchoir et me l'a tendu par-dessus l'étendue de moquette qui nous séparait. Je me suis essuyé le visage et me suis demandé qui repassait les mouchoirs de cet homme.

Je lui ai demandé pourquoi personne d'autre n'y avait pensé, à part le médecin écossais qui n'en était même pas sûr.

« Je dirais que c'est parce que vous avez réussi à gérer ça si bien pendant de nombreuses années. »

Je n'ai pas pu m'arrêter de pleurer, car la seule chose que je croyais avoir réussi, c'était à être une personne trop sensible et difficile à vivre. Robert s'est levé et m'a versé un verre d'eau. Je me suis forcée à me redresser et à dire merci. J'en ai bu la moitié, puis j'ai dit — — à haute voix pour voir ce que ça faisait de m'appliquer ce terme à moi-même.

Il est retourné s'asseoir, a lissé sa cravate et a dit : « Je pense que c'est ça, oui.

– Bon. » J'ai inspiré lentement puis expiré. « Espérons que c'est une de ces saletés qui passent en vingt-quatre heures.

– Il y en pas mal qui traînent en ce moment, a plaisanté Robert en souriant. Seriez-vous prête à essayer ce que je prescris généralement pour ça, Martha ? Ça a tendance à être très efficace. »

J'ai dit d'accord et j'ai contemplé par la fenêtre les bâtiments victoriens de l'autre côté de Harley Street tandis qu'il commençait mon ordonnance. Ils étaient tellement beaux. Je me demandais s'ils avaient été construits pour des gens malades. Il me semblait qu'on ne se serait pas donné tant de mal si ça avait été le cas. Je me suis retournée en entendant Robert dire : « Veuillez m'excuser de ne pas taper très vite. J'ai eu une altercation avec une tomate. » Je lui ai demandé s'il avait fallu des points. En chargeant l'imprimante, il a dit une demi-douzaine, en fait.

À la fin, nous nous sommes rejoints devant la porte et Robert a dit qu'il serait ravi de me revoir dans six semaines. J'aurais voulu dire autre chose que merci, mais tout ce que j'ai trouvé, c'est « Vous êtes quelqu'un de bien », et nous nous sommes tous les deux sentis gênés. Après lui avoir de nouveau serré la main, je suis vite retournée dans la salle d'attente.

La secrétaire m'a fait payer en disant : « Le docteur vous a gardée le temps de deux rendez-vous, mais il ne vous en a facturé qu'un. »

Je lui ai demandé si c'était rare. Elle m'a dit extrêmement.

*

Dehors, j'ai enfilé mon manteau pour me prémunir d'une brume humide et je me suis dirigée lentement vers la pharmacie située sur Wigmore Street. En chemin, je me suis arrêtée au milieu du trottoir et j'ai sorti mon téléphone. Un homme venant vers moi à trottinette a dû faire une embardée pour m'éviter. Il a lâché putain fais gaffe. Je me suis enfoncée dans l'entrée d'un restaurant fermé et j'ai googlisé — —. J'ai cliqué sur un site médical américain qui présentait toutes ses informations sous forme de quiz ou d'articles dont les titres ressemblaient à ceux d'un vulgaire magazine féminin si on les imaginait avec des points d'exclamation. Ingrid l'avait utilisé jusqu'à ce qu'Hamish le bloque sur son navigateur, car quels que soient les symptômes qu'on indiquait, on avait toujours un cancer.

Je me suis assise sur la marche et j'ai fait défiler.

— — : symptômes, traitements et plus !

— — : info ou intox !

— — : neuf aliments à éviter !

J'aurais aimé que ma sœur soit avec moi pour qu'elle prenne mon téléphone et fasse semblant de lire la suite. Nos recettes minute pour les personnes atteintes de — — ! Un ventre plat en cinq semaines pour les femmes souffrant de — —. Vous vous croyez atteinte de — — ? Et si ce n'était qu'un cancer ?

J'ai passé en vitesse — — et grossesse parce que je savais déjà ce que ça dirait et j'ai cliqué sur Symptômes de — — : combien en connaissez-vous ? Je les connaissais tous. Si ça avait été un jeu télévisé, j'aurais pu gagner une voiture.

*

Je suis sortie de la pharmacie et, en arrivant à la gare de Paddington, je me suis rendu compte que je n'avais pas envie de rentrer. J'ai décidé d'aller à Notting Hill à pied. Je n'avais pas de raison d'y aller, sinon que ça prendrait beaucoup de temps. Il commençait à faire sombre quand je suis arrivée à l'entrée de Kensington Gardens. J'ai marché le long de la piste cyclable en attendant de pleurer. Le flacon de pilules cliquetait à chaque pas dans mon sac. Je n'ai pas pleuré. J'ai juste levé les yeux vers les arbres dont les branches noires dégoulinaient de pluie en serrant le mouchoir sec de Robert dans ma poche.

Au bout de l'allée principale, j'ai repensé au jour où Patrick avait accidentellement frappé Ingrid à la poitrine quand nous étions ados ; maintenant, dans notre maison de standing, il nettoyait les saletés que j'avais laissées en attendant que je rentre de Dieu sait où.

J'ai sorti mon téléphone en marchant. Contacts, favori, Patrick sous l'intitulé MARI. Je ne savais pas ce qu'il allait dire ni ce que j'espérais qu'il dise. Chemin faisant, je l'ai imaginé me prenant dans ses bras, me demandant si ça allait. Choqué, contestant le diagnostic de Robert, disant qu'évidemment il fallait un deuxième avis. Ou « Maintenant que j'y pense, c'est logique ». J'ai rangé mon téléphone et j'ai quitté le parc à la première sortie.

La nuit venue, j'ai remonté Pembridge Road en direction de Ladbroke Grove, puis obliqué vers Westbourne Grove. Le supermarché bio où j'avais travaillé avec Nicholas était devenu une clinique spécialisée dans l'épilation laser et les injections cosmétiques. Les boutiques et le bar de chaque côté étaient encore ouverts, mais j'étais trop mouillée pour y entrer. Je suis juste restée là un instant, entendant mon cousin dire : « Dans l'idéal, il vaudrait mieux essayer de comprendre la raison pour laquelle tu t'obstines à foutre le feu à ta maison. » J'ai fait demi-tour et repris le chemin de la gare, me laissant entraver par des touristes traînards parce que je n'avais toujours pas envie de rentrer.

*

Dans le train qui me ramenait à Oxford, j'ai appelé Goldhawk Road, pensant entendre la voix de mon père.

J'avais déjà essayé d'appeler Ingrid de Paddington pour lui parler du rendez-vous. Son répondeur disait *Je ne peux pas répondre pour l'instant*. Épuisée, je voulais écouter mon père parler d'un sujet inintéressant, sachant qu'il continuerait tant que je dirais ah vraiment à intervalles réguliers.

C'est ma mère qui a répondu. Elle a aussitôt dit : « Il est allé à la bibliothèque. Rappelle plus tard. »

En tant que source de réconfort, j'ai toujours placé ma mère plusieurs échelons en dessous du dernier recours. C'est drôle, quand j'y repense, la formule qui m'est venue à l'esprit : à la guerre comme à la guerre.

J'ai dit : « On pourrait discuter un peu. »

Ma mère a pris un ton exagérément choqué. « Vraiment ? Bon. Qu'est-ce que tu deviens ? C'est comme ça qu'on entame ce genre de conversation, non ? »

J'ai dit : « Je suis dans le train, je reviens de Londres. Je suis allée voir un psychiatre.

– Pourquoi ? »

Je lui ai dit que je ne savais pas trop.

C'est drôle, quand j'y repense, parce que la guerre, c'était elle. Prête à éclater.

« Bon, j'espère que tu n'as pas cru un mot de ce qu'il a dit. Je n'ai jamais vu un psychiatre qui ne raconte pas de conneries. Ils veulent qu'on soit tous fous. Forcément, c'est dans leur intérêt. »

Elle savait. Aussitôt, ma main s'est crispée sur le téléphone, envoyant une petite décharge dans mon bras.

Ma mère a dit : « Tu es toujours là ?

– Tu te souviens quand j'avais dix-huit ans – la salive affluait dans ma bouche comme quand on va vomir – et que tu m'as emmenée voir un médecin qui a dit que je souffrais de — — ? »

Ma cuisse droite s'est mise à trembler. J'ai essayé de l'arrêter avec ma main.

« Non.

– Il était écossais. En sortant, tu as fait exprès de renverser son portemanteau et tu as refusé de payer. Sa secrétaire nous a pourchassées jusqu'à la voiture. »

Ma mère a dit : « Admettons que je m'en souvienne…

– Pourquoi tu étais tellement en colère ? »

Il y a eu un silence et j'ai regardé mon écran pour voir si elle avait raccroché. Mais la minuterie défilait et j'ai reposé le téléphone contre mon oreille.

Finalement, elle a dit : « Parce qu'il essayait de te coller une horrible étiquette.

– N'empêche qu'il avait raison. N'est-ce pas ?

– Qu'est-ce que tu en sais. »

Ce n'était pas une question. Elle a dit ça comme un enfant lors d'une dispute entre frères et sœurs. Qu'est-ce que tu en sais.

Je lui ai dit que ça n'avait pas d'importance. « Tu savais qu'il avait raison. Tu l'as toujours su et tu n'as rien dit. Pourquoi tu m'as fait ça ? »

Maintenant, j'avais les deux jambes qui tremblaient.

« Je ne t'ai rien fait. Je t'ai dit, je ne voulais pas que tu passes ta vie entière avec cette horrible étiquette. En réalité, je l'ai fait pour toi.

– Le truc, c'est que les étiquettes sont bien utiles quand elles sont vraies, ai-je poursuivi sans la laisser m'interrompre, parce que ça évite de s'en coller des fausses, comme folle ou difficile à vivre ou psychotique ou mauvaise épouse. »

C'est là que je me suis mise à pleurer pour la première fois depuis que j'avais quitté le cabinet de Robert. J'ai baissé la tête pour que mes cheveux me cachent le visage, mais ma voix devenait de plus en plus forte.

« Depuis que je suis adulte, je n'ai pas arrêté de me demander ce qui n'allait pas chez moi. Pourquoi tu ne me l'as pas dit ? Je ne crois pas à cette histoire d'étiquette. Je ne te crois pas. » Un homme assis de l'autre côté de l'allée s'est levé et a entraîné son fils et sa fille deux sièges plus loin. « Tu étais bien contente que ce soit autre chose. Tu m'as laissée penser que c'était de la dépression et tout ce que les médecins m'ont dit. Pourquoi pas ça ? Pourquoi tu n'as pas… »

Là, elle m'a coupée. « Je ne voulais pas que ce soit vrai. C'est une maladie détestable. Elle a ravagé notre famille. La mienne et celle de ton père. Crois-moi, j'ai vu ses effets, et je ne pouvais pas supporter l'idée que tu l'aies aussi. Je ne pouvais pas. Si ça fait de moi une mauvaise mère…

– Qui ?

– Comment ça ?

– Qui dans notre famille ? »

Ma mère a soupiré et commencé à répondre du ton las de quelqu'un qui entame une liste dont il sait qu'elle sera longue. « La mère de ton père, sa sœur que tu n'as jamais rencontrée. Une de mes tantes, sans doute les deux. Ma mère, dont je peux bien t'avouer maintenant qu'elle n'est pas morte d'un cancer. Elle est entrée dans la mer en plein mois de février. »

Elle s'est arrêtée puis, l'air épuisé, a ajouté : « Et probablement…

– Toi. »

Elle a dit oui. « Moi.

– Mais c'est plus que probable.

– Oui. Plus que probable. »

Par la fenêtre, la banlieue de Londres avait cédé la place à la campagne. Le train a ralenti et a stoppé sur une portion de voie illuminée. Une nuée d'oiseaux s'est envolée d'un arbre nu. Je les ai regardés jusqu'à ce que ma mère dise enfin : « Que veux-tu que je fasse ? »

La nuée s'est scindée en deux, a fait un looping dans le ciel et s'est ressoudée. « Tu peux arrêter de boire. » J'ai raccroché, convaincue que ma mère avait déjà fait de même.

Je me sentais en loques. Pendant le reste du trajet, mon esprit a retracé mes périodes de maladie. Les souvenirs arrivaient dans le désordre. J'ai essayé d'y localiser ma mère, mais elle n'était jamais là. En arrivant à la gare, je lui ai envoyé un texto lui demandant de ne rien dire à Ingrid ni à mon père. Elle n'a pas répondu.

*

J'ai pénétré dans la maison de standing et je suis allée à la cuisine. Patrick et un certain nombre de collègues étaient assis autour de la table. Il y avait des bouteilles de bière devant eux. Quelqu'un avait ouvert un paquet de chips en le déchirant sur toute la longueur. Ce n'était plus qu'un carré argenté et gras où ne restaient que quelques miettes.

Patrick a dit salut Martha, s'est levé et est venu vers moi en faisant à leur insu un geste qui signifiait qu'il m'avait bien sûr prévenue de cet événement, mais que j'avais évidemment oublié. J'ai détourné la tête de sa tentative de baiser et il s'est rassis, l'air incertain.

En s'ouvrant une autre bière, l'un des médecins m'a dit que j'avais le droit de me joindre à eux. Un autre a dit que c'était une bonne idée, vu qu'ils étaient juste là pour décompresser. Tous les autres médecins ont manifesté leur accord, tous ces crétins, crétins de médecins bons à rien, avec leur confiance doctorale et leur capacité doctorale à s'approprier une pièce et l'air qu'elle contenait, à me dire ce que j'avais le droit de faire et à décider pour moi de ce qui était une bonne idée. J'ai dit non merci et je me suis précipitée à l'étage, les laissant discuter avec assurance de ce qu'ils savaient, bien que je n'aie jamais rencontré aucun médecin, sauf un, qui sache de quoi il parlait. Pas même Patrick. Mon propre mari, pourtant médecin, n'avait pas compris ce que j'avais. Depuis tout ce temps.

J'ai pris une douche. Après, je suis restée plantée au milieu de la salle de bains, sans serviette, toute dégoulinante, à regarder les plantes, la bougie à soixante livres, les flacons de choses et d'autres. Rien de tout ça n'était à moi. Tout avait été choisi par une femme qui, pour autant qu'elle sache, ne souffrait pas de — —, une femme qui croyait seulement ne pas être douée pour la vie.

Quand Patrick est monté, j'ai fait semblant de dormir. Le lendemain matin, après son départ, j'ai sorti un des nouveaux comprimés du flacon qui était toujours dans mon sac. Il était minuscule et rose pâle. Dans la cuisine, j'ai rempli ma main d'eau du robinet, je l'ai gobé façon « Gâââteaux ! » et je suis sortie faire un tour.

Tout au long du chemin, j'ai repensé au diagnostic. Au fait que grâce à lui, le mystère de mon existence avait été élucidé. Cette maladie avait déterminé le cours de ma vie. On l'avait cherchée sans la trouver, devinée de façon toujours erronée, soupçonnée et écartée. Mais elle avait toujours existé. Elle avait façonné toutes les décisions que j'avais prises. Elle m'avait dicté ma façon d'agir. C'était elle qui me faisait pleurer. Quand je criais sur Patrick, c'est elle qui mettait les mots dans ma bouche ; quand je balançais des objets, c'est elle qui actionnait mon bras. Je n'avais pas eu le choix. Chaque fois qu'au cours des deux dernières décennies, je m'étais observée et j'avais vu une étrangère, c'était vrai. Ce n'était jamais moi.

Plus je marchais, moins j'arrivais à comprendre comment on avait pu passer à côté. Ce n'est pas une maladie rare. Ses symptômes sont visibles. Ils ne peuvent être masqués par la personne qui subit ses affres. En tant qu'observateur, Patrick aurait dû trouver ça évident depuis le début.

*

En rentrant ce soir-là, il s'est excusé que je ne me sois pas souvenue de la soirée de la veille. J'étais debout devant l'évier, en train de remplir un verre. J'ai regardé par-dessus mon épaule et je l'ai vu hésiter sur le pas de la porte, un sac en plastique à la main. Il m'a demandé comment s'était passée ma journée. J'ai dit bien et j'ai fermé le robinet. Là, avec son sac en plastique, il m'est soudain apparu comme quelqu'un d'inintelligent. Quelqu'un d'incertain, d'incurieux. Je lui ai demandé de se pousser et il a fait un pas de côté. Il a dit pardon quand je l'ai cogné avec mon coude en passant et j'ai été emplie de dédain pour cet homme si gentil, si obéissant, si aveugle.

Mon père m'a appelée pour me demander si je voulais venir en ville déjeuner avec lui. J'ai pensé qu'il voulait parler de ce que ma mère lui avait raconté et de la dispute que j'avais eue avec elle dans le train, car il a précisé d'emblée qu'elle ne serait pas là, comme s'il savait que je refuserais si elle y était.

Pendant la semaine qui s'était écoulée depuis mon rendez-vous, j'avais pensé constamment à elle, ayant des conversations et des coups de téléphone avec elle dans ma tête, griffonnant des lettres où j'énumérais chacun de ses crimes, tout le mal qu'elle avait fait à ma sœur, et à moi, et à mon père, aussi loin que je me souvienne. Des pages sur son manquement à ses devoirs de mère, sur le fait qu'elle ait choisi de fabriquer des statues hideuses avec des ordures plutôt que de s'occuper de nous. Sur ses beuveries, ses chutes, sa cruauté stupide envers Winsome, sur le fait qu'elle était grosse et sans importance, qu'elle m'avait fait honte toute ma vie et que je ne voulais plus jamais la revoir.

Patrick n'arrêtait pas de me demander si ça allait. Il n'arrêtait pas de me dire que je semblais un peu préoccupée. Un peu stressée. Il se demandait s'il s'était passé quelque chose. Mais ma mère ne laissait aucune place pour lui ; le fait qu'il n'ait pas compris qu'il y avait un problème était tellement moins grave que sa volonté à elle de faire comme s'il n'y en avait pas, sa détermination à ne rien voir pendant des décennies.

Je lui ai dit d'arrêter de poser des questions et il l'a fait, me laissant libre de penser à ma mère à l'exclusion de toute autre chose, de jour comme de nuit. Tout ce qui touchait à Patrick – lui annoncer que j'étais atteinte de — — et sa possible réaction à cette annonce – était devenu sans importance pour moi. Tout ce que je voulais, c'était haïr ma mère, la punir et dénoncer ce qu'elle avait fait. J'ai accepté l'invitation à déjeuner.

*

Quand je suis arrivée, mon père était dans la cuisine en train de beurrer des sandwichs. Nous les avons montés dans son bureau et nous nous sommes assis sur le canapé sous la fenêtre, nos assiettes sur les genoux. Il m'a demandé ce que j'avais lu dernièrement. Je n'avais rien lu, alors j'ai dit *Jane Eyre*. Il m'a dit qu'il devrait le relire lui aussi, puis, après une brève hésitation : « Tu sais, ta mère n'a pas bu une goutte d'alcool cette semaine. Ça fait presque six jours. »

Me crispant, j'ai dit « Vraiment. Eh bien, savais-tu que ma mère… », puis je me suis arrêtée. Son visage était si ouvert. Il semblait si certain que cette nouvelle me réjouirait. Que ça méritait d'être signalé. « Savais-tu qu'elle… »

Il a attendu et, au bout d'un moment, ma réponse toujours en suspens, il a pris son sandwich. Un petit morceau de concombre s'en est échappé. Il a dit zut. C'était insupportable. Ce n'était pas à lui que je voulais faire du mal, c'était à elle. De façon directe, pas à travers lui. J'ai juste dit : « Six jours, ce n'est pas son record personnel. »

Mon père a soulevé un coin du pain et a remis le concombre dedans. « Sans doute pas, en effet.

– Bon, tu veux parler de — — ?

– De quoi ?

– Du diagnostic de mon nouveau médecin. »

Il s'est excusé, a dit qu'il avait un trou.

Ma mère ne lui avait rien dit. J'ai supposé l'espace d'un instant que c'était pour respecter ma demande. Mais bien sûr que non. Je me suis sentie extrêmement fatiguée.

Mon père a dit : « Il va falloir me donner un indice. »

J'ai commencé à lui raconter ce que Robert avait dit.

L'intérêt qui se lisait sur son visage s'est transformé en inquiétude puis en profond chagrin tandis que je poursuivais. Il a dit mon Dieu. « Oh mon Dieu. » Encore et encore. J'ai senti qu'il ne demandait qu'à me croire quand j'ai dit, en guise de conclusion, que c'était bien, parce que ça voulait dire que je n'étais pas folle.

Il a dit oui, en effet. « C'est certain, et à ce qu'il paraît, ça touche surtout les gens brillants. D'ailleurs – il a écarté son assiette et s'est levé pour aller vers son énorme et vieil ordinateur, acheté avec l'argent de la bague de fiançailles de Jonathan –, allons jeter un coup d'œil. »

Il a tapoté sur le clavier avec ses index en prononçant lentement à haute voix : « Personnes… célèbres… atteintes de… — —. » Il a enfoncé une dernière touche et levé les yeux vers l'écran, les plissant pour observer le diaporama qui se présentait à lui. Je l'ai regardé tenter, avec effort, de guider la souris vers sa cible. Et je me suis sentie heureuse, sans raison, sinon que j'étais avec lui, dans cette pièce où nous avions passé tant de temps et où je m'étais toujours sentie bien, s'il n'y avait que nous.

Il a cliqué et dit « Tiens, regarde. En plein dans le mille », en me lisant le nom de l'artiste célèbre apparu en premier. J'ai regardé sa photo en noir et blanc et dit que c'était un choix curieux : l'artiste était assis au bord d'un lit, un fusil à la main. « Il ne s'est pas tiré une balle dans la tête ? »

Mon père a saisi la souris. Un autre artiste mort est apparu, puis un compositeur mort et deux écrivains morts tandis qu'il continuait à cliquer, de plus en plus vite, à la recherche d'un meilleur exemple. Un politicien mort et un présentateur de télévision mort. J'observais, consciente que j'aurais dû être perturbée par ce défilé de suicides en ligne, mais non. Malgré tout ce que cette maladie m'avait fait, je lui avais échappé. Des gens plus brillants, célèbres ou inconnus, n'y étaient pas arrivés alors qu'ils avaient tout fait pour sauver leur peau et que j'en avais fait si peu. Je ne méritais pas d'être en vie à leur place. Ils avaient souffert et perdu. Je m'étais entendu dire par un médecin que j'avais géré ça très bien. Je n'aurais pas dû avoir autant de chance.

Après une série d'acteurs morts, mon père a jeté un coup d'œil par-dessus son épaule et dit d'une voix désespérée : « C'est qui, ça ?

– C'est un humoriste qui a été accro aux antalgiques. Mais il est toujours vivant, c'est déjà ça.

– Oui. » Mon père a eu un pâle sourire, s'est retourné vers l'écran et a sauté la photo d'une pop star qu'il ne connaissait pas non plus. Puis il s'est affalé sur sa chaise et a prononcé le nom d'un poète américain qui était mort, mais de causes naturelles. Épuisé, mais gratifié, il a dit : « Tiens, lui aussi, je ne savais pas.

– Génial, ai-je répondu en riant.

– Mais oui, c'est génial. Ma fille et l'architecte du postmodernisme ! »

Je lui ai proposé d'aller faire du café et il a bondi de sa chaise et filé avant moi vers la cuisine.

*

En fin d'après-midi, sur le point de partir, devant la porte, j'ai serré mon père dans mes bras et, la joue encore appuyée contre sa poitrine, son gilet de laine à la texture et à l'odeur si familières, j'ai dit : « S'il te plaît, ne parle à personne du diagnostic. Ni à Ingrid, ni à personne. Je ne l'ai pas encore dit à Patrick. »

Il s'est reculé. « Pourquoi ? »

J'ai baissé les yeux et lissé un pli dans le tapis du couloir avec mon pied.

« Martha ?

– Parce que. J'étais occupée.

– N'empêche, même si… – mon père a hésité, cherchant une façon plus aimable de dire ne mens pas, tu n'es jamais occupée – … quoi qu'il en soit, c'est plus important que tout le reste. C'est ça, le plus important. Pour tout dire, je suis un peu surpris. »

J'avais déjà commis tant de crimes envers lui, mais pas une seule fois il n'avait été en colère contre moi. Et voilà qu'il l'était soudain, pour un crime commis par quelqu'un d'autre.

« Eh bien, ai-je fait, pour tout dire – mon père a tressailli au ton de ma voix – je n'ai pas eu le temps de parler à Patrick parce que j'essayais de digérer le fait que ta femme détenait cette information depuis le début et a décidé de la garder pour elle. Du genre oui, ma fille a été régulièrement souffrante pendant la majeure partie de sa vie et peut avoir un côté légèrement suicidaire, mais pourquoi l'accabler avec la raison de ce mal-être. Je suis sûre que ça finira par s'arranger. » À voir son visage, je n'aurais su dire si mon père était toujours choqué de m'entendre parler ainsi, ou incrédule, ou chamboulé parce qu'il savait que c'était vrai. Il a seulement dit Martha, Martha tandis que je le bousculais pour m'en aller, fermant la porte avec trop de vigueur. Le fait que je n'aie rien dit à Patrick n'avait pas semblé blâmable jusque-là. Je ne m'étais pas sentie coupable. Mais en marchant jusqu'à la station, lourde de rancœur, j'en ai voulu à ma mère pour ça aussi.

*

Alors que le métro quittait le tunnel pour une portion en surface, mon téléphone a sonné dans mon sac. J'ai répondu et la secrétaire de Robert m'a dit que le docteur souhaitait me parler, si je voulais bien patienter.

J'ai attendu, en écoutant un extrait énervant du *Messie* de Haendel, jusqu'à ce qu'il y ait un clic et que j'entende Robert dire bonjour, Martha. Il espérait qu'il ne me dérangeait pas, mais il s'était rendu compte ce matin, en relisant ses notes, qu'il avait oublié de me poser une des questions rituelles avant d'établir son ordonnance, oubli dont il était terriblement désolé, mais qui ne présentait aucun danger dans le cas présent.

Le métro arrivait à la station suivante et je l'ai à peine entendu par-dessus l'annonce enregistrée. Je me suis excusée et lui ai demandé s'il pouvait répéter.

Il a dit bien sûr. « Vous n'êtes pas enceinte et n'avez pas de projet de grossesse ? J'ai omis de vous le demander lors de la consultation. »

J'ai dit non.

Impeccable. C'était bien ce qu'il pensait. Aucun changement n'était requis en termes de traitement, il devait simplement vérifier pour compléter mon dossier, et il n'allait pas me retenir plus longtemps.

Par-dessus le signal sonore des portes, j'ai dit excusez-moi. « Juste pour savoir, ça aurait une importance si je l'étais ? »

Il a dit pardon ?

Un groupe d'adolescents tentait d'entrer trop tard dans le wagon. L'un d'eux a forcé les portes et les a maintenues tandis que les autres se faufilaient sous ses bras. Je n'ai pas eu conscience de me lever, mais je l'ai entendu me traiter de salope quand je l'ai poussé pour pouvoir descendre.

Sur le quai, j'ai redemandé à Robert si ça aurait une importance que je sois enceinte sous ce traitement.

« Pas le moins du monde, non. »

Le métro s'est ébranlé et dans le silence total qui est retombé, je l'ai entendu dire : « Tous les médicaments de cette catégorie, et en particulier les versions qui vous ont été prescrites par le passé, sont parfaitement sans danger. »

Je lui ai demandé s'il voulait bien attendre un instant tandis que je cherchais un endroit où m'asseoir. Au lieu de ça, je me suis penchée au-dessus d'une poubelle et j'ai craché dedans en tenant mon téléphone aussi éloigné que possible. Rien n'est sorti, bien qu'une épaisse sensation de nausée soit apparue au fond de ma gorge.

Robert m'a demandé si quelque chose n'allait pas. Il y avait une rangée de sièges à côté de la poubelle. Je suis allée m'asseoir, mais j'ai raté le bord et je suis tombée sur le coccyx. Le quai était maintenant désert. Je suis restée là sur le sol crasseux. « Non. Désolée. Tout va bien. »

Il a dit parfait. « Mais si vous deviez éprouver de l'inquiétude par la suite, je peux vous assurer qu'il n'y a absolument aucun danger pour la mère et le bébé. Au stade pré- et post-natal. Par conséquent, si ce traitement fonctionne et que vous décidez ultérieurement d'entamer une grossesse, vous n'aurez pas besoin de l'interrompre. »

C'était comme dans un rêve où on essaie de se lever mais où on n'y arrive pas, où on essaie de s'enfuir mais nos jambes ne bougent pas. J'ai essayé de lui répondre, mais aucun mot n'est sorti. Au bout d'un moment, Robert m'a demandé si j'étais toujours là.

J'ai dit je ne veux pas d'enfant. « Je serais une mauvaise mère. »

Je ne me souviens pas comment a débuté sa réponse, seulement qu'il a terminé en disant : « Si cette croyance est liée à la sensation d'être instable ou de représenter un risque pour un enfant, je dirais seulement que cette maladie ne vous disqualifie nullement pour devenir mère. J'ai beaucoup de patientes qui ont des enfants et s'en sortent très bien. Je ne doute pas que vous fassiez une excellente mère, si tel est votre souhait. Ce n'est vraiment pas une raison pour renoncer à la maternité. »

Je lui ai dit que je ne pouvais rien imaginer de pire et j'ai ri gaiment tout en serrant le poing. Je me suis frappé la tête. Ça ne m'a pas fait assez mal. J'ai recommencé. Il y a eu une étincelle blanche derrière mon œil gauche.

Robert a dit certes, certes. « Je suis là, si jamais vous changez d'avis. »

Un autre métro arrivait. Je l'ai regardé progresser vers moi. Une minute plus tard, j'étais debout dans un wagon bondé, le regard dans le vide, me laissant balloter d'avant en arrière tandis qu'il cahotait sur les rails et filait à travers l'obscurité totale du tunnel.

*

Il y avait un taxi garé devant la maison de standing. Patrick se tenait à côté du coffre ouvert, essayant d'aider le chauffeur à mettre sa valise dedans.

En me voyant, il a laissé le chauffeur la prendre, puis a trottiné vers moi, l'air inhabituellement irrité. « J'ai cru que je ne te verrais pas avant de partir. Tu as vu mes appels ? »

J'ai dit non et inventé une raison pour expliquer pourquoi, mais l'attention de Patrick s'était reportée sur ce qu'il venait de remarquer sur le côté de mon visage.

« Qu'est-ce qui t'est arrivé ?

– Je sais pas. »

Il a tendu la main pour toucher. Je lui ai donné une tape et me suis mise à rire.

« Martha, qu'est-ce qui se passe ? » De dépit, il a dit pour l'amour de Dieu, ce qui m'a fait encore plus rire.

« Arrête, Martha. Je ne plaisante pas. Arrête. J'en ai assez.

– De quoi ? De moi ?

– Non, que diable. »

Ça aussi, c'était très drôle.

Alors il s'est mis en colère et a dit : « Je m'en vais, on ne va pas se voir pendant deux semaines. Tu ne peux pas être un peu normale ? »

Là, j'ai été submergée par l'hilarité. J'ai dit « Je ne sais pas, Patrick. Je ne sais pas ! Tu sais, toi ? Moi, je ne sais pas. C'est un mystère. Un mystère total ! » et je suis entrée dans la maison, suffisamment libérée par cet échange pour pouvoir haïr à la fois ma mère et mon mari, comme je l'ai fait à partir de cet instant. De façon intentionnelle ou non, ils avaient tous deux foutu ma vie en l'air.

Ce soir-là, j'ai pris ma pilule rose, bien que ça n'ait plus beaucoup d'importance que j'aille mieux.

Patrick est parti dix jours. Il m'a envoyé des textos. Je n'ai pas répondu, sauf pour dire que j'allais chez Ingrid pour une semaine, ce à quoi il a répondu *Super, amusez-vous bien*.

À elle, j'ai dit pour quelques jours. Pour lui donner un coup de main. Aussi incroyable que cela puisse paraître, elle avait trop désespérément besoin d'aide pour en demander. Elle était perpétuellement fatiguée, et quand elle n'était pas en larmes à cause des enfants, elle s'en prenait à Hamish. La maison était en désordre et dans un vacarme permanent dû aux appareils, à la télévision, aux allées et venues de ses amies et de leur marmaille à longueur de journée, aux pleurs et aux claquements de porte la nuit ; j'étais parfaitement invisible. Même quand je n'arrivais pas à cantonner mon chagrin dans ma chambre, personne ne le remarquait. Je ne suis pas partie au bout de quelques jours. J'y étais encore quand Patrick est revenu. Il m'a envoyé un texto. J'ai dit qu'Ingrid voulait que je reste une semaine de plus.

Une seule fois, au cours de ce qui est devenu deux semaines puis trois, ma sœur m'a demandé comment j'allais, et elle n'a pas posé de questions quand j'ai dit que j'étais en pleine forme, ni cherché à en savoir plus. Je n'ai pas dit un mot de Robert ni de Patrick. Je lui ai dit que je ne parlais plus à notre mère et elle n'a pas demandé de détails, ayant elle-même cessé de lui parler tant de fois et pour tant de raisons au cours de sa propre vie.

Quand Patrick a débarqué chez elle, ça faisait un mois que nous ne nous étions pas vus. Il est entré par la porte ouverte et est arrivé dans la cuisine. Ingrid et moi étions assises à table, en train de faire manger les garçons.

Il a dit : « Il est temps de rentrer à la maison, Martha. »

Je n'avais pas l'intention de repartir avec lui, mais Ingrid s'est levée d'un bond, a dit oui, oui, bien sûr, et s'est mise à faire le tour de la pièce en ramassant tout ce qui était à moi. J'ai posé la fourchette au bout de laquelle se trouvait une rondelle de saucisse que j'essayais de faire entrer dans la bouche du cadet. Je croyais avoir été très utile. Le soulagement de ma sœur était si évident et elle m'assurait avec tant d'insistance que je pouvais partir maintenant et que Hamish m'apporterait mes affaires plus tard que je me suis levée et que j'ai suivi Patrick jusqu'à la voiture, chargée comme lui des diverses possessions qu'elle nous avait mises dans les bras.

*

Ma colère envers lui n'a pas diminué au cours des semaines qui ont suivi. Quand j'étais avec lui, elle devenait aiguë, alimentée par la manière dont il buvait son thé ou se brossait les dents, par sa sacoche de travail, la sonnerie de son téléphone, son linge sale au fond du panier, les cheveux sur sa nuque, ses efforts pour être normal, ses achats de piles et de bain de bouche, sa façon de dire tu as l'air malheureuse, Martha. Ça me rendait mesquine et titilleuse, méprisante ou dédaigneuse. Après, j'avais honte, mais sur le moment, je ne pouvais pas résister à ma colère. Même quand j'avais résolu d'être meilleure, de lui parler, une phrase bien commencée s'achevait dans le fiel. Et c'est pourquoi, en général, j'évitais d'être dans la même pièce ou même à la maison quand il était là.

Seule, j'éprouvais du chagrin. Un chagrin intense mais pas constant, et entre deux accès, je ressentais une étrange sérénité que je n'avais jamais connue auparavant. C'était, me suis-je dit, la sérénité d'un patient atteint d'un cancer qui s'est battu si longtemps qu'il est soulagé d'apprendre qu'il est arrivé en phase terminale, car il n'a plus à lutter et peut faire ce qu'il veut en attendant la fin.

La seule chose que Patrick ait dite en référence à ce nouvel état de fait est qu'il avait réalisé l'autre jour que ça faisait longtemps qu'il ne m'avait pas vue pleurer. Il a dit « Je suppose que tu as fini par user le mécanisme », ajoutant « ha ha » sans l'intonation.

C'était sa manière de me demander ce qui s'était passé. J'ai répondu : « Tu peux aller dormir dans une autre chambre ? »

*

Mon rédacteur en chef m'a envoyé un e-mail au sujet d'une de mes chroniques. C'était un lundi après-midi. J'ai compté après, dans mon agenda, que ça faisait six semaines que j'avais vu Robert.

L'objet du message était *Feedback*. Mon estomac ne s'est pas serré en lisant cet intitulé, ni la première phrase de ses nombreux paragraphes bourrés de coquilles. *Salut, sorry d'avoir mis du temps à répondre*. D'après lui, ça avait été la folie. *Bref*, poursuivait-il, *d'assez gros soucis avec celui-là, je crois que t'as manqué la cible, trop dur/cassant*. Il voulait que je recommence. Quelque chose de plus drôle & plus personnel. *Prends ton temps*.

J'ai regardé par la fenêtre les feuilles du platane, énormes et irisées sous le soleil. En revenant vers l'écran, mes yeux se sont posés sur une série de profondes entailles triangulaires dans le mur au-dessus de mon ordinateur. Je me suis demandé comment le précédent e-mail envoyé par mon rédacteur en chef avait pu susciter en moi tant d'humiliation, de peur, de fièvre et de nausée que je m'étais levée de la chaise où j'étais maintenant assise, dirigée vers le placard et emparée du fer à repasser et que, le brandissant au-dessus de ma tête, je l'avais enfoncé dans le mur pointe la première, encore et encore et encore. Cette fois, je me sentais extrêmement calme. J'ai juste dit oh. C'est là que j'ai su que j'allais mieux, que les pilules données par Robert étaient efficaces.

Je me suis retournée vers la fenêtre et j'ai regardé l'arbre un moment, puis j'ai réécrit ma chronique, racontant la fois où, ayant perdu mon gobelet réutilisable, j'avais dû boire mon café à emporter dans un shaker, parce que j'avais tellement déblatéré auprès du serveur contre les gens qui utilisaient encore des gobelets jetables et que c'était le seul substitut que j'avais pu trouver.

Le fait que j'aie pu me sortir cet e-mail de la tête, me remettre au travail et continuer jusqu'à ce que j'aie fini me semblait extraordinaire. Je ne pouvais pas envoyer la nouvelle version tout de suite, car mon rédacteur en chef aurait su qu'il ne m'avait fallu que quarante minutes pour produire six cents mots plus drôles & plus personnels. Je l'ai sauvegardée et j'ai entrepris d'écrire un e-mail à Robert.

Je voulais lui raconter ce qui venait de se passer. Je voulais lui dire que c'était la première fois que j'étais capable de décider comment réagir à un événement négatif, aussi insignifiant soit-il, au lieu de réagir avant d'en avoir pris conscience. J'ai dit que je ne savais pas qu'on pouvait choisir quoi ressentir au lieu d'être submergée par une émotion extérieure. J'ai dit que c'était dur à expliquer. Je ne me sentais pas différente, je me sentais moi-même. Comme si je m'étais trouvée.

J'ai tout effacé et envoyé une seule ligne disant que je me sentais mieux, que je lui étais reconnaissante et que je m'excusais pour cet e-mail. Puis j'ai tapé son nom dans Google.

*

Quelles que soient les bribes d'information personnelles qu'elle ait pu divulguer par inadvertance lors des innombrables heures que nous avions passées ensemble, je ne me serais jamais garée devant la maison de Julie Femme dans l'espoir d'acquérir de précieuses connaissances concernant sa vie. Peu m'importait qui elle était en dehors de sa chambre d'amis reconvertie. Mais après ça, Robert n'a pas quitté mes pensées pendant des jours. Je l'ai cherché sur Google Images et j'ai cliqué sur des photos prises à des conférences. J'ai lu des articles qu'il avait publiés dans des revues et regardé sur YouTube une longue présentation qu'il avait faite devant un parterre de psychiatres.

J'ai imaginé retourner à Londres, à Harley Street, au moment où il risquait de sortir de son cabinet, sachant que si je le voyais hésiter sur le trottoir, humer l'air nocturne en boutonnant son imperméable, je reculerais pour l'observer, en me demandant où il allait, qui l'attendait, et si dans le train, il se repasserait sa journée en repensant à chaque patient, délaissant le journal déployé devant lui.

J'étais consumée de désir de savoir ce que Robert pensait de moi ; si, après ma consultation, il avait parlé à sa femme – que j'avais rencontrée et tellement appréciée – d'une nouvelle patiente chez qui il avait diagnostiqué un cas de — —. Il est devenu crucial pour moi que Robert m'ait trouvée intelligente, amusante et originale et qu'il se souvienne de moi ainsi, bien que je n'aie rien été de tout ça pendant l'heure que j'avais passée dans son cabinet.

Tandis que j'envoyais ma chronique le vendredi matin, il a répondu. Quand j'ai vu son nom, mon cœur a donné un grand coup. Après avoir passé la semaine à tenter de l'imaginer, avoir la certitude de ce qu'il avait fait quelques secondes auparavant était tellement exquis que j'ai effectué une capture d'écran de ma boîte de réception et de l'e-mail après l'avoir lu. Il disait *Merveilleux, ravi de l'apprendre. Envoyé de mon iPhone.* Puis j'ai tout effacé, supprimé mon historique et je suis descendue. Le nom de Robert et sa réponse tenant en une seule ligne ne devaient pas être précieux au point que j'aie besoin de les conserver. Ce que je faisais depuis des jours était l'occupation d'une folle, et je n'étais pas folle ; je savais que Robert était juste une personne.

Mais si j'avais été démasquée, j'aurais dit que c'était parce qu'il m'avait sauvé la vie, et que la seule chose que je savais de lui était qu'un jour il s'était coupé en tranchant une tomate.

J'ai annulé le rendez-vous de suivi parce que je n'avais rien d'autre à dire.

Apparemment, ma chronique était pile-poil.

*

Après ça, tout est devenu normal. J'étais normale et j'en étais hyper-consciente. Ayant accidentellement cassé un objet, j'ai réagi comme une personne normale, par une contrariété qui n'a duré que le temps de ramasser les débris. M'étant brûlé la main, j'ai ressenti un niveau de douleur normal et j'ai été embêtée, et non furieuse, de ne pas trouver la pommade à mettre dessus. La maison et les objets qu'elle contenait n'étaient que des objets, dépourvus d'intentions maléfiques. Quand je sortais, je me sentais tellement normale que je me demandais si ça sautait aux yeux des autres. Je discutais dans les magasins. J'ai demandé à un homme si je pouvais caresser son chien. J'ai dit à une femme enceinte « Plus pour longtemps », et elle a ri et répondu : « Je n'en suis qu'à cinq mois. »

Et j'éprouvais un chagrin normal, proportionnel aux découvertes que j'avais faites et aux conséquences qui en découlaient. En vertu de quoi mon comportement envers Patrick était également normal. Toute personne témoin de l'affaire aurait été forcée d'admettre que dans ces circonstances, me comporter comme si je haïssais mon mari était parfaitement normal.

*

Un jour, en novembre, Patrick est venu dans le débarras tandis que je notais dans mon agenda la date de remise de ma prochaine chronique, fixée par le rédacteur en chef. Assise à mon bureau, je lui tournais le dos. Je l'ai senti monter et se planter derrière moi, regardant par-dessus mon épaule.

J'ai dit : « Tu pourrais éviter ? »

Il a fait remarquer que l'échéance tombait la veille de mon anniversaire. Il s'est demandé pourquoi je ne l'avais pas noté.

« Est-ce que les adultes ont l'habitude de noter *Mon anniversaire* dans leur agenda ? Pourquoi tu es venu ? »

Il a dit pour rien et j'ai cru qu'il allait s'en aller, mais au lieu de ça, il a reculé vers une chaise en rotin située dans un coin. Elle a craqué quand il s'est assis. Sans me retourner, je lui ai dit qu'elle n'était pas vraiment faite pour s'asseoir.

« Tu veux organiser une fête ? »

J'ai dit non.

« Pourquoi ?

– Je ne suis pas trop d'humeur à faire la fête.

– C'est tes quarante ans, quand même. Il faut attaquer la journée.

– Vraiment ?

– OK. Laisse tomber. » La chaise a craqué de nouveau quand il s'est levé. « Mais moi, je vais organiser quelque chose, parce que sinon, nous allons nous retrouver le jour J sans rien de prévu et tu vas me punir.

– D'accord. Donc, ai-je fait en me retournant pour le regarder pour la première fois depuis qu'il était entré, cette fête est plus une parade pour m'empêcher d'avoir les boules qu'une volonté de célébrer ta charmante épouse que tu aimes tant. »

Patrick s'est posé les deux mains sur la tête, les coudes écartés. « Je ne peux pas gagner. Vraiment pas. Je t'aime, c'est pour ça que j'essaie de faire quelque chose. Pour te rendre heureuse.

– Ça ne marchera pas. Mais fais ce que tu as à faire. »

Je lui ai de nouveau tourné le dos et il est parti, lâchant en sortant : « Parfois, je me demande si ça te plaît d'être comme ça. »

Il m'a envoyé une invitation par e-mail, la même qu'à tous les autres.

*

Nous ne nous sommes pas réellement reparlé jusqu'au moment où, dans la voiture, en revenant de la fête, je lui ai dit que sa façon de pointer le doigt vers les gens comme un flingue quand il leur proposait un verre me donnait envie de le buter.

Il a dit : « Tu sais quoi, Martha ? Et si on arrêtait de parler jusqu'à la maison ? »

J'ai dit « Et si on ne se parlait pas non plus en arrivant ? » et j'ai mis le chauffage à fond.

*

Quand je vois le fils aîné d'Ingrid, il me demande toujours : « Tu peux raconter comment je suis né par terre ? » Il dit que sa mère est trop fatiguée et que son père n'a vu que la fin. Il dit que ses frères ne croient pas que les bébés peuvent arriver par terre – ce qui signifie qu'ils devront eux aussi l'entendre encore une fois, mais séparément, après lui. Sur mes genoux, il pose une main de chaque côté de mon visage et me dit que je dois faire la version rigolote.

La dernière réplique lui revient. La dernière réplique est : « Mais ça ne plaisait pas à maman et c'est pour ça que des fois, on m'appelle Pas Patrick. »

Avant de descendre de mes genoux, il veut que je lui explique une dernière fois que Patrick n'était pas encore son oncle à l'époque, mais qu'il l'est devenu peu après. C'est un fait ahurissant à ses yeux. Cela semble le conforter dans la croyance que la nature même des choses repose sur son existence, mais il ne peut pleinement l'apprécier avant d'avoir reçu de moi l'assurance qu'elles ne peuvent pas revenir en arrière. Que Patrick sera toujours son oncle.

Le lendemain de la fête, Ingrid m'a appelée pour la disséquer, « comme à l'accoutumée ». J'étais toujours sur le canapé où Patrick m'avait laissée pour aller acheter le journal, croyant qu'il avait dit vrai et qu'il serait bientôt de retour. Elle m'a dit qu'elle s'était cachée dans la baignoire et qu'elle devrait raccrocher si ses enfants la trouvaient. Par-dessus le clapotis de l'eau, elle a noté les tenues des femmes par ordre croissant, de la pire à la moins moche, puis a parlé un moment de la nouvelle copine d'Oliver, qui s'était soûlée de façon spectaculaire et avait flirté avec Rowland. À la fin de la soirée, Ingrid l'avait vue ratisser la pièce à la recherche de verres abandonnés et, plus tard, se faire plaquer sur le parking. C'était bizarre, a-t-elle dit, que ce ne soit pas notre mère qui ratisse et prétende, alors qu'elle ne tenait plus debout, que quelqu'un avait corsé sa boisson – en y versant une bonne dizaine de verres, d'après Ingrid. À la fête, ma sœur ne m'avait pas demandé pourquoi notre mère n'était pas là et elle ne l'a pas fait non plus le lendemain. Son absence à un événement organisé en l'honneur de quelqu'un d'autre n'était pas remarquable en soi.

« Tu t'es bien amusée ? »

J'ai cru qu'elle me posait réellement la question et j'ai dit non.

« Oui. C'était assez évident. »

Je me suis sentie accusée et je lui ai dit que j'avais essayé.

« Ah oui, vraiment ? Quand ça ? Quand tu t'es enfermée dans les toilettes ou quand tu as regardé ton téléphone pendant mon stupide discours ?

– Souviens-toi s'il te plaît que je ne voulais même pas d'une fête, ai-je dit. Tout ça, c'était une idée de Patrick. Mais peu importe. »

J'ai entendu un fort bruit de succion, c'était ma sœur qui sortait du bain. Elle m'a dit de patienter une seconde, puis a poussé un profond soupir dans le téléphone avant de reprendre la parole. « Je sais que c'est le bordel entre Patrick et toi pour des raisons qui m'échappent, mais ce que je ne comprends pas, c'est que tu ne sois pas foutue de mettre ça en veilleuse le temps d'une soirée et de te dire oh et puis merde, c'est mon anniversaire, mon mari a tout organisé, tout le monde est là, je vais avaler une coupe de champagne et une olive et revenir à mes problèmes de couple demain. »

Je ne pouvais pas expliquer à Ingrid pourquoi je me comportais comme si je détestais Patrick sans révéler pourquoi, à ce stade, je le détestais vraiment. Et, soudain, j'ai été tellement épuisée, tellement épuisée d'être la méchante, celle qui déçoit, celle qui gâche tout encore et encore et encore, que quand j'ai répondu, je criais presque. « Parce que c'est une mascarade, Ingrid. Tous ces discours et ces rires et ces oh Martha tu es ravissante, joyeux anniversaire, le grand saut de la quarantaine. Ce ne sont pas mes amis. Ils ne savent rien de moi, ni pourquoi je suis comme ça. Et c'est de ma faute parce que je suis une ratée et une menteuse. Même toi, tu ne me connais pas.

– Non mais de quoi tu parles ? »

J'ai changé mon téléphone de main. « Je souffre de — —.

– Qui a dit ça ?

– Un nouveau médecin. »

Comme si je venais de me plaindre d'être grosse, Ingrid a répondu : « M'enfin, c'est débile. Il se trompe manifestement.

– Non.

– Comment ça ? Vraiment ? »

J'ai dit oui.

« Tu souffres vraiment de — — ? Putain. » Elle est restée silencieuse un instant. « Je suis désolée.

– Il n'y a pas de quoi. Je le vis bien. Il m'a donné quelque chose qui marche. Je suis un autre homme depuis six mois.

– Pourquoi tu ne me l'as pas dit ?

– Je n'en ai parlé à personne sauf à nos parents.

– Pourquoi ? Si tu le vis bien, pourquoi ne le dire à personne ?

– Parce que ça fout quand même la honte.

– Je ne t'aurais pas jugée. Personne ne l'aurait fait. Ou en tout cas, on ne devrait pas. » Puis, sur un ton qui ne lui ressemblait tellement pas que j'ai eu peur de m'esclaffer, ma sœur a dit : « Notre société doit briser le tabou qui entoure la maladie mentale.

– Par pitié, Ingrid, j'aimerais mieux qu'elle le renforce encore un peu pour qu'on puisse parler d'autre chose.

– C'est pas drôle.

– OK.

– Et Patrick, qu'est-ce qu'il en pense ?

– Ingrid, je t'ai dit.

– Quoi ?
– Il n'est pas au courant.
– Quoi ? Oh putain, Martha. Pourquoi tu as décidé d'en parler à nos parents plutôt qu'à ton mari ?
– Je n'ai pas décidé. J'en ai parlé à papa par accident. Apparemment, maman n'avait pas besoin qu'on le lui dise.
– Ah bon ? Pourquoi ? »
J'ai demandé si on pouvait parler d'elle plus tard.
« D'accord. Mais… » Quelqu'un a crié maman et s'est mis à tambouriner à la porte de la salle de bains. Ingrid l'a ignoré. « Je ne comprends toujours pas pourquoi tu ne veux pas le dire à Patrick. Vous traversez une période difficile et, hormis le fait que ça l'aiderait sûrement d'avoir cette information cruciale à ton sujet, faire des cachotteries est vraiment une attitude de merde quand on est mariés.
– Il aurait dû le savoir.
– Pourquoi ? Tu ne le savais pas, toi.
– Je ne suis pas médecin.
– Et Patrick n'est pas psychiatre. Maintenant que tu le sais, est-ce vraiment si important ?
– Oui.
– Pourquoi ? »
Il y a eu un grand fracas à l'arrière-plan – la porte de la salle de bains, ouverte trop violemment, avait percuté le mur –, suivi de voix d'enfants. Ingrid m'a demandé d'attendre une seconde. Je l'ai entendue dire « Allez, oust, dehors ! », mais ils n'ont pas bougé et l'échange a duré plusieurs minutes. Le temps qu'elle revienne, elle avait oublié sa question.
« Martha, tu dois lui parler. Tu ne peux pas continuer indéfiniment ainsi, croire que vous pourrez un jour être

heureux sur n'importe quel plan, si tu ne lui dis pas cette chose essentielle.

– Je ne crois pas qu'on puisse un jour être heureux, sur n'importe quel plan. »

C'était la première fois que je m'entendais le dire aussi simplement, à haute voix.

« Martha, sérieusement. » Ingrid semblait épuisée. « Il est où, là ? »

Je lui ai dit qu'il était parti acheter le journal. De là où j'étais assise, je voyais la cuisine, l'horloge du four. Ça faisait deux heures que nous parlions. Je n'avais pas la moindre idée d'où il était.

« S'il te plaît, promets-moi de lui parler dès qu'il rentre. Ou même, tiens, écris-lui une lettre. Tu es douée pour ça. »

Je lui ai dit que je le ferais et que je devais raccrocher parce que ma batterie était à quatre pour cent. J'ignorais si l'un ou l'autre était vrai.

*

Je suis restée assise là encore un moment, jusqu'à ce que ma culpabilité se transforme en agacement, à moins que ce ne soit le contraire. Quoi qu'il en soit, un sentiment assez puissant pour me forcer à quitter le canapé et à monter à l'étage. J'ai pris une douche et essuyé le sol avec ma robe, restée là depuis la veille. Je suis redescendue à la cuisine, j'ai vidé le café de Patrick, épluché une banane que je n'ai pas mangée, et le temps d'effectuer toutes ces petites tâches idiotes, je n'en avais plus rien à faire de rien. J'ai pris un stylo dans le tiroir et écrit la lettre, debout, la feuille posée sur le mur, jusqu'à ce qu'il n'y ait plus d'encre et que je décide d'aller à Londres.

*

Le voyant de l'huile s'est allumé quand j'ai démarré la voiture. Je suis allée à la gare à pied. Sur le quai, j'ai reçu un texto d'Ingrid. Je l'ai lu, sans avoir envie de balancer mon téléphone contre quelque chose ni de l'écraser par terre avec mon talon, puis je suis montée dans le train sans trop savoir ce que j'allais faire à Londres.

Une fois assise, j'ai mis mon sac contre la fenêtre et appuyé ma tête dessus. Quelqu'un avait gravé le mot Frakassé sur la vitre. Je me suis endormie en me demandant pourquoi il avait choisi ce mot, orthographié ainsi, et où il était maintenant.

Quand j'ai rouvert les yeux, le train entrait en gare de Paddington. Le message de ma sœur disait *Je voulais te le dire au téléphone. J'attends encore un bébé. désolée x 100000000.*

J'ai pris le métro en direction de Hoxton, lieu où j'avais accompagné Ingrid un an plus tôt quand elle avait décidé de se faire tatouer le nom de ses fils à l'intérieur du poignet. Elle avait trouvé le tatoueur sur Instagram. D'après elle, il avait 100 000 *followers*.

Tout en jouant avec son anneau dans le nez, la fille à l'accueil m'a dit qu'il ne prenait pas les gens sans rendez-vous. « Mais il a un trou dans cinq minutes, il pourra vous faire un petit truc, pas comme ça, hein », a-t-elle ajouté en indiquant ses clavicules dénudées, ornées d'un motif de lianes et de feuilles. J'ai dit que c'était très impressionnant. « Oui, je sais. Vous pouvez attendre là-bas. »

J'ai fait mine d'étudier le terrifiant catalogue d'ornements corporels accroché au mur jusqu'à ce que l'homme aux 100 000 *followers* arrive et m'entraîne à l'arrière, désignant un fauteuil inclinable et s'installant près de moi sur son tabouret. Je lui ai montré une photo sur mon téléphone.

J'ai dit : « Pas coloré à l'intérieur. Juste le contour. Aussi petit que possible. »

Il a pris le téléphone et agrandi la photo. « Qu'est-ce que c'est ? »

Je lui ai dit que c'était une carte barométrique des Hébrides. Je la voulais sur ma main, peu m'importait où.

Il a dit cool, m'a pris la main et a passé le pouce sur les fines stries de ma peau de quadragénaire. « Ouais, je dirais juste sous l'ongle. » Il m'a lâchée, a tiré vers lui un chariot et a sorti des choses de ses petits casiers.

« Les Hébrides, c'est de là que vous venez ? »

J'ai dit non et je me suis tue une seconde, hésitant à lui dire la raison. J'en avais envie, mais je craignais que ce soit aussi incompréhensible et aussi vite ennuyeux que l'explication d'un rêve ou d'une révélation chez le psy ou la description d'une future robe de mariée.

Puis je me suis souvenue que je n'en avais plus rien à faire de rien.

Il avait repris ma main et était en train de passer de l'alcool sur ma paume à l'aide d'un coton. J'ai dit : « C'est un endroit où il y a sans arrêt des cyclones et des pluies torrentielles, des phénomènes imprévisibles et dévastateurs, si bien qu'il doit être difficile d'y mener une vie normale. C'est ce que je ressens. Je souffre de — —. »

Il a pivoté sur son tabouret, jeté le coton à la poubelle et dit : « On en est tous là, ma belle. »

Ça n'avait aucun sens et ça m'a paru d'une gentillesse extrême que cet homme, qui avait un crucifix, un serpent, une rose fanée et un couteau sanguinolent tatoués sur le cou, ainsi que le prénom Lorna qui, à en juger par la date de naissance inscrite dessous, pouvait être celui de sa mère, reste si imperturbable face à ma révélation qu'il n'a pas levé les yeux ni posé d'autre question avant d'avoir fini de dessiner au stylo sur mon pouce.

« Mais ça va maintenant, non ? Vous n'avez pas l'air cinglée.

– Oui, maintenant ça va.

– Alors pourquoi vous voulez porter votre météo interne sur vous ?

– Peut-être en guise de mémorial. En souvenir de ce que j'ai perdu. »

Il était sur le point de commencer. La pointe de l'aiguille était posée sur ma peau, mais il l'a retirée et, cette fois, il m'a regardée dans les yeux en disant : « Comme quoi ? Des amis ? »

J'ai ouvert la bouche pour dire : « Non, quand… »

… Quand j'étais adolescente, un médecin m'a filé des médocs en me disant de ne pas tomber enceinte. Le suivant m'a donné autre chose, mais a tenu le même discours. Les uns après les autres, tous les médecins ont établi des diagnostics et prescrit des traitements en affirmant que leur prédécesseur s'était trompé, mais avec toujours la même mise en garde.

J'ai pris tout ce qu'ils me donnaient en imaginant les comprimés en train de se dissoudre dans mon estomac, de se répandre à travers mon corps comme de la teinture noire ou du poison, le rendant toxique pour le fœtus qu'on me répétait avec insistance de ne pas concevoir.

J'avais seize ans, dix-neuf ans, vingt-deux ans, j'étais encore une enfant qui n'imaginait pas que les médecins puissent se tromper ou me mettre en garde contre la grossesse non parce que le médicament était dangereux, mais parce que dans leur esprit, c'était moi qui étais dangereuse. Pour moi-même, pour le bébé, pour mes parents, pour leur brillante réputation professionnelle. Pas un seul bébé non prévu n'était né d'une jeune malade mentale placée sous leur garde.

J'ai donc fait ce qu'on me disait et veillé à ne pas tomber enceinte, mais j'avais tout le temps peur, jusqu'à ce que je rencontre Jonathan. Avec lui, j'ai brièvement pu croire que j'étais quelqu'un d'autre. Qu'il suffisait de tout arrêter pour avoir un bébé.

Mais je ne pouvais pas tout arrêter. Mon corps ne pouvait pas vivre sans la teinture noire coulant dans ses veines. Alors Jonathan a découvert qui j'étais, a vu mes penchants, et il a dit Dieu merci. Et j'ai dit oui, Dieu merci, je n'ai pas réussi à tomber enceinte.

Car même si un bébé avait survécu à l'intérieur de moi, même s'il était né et si j'avais pu m'occuper de son corps, un jour, une petite bombe aurait explosé dans son cerveau, et toute la souffrance et la tristesse qu'il éprouverait à partir de là proviendraient de moi, et ma culpabilité me ferait le haïr comme ma mère me haïssait. J'avais accepté ça. C'était une généalogie biblique.

La morne mère côtière avait enfanté Celia.

Celia avait enfanté Martha.

Martha ne devait pas enfanter.

Et c'est là qu'un médecin a dit que je m'étais trompée. Robert a dit : « Ce n'est pas une raison pour renoncer à la maternité. » Il a beaucoup de patientes qui ont des enfants. Elles s'en sortent très bien. Il ne doute pas que je fasse une excellente mère. Si tel est mon souhait.

C'est en l'écoutant, assise sur le quai crasseux du métro, que j'ai réalisé que ce que j'avais toujours cru vrai était l'interprétation d'une enfant malade. Une fois adulte, je n'avais jamais songé à le remettre en question. Au contraire, je l'avais attisé et j'y avais apporté des preuves, comme autant de perles sur un long fil. J'en imaginais plus que ce qu'on m'avait dit, et chaque fois que je me représentais mon bébé abîmé, un enfant abîmé par le genre de mère que je serais, j'éprouvais de la peur, pire, de la honte, et c'est pour ça que je mentais.

Tout le temps. À tout le monde. Aux inconnus, aux gens dans les fêtes, à mes parents. À ma sœur alors que nous contemplions son bébé emmailloté dans la douce obscurité. À moi-même tandis que je regardais par la vitre d'un bus de la ligne 94. J'avais menti à Robert. Il avait dit « Si vous décidez d'entamer une grossesse », et j'avais dit que je ne pouvais rien imaginer de pire. Et j'avais menti à Patrick, avant notre mariage et tous les jours après.

Mon mari ne sait pas qu'un enfant est la seule chose que j'aie jamais voulue. Il ne sait pas que voir ma sœur devenir mère, une bonne et adorable mère, m'a fait l'effet d'être coupée en deux, et que sa facilité à concevoir, le fait qu'elle ait plus de bébés qu'elle n'en voulait, a rendu cette plaie trop béante pour pouvoir se refermer. Et je l'ai détestée, lune-soleil-étoiles-grand-amour-de-ma-vie, d'oser se plaindre de tout ça, son corps délabré, les pleurs épuisants des nouveau-nés, les besoins constants des bambins touche-à-tout, le coût, laver laver laver toujours laver, les chaussures crottées, la fin du sexe, les traces de doigts sur les vitres, les poux, encore !, les terreurs nocturnes, les fièvres soudaines, les bagarres, le bruit incessant, et l'impression d'être totalement nulle parce que putain, ces garçons si beaux et si parfaits parfaits parfaits. La meilleure chose qu'elle ait jamais faite. Mais tu en as de la chance, je parie que tu utilises un panier et que tu ne savais même pas qu'ils vendent les rouleaux de PQ par paquets de quarante-huit !

Il n'y a rien en moi excepté le désir d'enfant. Il est dans chaque inspiration et chaque expiration. L'enfant que j'ai perdue ce jour-là sur le chemin de halage, je la voulais si désespérément que j'ai cru cesser d'être en même temps qu'elle. Je l'ai pleurée tous les jours depuis.

Et je continue de mentir, car je t'ai écrit un mot ce matin, Patrick, et je ne te l'ai pas laissé. Il est là dans mon sac. Je regarde ses pages pliées. Je me penche pour le prendre, et l'homme au cou tatoué me dit pas de problème et le jette pour moi, en boule, dans la poubelle.

Je ne te l'ai pas donné parce que tu ne mérites pas de savoir ces choses sur moi, sur mon désir d'enfant ni même sur le diagnostic de ma maladie. Ces choses-là m'appartiennent. Je les porte en moi et c'est comme avoir de l'or en son sein. Je me balade en sachant que je vaux mieux que toi. C'est pour ça que je te souris comme la Joconde, Patrick, tandis que tu m'étudies si attentivement sans te rendre compte de rien. Tu n'as rien vu. Tu n'as même pas cherché. Et de toute façon, peu importe. Que je te le dise ou non. C'est trop tard.

J'ai dit : « Non, quand… oh, juste des occasions perdues, je dirais. Des choses que j'aurais voulu faire et que je n'ai pas faites. »

L'homme a dit : « Ouais, je vois. La vie. Quelle merde. Allez, on y va. »

Je croyais que ça ferait mal, mais non, alors j'ai plongé dans mon sac la main qu'il ne tenait pas et j'ai sorti mon téléphone. Par-dessus le bruit de l'aiguille, il m'a dit qu'il n'avait jamais vu un client aller sur Instagram pendant qu'il le tatouait.

Il a fini en quelques minutes et tandis qu'il enveloppait mon pouce de film plastique, je lui ai demandé s'il se souvenait de ma sœur, la femme qui avait dû arrêter avant qu'il ait terminé la première lettre du nom de son fils aîné parce qu'elle allait tourner de l'œil, si bien qu'au lieu de trois prénoms, elle n'avait qu'un tout petit trait sur le poignet.

« Si c'est celle qui m'a dit que je méritais la prison pour ne pas proposer de péridurale à mes clients, puis a gerbé par terre, alors ouais. »

Nous nous sommes levés en même temps et avant que je parte, il m'a dit qu'il suggérait généralement de prendre un ou deux ibuprofènes, mais que visiblement, je kiffais à fond la douleur.

*

Il était tard, dix heures passées, quand je suis rentrée à la maison de standing. Je m'étais retrouvée sous la pluie. Mes cheveux dégoulinaient dans mon dos. Je me suis passé les doigts sous les yeux et ils sont devenus noirs de mascara. Patrick était dans le salon. Il avait commandé à manger pour une personne et regardait les infos.

Il ne m'a pas demandé où j'étais passée. Je n'avais pas l'intention de le lui dire, ni même, avant cet instant, de lui adresser la parole en rentrant, mais le trouver engagé dans une activité normale a provoqué en moi une fureur si intense que c'était comme une chaleur aveuglante devant mes yeux. Il n'avait pas droit à la soirée ordinaire qu'il s'était concoctée, il n'avait désormais droit à aucun des plaisirs simples et des petits rituels qui faisaient le bonheur de la vie domestique. À cause de lui, j'en avais été privée et je ne les obtiendrais jamais, quel que soit le temps qui me restait à purger.

Je suis allée me planter entre Patrick et la télévision. J'ai levé mon pouce encore enveloppé de film plastique et lui ai dit que j'étais allée à Londres me faire faire un tatouage. En silence, il a remué sa fourchette dans sa barquette en plastique, cherchant sous le riz un morceau de quelque chose à harponner. Quand je lui ai demandé s'il voulait savoir ce que c'était, il a dit à toi de voir et a continué à remuer sa fourchette.

« C'est une carte des Hébrides. Tu veux savoir pourquoi je me suis fait faire ça ? OK, je vais te le dire. C'est une référence à la météo marine, Patrick. Cyclonique, occasionnellement calme, etc. La blague que j'ai faite une fois, tu te souviens ? Que c'était une métaphore de mon état mental. Tu te demandes pourquoi maintenant ? Parce que j'ai vu un nouveau médecin qui m'a expliqué la raison de mon état. À la mi-mai, si tu veux savoir. Oui, ça fait sept mois.

– Je sais.

– Tu sais quoi ?

– Que tu es allée voir un psychiatre. »

J'ai fait : « Quoi ? Comment tu le sais ?

– Tu as payé avec ma carte. Le nom de Robert était sur le relevé. »

Une nouvelle vague de fureur s'est abattue sur moi, aux sources si multiples que je n'en ai saisi qu'une : à quel point je détestais que Patrick le désigne par son prénom.

« Si tu ne voulais pas que je sache, tu aurais mieux fait de payer Robert en liquide.

– Ne l'appelle pas comme ça. Ce n'est pas ton ami. Tu ne l'as jamais rencontré.

– Bien. Mais tu es atteinte de — —, c'est ça que tu es sur le point de me dire ? »

J'ai dit j'hallucine. « Comment tu sais ça ? Tu l'as appelé ? » J'ai dit – j'ai hurlé – à Patrick qu'il n'avait pas le droit de faire ça, même si, dans la partie non submergée de mon cerveau, je savais qu'il ne l'avait pas fait et que même si ça avait été le cas, Robert ne l'aurait pas informé du diagnostic.

Et Patrick, qui n'était jamais sarcastique, a dit : « Vraiment ? Je l'ignorais. Y aurait-il une sorte de confidentialité entre médecin et patient ? »

Comme une enfant, j'ai tapé du pied et je lui ai dit de se taire. « Dis-moi comment tu le sais.

– Je connais le médicament.

– Quel médicament ?

– Celui que tu prends. »

Il a lâché sa fourchette dans la barquette qu'il a posée sur la table basse.

« Je ne t'ai pas dit que je prenais quelque chose. Tu as fouillé dans mes affaires ? »

Patrick m'a demandé si je plaisantais. « Tu le laisses traîner partout, Martha. Tu ne jettes même pas les boîtes vides. Tu les fourres juste dans un tiroir ou tu les laisses par terre pour que je les ramasse. Enfin, je suppose que c'est pour que je les ramasse, parce que c'est comme ça qu'on fonctionne, non ? Tu mets le bazar et je nettoie après toi, comme si c'était mon job. »

J'avais serré les poings si fort que je les sentais palpiter. « Si tu savais tout, pourquoi tu n'as rien dit ?

– J'attendais que tu m'en parles, mais tu ne l'as pas fait. Et au bout d'un moment, j'ai senti que tu ne le ferais pas et je n'ai pas compris pourquoi. Pourtant, c'est clair, a-t-il ajouté. Tu es clairement atteinte de — —. »

En ripostant, j'ai senti les muscles autour de ma bouche se tordre et me rendre hideuse. « Ah oui, Patrick ? Clairement ? Si c'est si clair, putain, pourquoi tu ne t'en es pas rendu compte avant ? Est-ce une question de compétences ? Faut-il qu'une personne soit littéralement en sang pour que tu comprennes qu'elle ne va pas bien ? Ou est-ce qu'en tant que mari, tu ne t'intéresses pas au bien-être de ta femme ? À moins que ce soit juste une question de passivité ? Ton absolue, totale acceptation de l'état des choses. »

Il a dit : « Bon. Cette conversation ne nous mène nulle part.

– Non ! Ne t'enfuis pas. »

J'ai bougé comme pour l'empêcher de partir.

Patrick ne s'est pas levé ; au contraire, il s'est calé dans le canapé. « Je ne peux pas te parler quand tu es comme ça. »

J'ai dit : « Je suis comme ça à cause de toi. Je vais bien. Ça fait des mois que je vais bien. Mais tu me rends dingue. Ce n'est pas clair, ça ? Tu ne t'es jamais demandé pourquoi, au lieu que ça aille mieux, c'était encore pire avec toi ?

– Oui. Non. Je ne sais pas. Ton comportement a toujours été – il a hésité – insaisissable.

– Va te faire foutre, Patrick. Tu sais pourquoi ? Non. Parce que j'ai toujours voulu un enfant. Tout ce temps, toute ma vie, j'ai voulu avoir un enfant mais tout le monde me disait que ce serait dangereux. »

Très lentement, Patrick a dit : « Tu crois vraiment que je ne savais pas ça non plus ? Je ne suis pas idiot, Martha. Même si c'est toujours pour dire à quel point les bébés sont pénibles et tu ne peux pas les supporter et la maternité t'ennuie, tu ne parles que de ça, tout le temps. Si quelqu'un a un bébé dans un restaurant, tu refuses de t'asseoir à côté, puis tu l'observes toute la soirée. Si on croise une femme enceinte ou une personne accompagnée d'un enfant, tu deviens mutique, et quand on voit du monde, tu es incroyablement grossière avec ceux qui ont l'audace de parler de leur progéniture. Combien de fois on a dû quitter prématurément une soirée, juste parce que quelqu'un t'avait demandé si tu avais des gosses ? » Patrick s'est levé. « Et tu es obsédée par les fils d'Ingrid. Littéralement obsédée. Tu prétends ne pas être jalouse d'elle, mais on voit bien que si, surtout quand elle est enceinte. Tu ne sais pas mentir, Martha. Tu es une menteuse chronique, mais tu n'es pas douée pour ça. »

J'ai fait le tour de la table basse, attrapé le devant de sa chemise à deux mains, puis j'ai tiré dessus et je l'ai tordu en disant devine quoi, Patrick, devine quoi. « Robert a dit que je pourrais. » J'ai essayé de le pousser. « Il a dit que j'aurais pu. » J'ai essayé de le frapper au visage. « Ça n'aurait pas été dangereux, mais ça aussi, tu le savais, ça aussi tu le savais. » Patrick m'a saisi les poignets et ne m'a lâchée que quand j'ai arrêté de me débattre. Ensuite, il m'a ordonné de m'asseoir, mais je suis retournée vers la table basse, j'ai poussé le bord avec le talon et je l'ai retournée. La barquette s'est renversée, la sauce s'est répandue sur la moquette. Patrick a dit nom de Dieu, Martha et est parti dans la cuisine.

Je ne l'ai pas suivi. Chaque cellule de mon corps semblait individuellement paralysée à l'exception de mon cœur, qui battait fort et trop vite. Quelques instants plus tard, il est revenu avec une poignée de papier absorbant, l'a posée sur le liquide qui avait pénétré dans la moquette et a tamponné avec le pied. Je ne pouvais rien faire hormis le regarder. Puis mon cœur s'est calmé, et je lui ai dit d'arrêter. « Laisse ça. Écoute-moi.

– Je t'écoute.

– Alors arrête de nettoyer. »

Il a dit d'accord.

« Pourquoi tu n'as rien dit ? Pourquoi tu m'as laissée mentir ? Si tu avais dit quelque chose depuis mon rendez-vous, je pourrais être enceinte à l'heure qu'il est.

Tu as toujours voulu des enfants, Patrick, et je pourrais être enceinte, maintenant. Pourquoi as-tu fait ça ?

– Parce que, comme tu l'as dit, ça aurait dû aller mieux. Tu avais enfin été diagnostiquée, tu avais le bon traitement et ça n'allait pas mieux avec moi. Je me suis demandé pourquoi, jusqu'à ce que je comprenne. » Il a déplacé le papier absorbant avec son pied. Le liquide s'était enfoncé profondément dans la moquette, formant une tache qui ne s'en irait jamais. « Tu es comme ça. Ça n'a rien à voir avec ta maladie. Et je crois que tu ne devrais pas être mère. »

J'ai ouvert la bouche. Ce ne sont pas des paroles ni un cri qui sont sortis. C'est un son primitif, venu de quelque part dans mon ventre, du fond de ma gorge. Patrick est parti en me laissant là. Je suis tombée à genoux, puis le visage contre le sol. J'agrippais mes cheveux à pleines mains.

Ensuite, il y a un blanc, un trou dans ma mémoire, jusqu'à ce que, quelques heures plus tard, je me retrouve debout à côté du lit, en train d'en arracher les draps, tandis que Patrick met des affaires dans une valise ouverte par terre. Le soleil passe par la fenêtre. Je suis contrainte d'aller à la salle de bains pour vomir.

Quand je suis revenue, Patrick avait fermé la valise et s'en allait. Je lui ai crié quelque chose, mais il n'a pas réagi. Un instant plus tard, j'ai entendu la voiture démarrer et je suis allée à la fenêtre. Il sortait de l'allée en marche arrière. J'ai essayé de baisser le store, mais j'ai tiré trop fort et il s'est cassé. Pendant un long moment, je suis restée plantée là, la corde lâche dans la main, fixant d'un œil vague la maison d'en face où une autre femme avait vécu une version en miroir de ma vie.

Soudain, Patrick était de nouveau en train de s'engager dans l'allée. J'ignorais pourquoi il était revenu. Je l'ai regardé se garer et descendre de voiture. Il avait un flacon à la main. Après avoir soulevé le capot et vidé le flacon dans le moteur, il a refermé le capot et est parti à pied en direction de la gare.

Patrick est un homme dont le dernier geste avant de quitter sa femme est de remettre de l'huile dans le moteur. J'ai posé ma main sur ma poitrine mais je n'ai rien senti.

J'ai passé la journée et la première nuit sans lui sur le lit défait ; après son départ, il ne semblait pas y avoir de raison de le refaire. La vie faite de draps, de vaisselle et de courriers de la banque, cette vie-là n'existait plus.

Entre deux phases de sommeil, j'ai googlisé Robert. Puis j'ai googlisé Jonathan. Sa femme est influenceuse sur les réseaux sociaux. Sa page Instagram est un mélange de photos de vacances, d'articles sponsorisés par une boisson à base de collagène et de clichés de ses tenues pris dans le miroir de l'ascenseur que j'empruntais pour aller respirer dans la rue. Ce qui lui vaut le plus de *likes*, ce sont les images de sa petite tribu, #lesfillesfortes, des gamines aux cheveux blonds dont les prénoms sont des noms d'objets ou de fruits. Je suis remontée jusqu'à son mariage avec Jonathan sur un *rooftop* d'Ibiza. Je me suis demandé ce qu'il lui avait dit à mon sujet, ce que @mère_de_filles_fortes sait des quarante-trois jours qu'a duré le premier mariage de son époux.

*

Le lendemain matin, Ingrid m'a envoyé un texto disant qu'elle avait parlé à Patrick et me demandant si ça allait.

Je lui ai envoyé trois émojis : une baignoire, une prise électrique et un cercueil.

Elle m'a demandé si je voulais qu'elle vienne me chercher. J'ai dit que je ne savais pas.

J'étais encore au lit – plus exactement sur le lit –, à moitié vêtue, dans les sous-vêtements et les collants de la veille, entourée de tasses vides ou servant de réceptacle à des mouchoirs et des épluchures d'orange racornies, quand j'ai entendu Ingrid s'introduire dans la maison de standing. Elle est allée directement au salon, suivie de pas plus légers et plus rapides, a allumé la télévision et a mis un genre de dessin animé avant de monter à l'étage.

Je croyais qu'elle viendrait s'allonger près de moi sur le lit et me caresser les cheveux ou les bras comme elle le faisait d'habitude. Je croyais qu'elle dirait ça va aller, est-ce que tu peux essayer de te lever, tu crois que tu arriveras jusqu'à la douche ? Au lieu de ça, elle a ouvert la porte en grand, regardé autour d'elle et dit : « Eh ben, Martha, c'est un sacré cocktail visuel et olfactif. »

*

À ma fête d'anniversaire, je n'avais pas remarqué son ventre. Là, j'ai vu à quel point il s'était déjà arrondi. En entrant, Ingrid a croisé par-dessus les deux pans de son gilet et est allée vers la fenêtre. Après l'avoir ouverte d'un coup, elle s'est retournée et a désigné les draps. « Depuis combien de temps ils sont par terre ? »

J'ai dit que j'avais eu l'intention de m'en occuper, mais que me séparer de mon mari et mettre un drap-housse toute seule, ça faisait un peu beaucoup pour moi. Debout au pied du lit, le visage de marbre, elle a enfoncé les doigts entre le bas de ses côtes et le haut de son ventre, comme si elle avait mal. « Si tu as l'intention de venir, viens. Les garçons sont en bas et je ne me taperai pas l'A420 avec eux après seize heures. »

J'ai mis trop longtemps à me lever. J'ai mis trop longtemps à trouver quelque chose à me mettre, un sac où ranger mes affaires. L'impatience croissante de ma sœur me ralentissait encore plus. J'ai renoncé et je me suis recouchée sur le lit en lui tournant le dos.

Ingrid a dit : « Tu sais quoi, Martha ? Très bien. Moi non plus, je n'en peux plus de tout ça. C'est tellement chiant. » Elle a quitté la pièce et m'a lancé d'en bas : « Appelle ton mari ! »

J'ai entendu ma sœur appeler ses enfants depuis l'entrée et, quelques instants plus tard, la porte claquer. La télévision était toujours allumée.

C'était la première fois qu'elle refusait de faire son job. Je voulais sa compassion et elle me l'avait refusée. Je voulais sentir que j'étais quelqu'un de bien et que j'avais eu raison de chasser Patrick. J'ai éprouvé de la colère, puis, en entendant sa voiture démarrer, je me suis sentie encore plus seule qu'avant son arrivée.

Je n'ai pas appelé mon mari. Je ne pouvais pas appeler mon père, qui serait dévasté et incapable de le cacher. J'ai pris mon téléphone et composé le numéro de ma mère.

Je ne lui avais pas parlé depuis le jour de mon rendez-vous et je n'avais toujours pas envie de lui parler. Je voulais qu'elle réponde en disant « Tiens donc, en voilà une surprise », pour que je puisse me disputer avec elle et qu'elle me raccroche au nez et que je puisse me sentir lésée et le raconter à Ingrid et qu'elle m'accorde que c'était elle tout craché. Carrément, tellement typique.

Je n'avais pas pardonné à ma mère ce qu'elle avait fait. Je n'avais pas essayé, ni eu à me forcer pour continuer à lui en vouloir. Haïr quelqu'un qui est capable de voir sa fille souffrir sans rien dire, et qui aggrave les choses en buvant, ça ne demande aucun effort.

Ça a sonné une fois. Elle a décroché et dit : « Martha, oh, j'espérais tant que tu appellerais. »

Ce n'était pas sa voix habituelle. C'était sa voix d'avant, avant que je devienne sa critique attitrée, l'adolescente qui faisait vraiment ressortir son côté garce. La voix avec laquelle elle m'appelait Bourdon. Elle m'a demandé comment je me sentais et a ajouté « Mal, probablement », quand j'ai répondu par un son plutôt que par des mots.

Elle a continué comme ça pendant dix minutes, à poser des questions auxquelles elle répondait elle-même. Avec la bonne réponse, celle que j'aurais donnée.

Après avoir raccroché, je suis descendue, j'ai trouvé deux bouteilles de vin ouvertes et je les ai remontées dans ma chambre. Je ne l'aurais pas rappelée, mais sa dernière question avait été « Tu me rappelleras plus tard ? Quand tu veux. Même en pleine nuit », ce à quoi elle avait répondu : « OK, très bien. À bientôt, alors. »

*

J'étais ivre quand je l'ai appelée pour la deuxième fois avant l'aube. Je lui ai dit que je ne savais pas quoi faire et l'ai suppliée de me le dire. Elle a commencé par un conseil d'ordre général. J'ai dit : « Non, là, maintenant, qu'est-ce que je fais ? Je ne sais pas quoi faire. » Elle m'a demandé où j'étais et a dit : « Tu vas te lever, puis tu vas descendre et mettre tes chaussures et ton manteau. » Elle a attendu que j'accomplisse chaque geste. « Maintenant, tu vas aller faire un tour et je vais rester au téléphone. »

J'ai marché lentement et j'avais dessoûlé en arrivant au bout du chemin de halage. Elle a dit : « Bien, fais demi-tour et marche assez vite pour sentir le battement de ton cœur. » Je ne sais pas pourquoi elle a dit ça, mais j'ai obéi.

Il faisait jour quand je suis repassée à Port Meadow. Le brouillard se dissipait au loin, révélant peu à peu les flèches qui se dressaient à l'horizon. Quand je suis rentrée à la maison, elle a dit : « Prends un bain. » Puis : « Rappelle-moi dans vingt minutes. Je serai là. »

*

J'ai commencé à appeler ma mère tous les jours.

Les gens disent « la seule chose qui m'aide à me lever le matin », mais ce n'est généralement pas au sens physique. Pour moi, c'était le cas ; je l'appelais tous les matins dès mon réveil. J'étais incapable de bouger, de me déplacer dans la maison, d'ouvrir les fenêtres, de manger ou de me laver la tête si elle n'était pas en train de me parler et de me dire ce que je devais faire.

L'après-midi, je m'asseyais à la fenêtre de la maison de standing et je regardais dehors. La maison d'en face était à louer. Nous parlions jusqu'à ce que le téléphone me chauffe un côté du visage, que je ne puisse plus tourner la tête parce que je le tenais coincé contre mon épaule ou que je remarque qu'il faisait nuit. Nous parlions de tout et de rien. Une chose entendue à la radio, un rêve fait par l'une ou l'autre.

Nous ne parlions pas de Patrick, mais je me demandais si elle lui parlait aussi. Je me demandais si elle savait où il était. Nous ne parlions pas d'Ingrid ; ma mère devait savoir que nous étions en froid. Elle devait aussi savoir que mon père et son chagrin devaient être tenus à distance de moi pour l'instant, car il ne m'appelait pas et je lui en étais reconnaissante.

Un matin, je l'ai appelée et je lui ai annoncé, comme un enfant « Devine quoi ? Je suis déjà debout », et elle s'est exclamée : « C'est vrai ? Bravo ! »

Puis elle a dit : « C'était quoi, ce bruit ? »

J'ai dit que je venais de prendre une tasse dans le placard car j'étais en train de faire du thé et elle a renchéri : « C'est très bien. »

Je n'entendais que sa voix à l'autre bout du fil, jamais un son à l'arrière-plan. Si je lui demandais ce qu'elle faisait, elle répondait qu'elle était juste assise. En remarquant, un jour, que nous étions au téléphone depuis des heures, j'ai dit qu'il fallait peut-être qu'elle raccroche, qu'elle devait avoir du travail. Elle a répondu que son public devrait se résoudre à attendre de nouvelles installations révolutionnaires. Je ne l'avais encore jamais entendue plaisanter au sujet de ses œuvres.

Ma mère ne me demandait jamais pourquoi j'appelais ce jour-là ou un autre, elle savait que j'appelais sous l'effet de la panique, de l'ennui, de la solitude, quand le silence de la maison devenait insupportable. J'ai mis longtemps à remarquer que quelle que soit l'heure, elle ne semblait jamais ivre.

Entre deux appels, je marchais jusqu'à ce que je sente le battement de mon cœur. Principalement sur le chemin de halage, à travers Port Meadow ou, assez tôt pour qu'il soit vide d'étudiants et de touristes, à travers le parc de Magdalen College. Les daims broutaient et m'ignoraient.

Puis, sans qu'elle me l'ait demandé, j'ai commencé à raconter à ma mère ce qui s'était passé, mon mariage, les enfants, Patrick. D'après elle, je pouvais tout lui dire ; rien ne la choquerait. Elle a dit : « En entendant la chose la plus venimeuse que tu lui aies dite, je trouverai un truc bien pire que j'ai sorti à ton père. »

Je lui ai expliqué qu'au début, j'en voulais à Patrick de ne pas avoir remarqué que quelque chose n'allait pas chez moi. C'est ce que je croyais. Mais ça ne pouvait pas lui avoir échappé. Il avait dû s'en rendre compte à un moment donné, à moins qu'il l'ait su dès le départ. Quoi qu'il en soit, il n'avait rien fait parce que ça lui plaisait. Maintenant, ça paraissait tellement évident. Que moi, je sois le problème et lui, le héros. Que tout le monde le trouve tellement formidable de supporter une femme si difficile à vivre. De sauver des vies au travail, de continuer en rentrant à la maison. Que tout le monde se dise que sa vie de couple n'était pas une sinécure.

J'ai dit qu'il n'aurait jamais dû accepter que je le traite de cette façon, et que s'il l'avait fait, c'était parce que la chose qui comptait pour lui, c'était de m'avoir, moi, celle qu'il avait toujours voulue. Il encaissait tout et me laissait donner ma version des faits, persuadé qu'ainsi, il ne pourrait pas me perdre. Enfin, pas moi, mais l'image de moi qu'il s'était forgée à quatorze ans. Avec l'âge, il aurait dû passer à autre chose, comme tout le monde, au lieu d'épouser sa propre invention.

Il avait renoncé à sa propre chance d'être père. Il n'aurait pas dû me laisser l'en priver. Il n'aurait pas dû me rendre responsable de ça.

C'était à cause de lui que je n'étais pas mère. J'avais menti, mais lui aussi.

J'ai continué ainsi pendant un bon moment. Ma mère m'écoutait quasiment sans rien dire. Rien ne semblait la choquer, pas même les choses que j'avais du mal à énoncer à haute voix. Elle se contentait d'acquiescer. Bien sûr, bien sûr. Ça ne m'étonne pas. Qui n'aurait pas ressenti ça ?

J'ai fini par m'épuiser à force de parler. J'ai dit que Patrick et moi n'aurions jamais dû être ensemble. Que nous nous étions brisés. Que notre couple n'avait jamais eu de sens. Puis je me suis tue.

Cela faisait presque un mois, des heures et des heures tous les jours, et comme si c'était maintenant à son tour de parler, ma mère a dit : « Martha, aucun couple n'a de sens. Surtout pour le monde extérieur. Un couple est un monde en soi. »

Je lui ai demandé de m'épargner sa philosophie.

Son rire grêle m'a agacée. Elle a dit : « D'accord, mais Maya Angelou… »

Je l'ai coupée. « S'il te plaît, épargne-moi aussi Maya Angelou. Je sais que j'ai raison. Nous étions dysfonctionnels. Nous nous rendions dysfonctionnels. C'est moi qui ai dû y mettre fin, mais je sais qu'il le voulait aussi. Il était juste trop passif pour le faire. Bien sûr, c'est triste, évidemment. Mais c'est mieux pour tout le monde. Pas seulement pour nous.

– Oui… bon. » Elle a soupiré. « À quelle heure tu y seras, demain ? »

Elle avait semblé sur le point de dire autre chose.

Je lui ai demandé ce qu'il y avait demain.

« C'est Noël. » Je me suis tue un instant, essayant d'imaginer tout ça, la route en solitaire jusqu'à Londres, les retrouvailles avec mon père, la confrontation avec Ingrid, l'agitation chaotique de ses enfants, la conversation insoutenable de Rowland, les frictions incessantes et futiles entre Winsome et ma mère. Sa beuverie. « Je ne crois pas être capable d'affronter ça. Ça fait trop de monde.

– Il n'y aura que Winsome et Rowland, ton père et moi. Désolée, je croyais te l'avoir dit. Tes cousins seront ailleurs. Ingrid et Hamish ont emmené les gosses à Disneyland. Je me demande bien pourquoi. Pendant dix jours, en plus. Ils auraient eu le temps de visiter deux fois toutes les salles du Louvre. »

Elle a attendu que je lui demande où était Patrick, puis, après un moment de silence, a dit : « Il est parti à Hong Kong. Ça va être une journée difficile. Je le sais. Mais tu veux bien venir ? »

J'ai dit non. « Je ne crois pas. Désolée. »

Ma mère a soupiré de nouveau. « Bon, je ne peux pas t'obliger. Mais demande-toi quand même si tu as besoin de te rendre encore plus malheureuse. Passer Noël seule, Martha, tu es sûre ? Ça va être sinistre. Et si je peux me permettre, j'aimerais bien te voir. »

Dès que nous avons raccroché, je suis allée faire un tour. La perspective de refaire une fois encore le chemin de halage m'a épuisée et j'ai pris la direction de la ville.

*

La grand-rue était bondée. Je me suis sentie étourdie par la concentration de gens chargés de sacs en plastique entrant et sortant des magasins, achetant des chaussures, des téléphones, des trucs chez Accessorize. Des bébés pleuraient dans leur landau, ils avaient faim et trop chaud. Des enfants traînaient derrière leurs parents ou tiraient sur leur harnais.

Des femmes faisaient leurs courses accompagnées d'adolescentes le nez sur leur portable, envoyant des textos. Une fille est sortie en trombe de chez Gap en laissant la porte se refermer sur sa mère qui tentait de la suivre.

La fille n'avait pas demandé à naître, sa mère pouvait aller se faire foutre. Elle a sorti son téléphone et sa mère, parvenue à sa hauteur, a dit ça suffit, Bethany, j'en ai ma claque. Elles sont parties chacune de leur côté. J'étais sur le chemin de la mère et elle s'est arrêtée devant moi, assez près pour que je puisse voir ses minuscules boucles d'oreilles en forme de sucres d'orge. L'espace d'une seconde, nous nous sommes retrouvées face à face, les yeux dans les yeux, mais je ne crois pas qu'elle m'ait vue. Alors que je m'apprêtais à effectuer un pas de côté, elle a fait volte-face et a couru aux trousses de sa fille, tenant son sac à main au-dessus de sa tête et l'agitant comme un drapeau blanc.

J'ai continué à marcher lentement en scrutant les visages des gens qui arrivaient dans l'autre sens et me bousculaient de part et d'autre, me demandant si certains avaient mis le feu à leur maison et, le cas échéant, combien de temps il avait fallu pour qu'ils puissent de nouveau sortir et acheter des trucs chez Accessorize.

Je suis entrée dans un café Costa et j'ai pris un muffin. Je n'avais pas faim et, en ressortant, j'ai essayé de le donner à un SDF assis sous un distributeur de billets. Il m'a demandé à quoi il était et, quand je lui ai dit, il a répondu qu'il n'aimait pas les raisins secs.

J'ai continué jusqu'au marché couvert. Devant un magasin de bonbons, j'ai rappelé ma mère. Dans la vitrine, un enfant était assis à une table haute avec sa grand-mère. Il mangeait une glace. Bien qu'il ait gardé ses moufles, sa parka et son bonnet, ses lèvres étaient violettes.

Ma mère a décroché et m'a demandé si ça allait.

« Si je viens demain, tu pourras ne pas boire ? »

Il n'y a pas eu de blanc. Elle a dit : « Martha. Tu m'as demandé d'arrêter. Le jour où tu m'as appelée du train.

– Je sais.

– Eh bien, j'ai arrêté. Je n'ai pas bu une goutte depuis. Quand tu as raccroché, j'ai tout vidé dans l'évier. Comme on dit dans le groupe – elle a prononcé le mot comme s'il avait une majuscule –, il s'est écoulé deux cent dix-huit jours depuis mon dernier verre. »

Personne – ni Ingrid, ni mon père, ni Winsome, ni Hamish, ni Patrick –, aucun d'entre nous ne lui avait jamais demandé d'arrêter. Par loyauté, ou conscients de la futilité de la démarche, nous n'en avions même jamais parlé entre nous.

Je ne m'étais pas rendu compte que je souriais au petit garçon aux lèvres violettes. Il m'a tiré la langue.

Ma mère a dit : « Ça te fait rire ? »

J'ai dit non. « Je veux dire, oui. Mais pas toi. Un truc que je viens de voir. » J'ai dit que c'était bien. « C'est bien. »

*

C'était le milieu de l'après-midi, le jour déclinait déjà, quand je suis arrivée à Belgravia. Je m'étais réveillée avec l'intention de ne pas y aller et j'avais passé la matinée sur le canapé à regarder la télé avec la lumière éteinte, m'efforçant de me convaincre que je ne me sentais pas coupable de décevoir ma mère, que la sensation de nausée et la tension dans mon front étaient les premiers symptômes d'une migraine, et que je n'avais pas sombré si loin dans le désespoir que quand *Les Fameuses Recettes de Noël de Mary Berry* a commencé à midi, je me suis demandé si je devais arrêter de respirer.

En ouvrant la porte, Winsome a semblé enchantée de voir débarquer sa nièce qui ne s'était pas douchée, portait un T-shirt et un jogging sous son manteau et lui tendait un cadeau de remerciement acheté dans une station-service. Après avoir déployé un soin excessif pour ranger mon manteau et exprimé une gratitude démesurée pour mon cadeau, elle m'a introduite dans le salon de réception.

Je n'étais pas venue dans l'espoir de me sentir mieux. J'étais venue en me disant que ça ne pouvait pas être pire, mais quand je suis entrée dans la pièce, j'ai aussitôt éprouvé une nostalgie perverse pour mes heures de détresse recluse dans la maison de standing. En voyant Rowland, ma mère et mon père assis dans ce salon à l'air terriblement vide, chacun en train d'ouvrir un tout petit cadeau, mon mal-être s'est accru de façon indescriptible. Tout ça était de ma faute. C'était à cause de moi qu'Ingrid et mes cousins avaient choisi d'être ailleurs. La pièce vibrait de leur absence. Il y régnait par ailleurs une tristesse sous-jacente si palpable qu'un étranger, en entrant, aurait conclu à un deuil récent. C'était dû à la disparition de Patrick. Ça aussi, c'était de ma faute. Et tout comme ma tante, mes parents et mon oncle étaient absolument ravis de me voir.

Mon père est venu vers moi et m'a prise dans ses bras, me tapotant le dos comme si j'avais accompli un geste méritoire en me pointant à Belgravia en retard, sans prévenir et en tenue négligée, alors que c'était pour Winsome le jour le plus important de l'année. Celle-ci avait mis mon déjeuner de côté au cas où – à tout hasard, sait-on jamais ! – je leur ferais la surprise de venir. Et Rowland, qui faisait toujours son possible pour éviter de rendre service, m'a dit de m'asseoir en attendant qu'il aille le chercher.

Ma mère est passée en dernier et m'a enlacée aussi longtemps que mon père, mais ensuite, au lieu de me relâcher vraiment, elle m'a tenue à bout de bras, juste sous les épaules, déclarant qu'elle avait oublié à quel point j'étais belle. Elle n'était pas soûle.

Mais je me suis dégagée d'elle. Et quand Rowland est revenu, j'ai dit que je n'avais pas faim. Et quand mon père m'a cité une phrase du roman qu'il lisait alors et qu'il trouvait à la fois hilarante et juste, j'ai juste haussé les épaules. Et quand Winsome m'a tendu un cadeau qu'elle avait gardé sous le sapin – à tout hasard, etc. –, j'ai dit en l'ouvrant que j'avais déjà un vase et que je ne voyais pas qui pourrait un jour m'offrir des fleurs. Puis j'ai pris congé et j'ai refusé de le prendre en me levant et, une deuxième fois, à la porte d'entrée.

*

La phrase du livre de mon père était hilarante et juste. « La crémation ne fut pas pire qu'un Noël en famille. »

*

J'ai appelé ma mère le lendemain matin pendant que je m'habillais. Dès qu'elle a décroché, je me suis mise à parler de la veille, à quel point c'était horrible sans les autres. Pas Patrick, évidemment. J'étais contente qu'il ne soit pas là. À plusieurs reprises, j'ai dit : « C'est mieux pour lui aussi. Il voulait… »

Elle a dit : « Non. Stop. » Sa patience était à bout. Sa voix a vacillé. « Ce n'est pas à toi de décider ce qui est mieux pour les autres, Martha. Pas même pour ton propre mari – surtout pas pour ton propre mari. Parce que, soit dit en passant, tu n'as pas la moindre idée de ce qu'il veut. » J'ai voulu dire quelque chose pour la faire taire mais j'avais la bouche sèche et elle a continué. « Pour autant que je sache, tu n'as jamais essayé de le savoir. Parfois, je me demande si tu pensais que ce serait plus facile de tout faire sauter. De verser de l'essence partout, glou glou glou, et de jeter une allumette par-dessus ton épaule en partant. De tout faire partir en fumée. »

Elle s'est arrêtée et a attendu. J'ai fait : « Pourquoi tu dis ça ? Tu es censée être de mon côté. Tu dois être gentille avec moi.

– Je suis de ton côté. Mais hier, j'ai eu honte de toi. C'était gênant pour toi et pour tout le monde. Tu t'es comportée comme une enfant. Ne même pas prendre le vase… »

Je lui ai crié dessus. Je lui ai dit qu'elle n'avait pas le droit de m'engueuler.

« À vrai dire, si. Il faut bien que quelqu'un le fasse. Tu crois que tout ça t'est arrivé à toi et rien qu'à toi. C'est ce que j'ai réalisé hier. C'est ton horrible tragédie personnelle, alors tu es la seule à avoir le droit de souffrir. Mais, ma fille, c'est à nous tous que c'est arrivé. Tu ne le vois donc pas ? Même pas hier ? C'est notre tragédie à tous. Et s'il avait été là, tu aurais vu que c'est avant tout celle de Patrick. Ça a été sa vie tout autant que la tienne. »

Je lui ai dit qu'elle se trompait. « Il n'a jamais vécu ce que j'ai vécu. Il n'a aucune idée de ce que c'est.

– Peut-être, mais il en a été témoin. Il a dû écouter sa femme dire qu'elle voulait mourir, la voir souffrir le martyre sans savoir comment l'aider. Mets-toi à sa place, Martha. Et toi qui crois que ça lui plaisait ! Il est resté d'un bout à l'autre à tes côtés, malgré ce que ça lui coûtait, pour s'entendre dire à la fin que tu le haïssais et que tu voulais qu'il parte.

– Je ne le hais pas.

– Pardon ?

– Je n'ai jamais dit que je le haïssais.

– Même si c'était vrai, vu tout ce que tu as dit, je peux t'assurer que n'importe qui d'autre que Patrick t'aurait quittée depuis longtemps, sans que tu aies à le lui demander. C'est toi qui as menti, Martha. Il ne t'a pas forcée. Personne ne t'a forcée. »

J'avais la nausée. Ma mère a poussé un grand soupir, puis a poursuivi. « Je ne dis pas que tu n'as pas souffert, Martha. Ce que je dis, c'est que tu n'es pas la seule. Comporte-toi en adulte. »

Elle s'est arrêtée et a attendu jusqu'à ce que je dise : « Comment on fait ?

– Quoi ? Je ne t'entends pas quand tu marmonnes. »

J'ai répété lentement : « Comment on fait ? Maman, je ne sais pas comment m'y prendre.

– Commence par demander pardon à ton mari, et estime-toi heureuse s'il te l'accorde. »

Je ne l'ai pas rappelée. À la fin de la semaine, j'ai reçu une lettre.

Elle disait : Martha. Tu sais comme moi que la conversation que nous avons eue ces dernières semaines est terminée. À toi de choisir ce qui se passera ensuite, mais j'espère que tu tiendras compte de ce qui suit dans ta prise de décision, quelle qu'elle soit.

Toute ma vie, j'ai cru que les choses m'arrivaient *à* moi. Les choses horribles – mon enfance, la folie et la mort de ma mère, la disparition de mon père. La perte de Winsome en tant que sœur, parce qu'elle a été obligée de m'élever. L'insuccès de ton père, cette maison, la vie dans un endroit que je ne supporte pas, la boisson, l'alcoolisme. Encore et encore, tout cela m'arrivait *à* moi.

Et puis il y a eu toi. Ma si belle fille, brisée au sortir de l'enfance. Même si c'était toi qui souffrais, même si j'ai choisi de ne pas t'aider, dans mon esprit, c'était la pire chose qui me soit jamais arrivée.

C'était moi la victime et, bien entendu, les victimes ont le droit de se comporter comme elles veulent. Tant qu'elles souffrent, on ne peut pas leur demander de comptes, et j'ai fait de toi mon excuse imparable pour ne pas grandir.

Et puis soudain j'ai grandi – à soixante-huit ans – parce que tu m'y as forcée.

Je sais que ça ne fait pas très longtemps, mais voilà ce que j'ai pu constater depuis : des choses arrivent. Des choses terribles. Tout ce que nous sommes en mesure de faire, c'est de décider si elles nous arrivent *à* nous ou si, du moins en partie, elles arrivent *pour* nous.

J'ai toujours cru que ta maladie m'était arrivée à moi. Maintenant, je choisis de croire qu'elle est arrivée pour moi, car c'est elle qui m'a conduite à enfin arrêter de boire. Ce n'est pas à cause de toi et de ta maladie que j'ai commencé à boire, comme je te l'ai sûrement laissé croire, mais c'est grâce à toi que j'ai arrêté.

Peut-être ai-je tort. Peut-être n'ai-je pas le droit de penser à ta souffrance en ces termes, mais c'est la seule façon pour moi de donner un sens à tout ça. Et je me demande s'il est possible que toi aussi, tu en viennes à te dire que ce que tu as enduré sert à quelque chose ?

Est-ce pour cela que tu ressens tout si intensément, que tu aimes plus passionnément et que tu te bats plus farouchement que les autres ? Est-ce pour cela que ta sœur te considère comme l'amour de sa vie ? Que tu écriras un jour bien mieux qu'une petite chronique culinaire ? Que tu peux être ma plus féroce critique, mais avoir assez de compassion pour acheter des lunettes dont tu n'as pas besoin parce que le type est tombé de son tabouret ? Martha, quand tu es dans une pièce, c'est à toi que les gens ont envie de parler. Pourquoi, si ce n'est à cause de la vie que tu as vécue, comme si le feu des épreuves t'avait affinée ?

Toute ta vie, tu as été aimée par le même homme. C'est un présent que peu de gens reçoivent, et s'il t'aime de façon aussi obstinée et persistante, ce n'est pas en dépit de toi et de ta souffrance. C'est à cause de ce que tu es, et qui est en partie le produit de ta souffrance.

Tu n'es pas obligée de me croire, mais je sais – je t'assure, Martha – que ta souffrance t'a rendue assez courageuse pour aller de l'avant. Si tu le souhaites, tu peux tout arranger. Commence par ta sœur.

*

J'ai glissé la lettre dans un tiroir et saisi mon téléphone. Il y avait un message d'Ingrid. Ça faisait des jours qu'ils étaient revenus, mais nous ne nous étions pas reparlé depuis sa visite à Oxford. Je lui avais envoyé des textos auxquels elle n'avait jamais répondu. Elle disait *Achète du déboucheur en rentrant car la baignoire ne se vide plus. désolée de t'envoyer un sexto au travail.* Émojis en forme d'aubergine et de bouche peinte.

Alors que je fixais l'écran, des petits points gris sont apparus, ont disparu, sont réapparus.

Évidemment, ça ne s'adressait pas à toi.

J'ai répondu par un rosaire, une cigarette et un cœur noir. J'ai commencé un autre message avec une route et une fille qui court, mais je ne l'ai pas envoyé, car si elle avait su que je venais, elle serait partie avant que j'arrive.

*

Elle était dans le jardin, assise jambes pendantes sur une table délabrée, et regardait ses fils faire du vélo en se rentrant volontairement dedans. En dépit du froid, ils étaient tous trois vêtus de shorts et de T-shirts de Disneyland. Elle s'est retournée lorsqu'ils m'ont hélée, mais est restée impassible tandis que je m'avançais jusqu'à elle en agitant bêtement la main.

« Salut, Martha. » J'ai ressenti une piqûre en entendant ma sœur m'accueillir comme une amie, ou comme une moins-que-rien. « Qu'est-ce que tu fais là ?

– Je suis venue t'apporter ça. » Je lui ai tendu un sac en plastique contenant le produit déboucheur. « Et te demander pardon. »

Ingrid a regardé dans le sac sans rien dire. Puis – « Excuse-moi » – elle s'est penchée de côté pour regarder dans mon dos ses fils qui s'étaient mis à faire déraper volontairement leurs vélos, sachant pertinemment que c'était interdit – elle s'est mise à leur crier dessus – car ça bousillait la pelouse.

Il n'y avait pas de pelouse, celle-ci avait été bousillée dès le jour de leur emménagement, mais, bien que ses fils l'ignorent complètement, Ingrid se remettait à les sermonner au même volume chaque fois que je croyais qu'elle avait fini et que j'essayais de dire quelque chose.

La pluie qui était tombée toute la matinée s'était arrêtée au moment où je sortais de la voiture, mais le ciel était encore sombre et chaque petite bourrasque faisait s'égoutter les arbres. J'ai attendu.

Ingrid a lâché l'affaire et a dit : « Vas-y, alors.

– Je voulais te dire…

– Attends. »

Ma sœur a quitté la table, ramassé une voiture miniature dans une flaque, sorti son téléphone et envoyé une série de messages avant de revenir et d'entreprendre d'essuyer une autre portion de la table avec un mouchoir qu'elle a mis longtemps à localiser dans sa poche.

« Ingrid ?

– Quoi ? Vas-y. Je t'ai dit vas-y. »

Elle ne s'est pas rassise sur la table, s'est seulement perchée sur le bord.

Je me suis excusée. C'était une variante de ce que j'avais composé en voiture, en plus tortueux et hésitant, avec une foule de faux départs et de répétitions de plus en plus pénibles et laborieuses. Je me sentais comme une enfant trébuchant au cours de piano sur un morceau que j'avais exécuté parfaitement à la maison.

Plus je m'échinais, plus ma sœur semblait irritée, se contentant de dire « Je sais déjà tout ça », alors que je revenais une fois encore à la question de vouloir des enfants, avant une conclusion tombée totalement à plat : « Donc ça doit être ça. »

Elle a dit ouais et a appuyé les doigts sur son flanc au niveau d'une des côtes. Le truc, m'a-t-elle dit en regardant droit devant elle, c'est que je l'avais usée. J'avais usé tout le monde. C'était allé trop loin. Elle ne pouvait plus s'occuper de moi et de ses enfants à la fois. Elle finirait par me pardonner un jour, mais pas maintenant.

J'ai dit OK et je me suis préparée à partir, mais Ingrid s'est décalée et m'a demandé si j'allais m'asseoir ou pas. Pendant une minute, nous avons regardé ses fils, qui essayaient désormais de fabriquer une rampe à l'aide de planches et d'une brique. Puis j'ai dit : « Ils sont tellement géniaux. » Ingrid a haussé les épaules. « Non, vraiment. Ils sont géniaux.

– Sur quoi tu te bases pour dire ça ?

– Il y a cinq minutes, c'étaient des bébés, et maintenant, regarde ce qu'ils font.

– Ouais. Ils font du vélo.

– Non, ils fabriquent des objets à partir de matériaux recyclés. »

Ingrid a posé ses mains sur son visage et secoué la tête comme si elle pleurait.

J'ai attendu. Quelques instants plus tard, elle a retiré ses mains et dit : « OK, d'accord. Je t'ai pardonné. » Elle avait les yeux rouges et bordés de larmes, mais elle riait. « Tu es toujours la pire. Tu es carrément la pire personne qui soit. »

Je lui ai dit que je le savais.

« Pourquoi, a-t-elle dit avec une soudaine tristesse dans la voix, pourquoi m'as-tu menti sur le fait de vouloir des enfants ? Tu n'avais pas confiance en moi ?

– En toi, si. C'est en moi que je n'avais pas confiance. »

Elle a demandé pourquoi.

« Parce que tu aurais pu me faire changer d'avis. Comme Jonathan. Si tu m'avais dit que je pouvais être une bonne mère, je me serais laissée aller à te croire. »

Ingrid s'est penchée vers moi de manière à ce que nos bras se touchent.

« Je n'aurais jamais dit ça.

– Mais si, tu l'as dit. Tu n'arrêtais pas de me dire que je devrais avoir un enfant.

– Non, je ne t'aurais jamais dit que tu serais une bonne mère. Tu serais nulle. »

Elle m'a donné un petit coup de pied et a dit : « Putain, Martha. Je t'aime tellement que ça me fait mal physiquement. Tu peux me passer ça ? » Elle a désigné le sac en plastique. Je l'ai ramassé par terre et, en regardant dedans, elle a dit « C'est celui qui est cher. Merci ! » et l'espace d'une seconde, j'ai eu l'impression que nous étions de nouveau réunies dans notre champ magnétique.

Soudain, des cris. Une bagarre avait éclaté au sujet de la brique.

Ingrid a soupiré bon c'est fini et m'a dit que si je voulais bien régler ça, il fallait qu'elle aille préparer leur dîner.

Nous nous sommes levées et je suis allée vers les garçons, désormais tous armés de bâtons.

Elle avait presque atteint la maison quand elle m'a appelée ; je me suis retournée et je l'ai vue, marchant à reculons sur la dernière portion de pelouse, et je me souviens qu'au moment où elle a levé les bras pour resserrer sa queue-de-cheval, un nuage est passé rapidement devant le soleil, si bien que la lumière a vacillé sur son visage et ses cheveux quand elle nous a crié d'un air radieux « Mes fameuses pâtes-avec-rien-dessus ».

*

Ensuite, pendant qu'ils prenaient leur bain, nous nous sommes assises devant la porte, adossées au mur. Nous parlions d'autre chose quand Ingrid a dit : « Si tu vas mieux depuis genre le mois de juin, pourquoi tu te comportes toujours de la même façon ? Je veux dire, avec Patrick. Je ne te juge pas. C'est juste que, si tu te sens plus rationnelle, pourquoi ça ne se voit pas forcément de l'extérieur ? » Elle a grimacé comme quelqu'un qui s'attend à une explosion.

« Parce que je ne sais pas comment me comporter autrement avec lui. Je sais que ce n'est pas une excuse.

– Non, je comprends. On n'efface pas je ne sais combien d'années en quelques mois. Mais il faut trouver un moyen. »

Je lui ai dit que je ne me sentais pas prête à ça, à le voir, et que je savais que je ne pourrais pas lui pardonner de toute façon.

« Tu sais où il est ? a demandé Ingrid.

– À Londres.

– Mais tu sais où exactement ?

– Non. Je suppose qu'il a repris l'appartement.

– Il va le reprendre, mais pour l'instant, il est chez Winsome et Rowland », a-t-elle dit d'un air grave.

Je lui ai demandé où était le problème. « Winsome et Rowland ne sont pas là.

– Non, mais Jessamine y est. »

J'ai ri en disant que s'il y avait une chose dont je ne m'étais jamais inquiétée, c'était que Patrick se mette avec quelqu'un qui n'était pas sa femme.

Bien que je l'aie poussé à partir, que je l'aie puni sans relâche pendant des mois pour qu'il le fasse, et que je lui aie dit que je ne l'aimais plus – en le lui criant au moment où il quittait notre chambre pour la dernière fois –, j'ai ressenti un coup quand Ingrid a dit : « Mais, Martha, dans l'esprit de Patrick, tu n'es plus sa femme. »

Ingrid m'a fait attendre tandis qu'elle cherchait dans un tiroir sa clé de Belgravia. « Au cas où, au cas où. »

J'avais déjà accepté une barre de céréales, une bouteille d'eau et un triple CD de développement personnel trouvé dans le tiroir. En vingt et un jours, je pouvais maîtriser l'art de se pardonner à soi-même.

Je lui ai dit que je n'avais pas besoin de la clé. « S'il n'est pas là, je m'en irai. Je n'ai aucune raison d'entrer.

– Si. Tu pourrais avoir besoin d'aller aux W.-C., par exemple. »

Elle l'a trouvée et me l'a tendue. Comme je refusais de la prendre, elle a saisi ma main et replié mes doigts par-dessus.

« Qu'est-ce que c'est que ce truc ? » Elle tenait mon pouce.

« Les Hébrides.

– Ah ben oui. Bien sûr. Tu peux mettre ça dans ton sac ? »

J'ai pris la clé pour qu'elle arrête d'en parler.

*

Patrick n'était pas là. J'ai frappé et attendu sur le perron jusqu'à ce que mon visage soit endolori par le froid et que mes doigts deviennent gourds dans mes poches. Je suis retournée dans la voiture et je suis restée là, enveloppée dans mon manteau pendant une heure. Le square était désert. Aucune allée et venue. Cela ne faisait que six semaines que Patrick était parti mais, en quelques jours, le temps avait acquis une qualité irréelle et ma solitude était devenue si totale que maintenant – dans la voiture – elle semblait contester l'existence même des choses.

Une autre heure s'est écoulée. Toujours personne. J'ai commencé à perdre les pédales. Il n'y avait que le froid. J'ai googlisé *hypothermie en voiture*, mais tandis que mes doigts tentaient de trouver les touches, ma batterie est morte et c'est pour ça, me suis-je dit, qu'il fallait que j'entre dans la maison. En réalité, c'était par compulsion de voir, sinon Patrick, du moins quelque chose de lui. Après des semaines passées seule, aboutissant à ces deux heures dans la voiture, sans rien voir d'autre par la vitre que l'obscurité et l'absence d'êtres humains, même lui ne semblait plus réel.

*

À l'intérieur, tout était de travers. Déstabilisée, je suis restée dans l'entrée, la clé d'Ingrid à la main.

Winsome avait fixé pour règle que les effets personnels étaient interdits dans les espaces communs, mais Jessamine avait laissé ses affaires partout, envoyant balader ses chaussures aux quatre coins du hall, entassant ses vêtements sur toute la longueur du couloir. J'ai enlevé mon manteau et je suis allée dans le grand salon. Il y avait une bouteille de vin et deux verres, vides à l'exception d'un dépôt brun au fond, posés directement sur un guéridon en noyer.

Une année qu'elle était ivre le jour de Noël, ma mère avait déclaré à la cantonade qu'après la mort de Winsome, son fantôme reviendrait hanter le grand salon et nous terroriser aux cris de « Traces sur le bois ! Traces sur le bois ! » en déplaçant les sous-verre d'une main invisible. Je suis allée prendre les verres pour les descendre à la cuisine, ramassant d'autres choses au passage, terminant par un chargeur de téléphone et un flacon de dissolvant à ongles en plastique rose. Que ma cousine pose un solvant cosmétique sur le couvercle laqué du piano de sa mère semblait parfaitement résumer sa nature. J'ai eu envie de partir. Mais rien de ce que j'avais collecté là ni en me dirigeant vers l'escalier de la cuisine n'appartenait à Patrick. J'ai tout posé en tas à l'entrée et j'ai rejoint l'escalier principal.

Ce qu'il avait emporté dans sa valise et les choses qu'il avait dû acheter depuis son départ étaient dans des cartons empilés devant la chambre d'Oliver, fermés avec du ruban adhésif et munis de numéros qui renvoyaient, je le savais, à un tableur décrivant le contenu de chacun. Je ne les ai pas ouverts. Les numéros étaient écrits à la main. Ça suffisait.

En retournant vers l'escalier, je suis passée dans la chambre de Jessamine pour utiliser ses toilettes. Sur sa table de nuit, à côté d'un verre à eau et d'un élastique violet dont le fermoir en métal retenait quelques cheveux blonds, était posée la montre de Patrick. Je me suis approchée et je l'ai saisie. J'ai eu la nausée, non parce qu'elle était là, mais à cause de sa familiarité intrinsèque, de son poids dans ma main et du souvenir qui l'accompagnait, de la façon dont il la mettait, de la première fois que je l'avais vu le faire. Je ne me sentais pas autorisée à avoir un tel souvenir. Patrick ne m'appartenait pas. J'ai reposé la montre et je suis allée dans la salle de bains.

Devant le miroir, je me suis essuyé le visage avec des mouchoirs, en voyant se refléter derrière moi le carrelage sur lequel il avait aidé ma sœur à accoucher. À côté des W.-C. se trouvait une poubelle débordant de déchets cosmétiques laissés par Jessamine. Je suis allée jeter mes mouchoirs dedans. Ils sont tombés sur une plaquette faite pour un comprimé unique. Voilà l'autre chose dont je ne m'étais jamais inquiétée : que quelqu'un qui n'était pas sa femme ait envoyé Patrick acheter la pilule du lendemain.

En quittant Londres, j'ai soudain réalisé que dans ma précipitation à partir, j'avais oublié mon manteau, et plus je roulais, moins j'étais sûre d'avoir fermé la porte d'entrée.

*

Pendant la semaine qui a suivi, j'ai parcouru la maison de standing en remplissant des cartons qui, si je les avais étiquetés, auraient mentionné : *Couverts en vrac versés directement du tiroir. Boîte de sardines à l'huile/ certificats de naissance. Coussin, sèche-cheveux, saucière enveloppée dans une housse de couette*.

Je me nourrissais de Gatorade bleu et de crackers tandis que le garde-manger se vidait et je dormais tout habillée sur le canapé.

Il neigeait le jour où j'ai déménagé. Le matin, deux hommes sont arrivés dans un camion pour répondre à tous mes besoins de déménagement et de stockage, à en croire la promesse peinte sur son flanc. Ils ont commencé à charger tandis que je terminais notre chambre. À l'exception d'une valise, Patrick avait tout laissé derrière lui.

J'ai emballé le contenu de son armoire et de sa commode, puis j'ai ouvert le tiroir de sa table de nuit. Sur le dessus se trouvait un livre offert par mon père au Noël précédent, et que Patrick s'était obstiné à lire, bien que ce ne soit même pas un recueil de poèmes, mais un ouvrage sur la poésie. Je l'ai pris et l'ai ouvert à une page contenant quelques fiches dont les bords, qui dépassaient, étaient devenus cornés et mous.

Il avait prévu de dire : « Nul doute que ma femme me corrigera tout à l'heure en assurant que c'était juste pour l'*open bar*, mais si nous sommes tous réunis ici, c'est par amour pour cette femme magnifique, peu banale et exaspérante qui, selon moi, ne fait absolument pas plus que trente-neuf ans et douze mois. » Il avait prévu de dire : « J'aimerais qu'il en soit autrement, mais chacun sait que Martha est la seule chose que j'aie jamais voulue dans ma vie… » Je n'ai pas pu aller plus loin. J'ai remis les fiches dans le livre et le livre dans le tiroir, et au lieu d'emballer son contenu, j'ai embobiné toute la table de nuit de ruban adhésif. Les hommes sont apparus à la porte et je leur ai dit que j'avais fini, qu'ils pouvaient tout emporter.

Quand ils sont partis, j'ai arpenté la maison en tenant à la main l'adresse qu'ils m'avaient donnée, celle d'un garde-meubles quelque part à Londres. Je connaissais chaque entaille dans les plinthes, chaque écaille dans les portes, tous les endroits des murs du salon où nous avions essayé de recouvrir les marques laissées par un locataire précédent. Patrick s'était trompé de finition en achetant la peinture et ils ressortaient encore, tel un système solaire de taches brillantes dans un vaste univers mat. La moquette taupe portait en creux la marque de nos meubles, la poussière recouvrait comme une bande de feutre gris chaque prise atypique dont nous n'avions jamais déterminé l'usage. Pendant sept ans, il avait émané de la maison de standing une sorte d'hostilité psychique que j'étais seule à percevoir. J'ignore pourquoi, pendant la dernière heure passée là, elle m'a donné le sentiment d'être chez moi. Je suis remontée à l'étage pour voir le débarras.

Derrière la petite fenêtre, la neige se posait sur les branches dénudées du platane. Je l'ai ouverte et je suis retournée dans l'embrasure de la porte où je suis restée un moment. Quelques flocons se sont engouffrés, ont virevolté jusqu'au sol et ont fondu sur la moquette.

*

L'agent immobilier était entré dans la maison et se trouvait en bas dans la cuisine avec un couple, plus jeune que Patrick et moi. Il était question d'appareils de qualité. Je leur ai jeté un coup d'œil en passant incognito et j'ai vu la femme ouvrir le four, froncer le nez et dire : « Chéri, regarde. » J'ai refermé la porte derrière moi, mis la clé dans la boîte aux lettres et je suis partie.

*

Après avoir franchi les grilles du lotissement de standing, je me suis garée près d'un trou dans la grande haie qui le bordait. Je m'y suis faufilée et j'ai débouché dans la vaste étendue de terrain découpée en parcelles de jardin. Elle était déserte, la terre était nue, laide et détrempée sous mes pieds. Je ne sais pourquoi j'avais voulu m'arrêter et y entrer ; je n'étais jamais venue seule auparavant. Sans Patrick, j'étais incapable de retrouver la parcelle qui nous appartenait. Je me suis mise à arpenter les allées au pas de course, les yeux larmoyants quand j'avais le vent de face, les cheveux dans la figure quand je l'avais dans le dos.

Enfin, j'ai repéré notre abri et traversé en courant les autres parcelles jusqu'à la nôtre, un carré de boue noire et de feuilles orange noyées dans l'eau qui stagnait dans les sillons creusés par Patrick. Hormis cela et les vrilles de vieux plants de patates aplatis par la pluie, rien ne témoignait de son travail. L'hiver avait effacé les heures qu'il avait passées ici, seul ou avec moi assise à le regarder enfoncer la bêche avec son pied ou arracher les mauvaises herbes et les plantes montées en graine.

La porte de l'abri était ouverte et battait au vent. Les gens avaient emporté ses outils et la chaise qu'il m'avait achetée. La seule chose qu'ils avaient laissée, parce qu'on ne pouvait le déplacer, c'était le tronc d'arbre.

J'ai voulu m'asseoir dessus, mais le souvenir m'a fait m'agenouiller par terre devant lui. Puis replier les bras autour, baisser la tête, respirer le bois mouillé, entendre Patrick dire tu en es à combien ? Tu m'accordes quelques jours ? J'avais répondu je ne vais pas attendre sans raison, Patrick. On se voit à la maison.

J'ai vite eu tellement froid que j'ai dû me relever. Je n'arrivais pas à partir. Un jour, j'avais été enceinte. J'avais été enceinte ici, et ça le rendait sacré, ce carré de boue noire que j'allais abandonner aux éléments. J'allais laisser ce lieu qui nous appartenait à la merci du premier venu croyant que ce n'était à personne, qu'il n'y avait rien ici hormis un tronc mort. J'ai ramassé une brindille et l'ai enfoncée dans le sol, puis je me suis forcée à retourner à la voiture, courbée contre le vent.

Dans le silence soudain, après avoir refermé la portière, je me suis remémoré Patrick qui disait, en me conduisant pour la première fois à la maison de standing, que nous serions bientôt autosuffisants en matière de salades. J'ai ri tout en pleurant. Oui, ce premier été, nous l'avions été quelque temps.

*

Au bout d'un kilomètre, j'ai entré l'adresse dans Google Maps, bien que j'aie vécu à Goldhawk Road depuis l'âge de dix ans, sauf pendant les deux brèves périodes où j'avais été mariée. En entrant sur l'autoroute, la dame du GPS a dit dans quatre-vingt-sept kilomètres, prenez la sortie à gauche, puis – car je l'avais ratée – faites demi-tour dès que possible.

La porte de la maison de mes parents était entrouverte. Je suis entrée et j'ai trouvé Ingrid sur le canapé du bureau de mon père, assise les pieds par terre et non pas étendue de tout son long avec les pieds sur l'accoudoir ou dressés contre le mur. Et ses yeux étaient fixés sur mon père, qui se tenait au milieu de la pièce, s'apprêtant à lire un passage d'un ouvrage ouvert entre ses mains comme un livre de cantiques. Et ma mère était avec eux, brandissant un petit plumeau – tel que je n'en avais jamais vu à la maison – au-dessus d'un objet sur la cheminée.

L'impression qu'ils m'ont donnée était celle d'acteurs de théâtre attendant que le rideau se lève mais trop lents à réagir, si bien que l'espace d'un instant, le public les voyait ainsi, figés dans des positions naturalistes, avant qu'ils se mettent en action.

La mère se met à agiter son plumeau, le père entame sa lecture au milieu d'une phrase, le personnage de la sœur se penche en avant comme si elle écoutait. Le fait qu'elle consulte en réalité son téléphone est évident pour ceux qui se trouvent de l'autre côté du quatrième mur. Le père lève les yeux et s'arrête de lire, car une autre actrice – qui est manifestement l'élément perturbateur – apparaît, chargée de nombreux bagages. Il l'invite à s'asseoir, la mère sort en parlant de café et, après avoir demandé si elle a fait bon voyage, le père dit « Bon, où en étais-je ? Ah oui, voilà », et reprend sa lecture. La sœur renonce à faire semblant d'écouter et regarde ouvertement son téléphone.

L'autre reste plantée là, elle ne pose pas ses bagages mais elle écoute, laissant au public le temps de s'interroger sur son histoire, pourquoi elle est venue, ce qu'elle veut, quels obstacles se dressent devant elle et comment ils vont être surmontés en quatre-vingt-dix minutes. S'il va y avoir un entracte. Si la machine du parking prend les cartes de crédit.

« "En fait, la grande révélation n'arrivait peut-être jamais. C'était plutôt de petits miracles quotidiens, des illuminations, allumettes craquées à l'improviste dans le noir ; en voici une." C'est pas génial, ça, les filles ? C'est…

– Virginia Woolf. »

Ingrid l'a dit sans quitter des yeux son téléphone, mais, anticipant la question de son père, elle a levé la tête et dit : « C'était sur Instagram.

– C'est quoi, l'Instagram ?

– Regarde. » Elle a balayé l'écran avec son pouce et a tendu le téléphone à mon père, qui l'a pris et a tenté maladroitement de faire défiler le texte avec tous les doigts de la main droite et un mouvement arthritique du poignet. « On peut mettre n'importe quoi là-dessus, même de la poésie, et il y aura toujours quelqu'un à qui ça plaît. Un seul doigt, papa. En remontant du bas. »

Il a maîtrisé le geste et, quelques minutes plus tard, a déclaré que @citation_du_jour était une mine d'or, demandant combien ça coûtait pour s'inscrire. Ingrid lui a dit que sa seule dépense consisterait à acheter un portable sans antenne, puis s'est empressée d'ajouter qu'elle le ferait pour lui sur Internet en voyant l'hésitation se peindre sur son visage à la seule mention d'une interaction commerciale.

J'ai annoncé qu'il fallait que je déballe mes affaires. Ingrid a proposé de m'aider et s'est levée.

Dans le couloir, je lui ai dit que je n'avais pas besoin d'aide.

« Je voulais juste dire que j'allais te regarder faire, a-t-elle répondu en me suivant dans l'escalier.

– Où sont les garçons ?

– Hamish les a emmenés chez le coiffeur pour refaire leur coupe. J'ai cru que je pouvais la faire moi-même, mais en fait, c'est pas facile. » Elle était essoufflée avant d'avoir gravi la moitié du premier étage et a dû marquer de courtes pauses en montant au deuxième. « Je voulais ouvrir un salon nommé Coupe Maman, mais… évidemment… ça peut se comprendre… de deux façons… en fonction… il faut que je m'assoie une seconde… de ton état d'esprit. »

En arrivant devant ma porte, Ingrid m'a demandé de me pousser pour pouvoir l'ouvrir. Après avoir jeté un coup d'œil à l'intérieur et fait aussitôt demi-tour, elle a dit : « Et si tu prenais plutôt la mienne ? » Ma chambre avait été réquisitionnée pour servir de lieu de stockage aux sculptures qui, comme l'a expliqué ma mère quand je l'ai interrogée par la suite, « n'étaient pas encore abouties sur le plan conceptuel ».

Nous sommes entrées dans la chambre voisine et j'ai fourré mes sacs en bas de l'armoire vide d'Ingrid, puis je me suis assise à côté d'elle sur le futon qui avait été acheté en même temps que le canapé marron et la table en bouleau, et qui avait fait les frais de son tabagisme adolescent.

Elle a parlé un moment de l'origine de chacune des traces de brûlure, de sa chambre, des choses écrites et dessinées sur le mur dont beaucoup étaient encore là, y compris, derrière le rideau, les mots JE HAIS MAMAN. Puis elle s'est remémoré les fois où j'étais venue la chercher à l'occasion d'un Départ. En parlant, elle m'avait machinalement pris la main et elle s'est mise à me frotter le pouce comme pour en effacer le tatouage. « Tu regrettes parfois de t'être fait faire ça ?

– Oui.

– Quand ?

– Quand je le vois.

– Je ne te juge pas…, a-t-elle dit en retournant son poignet pour me montrer le tout petit trait tatoué dessous. Bref. Qu'est-ce que tu vas faire, maintenant ? Tu as des projets ? Parce que tu pourrais… »

Son ton indiquait le début d'une liste, mais rien n'est sorti après son inspiration préliminaire, sauf une expiration. Elle semblait désolée.

« Je sais, ne t'en fais pas.

– Je vais trouver une idée.

– Ça va, c'est pas ton boulot. De toute façon, j'en ai une – enfin, c'est pas vraiment un projet. C'est plus – j'ai hésité – il faut que je trouve quel genre de vie s'offre à une femme de mon…

– Ne dis pas "de mon âge".

– … une femme née au même moment que moi, célibataire, sans enfants ni ambition particulière, et dont le CV – j'allais dire « est merdique », mais il y avait tant d'inquiétude sur le visage de ma sœur – dont le CV manque de cohérence.

– Ce n'est pas forcément une vie calamiteuse. Je veux dire, ne pars pas du principe que ce sera…

– Non. Je veux que ce ne soit pas calamiteux. Mais je ne sais pas quelles options non calamiteuses existent quand on n'aime pas les animaux ni aider son prochain. Si on a toujours désiré ce que les femmes sont censées désirer : des enfants, un mari, des amis, une maison…

– … un business prospère sur Etsy…

– … un business prospère sur Etsy, l'envie, l'épanouissement, que sais-je, et qu'on n'a pas obtenu ça, qu'est-ce qu'on est censée vouloir à la place ? Je ne sais pas comment désirer autre chose qu'un enfant. Je n'arrive pas à imaginer autre chose et à décider que c'est ça que je veux. »

Ingrid a dit mais si, tu peux. « Même les femmes qui obtiennent ces choses finissent par les perdre. Les maris meurent, les enfants grandissent et épousent quelqu'un qu'on déteste, les études de droit qu'on leur a payées leur servent à faire du business sur Etsy. Tout finit par disparaître, et comme les femmes sont toujours les dernières à tenir, on s'invente d'autres désirs.

– Je ne veux pas que ce soit un truc inventé.

– Tout est inventé. La vie est une invention. Tout ce que les autres font est une création de l'esprit. J'ai même inventé Swindon, putain, je me suis forcée à en avoir envie et j'ai réussi.

– Vraiment ?

– En tout cas, je n'en ai *pas* pas envie.

– Comment tu as fait ?

– Je ne sais pas, a-t-elle dit. En me concentrant juste sur… sur les activités pratiques et en faisant semblant d'aimer ça jusqu'à ce que ça finisse par me plaire ou que je ne me rappelle plus ce que j'aimais avant. »

Je me suis mordu la lèvre et elle a continué. « Genre, essaie de trier tes fringues ou de faire du yoga et ça viendra sûrement, ou alors c'est toi qui trouveras. Tu es tellement intelligente, Martha, tu es la personne la plus créative que je connaisse. » Comme je levais les yeux au ciel, elle m'a tapée en disant : « Mais si ! Bon, il faut que je rentre chez moi, tu peux m'aider à me relever ? »

Debout au milieu de sa chambre, ma sœur a gardé un instant mes mains dans les siennes et a dit : « De petits miracles quotidiens, des illuminations, des allumettes, etc., etc. Fais ça. Fais ce que dit Virginia Woolf. »

Je suis descendue avec elle et je lui ai promis, contrainte et forcée, d'entamer une activité pratique, mais pas un journal de gratitude, parce que, comme elle a dit, ça la ferait flipper.

« Ni un tableau de visualisation. À moins que ce soit seulement des photos de Kate Moss à plus de quarante ans sur un yacht de luxe.

– Avec le bikini de travers.

– Toujours.

– Ingrid, je t'aime. »

Elle a dit je sais et est partie.

*

Mon père avait laissé la lumière allumée et le livre ouvert sur le bureau. Je suis allée le prendre, mais je n'ai pas retrouvé le passage qu'il avait lu. En essayant de le caser dans un espace inexistant sur ses étagères, j'ai repensé à la fois où il m'avait dit, pendant l'été que j'avais passé dans cette pièce : « Toute la vie sur un seul mur, Martha. Toute sorte de vie, réelle ou inventée. »

Je suis restée là à lire le dos de tous ces livres, puis j'ai commencé à en sortir un, puis un autre, en les empilant sur mon bras gauche. Ma sélection se basait sur trois critères. Les livres écrits par des femmes ou par des hommes suffisamment sensibles/dépressifs qui avaient inventé leur propre vie. Les livres que j'avais prétendu avoir lus, à l'exception de Proust, car malgré tout ce que j'avais fait, je ne méritais pas de souffrir à ce point. Les livres au titre prometteur que j'arrivais à attraper sans monter sur une chaise.

Ils étaient vieux. Leur couverture me laissait une sensation crayeuse sur les doigts et leurs pages sentaient l'ennui d'attendre que mon père ait fini de fouiner chez un bouquiniste quand j'étais gamine. Mais ils allaient me dire comment vivre ou quoi désirer, c'était toujours mieux qu'un journal de gratitude et je n'avais pas d'autre idée.

J'ai commencé par Virginia Woolf, l'ensemble de ses écrits, lisant toute la journée dans une chambre qui n'était pas à moi, et parfois, quand je commençais à avoir peur de devenir folle à force de ne faire que ça et que je me mettais à penser en langage woolfien, je sortais et je lisais ailleurs. Le soir, je m'endormais sur mon livre. Où que je sois, chaque fois qu'un personnage voulait quelque chose, je le notais sur un papier. Quand j'ai eu fini de tout lire, j'avais une foule de bouts de papier rassemblés dans un bocal sur la commode d'Ingrid. Mais ils disaient tous : quelqu'un, une famille, un logis, de l'argent, ne pas être seul(e). C'est tout ce que les gens veulent.

*

J'ai essayé d'aller courir. C'est aussi horrible qu'il y paraît. Au bout d'un kilomètre, j'ai renoncé et je suis allée acheter de l'eau au centre commercial Westfield. Parce que c'était un lundi matin peu après neuf heures et que j'étais une femme de plus de quarante ans en tenue de sport, je n'ai pas éveillé l'attention en faisant plusieurs fois le tour du rez-de-chaussée à la recherche d'un magasin adéquat.

Il y avait un WHSmith. Le seul chemin menant de l'entrée au rayon frais était une allée surmontée d'une pancarte indiquant Cadeaux/Inspiration/Agendas, mais bizarrement, on n'y trouvait que des rangées et des rangées de journaux de gratitude. Je me suis arrêtée et j'ai parcouru le rayon à la recherche du pire d'entre eux, pour l'acheter et l'envoyer à ma sœur. Malgré les innombrables injonctions qui s'étalaient sur leurs couvertures vert menthe, jaune beurre ou mauve à paillettes – vivre, aimer, rire, briller, prospérer, respirer –, dans l'ensemble, le plus grand impératif de l'humanité semblait être de poursuivre ses rêves.

J'en ai choisi un incroyablement épais, avec deux fois plus de pages que ses congénères, parce qu'il était écrit sur la couverture : *Allez-y, lancez-vous*. Ça se voulait insouciant et motivant, mais, faute de point d'exclamation, ça paraissait las et résigné. Allez-y, lancez-vous. Tout le monde en a marre de vous entendre en parler. Poursuivez vos rêves. Vous n'avez rien à perdre.

C'est votre jour, m'a dit la dame à la caisse. « Un stylo offert avec chaque journal. » Elle était bien vieille pour travailler là et l'effort de s'accroupir pour récupérer la boîte sous le comptoir l'a essoufflée. « Celui que vous voulez. » Les stylos aussi se voulaient source d'inspiration. J'en ai pris un orné d'une formule dérobée à la troisième vague féministe, je l'ai remerciée et je me suis dirigée vers un kiosque à café situé au centre de la galerie marchande, qui diffusait dans l'atmosphère une odeur de pain synthétique.

J'ai commandé des toasts. Je les ai attendus longtemps et j'ai atteint le bas de mon fil Instagram avant qu'ils n'arrivent. La dernière image était une photo de F. Scott Fitzgerald sur @citation_du_jour. La légende disait : *Ce dont on a honte fournit d'habitude la matière d'une histoire intéressante.*

Mes toasts n'étaient toujours pas là. J'ai sorti le journal d'Ingrid et j'ai noté la légende sur la première page, puis j'ai jeté un rapide coup d'œil par-dessus mon épaule au cas où quelqu'un m'aurait vue. Mais personne d'autre que moi n'aurait mal jugé une femme assise toute seule dans une briocherie un matin de semaine, alors que sa tenue de jogging et son journal de gratitude témoignaient de sa volonté de s'améliorer sur deux fronts. J'ai remué sur ma chaise. C'est dans un esprit de repentance, sans doute, que j'ai ouvert le journal à une autre page, quelque part au milieu, car je ne savais pas par quoi commencer. Je me suis lancée. Allez-y, lancez-vous. Franchement, tout le monde s'en fout.

C'était la première semaine de mars. Assise pieds nus sur le pas de la porte à l'arrière de la maison de mes parents, j'arrachais les mauvaises herbes des fissures du béton et je remarquais l'éclat mordoré de mon thé dans la lumière froide du soleil tout en parlant au téléphone avec le fils aîné d'Ingrid. Ils avaient recommencé à m'appeler.

Il était en train de me raconter la série de livres qu'il lisait avec force détails et parfois la bouche pleine.

Je lui ai demandé ce qu'il mangeait.

« Du raisin et du pain à l'apôtre. »

J'ai entendu Ingrid lui réclamer le téléphone.

« Il veut dire à l'épeautre. Bon, désolée, la série fait trente-six mille volumes. Je te jure, ils doivent les faire écrire par des gamins quelque part dans un atelier clandestin. Comment ça va ? »

Je lui ai parlé du travail que j'avais décroché. Conseillère d'orientation dans une école de filles. Contrairement à moi, elle ne trouvait pas incongru qu'on m'ait proposé ce poste. « Tu as carrément fait tous les jobs. » Puis elle a dit merde, il faut que j'y aille. « Quelqu'un joue avec les portes. »

En raccrochant, j'ai vu un texto de Patrick. Nous ne nous étions pas reparlé depuis son départ.

Il disait *Salut Martha, je réemménage dans l'appart demain et j'ai besoin de certains de nos meubles, etc. Où sont nos affaires ?*

J'ai hésité un moment, tâchant d'assimiler la nouvelle et spectaculaire douleur provoquée par un message qui commençait par salut et mon prénom, venant d'un homme à qui j'avais été mariée. Je me suis frotté l'œil et le nez et j'ai répondu en demandant si on pouvait faire ça demain.

Il a dit qu'il ne pouvait pas. Il travaillait.

Je lui ai indiqué l'adresse du garde-meubles. En la tapant, je me suis demandé si Patrick se rendait compte que c'était notre anniversaire de mariage. Puis, en l'envoyant, si cette date ne comptait plus quand on avait renoncé à être mariés.

Patrick m'a demandé si je pouvais le retrouver là-bas dans deux heures. Mon désir de ne pas le faire était si intense que j'ai eu du mal à me lever et à rentrer après avoir répondu oui.

*

Il allait être en retard. Quand il me l'a annoncé par texto, j'étais déjà là-bas en train d'attendre devant le box, tout au bout d'un couloir si sombre et désert qu'il semblait post-apocalyptique.

Il a dit désolé, il en avait sans doute encore pour une heure – une histoire de camion et de rocade nord. Je n'étais pas obligée de l'attendre. J'ai dit que ça ne me dérangeait pas et j'ai sorti mon journal de mon sac. Il était taché, en morceaux, et d'une incroyable épaisseur à force d'être mouillé et séché sur le radiateur.

Je me suis assise par terre et j'ai écrit longtemps, jusqu'à ce que je réalise, en tournant la page, que j'avais atteint la dernière. Je ne savais pas comment terminer. N'ayant toujours pas trouvé de fin adéquate après plusieurs minutes de réflexion, je suis retournée au début et j'ai commencé à lire. Je ne l'avais pas fait jusque-là, sachant que ce que je trouverais dans mes écrits – nombrilisme, banalité, descriptions – m'inciterait à y mettre le feu.

Mais ce n'était pas le cas. Ou, du moins, j'y ai vu de la honte, de l'espoir et du chagrin, de la culpabilité et de l'amour, des peines et des joies, des sœurs et des mères, du bonheur, de la peur, de la pluie, des fêtes, des Noëls, des cuisines, des jardins, du sexe et du sommeil, de la présence et de l'absence. La bonté de Patrick. Mon caractère remarquablement déplaisant et ma ponctuation cabotine.

Soudain, j'ai vu tout ce que j'avais eu. Tout ce que les gens désirent dans les livres, un logis, de l'argent, ne pas être seul(e), tout était là dans l'ombre de la seule chose que je n'avais pas. J'avais même quelqu'un, un homme qui écrivait des discours sur moi, qui renonçait à des choses pour moi, qui restait assis pendant des heures à côté de mon lit quand j'étais en larmes ou sans connaissance, qui disait qu'il ne changerait jamais d'avis à mon sujet et était resté même quand il savait que je lui mentais, qui ne m'avait pas fait plus de mal que je ne le méritais, qui avait mis de l'huile dans le moteur et ne m'aurait jamais quittée si je ne le lui avais pas ordonné.

Restait encore une dernière révélation. Le fait que j'aie désespérément envie qu'il revienne n'en était plus une quand j'ai atteint la dernière page. Ce qui l'était, en revanche, c'est l'horrible petite raison pour laquelle je l'avais perdu. Ce n'était pas ma maladie ; ce n'était rien de ce que j'avais dit ou fait. Je l'ai notée et j'ai refermé le journal, j'avais terminé, bien que la page soit encore presque entièrement blanche, la véritable raison de notre séparation ne remplissant même pas une ligne entière.

À l'autre extrémité du couloir, la porte de l'ascenseur s'est ouverte.

Je me suis levée et j'ai posé le journal sur le dessus de mon sac.

Patrick est venu vers moi, si lentement, à moins que le chemin soit si long, qu'avant qu'il en ait parcouru la moitié, je ne me souvenais plus comment tenir debout. Quand quelqu'un qu'on connaît mieux que quiconque, qu'on a aimé et haï et qu'on n'a pas vu depuis des mois, vient vers vous en évitant votre regard jusqu'au dernier instant, puis en souriant comme s'il n'était pas sûr de vous connaître, qu'est-on censée faire de ses mains ?

*

Notre conversation a duré deux minutes, un mélange confus de désolés, de saluts, de mercis, de questions inutiles et d'instructions encore plus inutiles sur les verrous et la façon de les ouvrir. On aurait dit une blague. Un jeu pour voir qui tiendrait le plus longtemps en faisant semblant d'être quelqu'un d'autre. Aucun de nous n'a flanché et la conversation s'est terminée par une flopée de OK super. Patrick a pris la clé et je suis partie.

Je ne me suis rendu compte que mon sac était trop léger qu'à deux stations de l'arrivée sur le long trajet qui me ramenait chez moi. J'ai regardé dedans, comme si le journal pouvait y être alors que mon sac paraissait vide sur mon épaule. Il n'était pas sur le siège à côté de moi. Il n'avait pas glissé par terre. J'ai fait une scène. J'ai tenté de forcer les portes du wagon avant que le métro se soit immobilisé à la station suivante, puis j'ai joué des coudes à travers la foule amassée sur le quai et je suis entrée de force dans celui qui s'apprêtait à partir sur l'autre quai. Il aurait déjà été trop plein avec deux fois moins de monde dedans. Un homme m'a regardée en secouant la tête. Je n'en avais cure.

Dans l'autre sens, le métro était sans cesse retenu au milieu du tunnel. Je suis restée debout comme si ça allait rendre le trajet plus rapide ; je voyais mon journal sur le trottoir quelque part entre la station et le garde-meubles, une passante qui le ramassait, cherchait un nom à l'intérieur et, n'en trouvant pas, poursuivait son chemin avec et le jetait dans la première poubelle venue. Ou l'emmenait chez elle. C'était encore pire d'imaginer cette chose qui n'appartenait qu'à moi posée dans la cuisine à côté d'une pile de menus à emporter et de courrier à traiter, feuilletée devant la télé, « encore un passage marrant » lu à haute voix pendant la pub à un mari indifférent.

*

Quand je suis enfin arrivée, un employé du métro m'a dit que rien qui ressemble à un journal intime n'avait été rapporté, mais que si je voulais un parapluie, j'avais l'embarras du choix. Je suis sortie et j'ai refait en sens inverse le chemin jusqu'au garde-meubles, traversant aux mêmes endroits qu'une heure et demie auparavant, toujours bredouille à l'arrivée.

En me voyant entrer, le préposé a remarqué que j'étais de retour et que visiblement, je ne me lassais pas de cet endroit. Il était toujours assis derrière son bureau, calé dans son fauteuil, les mains croisées derrière la tête, et il regardait ses écrans de vidéosurveillance comme s'il y avait autre chose à voir que des couloirs déserts vus sous différents angles. J'ai de nouveau signé son stupide registre et en entrant dans l'ascenseur, je l'ai entendu dire : « Votre petit ami est encore là-haut. Il va regretter d'avoir tout sorti d'un coup. »

*

Tous nos meubles étaient dans le couloir, sortis un par un et disposés involontairement en un simulacre de salon. Un fauteuil, un téléviseur, un lampadaire. Patrick était assis sur notre canapé. Un bras sur l'accoudoir, en train de lire.

Il a levé les yeux et, en me voyant, a fait salut comme si je venais de rentrer à la maison, puis s'est replongé dans mon journal. Inutile de le lui réclamer. S'il avait commencé du début, il avait presque terminé. Je me suis assise sur le canapé, à l'autre extrémité, et j'ai attendu.

Patrick a tourné une page. De la part de n'importe qui d'autre – de la part de Jonathan –, ç'aurait été un acte d'une rare et ingénieuse cruauté de lire mon journal devant moi. Jonathan aurait fait mine d'être trop absorbé pour tolérer la moindre interruption, il aurait levé un doigt si j'avais essayé de parler, paru tour à tour triste, amusé, intrigué, un peu choqué et accablé en l'espace d'une seule page et aurait ponctué le tout de commentaires sur ma présentation des faits.

Mais c'était Patrick. Il était concentré. Son expression était sérieuse et ses réactions discrètes, un léger froncement de sourcils, un sourire occasionnel et presque imperceptible. Il n'a rien dit jusqu'à la fin. Et là, il a seulement demandé : « Je n'arrive pas à lire ton écriture. Je ne lui ai jamais quoi ?

– Ah, ai-je fait en lisant à l'envers la dernière ligne que j'avais écrite. Je ne lui ai jamais demandé comment c'était pour lui.

– Quoi donc, ta maladie ?

– Non, tout. Notre couple. D'être mon mari. Je ne t'ai jamais demandé comment c'était pour toi.

– OK, a-t-il dit en refermant le journal.

– C'est la chose dont j'ai le plus honte, je crois. » Je me suis levée et j'ai tendu la main pour le récupérer. « Parmi une foule d'autres options, évidemment. »

Au lieu de se lever, Patrick est resté assis et s'est gratté l'arrière de la tête. J'ai attendu. Il a gardé le journal dans sa main. « Tu veux savoir ? »

J'ai dit non, je ne veux pas. Je n'étais pas si courageuse que ça. Mais je me suis forcée à me rasseoir. « Comment c'était pour toi, Patrick ? » J'avais mon sac sur l'épaule. Je ne l'ai pas enlevé.

Il a dit : « C'était un putain de cauchemar. »

Ingrid disait une putain d'alarme de bagnole, des putain de mites, un putain de raisin sec dans mon soutif et ce n'était pas choquant. Mais je n'avais jamais entendu Patrick jurer, pas une seule fois de toute notre vie, et dans sa bouche, la force et la violence du mot m'ont fait tiquer.

Il a dit désolé.

« Non. C'est moi qui suis désolée. Continue. Je veux savoir.

– Tu sais déjà. C'est tout ce que ta mère t'a dit. » Il a posé le journal. « Tout tournait toujours autour de toi. Je sais que tu étais malade, mais c'est moi qui ai dû absorber ta douleur et encaisser ta colère, juste parce que j'étais là. Ça a pris le dessus sur tout le reste. J'ai l'impression que ma vie entière a été engloutie sous ta tristesse. J'ai essayé, Dieu sait que j'ai essayé, Martha, mais rien n'y faisait. J'avais souvent l'impression que tu cherchais délibérément à être malheureuse, mais que tu attendais tout de même un soutien constant. Parfois, j'aurais aimé choisir un restaurant pour la nourriture qu'on y servait et non parce que le patron avait l'air déprimé ou que le tapis te rappelait un incident désagréable qui t'était arrivé. J'aurais voulu qu'on soit normaux. »

Il s'est arrêté, hésitant manifestement à exprimer la suite. Il l'a fait. « Tu as balancé des objets sur moi. »

J'ai baissé les yeux. Me percevant de l'extérieur, je me suis dit : j'incline la tête, je ploie sous la honte.

« Je ne peux pas te décrire ce que c'était, Martha, je ne peux vraiment pas. Et tu t'attendais juste à ce que je m'en remette. Tu disais que tu voulais qu'on parle, mais ce n'était pas vrai. Parce que je ne commente pas en permanence mes émotions, parce que je ne décris pas chaque sentiment que j'éprouve, tu as décrété que je ne ressentais rien. Tu m'as dit que j'étais vide. Tu te souviens ? Tu as dit que j'étais juste le contour de ce qu'un mari devrait être. »

J'ai dit que je ne m'en souvenais pas. En fait, si. C'était dans un grand magasin. Nous étions en train d'acheter un matelas. Je lui demandais sans cesse son opinion. Il répondait à chaque fois que peu lui importait. Pour finir, j'étais partie en trombe et j'avais disparu si longtemps sans donner de nouvelles qu'il avait appelé toutes mes connaissances pour savoir si elles savaient où j'étais. « En fait, si, je m'en souviens. Je suis désolée.

– Tu m'accusais constamment d'être passif et de ne rien vouloir, mais je n'avais pas le droit d'avoir des envies. C'est comme ça que ça fonctionnait. Accepter ce que j'avais était le seul moyen de maintenir la paix. Et même… » Patrick s'est palpé la nuque, enfonçant les doigts dans un muscle comme s'il avait localisé la source d'une douleur. « Alors que tu me connais depuis tellement longtemps, tu as cru que la première chose que je ferais après t'avoir quittée, c'est aller coucher avec ta cousine.

– Non, je… »

C'était vrai.

« La montre appartenait à un de ses copains. Il avait la même que moi. Mais tu ne t'es même pas demandé s'il pouvait y avoir une autre explication, tu n'as même pas envisagé que tu te trompais. À quoi bon, si tu crois que je suis comme ça ? »

J'ai dit : « Patrick, je suis la pire personne sur Terre.

– Mais non. » Patrick a serré le poing et frappé l'accoudoir du canapé. « Tu n'es pas non plus la meilleure personne sur Terre, contrairement à ce que tu crois réellement. Tu es comme tout le monde. Mais c'est plus dur pour toi, n'est-ce pas. Tu préférerais être l'un ou l'autre. L'idée d'être ordinaire t'est insupportable. »

Je ne l'ai pas contredit. J'ai seulement dit : je suis désolée que ç'ait été un putain de cauchemar.

« Par moments. » Il a soupiré, puis il a repris le journal et l'a laissé s'ouvrir au hasard. « La plupart du temps, c'était génial. Tu m'as rendu tellement heureux, Martha. Tu n'imagines même pas. Tu n'imagines pas à quel point c'était bien. C'est ce que j'ai le plus de mal à digérer. Que tu ne te sois pas rendu compte de tous les bons côtés. Que tu ne les aies pas vus. »

J'ai dit que je les voyais, maintenant.

« Je sais. »

Je l'ai regardé feuilleter le journal à la recherche d'une page en particulier, la parcourir un instant en silence, puis se mettre à lire à haute voix : « C'était à un mariage, peu après le nôtre. Pendant la réception, Patrick a fendu la foule en direction d'une femme qui se tenait seule dans son coin et je l'ai suivi. »

J'ai touché une de mes oreilles. J'avais très chaud.

« Il m'a dit qu'au lieu de la regarder toutes les cinq minutes et de compatir, je ferais mieux d'aller la voir et de la complimenter sur son chapeau. » Patrick a levé les yeux. « J'ai dit ça ?

– Oui.

– Je ne m'en souviens pas. Tout ce dont je me souviens – il a eu un vague sourire –, c'est de m'être dit sur le moment que tu étais tellement… Je veux dire, qui se préoccuperait à ce point d'une bonne femme qui n'arrive pas à faire entrer un amuse-gueule dans sa bouche ? Mais tu étais dans tous tes états. Tu semblais souffrir physiquement. Tu as parlé parlé parlé jusqu'à ce qu'elle soit sortie d'affaire. C'est ce que je…, c'est le genre de chose… » Il a laissé la phrase en suspens, a ouvert le journal à une autre page et a dit : « C'est fabuleux. Du pur Martha. »

Je lui ai demandé s'il savait que c'était notre anniversaire de mariage quand il avait voulu qu'on se voie.

« Oui. Ça tombait mal. Mais il fallait que ce soit fait. »

J'ai dit : « Bon, il faut que j'y aille. » Il m'a tendu le journal.

Nous nous sommes levés.

« Bon, voilà.

– OK, impec. »

J'ai dit au revoir et ce n'était pas assez, un mot, trop quotidien pour contenir la fin du monde. Mais il n'y avait que ça. J'ai pris la direction de l'ascenseur.

Patrick a dit Martha, attends.

« Quoi ?

– Tu avais raison. Je savais que quelque chose n'allait pas. Pas au début, mais depuis quelques années. » Soudain, il a eu l'air malade. « Je savais que ce n'était pas toi. Je savais que quelque chose n'allait pas mais j'essayais juste de tenir bon. Je ne me sentais pas capable d'affronter tout le processus. Ou alors j'avais peur que ce qu'on découvre soit une chose à laquelle nous ne pouvions pas faire face et que ce soit la fin. Et parfois, là aussi tu as raison, j'aimais bien que tout le monde me considère comme un mari formidable, car la plupart du temps, je me sentais inutile. Mais la chose – il s'est interrompu et, d'un air tourmenté, il a dit –, la chose dont j'ai le plus honte, c'est de t'avoir dit que tu ne devrais pas être mère. Ce n'est pas vrai. J'étais tellement en colère. »

C'était juste ce qu'il avait trouvé de pire.

Je lui ai demandé de se taire mais il a continué. « Je ne peux pas te demander pardon. C'est au-delà du pardonnable. Je veux seulement que tu saches que je suis conscient de ce que j'ai fait, et que quoi qu'il advienne de nous deux, je vais devoir reconstruire ma vie en sachant que j'ai été intentionnellement cruel envers ma propre femme. »

Un bruit a retenti dans un autre couloir. Quelque chose est tombé sur un sol métallique, quelqu'un a crié. Quand l'écho s'est tu, j'ai répondu : « J'aurais dû te dire que je voulais la garder. À l'époque. J'aurais dû te le dire.

– Comment sais-tu que c'était une fille ?

– Je le sais, c'est tout.

– Comment tu l'aurais appelée ? »

J'ai dit : « Je ne sais pas. »

Mais son nom était écrit, tant de fois, dans mon journal.

Patrick l'a dit à haute voix. Il a dit oui, ç'aurait été bien.

J'ai levé les yeux au plafond et passé les mains sur mon visage pour étancher les larmes provenant d'une source qui lui était dédiée, à elle, et qui semblait inépuisable. « Tu dois me trouver méprisable.

– Non, a dit Patrick. Tu pensais bien faire. Tu pensais que c'était mieux pour elle, alors que tu la désirais tellement. C'est pour ça que je sais – désolé, je ne devrais peut-être pas le dire –, c'est pour ça que je sais que tu aurais dû être mère. Tu l'as fait passer avant toi. C'est ce que font les mères, non ? »

Il a dit après tout, qu'est-ce que j'en sais.

Je ne tenais plus debout. Patrick s'est poussé et je suis retournée vers le canapé. Il s'est assis à côté de moi et m'a laissée m'allonger la tête sur ses genoux et a passé un bras autour de moi, c'était comme un poids, et j'ai pleuré et pleuré et pleuré, du tréfonds de mon être, et quand je me suis enfin redressée, j'ai vu qu'il avait lui aussi les larmes aux yeux – Patrick, qui m'avait dit un jour qu'il n'avait pas pleuré depuis son arrivée au pensionnat à l'âge de sept ans, quand son père lui avait dit au revoir en lui serrant la main et avait franchi le portail alors qu'il courait après la voiture. J'ai tiré ma manche sur ma main et j'ai essuyé son visage puis le mien. Je ne trouvais rien à dire. Pour finir, j'ai juste dit : « Quel énorme gâchis, tout ça. »

Je le pensais sérieusement. Je lui ai demandé pourquoi il riait.

Il a dit non, je ne ris pas. « C'est juste que tu n'es vraiment pas comme les autres, c'est tout.

– Toi non plus, Patrick. »

Puis ça a été fini et nous nous sommes levés et de nouveau dit au revoir. Ce n'était plus pareil, ce mot contenait maintenant le monde entier.

J'étais déjà loin dans le couloir quand Patrick a crié : « Ça fait une bonne histoire, Martha, la façon dont tu as écrit ça. »

J'ai jeté un coup d'œil en arrière et dit ah ouais.

« Quelqu'un… il faudrait en faire un film. »

Il y a de nouveau eu du bruit dans l'autre couloir, je me suis retournée et je suis revenue sur mes pas en criant : « Je crois que dans un film, le dénouement… je ne crois pas que l'adieu final puisse avoir lieu au garde-meubles EasyStore de Brent Cross. »

Patrick a répondu « Tu as sans doute… », mais j'ai tourné les talons et couru vers l'ascenseur. Je ne voulais pas entendre la suite.

*

Le type à l'entrée a noté que je repartais, mais que j'allais sûrement revenir. J'ai poussé les portes sans lui prêter attention. Dehors, la lumière était si vive que j'ai mis ma main devant mes yeux.

*

J'étais sur le quai en train d'attendre le métro, mon sac sur les genoux, mon téléphone à la main. Si je croyais que l'univers communique avec les êtres humains par le truchement de signes, de miracles et de réseaux sociaux, j'aurais pensé, en ouvrant Instagram, que la première chose tout juste postée qui s'affichait sur mon fil était un message surnaturel acheminé via @citation_du_jour et s'adressant uniquement à moi.

Une lumière est apparue dans le tunnel. J'ai fait une capture d'écran de la citation – je la noterais dans le wagon, en lettres assez grandes pour remplir tout l'espace vide de la dernière page de mon journal. Mais le métro est arrivé, je suis montée à bord et il n'y avait pas de places assises. Je ne l'ai jamais notée. Je ne me souviens pas d'où elle venait. Mais elle repasse constamment dans ma tête, se répétant à l'infini telle une phrase musicale, le leitmotiv d'un poème. « Tu en aurais fini avec le désespoir. »

Tu en aurais fini, tu en aurais fini, tu en aurais fini avec le désespoir.

Hier soir, Patrick est rentré pendant que je regardais un film recommandé par Ingrid, un remake merdique d'un film déjà merdique au départ. Je lui ai dit qu'on pouvait l'éteindre.

Il s'est assis en disant que puisqu'il était inspiré de faits réels, j'avais forcément envie de le regarder en entier, rien que pour voir le texte qui s'affichait à la fin. Machin-chose est mort à quatre-vingt-trois ans. Le tableau n'a jamais été retrouvé.

Il a dit : « La façon dont les choses se terminent, c'est toujours ce que tu préfères. Et puis je suis trop fatigué pour parler. » J'ai commencé à parler. Il a dit « Je t'assure, Martha. Je suis trop fatigué pour parler » et il a fermé les yeux.

*

Voilà comment ça se termine.

*

Il y a quelques semaines, j'ai emmené mon père voir la vitrine d'une librairie dans le quartier de Marylebone.

Il est resté un long moment planté sur le trottoir en la fixant d'un air de ne pas comprendre ce qu'il regardait.

Mon père est le poète Fergus Russell, célèbre sur Instagram. Il a un million de *followers*.

Le livre qui occupait toute la vitrine est l'anthologie de ses poèmes les plus populaires. En lisant l'une des premières critiques, ma mère a dit : « Ça y est, Fergus, tu as enfin ton article défini. » Il a dit qu'on allait pouvoir conjuguer la formule « à paraître ». « L'anthologie qui est restée "à paraître" pendant cinquante et un ans est enfin "parue". »

Il a commencé à pleuvoir, de plus en plus fort, alors que nous étions toujours dehors, mais mon père n'a pas semblé remarquer. Quand l'eau qui débordait de la gouttière s'est mise à couler par-dessus ses chaussures, je l'ai forcé à entrer avec moi pour chercher le gérant.

Ils se sont serré la main et mon père a dit qu'il aimerait bien signer quelques exemplaires, mais qu'il comprendrait qu'ils ne veuillent pas. Il a proposé de montrer son permis de conduire pour prouver qu'il était bien Fergus Russell. Le gérant a tapoté ses poches à la recherche d'un stylo tout en disant que ce n'était pas la peine, qu'il y avait une photo de lui sur la quatrième de couverture. Il a dit à mon père que c'étaient leurs meilleures ventes depuis l'effondrement du marché des albums de coloriage pour adultes.

Une semaine après sa publication, l'éditeur de mon père avait appelé pour dire que selon les premiers chiffres, l'anthologie s'était vendue à 334 exemplaires en une journée – du jamais vu en matière de poésie – rien que dans les librairies du centre de Londres.

Winsome a organisé un dîner en son honneur à Belgravia. Tout le monde est revenu. C'était la première fois que nous étions de nouveau tous réunis depuis que

Patrick et moi nous étions séparés. Notre famille nous a traités comme si nous venions de nous fiancer. Ingrid a dit que nous devions en profiter pleinement et a créé une liste de mariage chez Peter Jones.

Tandis que les autres s'asseyaient, Winsome m'a envoyée chercher quelque chose dans le bureau de Rowland. Derrière la table, la porte d'une immense armoire était entrouverte. Empilés à l'intérieur, des dizaines d'exemplaires du livre de mon père, certains déballés, d'autres encore dans les sacs en plastique ou en papier de librairies du centre de Londres. J'ai ouvert d'autres placards. Tous contenaient la même chose. Je les ai refermés en silence et j'ai quitté la pièce, méprisant mon oncle d'avoir acheté 334 exemplaires du livre de mon père pour se moquer secrètement de lui.

Dans la salle à manger, Rowland tançait Oliver pour la quantité faramineuse de sauce qu'il avait versée dans son assiette. En l'entendant, j'ai réalisé que ce ne pouvait être que par bonté d'âme qu'il s'était rendu en Proutmobile de librairie en librairie pour les vider de leurs stocks, sachant qu'il détestait tellement dépenser de l'argent que son savon était une construction théorique. Tandis que je me faufilais derrière sa chaise, Rowland s'est tourné vers mon père et a clamé bien fort que selon lui, ce n'était pas de la poésie si ça ne rimait pas et qu'il ne fallait pas compter sur lui pour acheter ça, bon sang. Je lui ai tapoté l'épaule. Il m'a ignorée.

Je n'ai parlé à personne, sauf plus tard à Patrick, de ce que j'avais vu. Quand le livre a commencé à se vendre par milliers, j'ai su que ça ne pouvait plus être seulement Rowland.

Il a fallu une demi-heure à mon père pour signer tous les exemplaires de la vitrine et ceux empilés sur la table à l'entrée. Le gérant a apposé des autocollants

Première édition dédicacée sur la couverture avant de les remettre à leur place, puis a sorti son téléphone pour prendre une photo. Tandis qu'il la cadrait, mon père s'est écarté. Le gérant lui a fait signe de revenir. « Ah d'accord, d'accord, a fait mon père, avec moi dessus. » Puis, timidement : « Vous pouvez aussi en prendre une avec moi et ma fille ? »

Ensuite, nous avons pris Marylebone High Street en direction d'Oxford Street en partageant son parapluie. Il m'a demandé si j'avais quelque chose de prévu, et comme j'ai répondu non, il m'a dit qu'il aimerait me payer une glace. Étant donné que la vue d'un adulte mangeant une glace en public m'a toujours emplie d'un chagrin inexplicable, j'ai accepté à condition que l'événement ait lieu à l'intérieur.

Un peu plus loin, nous avons trouvé un café et nous sommes assis dans la vitrine. Le serveur est arrivé, a posé devant nous des coupes de *gelato* en métal et est reparti. Mon père a dit « C'est pour toutes les glaces que je n'ai pas pu payer moi-même quand tu étais petite » et, comme je restais sans voix, il a changé de sujet, parlant de l'effet que ça faisait de voir son propre livre en librairie.

À la fin, il a dit : « Bien sûr, la prochaine fois, ce sera à toi d'avoir ton livre en vitrine. »

Ma glace avait fondu et a coulé quand j'en ai pris une cuillérée. J'ai tracé un sillon dans la flaque avec mon doigt et j'ai dit : « *Anthologie des chroniques culinaires humoristiques de Martha Russell Friel.* »

Mon père a dit que j'étais très drôle, mais que je me trompais sur ce point.

« Pourquoi es-tu resté avec elle ? » Je n'avais pas pensé le lui demander, mais pendant qu'il signait, j'étais restée debout à relire ses poèmes. Ils parlaient tous de ma mère. Je ne comprenais pas comment cette passion pour elle, dont était imprégné chaque vers, avait survécu à leurs années de mariage. À la façon dont elle l'asphyxiait, aux Départs. « Ou plutôt, pourquoi es-tu toujours revenu ? »

Mon père a eu un petit haussement d'épaules. « Malheureusement, je l'aimais. »

Nous nous sommes dit au revoir à l'extérieur, car il partait dans l'autre sens. Il m'a forcée à garder le parapluie, qui s'est cassé quand je l'ai ouvert. J'étais en train d'enfoncer le fatras de baleines tordues dans une poubelle quand j'ai vu Robert sortir d'un magasin à quelques mètres de moi. Il avait un journal à la main et l'a brandi au-dessus de sa tête en traversant à la hâte le carrefour en direction d'un taxi garé de l'autre côté.

Il m'a vue alors qu'il ouvrait la portière et il a hésité comme pour se laisser le temps de resituer la femme qui, sur le trottoir d'en face, semblait sur le point de lui faire signe, mais ne l'a pas fait. Le journal toujours au-dessus de la tête, il l'a agité en un geste amical avant de s'enfoncer dans le taxi. J'ignore s'il m'a reconnue, ou s'il m'a saluée par acquit de conscience.

Le taxi s'est éloigné et j'ai poursuivi mon chemin. *Nostos*, *algos*. Je ne suis jamais retournée le voir après le premier rendez-vous. J'en ai pris des dizaines dans les mois qui ont suivi et je les ai toujours annulés la veille. La dernière fois que j'ai appelé son cabinet, la secrétaire m'a dit que j'avais accumulé tellement de frais d'annulation tardive que, fait rarissime, elle ne pouvait m'en donner un autre tant que je ne les avais pas payés.

Je brûle encore parfois de le revoir, mais je sais que je ne le ferai pas, car il n'y a rien d'autre à dire. Sans compter qu'il n'y aura jamais 540,50 livres dans les Imprévus de Martha, et que même si elles y étaient, je craindrais qu'en tant qu'expert de l'âme humaine, il parvienne à déceler dans mon langage corporel que sur les 820 vues que son intervention au congrès 2017 de l'Association mondiale de psychiatrie a engrangées sur YouTube, 59 venaient de moi.

Il y a parlé de — —. C'était peu après notre rencontre. En la visionnant, j'ai espéré – maintenant, je me contente de me demander – si je suis la jeune femme éloquente présentant des symptômes classiques désignée dans son exposé comme la « Patiente M ».

*

Ingrid a eu son bébé. Il avait deux semaines de retard, était énorme et s'est présenté dans le mauvais sens. Patrick et moi sommes allés la voir avec mes parents l'après-midi de sa naissance. L'accouchement avait nécessité un forceps et, selon elle, une de ces ventouses à déboucher les chiottes et une putain d'épisiotomie réalisée par un médecin arrivé carrément après la bataille. Elle le soupçonnait d'avoir raté les points de suture et avait donc décidé de se dissocier purement et simplement de la zone qu'elle appelait désormais son Vaginasaurus Ex.

Winsome était déjà là quand nous sommes arrivés – seule, car Rowland s'était lancé dans la quête d'un parking non payant dont elle pressentait qu'il ne reviendrait pas. Elle était en train de rincer un sachet de raisin blanc sous le haut robinet du lavabo en faisant mine de ne pas entendre ce que disait ma sœur. Ensuite, Hamish a demandé à Patrick s'il était courant, de nos jours, qu'un échographiste se trompe sur le sexe du bébé. Ingrid avait dit à tout le monde que c'était un garçon.

Patrick a répondu que ce n'était pas courant, surtout après plusieurs échographies.

« Je n'ai pas eu plusieurs échographies. » Elle a levé les yeux de la bretelle de son soutien-gorge qu'elle essayait d'ajuster. « La magie n'est pas la même quand on a trois garçons dans la pièce en train de casser le matériel. »

Patrick a dit : « Mais même…

– Et ils ne m'ont pas dit que c'était encore un garçon, a ajouté Ingrid. Je n'ai pas demandé. J'ai juste présumé. »

Hamish n'a pas eu de réaction, il a juste fait ah. Puis, se ressaisissant, il a dit : « Quoi qu'il en soit, nous devrions lui trouver un prénom pendant qu'on est tous présents. »

Ingrid a tourné les yeux vers Winsome, qui découpait maintenant la grosse grappe en plein de petites grappes et les disposait dans un saladier en verre taillé qu'elle avait apporté de la maison. « J'aimerais l'appeler Winnie. » Puis, se tournant vers Hamish : « Ça te va ? »

Il a récité le nom complet de sa fille. Ma mère était à côté du berceau, en train de lisser les plis de la couverture. Hamish a dit : « Qu'en penses-tu, Celia ? »

Elle a dit que c'était parfait. « On a tous besoin d'une Winnie. »

J'ai jeté un coup d'œil à ma tante et l'ai vue extraire un mouchoir de sa manche et tourner le dos à la pièce pour se tamponner discrètement les yeux.

« À vrai dire, a poursuivi Ingrid, Winnie Martha, ça fait bizarre. Laissons tomber le deuxième prénom. Je t'aime quand même », a-t-elle ajouté à mon intention.

*

Je me suis excusée auprès de Winsome au sujet du vase. C'est elle que j'ai appelée en premier après avoir lu la lettre de ma mère et passé en revue mes torts, m'autorisant à commencer par l'un des moins graves, sinon le plus bénin. J'ai demandé si je pouvais venir la voir et le jour dit, elle m'a invitée à aller au jardin, où une table était dressée pour prendre le thé.

Bien que, le jour de Noël, elle ait semblé au bord des larmes quand je lui avais dit dans le hall que je ne voulais pas de son vase, Winsome a prétendu n'avoir aucun souvenir de cet incident, pas le moindre souvenir, et elle m'a tapoté le bras. Je lui ai demandé si elle pouvait me pardonner malgré tout.

« Oublier, c'est pardonner, Martha. Je ne me souviens pas qui a dit ça ni où je l'ai lu, mais si j'avais une devise, ce serait ça. Oublier, c'est pardonner. »

Je lui ai dit que c'était Francis Scott Fitzgerald. L'éditeur de @citation_du_jour était fan.

Winsome m'a proposé un biscuit et m'a demandé si j'avais des projets de vacances.

« Comment as-tu pu supporter ma mère si longtemps ? »

Elle a dit ah, en effet. Puis : « Sans doute parce que je me suis toujours rappelé comment elle était avant la mort de notre mère et que je l'aimais suffisamment pour tenir.

– Tu n'as jamais été tentée de la laisser tomber ?

– Tous les jours, je crois. Mais tu oublies, Martha, qu'à l'époque j'étais une adulte et elle une enfant. Je savais qui elle aurait dû être. C'est-à-dire qui elle aurait été si notre mère n'était pas morte ou, peut-être, si nous avions eu une mère totalement différente. J'aimerais dire que j'ai fait de mon mieux, mais je n'étais pas un substitut adéquat. »

J'ai accepté une autre tasse de thé. En la regardant me servir, je lui ai dit que j'imaginais à quel point ça avait été dur. Winsome a dit oh, peu importe et j'ai décidé qu'un jour, je l'interrogerais à ce sujet, mais pas tout de suite, car il y avait trop de tristesse dans la façon dont elle a prononcé ces mots pour que nous puissions l'affronter là, en prenant le thé à la table du jardin.

« Oublier, c'est pardonner. » Allez savoir pourquoi, Winsome l'a dit encore une fois.

Je l'ai répété après elle. « Oublier, c'est pardonner.

– C'est ça. Difficile, mais pas impossible. Si tu ne le veux pas, Martha, je prendrais bien le dernier biscuit. »

*

Même avec quatre morveux de moins de neuf ans, Ingrid est toujours Ingrid. À chaque texto qu'elle envoie depuis la naissance de Winnie est joint un GIF intitulé « Will Ferrell triste ». Assis dans un fauteuil relax qui vibre à toute allure, l'acteur essaie de boire du vin en pleurant, car celui-ci déborde du verre et lui coule sur le menton. Symboliquement, c'est elle. Ça n'a jamais cessé d'être drôle.

*

Patrick et moi avons quitté l'hôpital quand Oliver est arrivé avec Jessamine et le Rory qu'elle s'apprête à épouser. Nicholas est en Amérique, il travaille dans une ferme éducative.

Mes parents ont voulu que nous rentrions à Goldhawk Road avec eux pour le dîner. Là, ma mère m'a demandé de l'accompagner d'abord dans son atelier, car elle avait quelque chose à me montrer.

J'ai dit : « J'ai le droit ? Pourtant, il n'y a pas le feu. »

Elle a agité la main, refusant mes moqueries, et une fois au fond du jardin, elle m'a tenu la porte pour que j'entre. C'était une étrange sensation de me retrouver dans ce lieu où on m'avait toujours vigoureusement découragée de pénétrer. Je me suis assise sur une caisse dans un coin. Elle était tapissée de gouttelettes blanches.

Au milieu de la pièce, caché sous un drap sale, se dressait un objet qui, en son point le plus haut, touchait le plafond. Ma mère est allée se planter à côté et a croisé les bras en se prenant les coudes dans les mains ; elle semblait nerveuse.

Elle a toussé et dit : « Martha. Je sais que toi et ta sœur vous moquez de mon activité de recyclage, mais tout ce que j'ai essayé de faire pendant toutes ces années, c'est de transformer des déchets en quelque chose de beau et de beaucoup plus fort qu'ils ne l'étaient avant. Je n'y peux rien si c'est une maudite métaphore de tout le reste. » Elle s'est retournée et a retiré le drap. « Tu n'es pas obligée de l'aimer. »

Mes poumons se sont figés. C'était une figure creuse, constituée, comme une cage, de fils de fer entrecroisés et de ce qui semblait être des morceaux de vieux téléphones. Ma mère avait fait fondre du cuivre qu'elle avait versé sur la tête et les épaules. Il avait dégouliné dans le torse, coulant sur un cœur qui semblait suspendu dans le vide et luisait d'un éclat terne à la lumière. Elle avait fait de moi une créature de deux mètres cinquante de haut, belle et beaucoup plus forte qu'elle ne l'était avant. Je lui ai dit que la métaphore me convenait. Et avant de quitter l'atelier, j'ai ajouté que tout ce qu'elle avait dit au téléphone et dans sa lettre était vrai. J'ai été aimée chaque jour de ma vie adulte. J'ai été insupportable mais on n'a jamais cessé de m'aimer. Je me suis sentie seule mais je ne l'ai jamais été et on m'a pardonné les choses impardonnables que j'ai faites.

Je ne peux pas dire que j'ai pardonné les choses qu'on m'a faites, non parce que ce n'est pas le cas, mais, comme le dit Ingrid à juste titre, parce que les gens qui racontent comment ils ont pardonné à autrui ont vraiment l'air de connards.

*

La sculpture de ma mère est trop grande pour une maison. Apparemment, la Tate Gallery me flaire avec insistance.

*

Patrick et moi ne vivons pas ensemble.

Le jour même où nous nous sommes dit au revoir dans un couloir, entourés de nos propres meubles, Patrick a débarqué à Goldhawk Road et m'a dit, debout sur le perron, qu'il voulait que je retourne vivre à l'appartement.

Je me suis précipitée en avant, m'attendant à ce qu'il me serre contre lui, mais il ne l'a pas fait et j'ai baissé les bras.

Il a dit désolé. « Je voulais dire que moi, j'allais vivre ailleurs. »

Je lui ai demandé ce qu'il me proposait dans ce cas, s'il me voulait comme locataire.

« Non, Martha. » Il a dit qu'il me voulait, c'est tout.

J'ai baissé les yeux. Je savais que je n'aurais pas dû sourire, mais je n'ai pas pu m'en empêcher.

« Mais si nous voulons tenter le coup, Martha – il a levé mon visage vers lui –, il faut être prudents. Deux personnes qui ont fichu leur vie en l'air ne devraient pas remettre ça. Mais si on essaye de…

– S'il te plaît, ne dis pas recoller les morceaux, ai-je dit en souriant toujours.

– D'accord. Mais quoi qu'il en soit, je ne veux pas que tu sois obligée de vivre chez tes parents en attendant. »

Je lui ai dit que c'était une idée bizarre. « Mais OK. » Là, c'est lui qui a souri.

Je suis retournée à l'intérieur chercher mes affaires et Patrick m'a ramenée chez nous.

Winsome lui a proposé de loger à Belgravia, mais il a loué un studio. C'est un endroit sympa, situé à Clapham, à deux rues d'ici, et Patrick passe le plus clair de son temps avec moi. Nous parlons de diverses choses : est-ce que la charnière de la porte du lave-vaisselle peut être réparée, comment deux personnes qui ont fichu leur vie en l'air peuvent se remettre ensemble.

Quand les gens découvrent qu'on s'est séparés et qu'on s'est ensuite réconciliés, ils penchent la tête en disant : « Au fond, tu n'as jamais cessé de l'aimer. » En fait, si. Je le sais. Mais c'est plus simple de dire oui, tu as raison, car c'est trop compliqué d'expliquer qu'on peut arrêter et repartir de zéro, qu'on peut aimer la même personne deux fois.

*

Patrick s'est réveillé à la fin du remake merdique et s'est mis à chercher ses chaussures. Je ne voulais pas qu'il s'en aille. J'ai demandé : « Tu veux regarder *Bake Off* avec moi ? »

Nous avons regardé l'épisode de l'omelette norvégienne. Il ne l'avait jamais vu.

À la fin, je lui ai dit qu'Ingrid était toujours convaincue que la saboteuse l'avait sortie exprès du frigo. Patrick a dit pas du tout. « Elle a juste commis une erreur parce que la pression était tellement extrême. » Je lui ai souri. Voilà un homme qui peut travailler toute la journée en soins intensifs, et qualifier d'extrême la pression qui s'exerce sur les candidats d'un concours de pâtisserie télévisé. Il m'a demandé ce que j'en pensais. Je lui ai dit qu'avant, j'étais partagée, mais que je comprenais maintenant que ce n'était la faute de personne.

Nous nous sommes dit au revoir dans l'entrée, il m'a embrassé le sommet de la tête et m'a dit qu'il reviendrait le lendemain. Je suis allée me coucher. Je trouve toujours ça bizarre. Il y a des jours où je ne peux pas supporter ça, des jours où il dit que c'est comme si rien n'avait changé, et des jours où nous avons tous deux l'impression que tout ce qui s'est brisé est perdu à jamais. Mais Patrick dit que c'est du temps additionnel – du temps auquel nous n'aurions pas dû avoir droit –, alors nous sommes reconnaissants. Il a commencé à appeler son studio l'Hôtel Olympia.

Je n'ai pas d'enfant. Il n'y a pas de Flora Friel. J'ai quarante et un ans. Je n'en aurai peut-être jamais, mais j'ai de l'espoir, et quoi qu'il en soit, Patrick est là, comme il l'a toujours été.

Œuvres citées

« … bien que la fin soit au commencement et se trouve loin devant. »
Ralph Ellison, *Homme invisible, pour qui chantes-tu ?*[1]

« … et je me mis à fumer une autre cigarette. À moins que je vous spécifie expressément le contraire, je suis toujours en train de fumer une autre cigarette. »
Martin Amis, *Money, money*[2]

« Alors j'ai dit que je ne savais pas très bien, mais que, tout compte fait, je pensais que ce que je préférais, c'était de tout sentir, autour de moi, baigner dans le calme, de ne pas être obligée de m'agiter ; que j'aimais rire de plaisanteries que personne ne semblait apprécier, faire des promenades à la campagne et, enfin, ne pas être obligée d'exprimer mes opinions sur la vie, l'amour et les particularités d'autrui. »
Stella Gibbons, *La Ferme de cousine Judith*[3]

« En fait, la grande révélation n'arrivait peut-être jamais. C'était plutôt de petits miracles quotidiens, des illuminations, allumettes craquées à l'improviste dans le noir ; en voici une. »
Virginia Woolf, *Vers le phare*[4]

1. Traduit par Magali et Robert Merle, Grasset, 1969.
2. Traduit par Simone Hilling, Mazarine, 1987.
3. Traduit par Iris Catella et Marie-Thérèse Baudron, Belfond, 2016.
4. Traduit par Françoise Pellan, Gallimard, 1996.

« Ce dont on a honte fournit d'habitude la matière d'une histoire intéressante. »
F. Scott Fitzgerald, *Le Dernier Nabab*[5]

« La crémation ne fut pas pire qu'un Noël en famille »
Julian Barnes, *Metroland*[6]

« … tu en aurais fini avec le désespoir. »
Max Porter, *La douleur porte un costume de plumes*[7]

« Oublier, c'est pardonner. »
F. Scott Fitzgerald

« Il faut attaquer la journée. »
Mgr Justin Welby, BBC, 21 décembre 2014

… une femme qui reste allongée dans la pénombre en repensant à son divorce pendant 192 pages.
Jean Rhys, *Bonjour minuit*[8]

5. Traduit par Suzanne Mayoux, Gallimard, 1976.
6. Traduit par Jean-Pierre Aoustin, Gallimard, 1995.
7. Traduit par Charles Recoursé, Le Seuil, 2016.
8. Traduit par Jacqueline Bernard, Denoël, 1969.

Note au sujet du texte

Les symptômes décrits dans ce roman ne correspondent pas à ceux d'une maladie mentale réelle. La description des traitements, des médicaments et des conseils des médecins est purement fictive.

Remerciements

Catherine Milne, James Kellow, Libby O'Donnell et toute l'équipe de HarperCollins en Australie.

Emily Griffin, Rachel Elinsky, Katie O'Callaghan et l'équipe de Harper aux États-Unis.

Fede Andornino, Kate Moreton, Charlie Panayiotou, Claire Keep, Linsey Sutherland, Virginia Woolstencroft, Esther Waters, Paul Stark, Steve Marking chez Weidenfeld & Nicholson au Royaume-Uni.

Claire Paterson Conrad et Marya Spense chez Janklow & Nesbit.

Lucinda Prain et Anna Stevens chez Casarotto Ramsay.

Ceri David, Clare et Ben Irons, Ed et Louisa Davies.

Andrew, Clementine et Beatrix.

Merci.

Et ma tante Jenny, à qui je dois tous les Noëls de mon enfance.

Les Éditions Points s'engagent pour la protection de l'environnement et une production française responsable

Ce livre a été imprimé en France, sur un papier certifié issu de forêts gérées durablement, chez un imprimeur labellisé Imprim'Vert, marque créée en partenariat avec l'Agence de l'Eau, l'ADEME (Agence de l'Environnement et de la Maîtrise de l'Énergie) et l'UNIC (Union Nationale de l'Imprimerie et de la Communication).

La marque Imprim'Vert apporte trois garanties essentielles :

- La suppression totale de l'utilisation de produits toxiques
- La sécurisation des stockages de produits et de déchets dangereux
- La collecte et le traitement de produits dangereux

RÉALISATION : NORD COMPO À VILLENEUVE-D'ASCQ
IMPRESSION : CPI FRANCE
DÉPÔT LÉGAL : MAI 2023. N° 152993 (3052225)
IMPRIMÉ EN FRANCE